百首唐诗鉴赏

马 静 编著

黑龙江人民出版社

图书在版编目（CIP）数据

百首唐诗鉴赏 / 马静编著. — 哈尔滨：黑龙江人民出版社，2016.3(2021.3重印)
ISBN 978-7-207-10697-1

Ⅰ. ①百… Ⅱ. ①马… Ⅲ. ①唐诗—鉴赏 Ⅳ. ①I207.22

中国版本图书馆CIP数据核字（2016）第066934号

责任编辑：付秋婷　李　珊
封面设计：张　涛

百首唐诗鉴赏

马　静　编著

出版发行	黑龙江人民出版社
地　　址	哈尔滨市南岗区宣庆小区1号楼
邮　　编	150008
网　　址	www.longpress.com
电子邮箱	hljrmcbs@yeah.net
印　　刷	三河市华东印刷有限公司
开　　本	787×1092　1/16
印　　张	21.75
字　　数	350千字
版　　次	2016年3月第1版　2021年3月第2次印刷
书　　号	ISBN 978-7-207-10697-1
定　　价	49.00元

版权所有　侵权必究
法律顾问：北京市大成律师事务所哈尔滨分所律师赵学利、赵景波

作者简介

马静 (1980-) ,女,满族,山东威海人,研究生学历,文学硕士学位,大学讲师,黑龙江省语言协会会员。2002年就读于哈尔滨师范大学中文系古典文学专业唐宋方向,2005年任教于哈尔滨师范大学国际教育学院,从事中国古典文学研究、中国传统文化传播、对外汉语教学工作。

前　言

唐代是我国古典文学的繁盛时期，更是古代诗歌的黄金时代。宋代计有功《唐诗纪事》录诗人凡一千一百五十家；赵孟奎《分类唐歌诗》录诗人凡一千三百五十三家，诗四万七百九十一首；清代《全唐诗》凡九百卷，得诗四万八千九百余首，诗人二千二百余人。唐代诗人的数量是空前的，其社会阶层是广泛的。诗歌是时代的记忆。这些诗人和现实生活紧密联系，唐代的现实生活为诗歌创作提供了广阔的题材范围，生活的丰富，题材的扩大，也推动了诗歌内容的发展，诗歌内容的丰富性决定着诗歌形式的多样性。唐代产生出众多的优秀诗人，他们都有自己的文学创作的艺术特征，形成独特的文学风格和流派，也形成了百花竞放、争奇斗艳的文学繁荣局面，促进了文学创作的发展与提高。唐初的四杰之间卢照邻、骆宾王的友情，王勃、杨炯的契合是有据可查的；卢、骆长于七言歌行，王、杨则以五律名篇，"愧在卢前，耻居王后"，透露出他们之间相互学习与竞争的事迹，"旗亭画壁"是一场传之千古的诗歌竞争佳话。盛唐时期的王（维）、孟（浩然）、高（适）、岑（参）、李（白）、杜（甫）之间唱和、交流、启发和促进的关系是人们津津乐道的。孟浩然对李白影响颇深，李白钦慕孟浩然，"吾爱孟夫子，风流天下闻"。李白与杜甫的友情，杜甫与高适、岑参的交往都是中国诗歌史上备受称道的大事件。杜甫在《遣怀》中写道："忆与高李辈，论交入酒垆。两公壮藻思，得我色敷腴。"在《与李十二白同寻范十隐居》中说："李侯有佳句，往往似阴铿。余亦东蒙客，怜君如弟兄。醉眠秋共被，携手日同行。"这不仅记述了他们之间的亲密友情，而且也反映出他们之间在诗歌创作上的交流与启发。元、白、韩、柳以及李商隐、杜牧等人之间在文学创作上的交流，学习、唱和、竞赛，更是中晚唐文学历史的重要内容。这种相互唱和与创作交流，必然促进着诗歌创作；而这种相互学习，切磋琢磨，取长补短，不断提高文学创作的思想艺术性，创造出一种良好的艺术气氛，对唐诗的繁荣与发展无疑地起着推动作用。

盛唐时期不仅产生了李白、杜甫两位大诗人，而且产生了崔颢、王之涣、王昌龄等著名豪侠诗人；产生了以王维、孟浩然为首的山水田园诗派；产生了以高适、岑参为代表的边塞诗派，而正是上述这些优秀诗人，把中国古代诗歌推上了巅峰时期。中晚唐时期产生了现实主义诗歌流派的白居易、元稹、张籍、王建等优秀作家；也涌现出韩愈、李贺、李商隐等具有鲜明的浪漫主义特色的杰出作家。他们都以艺术上的独创性与风格的独特性，丰富着唐代诗歌的内容与形式，推动着唐代诗歌进入新篇章。

唐诗的发展除政治、经济因素外，还与音乐、舞蹈、绘画、书法、雕塑等艺术紧密相连，相互影响。例如：王维是诗人，又是画家，他的诗与画具有"诗中有画""画中有诗"的艺术特点，诗与画互相补充渗透，互相启示提高。而张旭的草书，曹霸画马，公孙大娘剑舞都曾给杜甫的诗歌创作以启发，影响着他的诗歌成就。韩愈能文善诗，懂音乐，又能写传奇小说。白居易因听琵琶而"始觉有迁谪意"，写下叙事性的长篇抒情诗；又受民间故事，历史传说以及传奇小说的影响，创作了著名的长篇叙事诗《长恨歌》。

唐代诗歌就是在特定的历史条件下，沿着它本身的内部的规律，发展到一个新的历史阶段。它以其极为丰富、极为深刻的现实生活内容，极为绚丽多姿、丰富多彩的艺术风格，最广泛最深刻地反映了唐代的社会历史面貌，反映了唐王朝的建立、发展、兴盛、没落、覆亡的整个历史过程，反映了中国历史上最重要的一个历史时代。它以高度思想性与高度艺术性极大地丰富了我国古典诗歌的民族艺术传统，成为古典诗歌的最高典范，成为我国古代文化遗产中极为珍贵的部分，也极大地丰富了世界文学宝库。

根据教学与研究的需要，本书编选了唐代五十四位诗人有代表性诗作一百六十五首，附以注释，诗歌翻译与赏析。由于本人学识疏浅，本书选例不当及内容阙略舛误之处在所难免，将博采善言以修订之。

目 录

王 勃 ……………………………………………（1）
　　送杜少府之任蜀州 ………………………（1）
杨 炯 ……………………………………………（3）
　　从军行 ……………………………………（3）
骆宾王 ……………………………………………（5）
　　在狱咏蝉 …………………………………（5）
陈子昂 ……………………………………………（7）
　　燕昭王 ……………………………………（7）
　　登幽州台歌 ………………………………（8）
杜审言 ……………………………………………（11）
　　和晋陵陆丞早春游望 ……………………（11）
宋之问 ……………………………………………（13）
　　渡汉江 ……………………………………（13）
沈佺期 ……………………………………………（15）
　　独不见 ……………………………………（15）
张若虚 ……………………………………………（17）
　　春江花月夜 ………………………………（17）
张 说 ……………………………………………（21）
　　过蜀道山 …………………………………（21）
张九龄 ……………………………………………（23）
　　望月怀远 …………………………………（23）
孟浩然 ……………………………………………（25）
　　过故人庄 …………………………………（25）

早寒江上有怀 …………………………………（27）
　　春晓 ………………………………………………（28）
　　夏日南亭怀辛大 …………………………………（29）
　　夜归鹿门歌 ………………………………………（30）
王之涣 …………………………………………………（32）
　　登鹳雀楼 …………………………………………（32）
　　凉州词 ……………………………………………（33）
贺知章 …………………………………………………（35）
　　回乡偶书 …………………………………………（35）
祖　咏 …………………………………………………（37）
　　望蓟门 ……………………………………………（37）
张　旭 …………………………………………………（39）
　　桃花溪 ……………………………………………（39）
李　颀 …………………………………………………（41）
　　古从军行 …………………………………………（41）
王　湾 …………………………………………………（43）
　　次北固山下 ………………………………………（43）
王　翰 …………………………………………………（45）
　　凉州词 ……………………………………………（45）
崔　颢 …………………………………………………（47）
　　黄鹤楼 ……………………………………………（47）
王昌龄 …………………………………………………（49）
　　从军行（七首选一） ……………………………（49）
　　出塞 ………………………………………………（51）
　　长信秋词（五首选一） …………………………（52）
　　芙蓉楼送辛渐 ……………………………………（53）
储光羲 …………………………………………………（55）
　　钓鱼湾 ……………………………………………（55）
王　维 …………………………………………………（57）
　　九月九日忆山东兄弟 ……………………………（57）
　　观猎 ………………………………………………（59）
　　使至塞上 …………………………………………（60）

终南山	(62)
送元二使安西	(64)
山居秋暝	(65)
鸟鸣涧	(66)

李 白 (68)
访戴天山道士不遇	(69)
峨眉山月歌	(70)
静夜思	(72)
蜀道难	(73)
黄鹤楼送孟浩然之广陵	(78)
子夜吴歌四首（选二）	(79)
乌栖曲	(82)
乌夜啼	(83)
塞下曲六首（选一）	(85)
行路难三首（选一）	(87)
上李邕	(88)
登金陵凤凰台	(90)
将进酒	(92)
望天门山	(94)
秋浦歌十七首（选二）	(96)
赠汪伦	(98)
永王东巡歌十一首（选二）	(99)
金陵酒肆留别	(102)
望庐山瀑布二首（选一）	(103)
早发白帝城	(105)

高 适 (107)
燕歌行并序	(107)
塞上听吹笛	(111)
别董大	(112)

常 建 (114)
| 题破山寺后禅院 | (114) |

岑 参 (116)

逢入京使 …………………………………………………… (116)
　　走马川行奉送封大夫出师西征 ………………………… (117)
　　白雪歌送武判官归京 …………………………………… (119)
杜　甫 …………………………………………………………… (123)
　　望岳 ……………………………………………………… (125)
　　兵车行 …………………………………………………… (126)
　　月夜 ……………………………………………………… (129)
　　春望 ……………………………………………………… (131)
　　石壕吏 …………………………………………………… (132)
　　新婚别 …………………………………………………… (135)
　　春夜喜雨 ………………………………………………… (137)
　　江上值水如海势聊短述 ………………………………… (138)
　　茅屋为秋风所破歌 ……………………………………… (140)
　　不见 ……………………………………………………… (142)
　　闻官军收河南河北 ……………………………………… (143)
　　旅夜书怀 ………………………………………………… (145)
　　宿江边阁 ………………………………………………… (147)
　　咏怀古迹（五首选一） ………………………………… (148)
　　秋兴（八首选一） ……………………………………… (150)
　　登高 ……………………………………………………… (152)
　　登岳阳楼 ………………………………………………… (153)
　　江南逢李龟年 …………………………………………… (155)
刘长卿 …………………………………………………………… (157)
　　送王端公入秦赴上都 …………………………………… (157)
张　继 …………………………………………………………… (159)
　　枫桥夜泊 ………………………………………………… (159)
戎　昱 …………………………………………………………… (161)
　　桂州腊夜 ………………………………………………… (161)
韦应物 …………………………………………………………… (163)
　　滁州西涧 ………………………………………………… (163)
　　采玉行 …………………………………………………… (164)
卢　纶 …………………………………………………………… (166)

塞下曲（六首选二） …………………………………… (166)
顾　况 …………………………………………………………… (169)
　　听角思归 …………………………………………………… (169)
孟　郊 …………………………………………………………… (171)
　　征妇怨 ……………………………………………………… (171)
李　贺 …………………………………………………………… (174)
　　老夫采玉歌 ………………………………………………… (174)
　　官街鼓 ……………………………………………………… (177)
　　听颖师弹琴歌 ……………………………………………… (179)
　　雁门太守行 ………………………………………………… (181)
　　南园（选二首） …………………………………………… (183)
　　梦天 ………………………………………………………… (186)
　　苦昼短 ……………………………………………………… (187)
柳宗元 …………………………………………………………… (191)
　　江雪 ………………………………………………………… (192)
　　早梅 ………………………………………………………… (193)
　　别舍弟宗一 ………………………………………………… (194)
　　田家（三首选二） ………………………………………… (196)
韩　愈 …………………………………………………………… (200)
　　山石 ………………………………………………………… (200)
　　听颖师弹琴 ………………………………………………… (203)
李　益 …………………………………………………………… (206)
　　夜上受降城闻笛 …………………………………………… (206)
　　江南曲 ……………………………………………………… (207)
张　籍 …………………………………………………………… (209)
　　野老歌 ……………………………………………………… (209)
　　秋思 ………………………………………………………… (211)
　　凉州词（三首选二） ……………………………………… (212)
王　建 …………………………………………………………… (216)
　　十五夜望月 ………………………………………………… (216)
元　稹 …………………………………………………………… (218)
　　闻乐天授江州司马 ………………………………………… (218)

薛　涛 (221)
送友人 (221)
刘禹锡 (223)
游玄都观 (223)
竹枝词（九首选一） (225)
竹枝词（二首选一） (226)
浪淘沙九首（选三首） (228)
西塞山怀古 (231)
金陵五题（选二首） (232)
酬乐天扬州初逢席上见赠 (235)
再游玄都观 (237)
秋词二首 (239)
杨柳枝词（九首选二） (241)
贾　岛 (244)
题李凝幽居 (244)
渡桑乾 (245)
李　绅 (247)
悯农二首 (247)
白居易 (249)
赋得古原草送别 (251)
李白墓 (253)
长恨歌 (255)
卖炭翁 (266)
同李十一醉忆元九 (269)
琵琶引并序 (270)
竹枝词（四首选一） (280)
夜入瞿塘峡 (281)
暮江吟 (283)
寄刘梦得 (284)
杜　牧 (286)
赠别 (286)
题宣州开元寺水阁 (287)

题木兰庙 …………………………………………………… (289)
　　江南春绝句 ………………………………………………… (290)
　　赤壁 ………………………………………………………… (292)
　　泊秦淮 ……………………………………………………… (293)
　　过华清宫（三首选二）…………………………………… (295)
　　山行 ………………………………………………………… (298)
许　浑 …………………………………………………………… (300)
　　金陵怀古 …………………………………………………… (300)
　　咸阳城西楼晚眺 …………………………………………… (302)
温庭筠 …………………………………………………………… (304)
　　商山早行 …………………………………………………… (304)
　　经五丈原 …………………………………………………… (306)
陈　陶 …………………………………………………………… (308)
　　陇西行（四首选一）……………………………………… (308)
李商隐 …………………………………………………………… (310)
　　东南 ………………………………………………………… (310)
　　即日 ………………………………………………………… (311)
　　正月十五夜闻京有灯恨不得观 …………………………… (312)
　　瑶池 ………………………………………………………… (314)
　　晚晴 ………………………………………………………… (315)
　　夜雨寄北 …………………………………………………… (316)
　　无题（相见时难）………………………………………… (318)
　　无题（来时空言）………………………………………… (319)
　　初起 ………………………………………………………… (321)
　　听鼓 ………………………………………………………… (322)
　　嫦娥 ………………………………………………………… (324)
　　乐游原 ……………………………………………………… (325)
赵　嘏 …………………………………………………………… (327)
　　江楼感旧 …………………………………………………… (327)
韦　庄 …………………………………………………………… (329)
　　古离别 ……………………………………………………… (329)
　　台城 ………………………………………………………… (330)

韩　偓 ……………………………………………（332）
　　惜花 ……………………………………………（332）
　　半醉 ……………………………………………（334）
李　煜 ……………………………………………（336）
　　九月十日偶书 …………………………………（336）

王 勃

王勃(649—676),字子安,原籍太原祁县,后移居龙门(今山西稷山县)。六岁能写文章,时有"构思无滞,词情英迈"之评说。年十四岁时,应幽素科试,及第。沛王贤闻其名,召为沛府修撰,并很器重他。当时长安贵族有一种斗鸡的风气。"诸王斗鸡,互有胜负"。王勃代沛王鸡向英王鸡写了一篇挑战檄文,高宗看了大怒,认为这是挑拨沛王与英王的关系,因此被逐出沛王府。后来有机会补任虢州参军。他恃才傲物,被同僚妒忌,因袒护官奴曹达而犯了死罪,遇赦,革职。其父王福畤(zhǐ止)受牵连,被贬为交趾(今越南)令。勃往省亲,渡海溺水而死。著有《王子安集》十六卷,其中诗八十多首。

王勃与杨炯、卢照邻、骆宾王合称初唐"四杰"。在"四杰"中以王勃成就最高。他的诗突破了六朝浮艳文风的羁绊,表现了比较明显的现实主义的思想艺术倾向。他的诗作中除那些流露沉沦失意感情的作品之外,也有一些反映社会现实、尊重劳动人民、同情民间疾苦的诗篇。这些诗篇显示了唐初诗风正向着健康的方向发展。杜甫评价"四杰"时说:"不废江河万古流。"这个评价对于王勃的诗歌成就来说,无疑是十分恰当的。

送杜少府之任蜀州①

城阙辅三秦,风烟望五津②。与君离别意,同是宦游人③。
海内存知己,天涯若比邻④。无为在歧路,儿女共沾巾⑤。

❖ 注释 ❖

①这首诗写在长安沛王府供职时。友人杜少府去蜀州就任,勃前往送行,写诗赠别。少府,县尉。之任,赴任。蜀州,唐属剑南道,治所晋原县(今四川崇庆)。唐制地方行政分为道、州、县三级。蜀州,一作蜀川。②城阙二句:城阙,城上望楼,此指长安城。辅,京都周围称畿(jī机)辅。这里有护卫、保护长安的意思。三秦,项羽灭秦后,三分其地为雍、塞、翟三国,总称三秦,

地在长安附近关中一带。五津,津,渡口,指四川岷江从灌县到犍为县一段的白华津、万里津、江首津、涉头津、江南津五个渡口。借指杜少府上任的蜀州。③与君二句:宦游,离乡求官奔波在外。④海内二句:天涯,极言离别之远。⑤无为二句:歧路,岔路口,指分别的地方。沾巾,泪水沾湿衣襟。

❖ 译诗 ❖

三秦地带辅佐着长安京城,
遥望蜀州但只见一片烟云。
与君离别竟如此难舍难分,
只因同是奔波在外求官人。
浪游四海不失为知己好友,
远隔天涯也犹似近在比邻。
劝君莫在这分手的岔路口,
像离别情人一样泪湿衣襟。

❖ 解析 ❖

这首五言律诗,以对送别友人的赠言形式,形象地表达了诗人亲切而真挚的感情和乐观向上的精神,表现了作者广阔爽朗的胸襟。

开篇二句点送别地点和友人将赴任的地方,写得极有气势,长安以三秦为辅,山河极为辽阔,望君之去路,风烟苍茫,旅途遥远,举目千里,无限依依,点出作者对友人的关切惜别之情。

二联点明题情,并以"同是宦游人"把自己与友人联系起来,在自慰与劝勉之中流露出自己对仕途的认识,写出因"宦游"不得不离别。语含不忍离别但又不得不离别的感情。三联从眼前离别转入别后相思宽慰,从眼前推开,写海内,写天涯,天底下只要有知己好友,虽然远隔天涯海角,也如同咫尺近邻;不以离别为意,不为离别所苦,高瞻远瞩,气壮声宏。此二句写得自然而凝练,平常而精警,概括深广,胸怀高远,属对自然工整,将纯挚的友情抒发得淋漓尽致,充分显示了作者深厚的艺术工力。结尾又转入眼前,以分别在即,劝告友人不要儿女情长,缠绵落泪,要超脱世俗,勇敢上路。是叮咛,是关切,是深情,是宽慰,在转进一层中写出深挚的友情。收结得爽朗乐观,余韵悠扬。

这首诗情深意切,语言活泼明快,自然朴实,概括力很强。

杨 炯

  杨炯(650—约693),华阴(今陕西华阴附近)人。少年时聪明,博学,善于文学。显庆四年(659)十岁时举神童,上元三年(676)应制举,及第,授校书郎,为崇文馆学士。武后时因受祖弟神让犯逆事牵连,左转梓州(今四川三台县)司法参军,秩满后回洛阳,数年后又授婺州盈川(今浙江衢江区附近)令。不久卒于官。炯为人恃才简倨,不容于时。《大唐新语》卷八《文章第十七》中云:"张说谓人曰:杨盈川之文,如悬河注水,酌之不竭,既优于卢,亦不减于王,耻居王后,信然,愧在卢前,则为误矣。"可见当时人对他的评价。著有《杨盈川集》十卷,诗三十三首。

  杨炯和王勃、卢照邻,骆宾王齐名,时称初唐"四杰"。他与王勃、卢照邻共同反对宫体诗风,主张"骨气""刚健"的文风。他的诗也如"四杰"其他诗一样,在内容和艺术风格上以突破齐梁"宫体"诗风为特色,在诗歌发展史上起到承前启后的作用。他的诗篇不多,所写几首边塞诗,表现了雄健的风格。

从 军 行[①]

烽火照西京,心中自不平[②]。牙璋辞凤阙,铁骑绕龙城[③]。
雪暗雕旗画,风多杂鼓声[④]。宁为百夫长,胜作一书生[⑤]。

❖ 注释 ❖

  ①从军行:乐府旧题,歌辞多叙述军旅的疾苦。②烽火二句:烽火,古代一种报警的信号,有敌来则在烽火台上燃起火焰向内地告急。西京,即长安。③牙璋二句:牙璋,古代调动军队的符信。凤阙,指帝王的宫殿。龙城,匈奴的著名城堡,匈奴族在龙城祭祀龙神故名龙城。其地在今蒙古人民共和国鄂尔浑河西侧的和硕柴达木湖附近。④雪暗二句:雕旗,绣着花纹图案的战旗。⑤宁为二句:百夫长,卒长,军队中的下级军官。

❖ **译诗** ❖

报警的烽火照到了长安京城,
人们的心中自然是不能平静。
将军们领了军令辞别了天子,
率领精锐铁骑直捣匈奴龙城。
迷茫的大雪之中飘动着战旗,
阵阵狂风中传来了战鼓声声。
我甘愿做卒长奔赴前线杀敌,
定胜过一名指手画脚的书生。

❖ **解析** ❖

　　这首五言乐府通过对行军战斗生活的形象描绘,歌颂了唐朝将士为反击入侵之敌,不畏艰苦,英勇出击的英雄气概,表达了诗人以身许国、自愿投入反侵略战争的爱国主义精神。

　　诗的前两句以突如其来的笔势,直写匈奴入侵边塞,报警烽火照到京城的紧迫形势,点出作者"心中不平"的忧国之情。接下四句形象地描写了出击将士辞别朝廷,长驱直入龙城的行军战斗境况,手持牙璋,拜辞凤阙,亲率铁骑,直捣龙城,写出了将士豪气冲天,威风凛凛的风度。接以长空大雪飘飞,雕旗迎风卷动;凛冽狂风之中间杂着紧密战鼓;气氛的渲染,动态的刻画,有声有色,极为生动地描述了将士们的意志之坚定,斗志之昂扬,战争之激烈,生活之艰险。形象鲜明,极富感染力。收尾二句回应开篇,卒章显志,表达作者在边塞战争紧张之时,自愿投笔从戎,报效祖国的真挚感情。说"宁为",说"胜作",在选择性的句式中,表现了诗人的决心和热情,收结得英气感人。

　　全诗情势急促,声色相间,形象鲜明,感情真挚。

骆宾王

骆宾王(约640—约684),婺(wù 雾)州义乌(今浙江义乌附近)人。少年时就熟通文学,尤其善于七言歌行。七岁时便写了咏鹅诗,显露了文采。最初在道王府供职,曾任武功主簿、长安主簿。

武后时曾上疏论政事,左迁临海丞,后弃官而去。684年徐敬业在扬州起兵讨武后,骆宾王参与其事,为徐敬业写讨武后的檄文,当武后读到"一抔之土未干,六尺之孤安在"时,大为吃惊,当她知道此文为骆宾王所写时,责问:"宰相安得失此人?"徐敬业兵败,骆宾王下落不明。一说隐匿;一说被杀。他的诗文多散失,中宗时,诏求其文,有兖州人郗云卿集成十卷,有诗一百二十多首。

在狱咏蝉

西陆蝉声唱,南冠客思深①。那堪玄鬓影,来对白头吟②。
露重飞难进,风多响易沉③。无人信高洁,谁为表余心④?

❖ **注释** ❖

①西陆二句:西陆,指秋天。蝉,虫类,俗称知了。南冠,楚国的帽子,此代指囚犯。《左传成公九年》:"晋侯观于军府,见钟仪,问之曰:'南冠而絷者谁也?'有司对曰:'郑人所献楚囚也。'"后世因以南冠代指囚犯。客,作者自指。②那堪二句:玄鬓,黑色鬓发,指人生青壮年时。白头吟,乐府曲名,《西京杂记》:"司马相如将聘茂陵人女为妾,卓文君作《白头吟》以自绝,相如乃止。"此曲情调哀怨忧伤,本诗借用其意。感叹自己遭谤下狱的苦闷心情。③露重二句:露重,风多,这是以秋蝉的困苦喻自己的艰难处境。④无人二句:高洁,蝉居树的高枝,吸饮露水,古人以之为高洁的象征。

❖ 译诗 ❖

秋天的知了一阵阵地鸣叫,
引起我这囚犯的忧思苦恼。
谁能忍受壮年的有为岁月,
学那卓文君来唱白头吟调。
露水沾湿蝉翅它难以飞进,
大风中的蝉鸣是多么低沉。
没人相信蝉儿的高洁情操,
可我又向谁表达怨愁之心?

❖ 解析 ❖

这首五言古诗写于唐高宗仪凤三年(678)秋,时任侍御史。

因数次上书议论政事,为武后诬陷,强加贪污罪名,把骆宾王押进狱中,他在狱中写了这首诗。诗前有序,写其因忧愤作诗。诗中借对鸣蝉的歌咏,寄托作者蒙受冤枉时的悲愤感情,控诉了武则天等人对他残酷迫害的罪行。

诗开篇以比兴手法起,由秋蝉凄鸣引发出作者因无辜遭囚于狱中的深沉愁思。秋蝉凄鸣与南冠客的处境相衬相生,更加令人不堪。三四句以"那堪"与"来对"做转进一层描写,自己正如蝉之"玄鬓壮年",却受此不白之冤,并以卓文君作《白头吟》自绝相如做比,表达自己由玄鬓因忧伤而白头所产生的难以忍受的愤怨的心情。五六句全从蝉的处境着眼,全是想象之词,用"露重难飞""风多响沉",写蝉的困难处境,极为形象地比喻自己被关押在狱中,遭受打击迫害的艰难处境。结尾二句以"无人"由蝉转入自身,直接抒发情怀,借蝉之高洁,表达作者含冤受屈、自持高洁但不为人相信和理解的悲愤心情,揭露了唐朝上层统治集团昏庸腐败的统治。

全诗运用比兴手法,以蝉起兴,以蝉自况,以情收结,既是写蝉又是自写,曲折委婉,含蓄深沉。

陈子昂

陈子昂(661—702),字伯玉,梓州射洪(今四川射洪)人,出身于世代豪富家庭。少年时,使气任侠,十七八岁时才专精读书。睿宗文明元年(684),举进士,为武则天所赏识,官麟台正字,后又任右拾遗。他曾随乔知之的军队到过西北边塞,后又从武攸宜东征,抵御契丹,到过燕京(今北京附近)一带,军还一年多,因不得志,辞官归乡。后为射洪县令段简诬害而死,卒年四十二岁。

在唐代诗歌史上,陈子昂占有比较重要的地位,他较早地从理论上提出了诗歌革新的主张,极力倡导崇尚汉魏,鄙弃齐梁。他在"复古"的幌子下,大胆地进行革新,在诗歌创作实践中开拓了新的道路。他明确地反对齐梁的"逶迤颓靡"的形式主义诗风,主张诗歌要有"兴寄",要有"风骨",即是要有从现实激发出来的寄托和理想,要有包含充实内容的明朗刚健的风格。他认为只有这样诗歌才能达到"骨气端翔,音情顿挫,光英朗练"的境界。由于注重诗歌创作中内容和形式的统一,因而,他在诗歌创作实践中写出了许多有影响的优秀作品,对唐代诗歌的发展乃至对后代诗歌的发展都产生了一定的影响。有《陈拾遗集》。现存诗一百二十余首。

燕 昭 王[①]

南登碣石馆,遥望黄金台[②]。
丘陵尽乔木,昭王安在哉[③]!
霸图怅已矣,驱马复归来[④]。

❖ 注释 ❖

①本篇为《蓟丘览古》七首之二,篇名《燕昭王》为选者所加。燕昭王,战国时燕国国君,当时诸侯割据,燕昭王招聘天下贤士,得乐毅、郭槐而重用,以谋求霸业。②南登二句:碣石,山名,本篇所指碣石当是现在河北省乐亭县西南的碣石山。碣石馆,指碣石山上的亭阁。黄金台,指燕昭王在易水东

南所筑的黄金台,置千金于台上,以招天下之士。③丘陵二句:安在,何在,在哪里。④霸图二句:霸图,谋求霸业。怅,惆怅,形容不得志的样子。已,止。

❖ 译诗 ❖

登上碣石山顶的亭阁,
遥望燕昭王的黄金台。
尽是乔木丛生的丘陵,
不知燕昭王今天何在?
谋霸业不成多么遗憾,
只得驱马驾车回家来。

❖ 解析 ❖

这首五言古诗同《登幽州台歌》一样,是作者随武攸宜东征契丹时所作。当时作者身居边地,登临碣石山顶,极目远眺,触景生情,抚今追昔,吊古抒情,表达了怀才不遇、报国无门的痛苦心情,反映了作者积极向上的强烈的进取精神。

诗的开篇两句,首先点出凭吊的地点碣石山顶和凭吊的事物黄金台,由此引发出抒怀之情,为后四句做铺垫。接下二句紧承前意,以深沉的感情,凄凉的笔调,描绘了眼前乔木丛生,苍茫荒凉的景色,由景衬情,寓情于景,发出"昭王安在哉"的慨叹,表达对燕昭王仰慕怀念的深情。诗人借古以讽今,对古代圣王的怀念,正是反映对现实君王的抨击,是说现实社会缺少燕昭王这样求贤若渴的圣明君主。结尾二句以画龙点睛之笔,以婉转哀怨的情调,写出昭王之不可见,霸图之不可求,国士的抱负之不得实现,只得挂冠归还,发出"怅已矣"的慨叹,反映了诗人对圣明帝王的追求,抒发了自己怀才不遇的感慨,揭露了唐朝统治阶级的昏庸腐朽。

这首怀古诗借古讽今,感情深沉,词句朴质,有较强的感人力量。

登幽州台歌[①]

前不见古人,后不见来者[②];
念天地之悠悠,独怆然而涕下[③]。

❖ 注释 ❖

①这首诗是作者登临古代遗址怀古抚今的放歌。幽州台,指蓟丘,地在今北京市德胜门西北,上有楼观,又称土城关。②前不见二句:古人,指古代的圣贤。来者,指后世的圣贤。③念天地二句:悠悠,长久,深远。怆然,哀伤的样子。

❖ 译诗 ❖

前不见往古的圣贤,
后不见来世的英雄豪强,
面对苍茫大地回想流逝的时光,
我是多么孤独哟,
止不住流泪悲伤。

❖ 解析 ❖

这首古诗是作者随从武攸宜东征契丹时所作。武攸宜胸无将略,屡次失败。陈子昂曾几次向武攸宜献策,并请求率兵打先锋,武攸宜不但拒绝采纳他的建议,反而迁怒于他,把他从参谋降为军曹。陈子昂遭到打击之后,必然地要抒发他"奋身报国"的远大理想和怀才不遇的愤慨之情。当时他正居于燕蓟之地,他登上古老的幽州台,眺望苍茫无际的宇宙,面对辽阔壮丽的祖国大地,吊古伤今,唱出了慷慨激烈的悲歌。

开头两句直抒吊古叹今之情,"前不见古人,后不见来者",由联想历史,而追忆古代圣贤,却"前不见古人",表达对先贤的怀念;继而又联想到现世,现实是令人悲伤、愤慨的。未来如何呢？却是"后不见来者",看不到后来的圣贤。诗人深深感慨于古今瞬息变化,时光流逝。尽管古人不见了,而大自然却依然存在,宇宙却是无穷的,流露了人生短促的伤感,表现了一种生不逢时,怀才不遇的感情。在无限的时间与空间的背景下,在"前不见""后不见"的重复迭唱中,表现了广阔无垠的孤独之感与悲愤之情。后二句借景抒情,"天地悠悠,怆然涕下",他面对无穷的宇宙,有限的人生,联想到个人的遭际,不禁感慨万千,悲从中来,愤世之志化为泪水,在无尽头的时间与空间的历史悠悠之中,诗人那种慨叹悲哭之状,仰天顿足之态,跃然纸上,形象地反映了一个有伟大抱负的人,因不得实现抱负,找不到时机和志同道合的人而产生的孤立无援的极大悲愤,也正是一个有美好理想的人,因感到宇宙无穷,人生有限,难以实现理想而抒发出来的极深沉的慨叹。诗以慷慨悲歌的形式刻画了一个忧国忧民而又生不逢时的抒情形象。

诗中的北方平原广阔萧索的场景,苍凉雄浑的气氛与诗人的感情相呼应,与诗人的内心世界相表里,相烘托,相映衬,使诗歌具有强烈的感人力量。

这首诗很有特色,全篇只四句,全用散文句式,不讲究诗韵,纯用粗线条的大笔勾勒,但读来却诗味隽永。这首诗的句法结构,对后来自由体诗的产生和发展有很大影响。

杜审言

　　杜审言(约645—708),字必简,襄阳(今湖北襄阳)人。670年举进士,任隰城(今山西晋中汾阳市)尉。恃才高傲,为同僚所妒,696年左右迁洛阳丞,因事牵连,圣历元年(698)贬吉州(治所在今江西吉安)司户参军。后为司马周季重、司户郭若讷所害,坐狱。审言子并刺周季重,并亦见害,审言由是免官,回到洛阳,被武后召见,武后器重他的文才,授著作郎,后又迁膳部员外郎。中宗神龙初(705)因与张易之交往被流放峰州(治所在今越南河西省),不久被召还,中宗景龙二年(708)授国子监主簿,加修文馆直学士。

　　杜审言在初唐诗坛上,与苏味道、李峤、崔融合称"文章四友",杜在四友中是较为突出者。他的诗歌多是没有价值的应制诗,只一少部分是较少雕饰的有成就的作品。尽管他的诗歌少有社会内容,但在五言律诗的创作上却已达到成熟的境地。对唐代"近体诗"的形成和发展有积极的贡献。陈子昂在《送吉州杜司户审言序》中对他做了高度评价,他说:"徐、陈、应、刘,不得鬻其垒;何、王、沈、谢,适足靡其旗。"认为徐干、陈琳、应玚、刘桢、何逊、王融、沈约、谢朓不能与之匹敌。清代王夫之说:"近体,梁陈已有,至杜审言而始叶于度。"(《姜斋诗话》)指出了杜审言在唐诗发展上的贡献。

和晋陵陆丞早春游望[①]

　　独有宦游人,偏惊物候新[②]。云霞出海曙,梅柳渡江春[③]。
　　淑气催黄鸟,晴光转绿苹[④]。忽闻歌古调,归思欲沾巾[⑤]。

❖ 注释 ❖

　　①和,唱和。晋陵,古郡名,今江苏常州市。陆丞,陆姓郡丞,其名不详。②独有二句:宦游人,因求仕而到处奔走的人。物候,指自然界的各种现象,即指随节候而变化的现象。③云霞二句:云霞,此指朝霞。④淑气二句:淑气,温暖的气候。绿苹,水中植物,亦称水萍、浮萍。浮在水面,叶绿色,夏天开小白花。⑤忽闻二句:古调,指陆丞的《早春游望》诗。

❖ **译诗** ❖

独有我这个到处奔波求官的人,
才对春天的变化感到如此惊心。
远看霞光从海面上升起,
近看梅红柳绿使江南处处皆春。
温暖的春风催促黄鹂鸣叫,
和煦的阳光使水中萍草颜色转深。
忽然听到陆丞《早春游望》这首大作,
思乡的泪水沾湿了我的衣襟。

❖ **解析** ❖

这首五言律诗是一首唱和诗。诗中借对春天景色的描绘,抒发了诗人怀念家乡的真挚感情,曲折地表达了政治失意的苦闷心情。

诗的开头两句交代诗人长期宦游的孤独感受,触景动情,因景物变化而感到吃惊,暗示诗人因时光流逝而功业无就的苦闷。

因是宦游人,久客在外,故对节气变化特别敏感,故用"独有""偏惊"开篇,而偏惊又是因处境独特而生,可谓"起调甚高而响"。接下四句承"独有""偏惊",以远近相间的笔势,描绘了江南绮丽壮美的自然风光。尤其刻意于"物候新"的描写,用云霞、沧海、红梅、绿柳、春江、黄鸟、白日、绿萍等富有特色的景物,组成一幅气象万千、景色秀美的江南早春的艺术画面,于赞美中流露了诗人流连忘返的心情。云霞是出海的曙色,梅柳为渡江的春色,春气催促黄鸟鸣啭,阳光使萍草转为深绿,这正是诗人所"偏惊"的"物候新",是诗人所独有的"宦游人"的独特感受,"出""渡""催""转"四字,把早春的物候的独有的美做了动态而形象的刻画。结尾二句笔势急转,以忽闻陆丞的歌声,思泪沾巾,既点明了和诗之意,又形象地描写了作者对家乡的深深怀念之情。"忽闻"对上面"物候新"的早春景色做急骤转折,江南早春,令人迷恋,也令人惊心,因友人之古调触动乡愁,江南非久恋之地,归思之情也就更浓了。

这首诗以情起以情结,首尾照应,章法严谨,起句点宦游孤独之感,中间铺写江南早春美景,结句写归思悲慨之态。以"独有""偏惊""忽闻"构成转折顿挫,使感情抒发得淋漓尽致。

宋之问

宋之问(约650—712),字延清,一名少连。汾州(今山西汾阳)人。675年进士及第,武后召令与杨炯在习艺馆供职。后授洛州参军,转尚方监丞,左奉宸内供奉。在供职期间媚附权贵张易之,急功近利,因应制诗写得好,受武则天恩宠。时武则天游济南龙门,令随从侍臣赋诗,左史东方虬诗先成,武则天赐锦袍给他。少间,宋之问献诗,武则天读后赞叹不已,夺所赐给东方虬的锦袍,更赐给宋之问,受武则天"夺袍以赐"的恩宠。张易之败,他被贬为泷州(今广东罗定市)参军,不久逃还,为鸿胪主簿。中宗景龙中,转考功员外郎,引为弘文馆学士,后因罪贬越州(今浙江绍兴)长史。睿宗即位把他发配钦州(今广东省钦县北),玄宗初勒令他自杀。

他的诗歌大体可分为两类,一类是点缀升平,歌颂皇帝的"应制诗",另一类是写他个人仕途生涯和流放的作品,后一类有一定的思想内容,特别是他在流放期间写的诗歌,为人们所传诵。

他的诗歌与沈佺期的诗歌被当时人称为"沈宋体"。尤其是他的律诗有一定的艺术成就,在音韵上讲究对仗,在形式上力求工致。他继承了六朝以来的一些创作经验,使律诗发展到较为成熟的阶段。《新唐书·艺文志》:"魏建安后迄江左,诗律屡变,至沈约、庾信以音韵相婉附,属对精密,及宋之问、沈佺期又加靡丽,回忌声病,约句准篇,如锦绣成文。"可见宋之问对唐代律诗的发展做出了一定的贡献。

渡 汉 江[①]

岭外音书绝,经冬复历春[②]。
近乡情更怯,不敢问来人。

❖ 注释 ❖

①汉江,又称汉水,长江最长支流,在武汉入长江。诗中所说汉江,应为汉水中游的襄河。湖北省襄樊市以下的汉水称襄河。②岭外二句:岭外,秦

岭以南的地方,此指诗人泷州流放处。音书,书信。

❖ 译诗 ❖

流放岭南与亲人断绝了音信,
熬过了冬天挨过了又一春。
越接近家乡越加担心胆怯,
不敢打听从家那边过来的人。

❖ 解析 ❖

这首五律作于706年。诗人因受张易之案牵连,被贬为泷州参军,不久他便逃离泷州,途经汉水,回到洛阳。这首诗生动地记录了流放逃归的真实心情。

诗的开头两句以音书断绝,经冬历春,写流放岭南的感受,点明流放地点和经历的时间,写岭南,言其远隔;写音书断绝,言其思乡之情切;写经冬复历春,言其时间之长久;用音书断绝、经冬历春概括地反映流放生活痛苦难熬。也以音信断绝从侧面写作者在岭南的孤独处境,流露遭贬后的苦闷心情和对家人的深深思念。后两句形象地刻画了逃归途中担心害怕的情态。游于归乡本是欢快的事情,但因作者是一个流放者的身份,贬黜在外,天各一方,音信断绝,家里的情景又当如何?这是诗人常常挂在心头的。偶有机会逃离而归,越是接近家乡,越想急切地了解家中的境况,想知道家中的事情,但又害怕家中发生什么不幸,于是心情极为矛盾,越是放心不下,越是胆战心惊,越发胆怯不安,急于想打听过路之人,又不敢打听。想问又不敢问,诗中用一个"怯"字,一个"更"字,活画出一片真情来。诗正是由写音书断绝到逃归途中的感情,由单纯的思念家乡到复杂的担心害怕,曲折地抒写了不同境遇中的思家之情,写得含蓄深沉。

全诗虽只四句但却以质朴自然的语言,形象地概括了诗人极为复杂的心情,曲折深细,哀感动人。

沈佺期

沈佺期(约650—713),字云卿,相州内黄(今河南省内黄县)人。高宗上元二年(675)举进士,授协律郎,后迁通事舍人。武后时累迁给事中、考功员外郎。后因张易之案流放驩州(今越南境内)。中宗神龙时,召授起居郎、加修文馆直学士。后又任中书舍人,太子少詹事。有《沈佺期集》十卷。

沈佺期善文学,尤其长于七言诗歌。他做过宫廷侍臣,且又依附权贵,当时诗名很大,与宋之问号称"沈宋"。沈诗文彩艳丽,语气委婉,讲究声律对偶,对唐代近体诗歌的形成与发展有一定的影响。

独 不 见[①]

卢家少妇郁金堂,海燕双栖玳瑁梁[②]。九月寒砧催木叶,十年征戍忆辽阳[③]。白狼河北音书断,丹凤城南秋夜长[④]。谁为含愁独不见,更教明月照流黄[⑤]。

❖ 注释 ❖

①诗题一作《古意呈乔补阙知之》。②卢家二句:卢家少妇,《乐府诗集·杂歌谣辞》载肖衍《河中之水歌》:"十五嫁为卢家妇,十六生儿字阿侯。卢家兰室桂为梁,中有郁金苏合香。"后人以卢家少妇代指少妇。郁金,一种珍贵的香料。玳瑁,龟类动物,龟甲黄褐色,有黑斑,半透明,光滑。梁,栋梁,指屋舍。③九月二句:寒砧,捣衣石板。木叶,树叶。辽阳,古地名,在今辽宁省辽阳市附近。④白狼二句:白狼河,古水名,即今辽宁省境内的大凌河,因发源于白狼山得名。丹凤城,借指长安。相传秦穆公的女儿弄玉吹箫引凤,凤鸟落在秦都咸阳,因称咸阳为凤城,后人往往以丹凤城代指京城。⑤谁为二句:流黄,黄紫色相间杂的绢帛。

❖ 译诗 ❖

多么孤独的卢家少妇啊,
住在郁金香涂抹的香闺屋堂;
多么幸福的海燕啊,

成双成对的栖居在玳瑁屋梁上。
九月寒砧的捣衣声啊,
催促着树木纷纷飘下落叶,
想那远方的征人啊,
离家十年驻守在荒僻的辽阳。
书信长期断绝啊,
不见那白狼河北的回音;
独身居住在繁华的京城啊,
我是多么怨恨这秋夜的漫长。
竟为谁而含愁啊,
却只因不得与丈夫相见;
夫妻两地共此明月啊,
明月偏照在尚未织成的流黄上。

❖ 解析 ❖

这首七言律是思妇诗。诗中通过描写一位思妇对驻守边地的丈夫的思念,反映了当时唐朝统治者与其他少数民族统治者常年发动战争,给人民生活带来的深重灾难,表达了作者对人民苦难的深切同情。

诗的前四句运用比兴手法,以海燕起兴。借对少妇居住的典型环境的描绘,写出少妇孤清冷寂的生活处境。诗以郁金香,玳瑁梁构成华贵气,而以海燕双栖点出人物处境,所谓托物情以形人事。三句以九月之落叶为寒砧所催。写秋之深,寄衣之急,烘托思妇对长久驻守在辽阳边地亲人的深深思念之情。四句又以征戍忆辽阳相承。由九月而十年,由寒砧落叶到征戍辽阳,以跳跃的笔势由思妇写到征夫,写征戍久远,还家无日。五六句以工整对句写出征夫在白狼河北,音书断绝,思妇在京城长安。秋夜不眠,形象地描写了思妇想念亲人的深情。三四句和五六句分别写思妇和征人,写征人又正是为了写思妇,伤音信之隔绝。悲秋夜之凄凉。从春到秋、从九月到十年,从白天到夜晚,日夜相思,无时不想,描写得淋漓尽致。结尾二句以明月作寄托,明月偏照,织锦未成,含愁不见,更加深化了相思之情。思妇愁苦之状跃然纸上,哀感动人。

这首诗在章法上首创工密,思绪清晰而深沉。注意语言的感情色彩,对仗工整,语言响亮而高亢,体现了沈佺期典丽精工的诗风。

张若虚

张若虚(生卒年不详),扬州(今江苏扬州)人。做过兖州掌军务的武官。神龙年间(705—707)与贺知章、贺朝万、齐融、邢巨、包融等人"俱以吴越之士,文辞俊秀,名扬于上京"。开元初年又与贺知章、张旭、包融号称"吴中四杰"。《全唐诗》仅存其诗二首。

张若虚是从初唐向盛唐过渡的重要诗人,他在四杰的基础上,进一步改造了宫体诗,完成了"初唐体"诗的创造,使七言歌行体更加成熟,为诗歌走向盛唐高峰开辟了道路。

春江花月夜①

春江潮水连水平,海上明月共潮生。滟滟随波千万里,何处春江无月明②。江流宛转绕芳甸,月照花林皆似霰(xiàn 线)③。空里流霜不觉飞,汀上白沙看不见④。江天一色无纤尘,皎皎空中孤月轮⑤。江畔何人初见月,江月何年初照人?人生代代无穷已,江月年年只相似。不知江月待何人,但见长江送流水。白云一片去悠悠,青枫浦上不胜愁⑥。谁家今夜扁舟子,何处相思明月楼⑦?可怜楼上月徘徊,应照离人妆镜台⑧。玉户帘中卷不去,捣衣砧上拂还来⑨。此时相望不相闻,愿逐月华流照君。鸿雁长飞光不度,鱼龙潜跃水成文⑩。昨夜闲潭梦落花,可怜春半不还家⑪。江水流春去欲尽,江潭落月复西斜。斜月沉沉藏海雾,碣石潇湘无限路⑫。不知乘月几人归,落月摇情满江树⑬。

❖ 注释 ❖

①春江花月夜:乐府旧题,属《清商曲·吴声歌》。②滟滟二句:形容波光闪动的光彩。③江流二句:绕,指河道弯曲。芳甸,生长花草的平原。霰,小雪珠,比喻月光朦胧的样子。④空里二句:流霜,空中的飞霜,这里指月光。汀,水中的沙洲。⑤江天二句:纤尘,细小的灰尘。⑥白云二句:悠悠,渺茫,深远。青枫浦,地名,在今湖南浏阳市内,指游子所在的地方。⑦谁家

二句:扁舟,小船,扁舟子,指宦游在外的人。⑧可怜二句:徘徊,这里指月光移动。⑨玉户二句:玉户,形容楼阁华丽,以玉石镶嵌。⑩鸿雁二句:鸿雁,大雁,古代传说雁、鱼能给人捎书信,这里是说雁、鱼并不能给人捎信。潜跃,在水底游跃。⑪昨夜二句:闲潭,形容潭水深而潭面平静。春半,春天已过一半。⑫斜月二句:碣石,山名,此指今河北省乐亭县内的碣石山。潇湘,水名,即潇水和湘水,在今湖南省境内。这里用碣石和潇湘代指北方和南方,用以比喻男女双方距离遥远。⑬不知二句:摇情,情思激荡。

❖ 译诗 ❖

春天的江潮与海潮一起涨升,
海上的明月随着潮水慢慢升腾。
闪闪的月光随着波浪一泻千里,
春江处处都闪烁着月亮的光明。
弯曲的江流绕过芳香的草甸,
明月照在花林上有如一层雪霰。
夜空里像有流霜却觉不到霜飞,
沙滩上的白沙也是茫茫一片。
天水一色洁白没有一点灰尘,
皎洁的高空悬挂着孤月一轮。
是谁在江畔最早见过这样明月,
这明月又是何年开始照人?
人生竟是这样世世代代没有停止,
可那江月却是年年月月如此相似。
不知这江月又在等待着何人?
但只见长江日日夜夜送走流水。
天空中一片片白云飘飘悠悠,
青枫浦上的游子有无限忧愁。
不知谁家还有游子在外,
也不知哪家的妇女相思在明月楼,
可爱的月光正在楼上徘徊,
本应照亮那闺房里的梳妆台。
思妇卷起门帘却卷不走月光,

捣衣石上也无法把月光拂开。
千里共此明月却不能见面，
她多么想随着月光飞照夫君。
鸿雁远飞却不能把月光捎给亲人，
鱼龙跳跃水底只是激起层层波纹。
昨夜梦见平静的潭水中有许多落花，
可叹的是现已春半还不得回家。
昼夜不停地江水又把春天送走，
今晚江潭上的落月也已西斜。
沉沉斜月慢慢地被海雾吞没，
从碣石到潇湘有遥远的道路。
不知今夜有几人趁着月光归家来，
落月余晖牵动着人们的情思洒满江树。

❖ 解析 ❖

　　这首七言歌行以自然流畅的语言，运用白描手法，形象地描写了春江月夜旷达、幽静的境界，诗人借景生情，发出人生短暂，宇宙无穷的感叹，抒发了游子的离别相思之苦。

　　这首诗的前十六句写月夜景色。前八句，开篇点题，描写春江浪涛连着海潮，一轮明月随着海潮升起的壮观景象。诗人以雄浑的笔触描绘了眼前明月高悬，宇宙辽阔，江流宛转，月色迷蒙的壮阔景色。后八句，由景入情，以丰富的想象追溯到历史的长河中去，由对江月的发问，进一层提出了"人生代代无穷已，江月年年只相似"的人生哲理。流露了诗人对宇宙无穷，人生有限的感慨。中间四句由扁舟子、明月楼过渡承转，写游子思妇的离别相思之情。后十六句转写月夜情人两地相思，情调由雄浑转入缠绵。这一段又分为二小段，前八句写思妇怀念远人，作者用转进一层的反衬手法，通过描写思妇月夜对游子的思念，表达诗人思念亲人的热烈情怀。诗以细密的笔触刻画了思妇的情态和内心活动。以月作为传情的媒介，写思妇帘中卷月，砧上拂月，愿逐明月映照亲人，鸿雁不度。鱼龙潜跃，渲染思妇从春到秋，从日到夜的怀念远方亲人的急切心情。由"昨夜"以下八句写游子对家乡亲人的思情，写昨夜入梦，写春半不得还家，直到落月西斜，揭示游子日夜思乡的内心痛苦。结尾四句以斜月沉沉，家乡远隔，由个人的痛苦而想到无数像自己一样的游子,他们的思情就像眼前浑白的落月余光落满江树一样,牵动着人们的情思,使诗在收结中达到更高的境界。

　　这首长篇歌行,运用民歌中习见的带有普遍性的相思离别的题材,细致而形象地描绘了作客他乡的飘零之感。全诗几乎句句不离月字,但却无重复烦琐之感,加强了抒情的形象性,确有出神入化的境界。全诗以铿锵响亮的语言,优美空灵的白描手法,上下蝉联的结构,一气到底而又曲折三致的反复回荡的旋律等,构成了它独特的艺术特色。而春江花月夜五字,形成五条结构线,而以明月为中心结构线。全诗四句一韵,一韵一转。平仄互换,纵横开阖,使这首诗具有很高的艺术成就和很强烈的艺术感染力量。

　　近代学者闻一多先生对此诗给以极热情的高度的评价。他说:"如果刘希夷是卢骆的狂风暴雨后宁静爽朗的黄昏,张若虚便是风雨后更宁静更爽朗的月夜……"

　　"这是诗中的诗,顶峰上的顶峰。从这边回头一望,连刘希夷都是过程了,不用说卢照邻和他配角骆宾王,更是过程的过程。至于那一百年梁、陈、隋、唐四代宫廷所遗下了那份最黑暗的罪孽,有了《春江花月夜》这样一首宫体诗,不也就洗净了吗?向前替宫体诗赎清了百年的罪,因此向后也就和另一个顶峰陈子昂分工合作,清除了盛唐的路,张若虚的功绩是无从估计的。"(《闻一多全集·唐诗杂论》)

张　说

张说(667—730),字道济,洛阳人。武后垂拱四年(688)显露名声,中宗时任兵部员外郎,后迁兵部侍郎加弘文馆学士,尚书左丞相。他在武后执政时曾一度被贬谪到岳州(今湖南岳阳县)。在谪居期间,曾写了一些优秀的诗歌。

张说能文辞,主要成就在散文方面,他和苏颋(封许国公)被称为"燕许大手笔"。其文讲究实用,重视风骨,其诗摆脱了艳丽风气,尤其五言律诗,卓有特色,格调清新,生动自然,不事雕琢,质朴无华。著有《张燕公集》。

过蜀道山①

我行春三月,山中百花开。披林入峭壁,攀登陟(zhì 至)崔巍②。
白云半峰起,清江出峡来③。谁知高深意,缅怀心幽哉④。

❖ 注释 ❖

①蜀道山,泛指去蜀地路过的山峰。②披林二句:崔巍,形容山势高险。③白云二句:清江,长江中游支流,穿行于鄂西山地,两岸山峰重叠,江水清澈,落差很大。④谁知二句:缅,遥远的样子,缅怀,长久的想念。

❖ 译诗 ❖

阳春三月我奉命前去蜀地,
一路上满山遍野百花盛开。
穿过层层山林转过一座座峭壁,
登上险峻的高峰爬上陡峭的悬崖。
一朵朵白云在半山腰萦绕飘动,
汹涌的清江自山峡中奔流而来。
谁个认识高阔幽深的奇异境界,
定会把这里的景色深深地缅怀。

❖ 解析 ❖

　　这首五言律诗写诗人入蜀途中的感受。诗以明丽雄浑的笔触描述了蜀道之上山峦险峻,景象雄奇的优美画面,诗人借景抒怀,表达了他远大的胸襟和对高深境界的热烈追求。首联开篇点明入蜀时间,写他正是在阳春三月、百花盛开的季节登上旅途,笔端流露了一种欢快喜悦的心情,接着四句以泼墨之笔勾画蜀地山河雄伟壮观的气势,他以连续的动作,以"披""入""攀""陟"等传神之词,通过攀登于山林之间的亲身感受,形象地再现了山之高、路之险的雄奇境界,衬出蜀山蜀水奇险的美姿。接下又层次清晰地描绘了山峰的白云,山峡的清江,并对半峰之云,出峡之水做动态描写,这就把云飞水流,行人披、入、登、陟构成一幅生气勃勃、景色美妙奇险的山水画卷。画面雄浑秀丽,意境高远深沉。而这些又是他"过"蜀道山刹那间感受,可见诗人眼光锐敏,感受新奇,印象深刻。这正表现了诗人远大的抱负和宽广的胸襟。尾联总括全篇,笔势由写景转入议论,通过称赞蜀道山川之美,表达了他对高远境界的追求,反映了作者蓬勃向上的精神。

　　全诗形象鲜明,格调雄健。

张九龄

张九龄(673—740),字子寿,韶州曲江(今广东曲江)人。中宗景龙初举进士,任中书舍人。后因张说推荐,为集贤院学士。开元二十二年(734)迁中书令,辅佐唐玄宗,被称为贤明宰相。因其正直不阿被李林甫排挤,开元二十四年为右相,罢政事。开元二十五年(737),贬为荆州长史,后病卒。

张九龄在初唐诗坛上是一位有影响的人,他的诗歌冲淡而高雅,摆脱了齐梁艳丽风气。遭贬荆州之后的作品,流露了玩世不恭的清高思想和不得志的悲愤之情。他在荆州所写《感遇》十二首,是思想性、艺术性较高的作品。著有《张曲江集》。

望月怀远①

海上生明月,天涯共此时②。情人怨遥夜,竟夕起相思③。
灭烛怜光满,披衣觉露滋④。不堪盈手赠,还寝梦佳期⑤。

❖ **注释** ❖

①怀远,怀念远方的亲人。②海上二句:共此时,指作者想象亲人和自己同在这个时间望月思人。③情人二句:情人,亲人。遥夜,长夜。竟夕,整夜。④灭烛二句:怜,怜爱。滋,生出,这里有浓重之意。⑤不堪二句:不堪,不能。盈,满。佳期,指相见的好日期。梦佳期,梦中相会。

❖ **译诗** ❖

一轮明月从海上升起,
天涯的亲人与我共当此时。
远方情人怨恨月夜漫长,
她整夜不眠把亲人相思。
吹灭蜡烛可爱的月光洒满房间,

在月光下徘徊露水沾湿了衣裳。
既然不能抓把月光赠送给你,
倒不如回到梦中咱们共会佳期。

❖ 解析 ❖

　　这首五言律诗作于开元二十五年遭贬荆州以后。诗中通过对月夜怀念亲人的形象刻画,表达了作者对亲人的深沉怀念的诚挚之情,曲折地反映了诗人遭贬后的孤独冷漠处境和悲凉痛苦之情。全诗运用比兴手法,以明月起兴,以明月终篇,借月托情。

　　诗一开篇直接点题,点明望月怀远。以"海上生明月,天涯共此时"写出作者与亲人远隔两地,天涯海角,但却共此明月,互相怀念。这是一笔写双方,明月是联系纽带,也是展开想象的空间环境。三四句转进一层,以情人怨恨夜长,整夜相思不寐,反衬自己对亲人的深深怀念。不说自己怀远,反说远方亲人见月思己,在转折反衬中表达对亲人真挚深厚的情思。三联又转入写自己月夜怀远的情态。诗以连续性的富有特征的动作描写,揭示人物内心思情,灭烛沉思,月光满屋,这月光使人怜爱,爱月光便是思念亲人,因月光是"天涯共此时"的明月,这是室内望月。月光满屋,情思越来越深,睡意全消,索性披衣出门,漫步在庭院之中以排遣愁思,不知时间过了多久,只觉得夜露越发滋生浓重了。

　　这是院中深夜久望。怜月光满室,感夜露湿衣,突出了他的怀远深情和激烈的内心活动。结尾二句"盈手"相赠。抓一把月光赠给远方的亲人。月可"盈手",想象奇特,情真意切。说"不堪",是说"盈手赠"之不得实现,赠给对方一把月光,象征着赠给对方一团火热的情思。月光是不能赠的,然而情思总是要寄托的,那就只好求之于梦中了,希望做一个好梦,实现"佳期"相会的心愿。结得哀婉缠绵,真挚动人。

　　这首诗哀婉深切,情悲笔丽。

孟浩然

孟浩然(689—740),襄州襄阳(今湖北襄阳)人。早年在家读书,壮年时曾游历长江南北的巴蜀、吴越等地。四十多岁时到长安、洛阳谋取功名,因无人引荐失意而归,又开始了漫游生活。晚年曾到荆州,在张九龄府中做一员清客,没任官职,后又隐居在家乡的鹿门山一带。开元二十八年(740)死于故乡南园,他是唐代少有的以布衣终老的诗人。

孟浩然在盛唐诗坛上享有盛名,与崔颢、王昌龄、高适等相提并论,后来评论者把他与王维并列,世称"王孟"。其诗歌虽然缺少广阔的社会内容,主要反映他的隐居生活和他所游历的山水风光,但对隐居的幽寂,高士的孤怀,登临的清兴,静夜的相思做了多方面的描写。他学习并发展了陶渊明的诗歌创作传统,创造出一个幽雅恬静的意境和清淡自然的艺术风格。他是唐代创作山水田园诗派的第一个诗人。尽管他的诗作数量并不多,然而却有较深远的影响,历来受到称赞。杜甫说他:"赋诗虽不多,往往凌鲍谢。"宋朝计有功在《唐诗纪事》中说他:"学不攻儒,务撷菁华;文不按古,匠心独妙。五言诗天下称其尽善。"明胡应麟在《诗薮》中说:"孟诗淡而不幽,时杂流丽;闲而匪远,颇觉轻扬;可取者,一味自然。"这些评论有助于对孟诗风格的认识。

过故人庄①

故人具鸡黍,邀我至田家②。绿树村边合,青山郭外斜③。
开轩面场圃,把酒话桑麻④。待到重阳日,还来就菊花⑤。

❖ 注释 ❖

①过,过访。故人,老朋友。②故人二句:具,准备。鸡黍,小鸡和黄米,这里代指鸡黍一类较好的饮食。田家,农家。③绿树二句:郭,村庄的外城。④开轩二句:轩,房屋,这里指窗户。场圃,场院。桑麻,桑、麻皆是植物名称,此代指农家耕种收成的事情。⑤重阳日,历九月九日是古代重阳节,古

人在这一天饮酒赏菊。就,趋就,就近。

❖ 译诗 ❖

老朋友准备了鸡黍和美酒,
邀请我作客来到他家。
繁茂的绿树环绕着山村,
一带青山在村外横斜。
推开窗子面对着谷场菜园,
同饮着美酒,共话着桑麻,
等到明年的重阳佳节,
我还来喝美酒欣赏菊花。

❖ 解析 ❖

  这首五律写诗人应邀去农家饮酒的情景。诗人以清新质朴的语言描绘了农村优美的自然风光,刻画了主客开怀畅饮,尽兴谈吐的生动场面,表达了诗人热爱田园风光,珍视与农家友谊的真挚感情。
  诗的首联直接交代受故人邀请到农家居处去饮酒的原因。以故人准备鸡黍美酒,点明诗人受到平常而又最亲切地接待,主人没有排场,客人不讲虚礼,暗示出作者与故人友情之深厚。接下第二联笔势转向描写赴约途中所见的山村幽美的景色,以远近交织的笔法,疏密相间的画面层次,勾画出这个小山村是在青山之下,绿树环绕之中,流露了对山村的欣赏和热爱之情。第三联形象具体地描画了朋友对坐,开轩饮酒的情态。朋友频频举杯,面对场圃粮蔬,喜笑谦让,共话农家桑麻之事。笔下的人物形象历历在目,栩栩如生,勾画出田家优美安静的环境和怡然自得的田家生活的风俗画面。融无限喜悦之情于景色描写之中,进一层揭示了诗人与故人之间的纯朴深厚的友谊。尾联写作者与友人依依惜别的心情,巧用下次重阳再会做设想,深刻地揭示了诗人留恋田园,感情真挚,性格纯朴的思想特点。
  全诗语言通俗质朴,感情诚恳真挚,句式对仗工稳而不纤巧,写景自然而不雕琢,极富生活气息,在自然平淡中显出动人的艺术魅力和艺术风采。
  清黄白山评论说:"全首俱以信口道出,笔尖几不着点墨,浅之至而深。淡之至而浓,老之至而媚,火候至此。并烹炼之迹俱化矣。王孟并称,意尝不满于孟,若此作,吾何间然。"(《唐诗摘抄》)

早寒江上有怀

木落雁南渡,北风江上寒①。我家襄水曲,遥隔楚云端②。
乡泪客中尽,孤帆天际看③。迷津欲有问,平海夕漫漫④。

❖ 注释 ❖

①木落二句:木落,树叶凋落。江,指长江。②我家二句:襄水曲,指汉水流经襄阳由东曲折南流,故称襄水曲。楚云端,楚,古襄阳属楚地。云端,云头之上。此句意,作者在长江下游回顾家乡襄阳,遥望襄阳有如在天际的云头上浮现。③乡泪二句:乡泪,因思念家乡而流泪。客,诗人自称。④迷津二句:迷津,迷失渡口,这里借指在仕途上得不到权贵的引荐。平海,海面平静。漫漫,广阔无边。

❖ 译诗 ❖

树叶萧萧落哟大雁又南飞,
北风多凛冽哟江上阵阵寒。
我家住在弯弯曲曲的襄水边,
遥望家乡有如浮在楚天云端。
想念家乡的愁泪哟早已流尽,
眼睁睁看着天地间一片孤帆。
迷失了津头哟我想寻找渡口,
眼前是平静的大海茫茫无边。

❖ 解析 ❖

这首五言律即景抒怀,表现客中苦寒思乡之情。诗的头两句以比兴手法开篇,用"木落""雁飞"领起,点出秋末冬初的节候特征,并渲染北风劲吹,江上早寒的气氛,为下文思乡做铺垫。接下四句承上意,由天气的寒冷,南飞的大雁,引发出游子怀乡思归之情。但思乡又不能马上回乡,以遥隔楚地点明离家之远,以乡泪流尽极言思乡时间之久和思乡感情之强烈,并以天际孤帆表露诗人孤独冷寂的处境。隔楚云而望襄水,思乡久而泪尽,极目望而见征帆,恰逢木落雁飞之时,归家之心尤切,反映了作者谋取功名失败后郁闷、悲凉、灰心、失望的复杂感情。最后两句以迷津自状,问迷津而寻渡口,眼前只有海水茫茫,借问迷津表述寄托之意,既曲折而深刻地表达了作者不甘寂寞、积极上进的心情,同时也流露了得不到引荐、仕途茫然的苦闷惆怅之意。痛苦慨叹与不甘失败的情绪交织在一起,见于字里行间。

全诗含蓄曲折,情调悲慨。

春　　晓

春眠不觉晓,处处闻啼鸟。
夜来风雨声,花落知多少?

❖ **译诗** ❖

春夜里酣睡不觉天晓,
到处鸟啼把天明报道。
一夜里风阵阵雨淅淅,
不知花儿凋落了多少?

❖ **解析** ❖

　　这首五绝当是诗人隐居鹿门山时所写。全诗借心理感受描写,展现了一幅色彩鲜明,清丽动人的春眠雨夜图画。全诗虽只四句,但写出了作者感觉到、听到、猜想到的雨夜春晓景色。第一句写春晓的主观感受,说"不觉晓"实则点明"觉晓",所谓"不觉晓"正由于一夜不寐,而一夜不寐又正由于一夜风雨,至晓雨停方睡,故说"不觉晓"。诗一开篇就直接扣题。第二句写听到鸟鸣,以"处处"写啼鸟之多,渲染生机盎然的气氛,由"处处闻"而反衬诗人之"不觉晓"。"不觉晓""闻啼鸟"相互生发,引出下面诗境来。第三句写一夜间的主要感受,点出一夜风雨。这是诗人一夜不眠至晓方睡的原因,说"夜来风雨声",写一夜愁思,全从听觉写出。第四句以问句收结,用猜想的口气,写春夜雨后,繁花凋落的景色。这最后一句是点题句,诗人一夜无眠是因一夜风雨,而所谓"风雨声"又是从听觉上写,听了一夜风雨,正写出诗人忧愁了一夜,苦闷了一夜,好容易风住雨停,诗人心情稍得安定,天亮时刚合眼而睡,可又被处处啼鸟惊醒,诗人夜里的牵挂和天明醒来的担心是"花落多少",然而似乎不仅仅是诗人为之担心,鸟儿啼鸣除了因雨过天晴大地清新的喜悦之外,好像也在为落花而惋惜。诗人借风雨、花落写其惜春之情。含蓄蕴藉,隽永自然。

这首短诗有独特的艺术特色,作者凝神于笔端,显出体情察物的精密细微。写啼鸟,鸟啼之声可闻;写风雨,春风春雨之声可听;写落花,花落之状可见。以情传神,含蓄,自然,概括力强,富有强烈的艺术感染力。这首诗历来为人称道,已成为千古绝唱。

夏日南亭怀辛大①

山光忽西落,池月渐东上。散发乘夜凉,开轩卧闲敞②。
荷风送香气,竹露滴清响。欲取鸣琴弹,恨无知音赏③。
感此怀故人,中宵劳梦想。

❖ 注释 ❖

①南亭,孟浩然在鹿门山隐居时的居处。辛大,姓辛,排行老大,不详何名。②散发二句:散发,古人留长发,平时要挽在头上,用簪子将发盘住,在家闲居时可披散着头发。开轩,开窗。闲敞,闲静宽敞。③欲取二句:知音,通晓音律,后来以此代指彼此了解,情投意合的人。《吕氏春秋·本味》:"伯牙鼓琴,钟子期听之,方鼓琴而志在太山,钟子期曰:'善哉乎鼓琴,巍巍乎若太山'。少选之间,而志在流水,钟子期又曰:'善哉乎鼓琴,汤汤乎若流水'。钟子期死,伯牙破琴绝弦,终身不复鼓琴,以为后世无足复为鼓琴者。"

❖ 译诗 ❖

太阳忽然落下西山,
圆圆的月儿慢慢升起在东方。
我披散着头发独个儿乘凉,
开着窗子躺在宽敞的厅堂上。
晚风吹来阵阵的荷花清香,
竹叶的露水滴滴答答作响。
本想拨动琴弦把歌儿弹唱,
遗憾的是没有知音来欣赏。
想到此我把老朋友深深怀念,
半夜里睡梦中也还把你思想。

❖ 解析 ❖

孟浩然在四十岁的时候赴长安、洛阳考进士,不第,后隐居鹿门山,诗中借对所居处幽美闲静的典型环境描写,通过身处孤寂环境而怀念友人的感受,委婉曲折地抒发了他求仕不得的苦闷心情。

全诗以景起,开篇点出时间。诗人以恬淡清新的笔触描绘了夏日傍晚,晚霞隐去,池月东升,月明星稀,幽静旷达的山林景色。写日落用"忽",写月升用"渐",描写了日落与月升的运动过程,勾画出夏日月夜的幽静景色,渲染了自然、恬淡的环境气氛。接着形象地描写诗人独自一人,散发乘凉,开窗躺卧的姿态,描绘居处的空寂与冷清;以景衬情,融情于景,揭露诗人孤独凄凉的心情。五六句运用以动显静的手法,极为形象地创造了风送荷香、竹露滴响的夏日月夜特有的优美迷人境界,以晚风徐来,荷香轻荡,显居处的幽深,以竹叶垂露、滴滴作响,显环境之寂静。在这种深远的境界之中,熔铸了诗人对大自然山水的深情,揭示了他对美好理想的追求,这两句诗炼字铸句而又不露斧凿痕迹。七八句由景写人,做转进一层的心理描写,刻画了诗人独处幽境,缺少知己的苦闷心情,以恨无知音,表达他不被见用于世的痛苦和不甘寂寞积极进取的心情。一个"恨"字饱含着极为复杂的感情,反映了他对社会现实的愤慨与抗议。收结二句点明题旨,把自己月夜孤独的感受和政治上的失意情怀,汇合在一处,凝聚在对友人的思念中,把对友人的真挚思念之情抒发的淋漓尽致,情透纸背,意味深远。

全诗以景起,以情结,中间情景相衬,写得景真情真,自然亲切。

夜归鹿门歌①

山寺钟鸣昼已昏,渔梁渡头争渡喧②。人随沙岸向江村,余亦乘舟归鹿门③。鹿门月照开烟树,忽到庞公栖隐处④。岩扉松径长寂寥,唯有幽人自来去⑤。

❖ 注释 ❖

①鹿门,即鹿门山,在今湖北省襄阳区东南。原名苏岭山,汉建武时,襄阳侯习郁建庙于山上,刻二石鹿置于庙道口,此庙称鹿门庙,后来称此山为鹿门山。孟浩然曾隐居此山。②山寺二句:渔梁,水中沙洲名。《水经注·沔水注》载:"沔水中有渔梁洲,庞德公所居"。庞德公,东汉时的隐士,襄阳人,曾隐居鹿门山。《后汉书·逸民传》:"庞公者,……荆州刺史刘表数延

请,不能屈,……后遂携其妻子登鹿门山,因采药不返。"渡头,渡口。③人随二句:江村,泛指鹿门一带的乡村。④鹿门二句:鹿门月照开烟树,是说黄昏时候烟雾弥漫,山石树木朦胧不清,月亮升起后才照亮了山村道路。庞公,庞德公。栖隐,栖息隐居。⑤岩扉二句:岩扉,山洞门。寂寥,寂寞空虚。幽人,隐者,此指诗人自己。

❖ 译诗 ❖

　　　　　　　黄昏的时候山寺的钟声悠扬,
　　　　　　　渔梁渡口人声嘈杂抢着渡江。
　　　　　　　人们沿着沙岸奔回乡村,
　　　　　　　我也乘着小船返回鹿门。
　　　　　　　天上明月照亮了烟雾笼罩的山路,
　　　　　　　我不知不觉来到庞公隐居的住处。
　　　　　　　山洞和松间的小路是多么寂静,
　　　　　　　只有我一个人在这儿自由来去。

❖ 解析 ❖

　　这首七言古诗是写隐居生活的抒情诗。全诗通过对鹿门居处山水景物的描写,渲染了隐居生活的闲适自由的乐趣,表达了诗人对美好境界的强烈追求。

　　诗的前四句描写黄昏时分人们争相渡江、匆忙回家的情形。开头两句抓住了山寺晚钟悠扬,日落黄昏,人们争相渡江的细节场景,渲染了一派喧闹的气氛。接着写村民沿着沙岸回家,诗人乘舟回鹿门山,写出诗人摆脱社会现实,隐遁山林的行径,语含超脱世俗、归隐山林的乐趣,在以热衬冷中写得亲切而自然。后四句以写景为主,揭示隐居生活的清淡悠闲的情趣。五六句承上写鹿门山的山色朦胧、月明烟开的幽静景色,并以庞公栖处点明诗人以庞公自许。收尾以"岩扉松径长寂寥,唯有幽人自来去",写其孤洁清高,一尘不染,脱离世俗的境界,说"长寂寥"、说"自来去",既写其孤高自赏,又写其不甘寂寥的痛苦心情,反映了诗人追求孤高寂寥的幽深环境和怀才不遇被迫隐居的复杂思想。

　　应当指出:封建时代的知识分子,当他们的理想不得实现,政治上遭受挫折时,往往走上隐居的道路。他们这种隐居生活正反映了对统治集团的不满和抗议。这在当时的社会历史情况下是可以理解的。

　　全诗自然质朴,不加斧凿;表现出清新,自然,淡远的艺术风格。

王之涣

王之涣(688—742),字季陵,并州(今山西太原)人,后迁居绛郡(今山西新绛县)。曾做冀州衡水县主簿,后被诬陷免官,除官之后曾漫游各地,并亲身到过边塞地区。晚年补文安县(今天津市附近)县尉。天宝元年卒于官,年五十五岁。

王之涣是盛唐时期名重于当世的文士,尤以边塞诗著称。白居易《故滁州刺史郑胪墓志铭》中说:郑胪"尤善五言诗,与王昌龄、王之涣、崔国辅辈联唱迭和,名动一时。"他的诗常被乐工采取以被声律。诗情洋溢、豪放,音乐性较强。保存下来的诗篇仅有六首绝句,但都是较有影响的诗作。

登鹳雀楼[①]

白日依山尽,黄河入海流。
欲穷千里目,更上一层楼。

❖ 注释 ❖

①鹳雀楼:故址在蒲州(今山西永济市),是蒲州城的西南城楼,共有三层,前对中条山,下临黄河,是当时的游览胜地。因常有鹳雀栖其上,故名。后被河水冲没,唐人登此楼留诗者极多。鹳,鹤一类水鸟。

❖ 译诗 ❖

白日依着西山沉落,
黄河向着东海奔流。
要想看到千里远方,
更得再上一层高楼。

❖ 解析 ❖

这首五言绝句抒写作者登临鹳雀楼的感受。全诗四句,两两相对,前半写景,后半抒怀。前二句实写,后二句虚拟。前两句以白描手法,描绘登鹳雀楼所见的景色。首句极目远眺,白日依中条山沉落,万道霞光映照高山峻岭;二句俯瞰眼下滚滚黄河奔腾入海,高山落日和奔腾澎湃的黄河流水两两相映,烘托出一种辽阔广大的气势,也形象地再现了鹳鹊楼居高临下的雄伟气势。后两句由景入情,把眼前壮阔的自然景色同阐发哲理联系在一起,用"欲穷千里目,更上一层楼"形象地概括了高瞻远瞩这一深刻哲理,表现了作者宽阔的胸怀和不断追求美好境界的感情。这是诗人在雄伟辽阔景物面前所产生的一种要求,也是诗人对事物发展的本质认识,从而使这两句诗成为千古名言。

  诗中情景交融,虚实结合,意境深远,哲理深刻,文词朴美,对仗工整,韵律和谐,是一首优美的诗篇。沈德潜评论说:"四语皆对,读去不嫌其排,骨高故也。"(《唐诗别裁》)

凉　州　词[①]

黄河远上白云间,一片孤城万仞山[②]。
羌笛何须怨杨柳,春风不度玉门关[③]。

❖ **注释** ❖

  ①凉州词:乐曲名。《新唐书·礼乐志》载:"天宝乐曲,皆以边地名,若凉州、伊州、甘州之类。"凉州,汉代所置,唐属陇右道,治姑臧县(今甘肃武威)。②黄沙二句:一本作黄河远上。万仞,古代八尺为仞,万仞;极言出高。孤城,即指凉州。③羌笛二句:羌笛,乐器名,西汉时自羌族传入内地。杨柳,即《杨柳曲》,也称《折杨柳枝》,汉乐曲名。乐府《横吹曲辞·折杨柳歌辞》:"上马不捉鞭,反折杨柳枝;蹀坐吹长笛,愁杀行客儿"。又《宋书·五行志》:"晋太康末,京洛为折杨柳之歌,其曲有兵戈苦辛之辞。"春风,一作春光。玉门关,地名,在今甘肃敦煌西。

❖ **译诗** ❖

     大戈壁滩的黄沙哟,
     漫漫茫茫直上云天。
     孤零零的凉州城哟,
     坐落在这万仞山间。

悲切哀怨的羌笛哟,
为何把杨柳曲飞传。
温暖和煦的春风哟,
为何不飞度玉门关。

❖ 解析 ❖

诗中通过对边塞景物的描绘,反映了守边将士艰苦的征战生活和乡思之情,表达了作者对广大战士的深切同情。前两句以黄沙飞扬于天地之间,孤城坐落于万仞高山之中,极力渲染西北边地、大戈壁上辽阔荒凉、萧索空旷的特色,借景物描写衬托征人戍守边塞凄凉幽怨的心情。满地黄沙,直上白云,只此一句就将边地风光的典型特征概括出来,上天下地,囊括包举,笔力雄浑;而万里黄沙,千岩叠嶂中一座孤城,上下相连,勾画出凉州荒寒萧索的气象。黄沙、孤城相对成文,相互贯穿,为出塞怨情烘托气氛。后两句以哀怨的羌笛乐曲,点出战士们对长期的无休止的战争的不满情绪,用"春风不度玉门关"曲折地反映了战士出征塞外,得不到朝廷关怀的悲慨凄凉而又充满怨愤的心境。诗人似在"怨杨柳",又似在"怨春风",而"何须怨"又给人以无尽的联想,使诗含有丰富的内容,与其怨杨柳,何如怨春风,与其怨地方,何如怨朝廷,诗人正是在写景抒情的笔力中,将这种强烈的悲愤之情概括到这短短的诗章中去。

全诗豪放中有哀怨,在豪放而又哀怨的感情抒发中寄寓着诗人对当时黑暗统治的谴责、批判和对久戍边塞的征夫的深深同情。这正是这首诗千百年来为人们所喜欢的原因。

贺知章

贺知章(659—744),字季真,越州永兴(今浙江萧山)人。武则天证圣间(695)进士。后因张说的推荐,入丽正殿书院修书,后累官至太子宾客,秘书监。贺知章秉性放达,嗜酒,喜书法,晚年更加纵诞,自号"四明狂客"。天宝初年回到家乡,隐居在镜湖(今浙江省绍兴县境内)。全唐诗存他的诗一卷,共十九首,其中除了几首应制奉和之作外,其余几首语言质朴,感情真挚,形象鲜明,有较强的艺术感染力。

回乡偶书①

少小离家老大回,乡音无改鬓毛衰②。
儿童相见不相识,笑问客从何处来?

❖ 注释 ❖

①偶书:无所用意,偶然而作。②少小二句:衰(cuī),疏落斑白。

❖ 译诗 ❖

少年时离开了家乡,到了老年才又回来。
乡音没有多大改变,只是鬓发已经斑白。
儿童见了不认识我这个陌生人,
笑着问我:"客人你从何处来?"

❖ 解析 ❖

这首七言句抒写年老回到故乡的感受。诗人自证圣元年(695)举进士,在这之前便离开家乡在外地宦居四十多年,他亲身经历了官场的欢乐与艰辛的生活。天宝初年他带着一种厌倦的心情告老还乡,在家乡写下了这首脍炙人口的名篇。

诗的前两句以少小离家衰老还乡,直接点出离家时间之久。并以鬓毛虽衰而乡音无改说出自己和家乡的密切关系,表达作者怀念家乡时间之长久的深情。乡音,既是表明作者和家乡的特殊联系和特殊感情,又是表明刚刚回到家乡时最使他感到亲切的特殊事物,一笔勾出长期离乡之后又回到家乡时的所感受到的一种无法抑制的亲切、兴奋的感情。后二句诗人描绘了一个喜剧性的场面,生动地刻画了孩童笑问的情态。用小孩子不认识自己,把自己当成客人,虽是客人,却满口乡音,才引出"笑问"来。"笑问",写孩童的好奇和对客人的尊敬,也写出作者长久在外,回乡之后与乡亲们相逢不相识的感慨,流露出淡淡的失意之情。这既写出作者离家时间之长,也解析家乡变化之大,表达了诗人刚回到家乡后既新鲜又亲切、既亲切又陌生的思绪万千的特定感情。

这首诗细微生动,作者的音容笑貌和孩童的顽皮情态,栩栩如生,历历在目。

祖 咏

　　祖咏(约699—约746),洛阳(今河南洛阳)人。开元十二年(724)进士,与王维友善。他的作品以山水自然为主,尤其能注意田家生活。诗的风格明丽清新,闲恬淡雅,意境深远,反映了自然的美。当时人评说:"咏诗剪刻省静;用思尤苦,气虽不高,调颇凌俗。"(殷璠《河岳英灵集》)但在他所存诗中,《望蓟门》又反映了另一种风格,奔放雄伟,笔下的边塞风光描写的壮丽秀美,气象万千。

　　《全唐诗》存诗一卷,诗三十六首。

望 蓟 门①

燕台一去客心惊,笳鼓喧喧汉将营②。万里寒光生积雪,三边曙色动危旌。沙场烽火侵胡月,海畔云山拥蓟城。少小虽非投笔吏,论功还欲请长缨。

❖ 注释 ❖

　　①蓟门,即蓟门关。在今河北省境内,又称居庸关,形势雄险,为燕台八景之一。②燕台二句:燕台,即幽州台。注见陈子昂《登幽州台歌》。望,一本作去。③万里二句:三边,古称幽州、并州、凉州为三边。这里泛指边疆。一说指平卢、范阳、云中三镇,安禄山在天宝末为三镇节度使。④少小二句:投笔吏,《后汉书·班超传》:"(班超)家贫,常为官佣书以供养,久劳苦,当辍业,投笔叹曰:'大丈夫无他志略?犹当效傅介子、张骞立功异域,以取封侯,安能久事笔砚间乎?'"请长缨,请求授给长绳。《汉书·终军传》:"军自请愿受长缨,必羁南越王而致之阙下。"

❖ 译诗 ❖

　　　　登上燕台远望令人触目心惊,
　　　　耳边传来阵阵的军乐之声。

万里寒光映照着北国冰雪,
霞光中见战旗在空中飘动。
战场上熊熊烽火辉映明月,
海边吹来的云山压在蓟城上空。
年轻时虽然没有像班超投笔从戎,
说到功名我却想学终军自请长缨。

❖ 解析 ❖

这首七律是作者登临边塞古战场的抒怀作品。借望中之景,抒发了以身许国的豪情壮志。

开篇来势突兀,直写眺望燕台的感受,点出边塞兵营中战鼓声声,军乐喧天的情势,语带紧张气氛。开篇即说"客心惊",先声夺人,以下三联全写"客心惊",着力渲染边塞形势紧急。接下四句诗人抓住典型事物与景色,运用错落的笔势,形象地状写了边塞的紧张形势与独特风光。以兵营喧喧之笳鼓声,状操练之紧张;以寒光辉映下的万里积雪,曙色中迎风摆动的高杆军旗,黑夜里明月映照下的熊熊烽火;蓟州城头上重重叠叠的云山,描写了边塞战士紧张而艰苦的军营生活,铺写了边塞紧急的形势,借以歌颂了将士们为保卫祖国所做出的艰苦努力和表现出的强烈的爱国热情。诗中所着意渲染的燕台一带的紧张气氛,所点出的"三边""胡月""蓟城",当不是无意的,是对政治形势的一种形象的艺术概括。天宝以来安禄山蓄谋叛乱,有识之士多有认识,诗中正表现了诗人对政治时局的一种预感。结尾二句揭示题旨,借班超投笔,终军请缨的典故,抒发作者"望"中所产生的感情,表达了诗人志欲拯救国难,报国立功,安定时局的爱国精神。

清方东树《昭昧詹言》云:"祖咏《望蓟门》,六句写蓟门之险,而以首句一'望'字包之,收托意,有澄清之志。岂是时范阳已有萌芽耶?"

张 旭

张旭(生卒年不详),字伯高,苏州吴(今江苏苏州市附近)人。曾任常熟尉,又任金吾长史。善书法,嗜酒,常大醉后狂走呼叫,落笔挥洒,变化无穷,若有神助;也有时头上沾湿墨水而后落笔,世人称之为"张颠"。文宗时下诏书称李白歌诗,裴旻舞剑,张旭草书为三绝。《全唐诗》存诗六首。

桃 花 溪①

隐隐飞桥隔野烟,石矶西畔问渔船②。
桃花尽日随流水,洞在清溪何处边③?

❖ 注释 ❖

①桃花溪,水名,今湖南省桃源县西南有桃源洞,洞北有桃花溪。②隐隐二句:飞桥,指桥凌溪而架,悬在河上,被烟雾笼罩其状如飞的样子。石矶,水边巨大的石块。③桃花二句:洞,桃源洞。

❖ 译诗 ❖

　　一座飞桥在云烟里浮现,
　　划船问路来到石矶西畔;
　　桃花终日随着溪水漂流而去,
　　却不知桃源洞在清溪哪一边?

❖ 解析 ❖

　　这首诗是作者游桃花溪时所写。全诗运用动态的多层次的描写,以欢快流的节奏,再现了桃花溪优美、秀丽、动人的景色,创造了一个清新、幽美的境界。诗人以传神的妙笔,高雅的格调,由远而近,由观而问,写眼前所见的景色。开篇写远处云烟迷茫,溪上飞桥隐隐可见,构成远距离的画面。继而写近处所见,近处石矶西畔,停泊着一只渔船。上句飞桥已暗含流水,这句石矶、渔船又暗合流水;而问渔船是棹渔船来问,前两句都照应诗人驾舟沿溪水来探访名胜之意。后二句是问语,桃花流水照应飞桥、石矶、渔船,也照应诗题,又是问中写景,桃花溪中一路桃花,尽日随流水,既言桃花之多,又点整日泛溪观景,笔端美不胜收,流露非寻得最美的桃源洞方才罢休之意。尾句以问收结,意味无穷,点明桃花溪水曲折流长,作者游溪兴致未尽,表达了诗人探寻古迹,观览名胜,追求理想境界的心情。

全诗风格澹远,自然清奇,情景交融,高雅秀润,寓主观感情于客观景色之中,艺术感染力较强。

李　颀

李颀(690—751),河南颍阳(今河南许昌附近)人。玄宗开元二十三年(735)进士及第,后任新乡县尉。开元末弃官归隐颍阳东川别墅。李颀的诗以五言古诗和七言歌行见长,尤长于七言歌行。他的诗歌主要特点是气势雄浑,慷慨悲凉,格调清新,意境深远。殷璠《河岳英灵集》卷上:"颀诗发调既清,修辞亦秀。杂歌咸善,玄理最长。……惜其伟才,只到黄绶,故论其数家,往往高于众作。"《全唐诗》存诗一卷,诗一百二十余首。

古从军行①

白日登山望烽火,黄昏饮马傍交河②。行人刁斗风沙暗,公主琵琶幽怨多③。野营万里无城郭,雨雪纷纷连大漠④。胡雁悲鸣夜夜飞,胡儿眼泪双双落。闻道玉门犹被遮,应将性命逐轻车⑤。年年战骨埋荒外,空见蒲桃入汉家⑥。

❖ 注释 ❖

①古从军行:从军行,古乐府旧题,多写军旅中的辛苦生活。②白日二句:烽火,古代在边境建造烽火台,台上放置干柴,遇有敌情则燃火以报警。交河,水名,在今新疆吐鲁番。③行人二句:刁斗,古代军队中用的一种器具,白天烧饭,晚间敲击巡逻。公主琵琶,汉武帝时,将江都王刘建的女儿细君嫁给西域的乌孙国王昆莫,送嫁时有一支乐队沿途演奏,以解除公主的怨愁,乐队的主要乐器是琵琶。这里借指行军途中所奏乐曲多幽怨的声调。④野营二句:雨雪,降雪,雨在这里作动词用。大漠,大戈壁滩。⑤闻道二句:闻道句意,《史记·大宛传》:"(贰师将军李广利)使使上书,言道远多乏食,且士卒不患战,患饥。人少不足以拔宛,愿且罢兵,益发而复往。天子闻之大怒,而使使遮玉门,曰:'军有敢入者,辄斩之。'"轻车,汉朝有轻车将军,轻车都尉等官职,这里用以泛指将官。⑥年年二句:蒲桃,即葡萄。

❖ 译诗 ❖

白日登山瞭望报警的烽火,
傍晚饮马却来到了这交河。
夜晚昏暗的风沙里传来刁斗的声音,
阵阵军乐曲中怨愁竟是如此之多。
野营万里却不见一座村镇,
但见无边大沙漠上雪花纷纷飘落。
悲鸣的胡雁在夜空中不停地飞翔,
胡兵们眼望着大雁泪水双双滴落。
听说玉门关又被钦差遮断,
也只好豁出命去跟随轻车将军的战车。
年年有尸骨抛在这荒凉的战场上,
白白地看见西域的葡萄运到大唐帝国。

❖ 解析 ❖

  这首七言歌行是一首写行军征战生活的作品,诗人抓住了边塞地区的典型景物特色,以雄浑而又苍凉的笔触形象地描绘了行军征战生活。诗中通过对汉族和少数民族战士的形象刻画,广泛而深刻地概括了战争给人民生活带来的苦难,揭露了唐朝统治集团和少数民族统治集团发动战争的罪行。

  前四句描写行军生活,开篇两句以夸张手法,由白日到黄昏、由望烽火到傍交河,写白天望见烽火出征,黄昏却到交河饮马,点出部队日行千里,战争极为紧急的形势。三四句说"风沙暗",说"幽怨多",描写了风沙昏暗的艰苦行军生活,并以乌孙公主出塞之事点明战士们悲怨愤慨的厌战情绪。中间四句作者以富有特征的典型景物做气氛渲染,用征途万里,荒无人烟,茫茫戈壁,大雪飘飞,概括行军途中荒凉冷落的环境,借以烘托行军的艰苦;诗人在这里不写汉兵汉物,却反写胡雁哀鸣,胡儿泪落,通过刻画胡儿的情态和心理,揭示胡兵见胡雁归飞,双双泪落的思乡之情,借以反衬唐兵对家乡的深切思念,这就从全民族的角度揭露了侵略战争给各族人民带来的灾难。后四句借汉武帝派遣使者阻挡李广利一事,讽喻唐玄宗好大喜功,穷兵黩武,不惜战士生命,发动扩边战争,以广大战士的"战骨埋荒外"与"空见蒲桃入汉家"做对比,以重对轻,说"年年",说"空见",既揭露唐代统治者的好大喜功,也表达了作者对统治者的尖锐批判与对广大战士的深切同情,表现了诗人的强烈义愤。

  诗中作者形象地再现了万里边疆、荒寥凄凉的典型环境,真实地概括了守边将士艰苦的军营生活,感情深沉,意境悲凉,主题深刻,倾向鲜明。

王　湾

　　王湾(生卒年不详),洛阳人,玄宗先天年间(712—713)进士。开元初任荥阳(今河南荥阳市)主簿。后曾参加校理书籍工作,仕终洛阳尉。在当时他很有诗名,曾多次往来于吴楚间。《全唐诗》存其诗十首。

　　殷璠《河岳英灵集》云:"湾词翰早著,为天下所称,最者不过一二。游吴中作《江南意》诗云:'海日生残夜,江春入旧年。'诗人以来少有此句,张燕公手题政事堂,每示能文,令为楷式。"

次北固山下①

客路青山外,行舟绿水前②。潮平两岸阔,风正一帆悬。
海日生残夜,江春入旧年③。乡书何处达,归雁洛阳边④。

❖ 注释 ❖

　　①次,停宿,停留。北固山,在今江苏省镇江市,三面临长江。②客路二句:客路,旅客行走的道路。③海日二句:残夜,夜已殆尽,天色将晓的时候。旧年,过去的一年。④乡书二句:乡书,家信。

❖ 译诗 ❖

　　　　　　一条弯曲幽深小路伸向青山外边,
　　　　　　山前澄清碧水中泛着一只小船。
　　　　　　潮水汹涌平漫显得两岸更加阔宽,
　　　　　　轻风吹动的水面上荡着一片孤帆。
　　　　　　海上朝日刺破残夜吐出霞光万道,
　　　　　　江南春早已经进入了寒冷的旧年。
　　　　　　写好的书信如何才能寄回到家乡?
　　　　　　急切地拜托这些北飞洛阳的归雁。

❖ 解析 ❖

　　这首五律是作者远行思乡之作。诗人多次往来于吴楚之间,这首诗便是他行船进入吴地以后,停宿在北固山下时所写。诗的前四句着意景物刻画,借景抒情。首起二句写诗人登岸极目远眺所见的景物,远望青山,山林青翠,小路蜿蜒,像要伸出天外;极目江水,碧水依山,绿波荡漾。诗人以雄浑而清丽的笔触描绘了北固山幽静秀美的景色。接着二句写站在高处俯瞰江中的景色,早潮潮水激荡江面显得十分宽阔,轻风阵阵,吹动着辽阔江面上的一叶孤帆,以江面之宏阔映衬一帆之孤独,展现了一幅雄伟壮观的长江画面。表达了他热爱江南山水,深深流连山河美色的情感。后四句以情为主,由江上观日出起兴,引发出无限的感慨。江上日出得早,像是生于残夜;江南春来得早,像是进入旧年,全从一个"生"字一个"入"字上落想,塑造了形象鲜明的境界。这一联又富生活哲理:新事物脱胎于旧事物之中,旧事物中孕育着新的事物。这既赞美了江南早春引人入胜的美景,又流露了作者日复一日,年复一年,远行在外,思念家乡的感伤情怀。尾联收结的精当而意味深远,以归雁捎书寄托情感,表达了客子倦游、怀念家乡的深情。

　　这首诗善于以阔大衬孤独,注意景情融合渗透,并在炼字炼句中铸造诗情。

王 翰

王翰(687—约735),字子羽,晋阳(今山西太原)人。青年时能写歌词,自歌自舞。性格豪放不羁,好酒傲物。景云元年(710)举进士,开元八年曾举直言极谏,超拔群类等制科,调昌乐尉。开元九年张说为兵部尚书,同中书门下三品,召王翰为秘书正字,开元十四年张说遭贬,王翰也出为汝州长史,后改仙州(今河南叶县)别驾,后又贬为道州(今湖南道县)司马。在诗歌创作上,王翰与王之涣、王昌龄都是当时七绝能手。他的诗风格雄健豪放,语言精练华美。在文坛上深受尊重,杜甫曾以"王翰愿卜邻"为荣幸。《全唐诗》存其诗十二首。

凉 州 词①

葡萄美酒夜光杯,欲饮琵琶马上催②。
醉卧沙场君莫笑,古来征战几人回③。

❖ 注释 ❖

①凉州词:唐代乐府曲名,多写边塞军旅生活之事。凉州,唐州名,属陇右道,治所姑臧县(今甘肃武威)。②葡萄二句:夜光杯,汉东方朔《海内十州记》:"周穆王时,西胡献昆吾割玉刀及夜光常满杯,杯是白玉之精,光明照夜。"催,催促出征。②醉卧二句:沙场,战场。

❖ 译诗 ❖

葡萄美酒刚刚斟满了夜光杯,
正欲痛饮琵琶曲却上马出征把人催,
醉倒在战场上您莫要见笑,
自古来征战疆场的战士有几人能回?

❖ 解析 ❖

　　这首七言绝句写边塞战士饮酒出征的场面。唐朝前期,与边疆各族的关系又有了新的发展,但也曾多次发生民族之间的侵略与反侵略的战争,其中以与突厥、吐谷浑、吐蕃等族的战争为最严重,持续的时间也较长。因为战争使得边疆与内地的交往日益频繁,因此,对边塞生活的向往,对功业的热烈追求,就成为边塞诗人的一种动力,更多的人到边塞体验生活,为边塞诗提供了现实土壤和创作基础。盛唐时期出现了众多的边塞诗人,出现了边塞诗的空前繁荣局面,这正是盛唐时代精神的艺术反映。

　　这首诗以豪放的笔调,热情歌颂了守边将士们保卫边疆,决心为国献身的崇高精神。前两句写军营里战士们举杯畅饮,军乐助兴的热闹场面。以葡萄美酒、夜光杯、琵琶等典型器物,渲染西北边塞的军营特色,并借以烘托将士们在战争的间歇中宴饮的欢乐气氛,表现了他们不畏艰苦,不怕牺牲,积极进取,乐观向上的精神。诗以欲饮催征构成顿挫,由欢乐转入豪放。后二句以战士的自白细致委婉地刻画了他们崇高的内心世界,说沙场"醉卧",说"君莫笑",以反转逆折的句式表达他们置生死于度外,以身许国的英雄气概。而结尾又以反诘句终篇,由当前的战争推及历史上的战争,由个人想到先辈,极深刻地反映了广大将士为保卫边土视死如归的爱国主义精神,抒发了诗人对战士无限热爱、无限敬佩的深情。

　　全诗情调细腻委婉而又豪放旷达,语言精练,转折顿挫,历来受到人们的称赞。

崔　颢

　　崔颢(？—754)，汴州(今河南开封)人。开元十一年(723)进士，天宝中任尚书司勋员外部。他是开元、天宝年间的著名诗人。尽管他的诗不多，但在当时却享有盛名。他与王昌龄、高适、孟浩然、王维等人相并提。独孤及《皇甫冉文集序》："沈、宋既殁，而崔司勋颢、王右丞维复崛起于开元、天宝之间，得其门而入者不过数人，补阙其人也。"

　　崔颢早年的诗歌多写妇女生活，以浮艳轻薄为主，后来他曾一度在河东军幕中任职，写了一些反映边塞生活的诗，他的这类诗写的热情洋溢，慷慨豪迈，有轻生报国的气概，诗风别具一格，有"风骨凛然"之称。殷璠《河岳英灵集》："颢少年为诗，名陷轻薄，晚节忽变常体，风骨凛然。一窥塞垣，说尽戎旅。至如'杀人辽水上，走马渔阳归。错落金锁甲，蒙茸貂鼠衣。'又'春风吹浅草，猎骑何翩翩。插羽两相顾，鸣弓上新弦。'可与鲍昭并驱也。"

　　崔颢存诗一卷共四十二首。

黄　鹤　楼①

昔人已乘黄鹤去，此地空余黄鹤楼②。黄鹤一去不复返，白云千载空悠悠③。晴川历历汉阳树，芳草萋萋鹦鹉洲④。日暮乡关何处是？烟波江上使人愁⑤。

❖ 注释 ❖

①黄鹤楼：旧址在武昌城西蛇山黄鹤矶上，即今武汉长江大桥武昌桥头处。始建于孙吴黄武二年(223)，楼临长江，为登临游览胜地。黄鹤楼得名其说不一，一说因黄鹤矶得名，《南齐书·州郡志》载："夏口城据黄鹤矶，世传仙人子安乘黄鹤过此上也，边江峻险，楼橹高危，瞰临沔汉。"又《太平寰宇记》载："三国蜀费文祎登仙驾黄鹤到此楼休息，故名。"②昔人二句：昔人，指仙人，即传说中的子安或费文祎。③黄鹤二句：悠悠，指白云在空中飘动的样子。④晴川二句：历历，清晰可见。萋萋，指花草生长的繁茂。⑤日暮二句：乡关，故乡。

❖ 译诗 ❖

从前的仙人早已骑着黄鹤飞走，
此地只留下这座空空的黄鹤楼。
黄鹤一去就不再返回到这里，
千百年来只有白云飘飘悠悠。
阳光下汉阳的树木历历可见，
更能看清芳草繁茂的鹦鹉洲。
眼看着太阳西沉不知家乡在何处？
江面上升起烟雾更增添我的忧愁。

❖ 解析 ❖

　　这首七言律诗抒写因登临胜景而产生的思乡之情。崔颢游览黄鹤楼时，距建楼时间已有五百多年，当他登上这座建造宏伟的高楼，极目远眺，心中生出无限的感慨，一面赞叹山川的壮美风光，一面流露了怀念家乡的深情。

　　全诗以黄鹤楼的神话传说开篇，点出黄鹤楼的来历，为黄鹤楼涂上一层神奇的色彩。接着描绘了诗人登楼所见的景色，借对自然景色的描写以抒发情怀。以黄鹤离去不再回返，仙去楼存，白云常在，千载白云空自飘飞，形象而含蓄地概括了人生短暂、自然永恒的道理。接着用登高俯瞰所见，晴川远树，芳草长洲，历历凄凄，由眼前景物引发出内心的感情，并由此反衬黄鹤楼远眺汉阳，俯视长江的挺拔气势。在这种景情相生的境界中，诗人热爱祖国山河的感情得到充分地抒发。结尾二句以日暮登临，乡关远眺，只见江上烟涛微茫浩渺，使人触目生愁，用这种无限的愁情终篇，表达了诗人深沉的乡思之情，曲折地反映了作者政治失意的痛苦。

　　这首诗在当时就很出名，受到李白的赞赏，并流传一则佳话，《唐诗纪事》卷二十一载崔颢《黄鹤楼》诗，并云："世传太白云：眼前有景道不得，崔颢题诗在上头，遂作《凤凰台》诗以较胜负。"后代诗论家多有评论，严羽《沧浪诗话》说："唐人七言律诗，当以崔颢《黄鹤楼》为第一。"沈德潜在《唐诗别裁》中说："意得象先，神行语外，纵笔写去，遂擅千古之奇。"

王昌龄

王昌龄(约690—757),字少伯,京兆长安(今陕西西安)人,早年曾去西北边塞游历,开元十五年(727)举进士,任校书郎,开元二十二年(734)应博学宏词试登第,授汜水尉。开元二十七年贬岭南,二十八年授江宁丞,约在天宝三年再贬龙标(湖南洪江市)尉。时有王江宁、王龙标之称。安史乱起,还归故里,为刺史闾丘晓所杀。《全唐诗》收存他的诗一百八十余首。

王昌龄擅写七言绝句,尤擅边塞诗,与高适、岑参、王之涣等人齐名。他的诗歌内容反映社会生活较为广泛,或描写边塞风光、军旅生活;或表现宫闱离别之情。无论哪一种题材,都揭示了社会的黑暗与不平,反映了蓬勃向上的精神和爱国热情,表现了一定的积极意义,在艺术上达到较高的成就。他的诗以雄浑自然,俊秀奇丽,旨意含蓄为主要特色。他的七言绝句可与李白的七绝相媲美,时有"诗家夫子""七绝圣手"之称。

王昌龄的诗在当时和后代都受到高度评价。与王昌龄同时的殷璠在他的《河岳英灵集》中收诗人二十四人,其中王昌龄的诗选的最多,选了十六首,在评论时说:"元嘉以还,四百年内,曹、刘、陆、谢,风骨顿尽,顷有王昌龄克嗣其迹。"清王士祯《艺苑卮言》说:"七言绝句,王少伯与太白争胜毫厘,俱是神品。"沈德潜《唐诗别裁》说:"龙标绝句,深情幽怨,意旨微茫,令人测之无端,玩之无尽,谓之唐人骚语可。"上述这些评论都可以给我们一些启发。

从 军 行[①]

七首选一

青海长云暗雪山,孤城遥望玉门关[②]。
黄沙百战穿金甲,不破楼兰终不还[③]。

❖ 注释 ❖

①从军行：乐府《相和歌辞·平调》旧题。这组诗共七首，这是第四首。②青海二句：青海，即青海湖，在今青海西宁附近。雪山，指甘肃境内的祁连山。长云，满天的阴云。③黄沙二句：黄沙，指大沙漠。金甲，战士穿的铠甲。楼兰，汉时西域的鄯善国，在今新疆维吾尔自治区鄯善县东南，这里用指当时西北地区的少数民族统治集团。

❖ 译诗 ❖

满天的乌云遮暗了青海和雪山，
站在孤城眺望遥远的玉门关。
将士们百战沙漠铠甲都已穿破，
不打败楼兰誓死也不把家还。

❖ 解析 ❖

这首七绝以精炼的语言描写了西北边塞的风光，歌颂了远征将士奋战疆场、英勇打击入侵之敌的顽强斗志，也反映了将士们因战争频繁、归乡无日而产生的幽怨之情。

玄宗开元年间，西北边境的少数民族统治集团，经常率兵侵扰边塞，入侵内地，掠夺财物，严重地破坏边疆地区的农业生产，扰乱了人民的正常生活秩序，阻断了中国与西方各国经济、文化的交流。唐朝为了发展生产，保证中西交通畅通无阻，曾多次发兵打击入侵之敌。这一首诗是写唐朝发兵征讨楼兰的事。

诗的前两句从景物描写入手，抓住边塞典型景物，用浩渺的青海湖，浓密的长云，茫茫的雪山，荒寂的孤城，极力渲染西北边疆空旷凄凉、条件艰苦、环境险劣的气氛，借以衬托远征将士战胜艰难困苦的大无畏精神。后两句承前意，以雄健的笔势赞美将士们百战沙场，克服艰难，出生入死，夺取胜利的坚强意志。以黄沙百战，金甲穿破，点出征战时间之长久，暗示战争的激烈、频繁、残酷；以不破楼兰、誓死不归，表达将士们以身许国的决心，而"不破""终不"的否定句式，同时也表达了不破楼兰、终无归还之目的悲愤之情。诗人借写环境之艰苦，战争之激烈，征人归家之无日，抒发了对广大将士的深切同情，歌颂了他们为国献身的爱国热情。

全诗慷慨悲壮，语短情长。

沈德潜曾指出这首诗："作豪语看亦可，然作归期无日看，倍有意味。"（《唐诗别裁》）

出 塞[①]

秦时明月汉时关,万里长征人未还[②]。
但使卢城飞将在,不教胡马度阴山[③]。

❖ 注释 ❖

①出塞:乐府《横吹曲辞·汉横吹曲》旧题。唐人乐府有《前出塞》《后出塞》《塞上曲》《塞下曲》等,都是从《出塞》这一曲调演变而来。②秦时二句:秦月,汉关互文见义,象征自古以来与匈奴战争的频繁。③但使二句:卢城,指卢龙城,旧本多作龙城,误。据《汉书·匈奴传》载:"(匈奴)五月大会龙城,祭其先天地鬼神"。按此说龙城本匈奴祭神之地,李广不可能驻军在那里。飞将,即指汉朝名将李广,汉李广为右北平太守(右北平,唐为北平郡,治卢龙县,唐有卢龙府,卢龙军),曾多次打败匈奴,匈奴族畏避他,称李广为"汉之飞将军"。阴山,山名,在今内蒙古自治区境内,连接内兴安岭。

❖ 译诗 ❖

眼前依旧是秦代的明月汉代的城关,
只是万里长征的人至今还未回还。
倘若那守卫卢城的李广还在,
绝对不教胡马度过连绵的阴山。

❖ 解析 ❖

这首七言绝句是讽喻唐朝将领的作品。

诗的起句以雄浑的笔触,极力渲染明月映照关塞,一片凄清荒凉的景色,所谓"'秦时明月汉时关'七字,天造地设,训诂不得,只此一句意已尽。"(黄牧村《唐诗笺说》)以此起兴,由清清朗月和雄伟关口联想开来,追忆秦汉以来中国汉民族与匈奴屡次开战,沉重打击匈奴入侵,巩固边防这一历史事实,把遥远的时间、无限的空间与唐代现实联系起来,构成"万里长征人未还"的社会历史背景。接着一句以凄怨的笔调总括地交代万里征人未还,既说明历来有无数征人战死沙场,又点出唐朝将士长年征伐在外,家人思念战士,战士怀念家乡的思情。秦月汉关,今犹如昔,而征人未还,千古同慨,这二句概括了整个封建社会征人的悲愤。后两句通过幻想当朝出现李广一样的飞将军,杀退敌兵,使边疆人民免受侵掠,反映了当时人民要求和平,盼望家人团聚的愿望。"但使""不教"的前后关联的假设句式,承"秦月汉关""万里未还",而产生的合理的愿望,既是对历史上的名将由衷的赞赏,又是对当时无能将领的无声谴责。诗人借古讽今,用歌颂李广来讽喻唐朝统治阶级的腐败昏庸,嘲笑那些无能的将领,表达诗人既同情边防战士又关心国家的忧国忧民的思想。

这首诗写景、抒情、议论三者紧密结合,而议论中又透歌赞与谴责,形成曲折含蓄、言有尽而意无尽的艺术特色,前人曾指出:"中晚绝句涉议论便不佳;此诗亦涉议论,而未尝不佳,此何以故?风度胜故,气味胜故。"(黄白山《唐诗摘抄》)。关于"中晚绝句涉议论便不佳"这个意见有待研究,至于说"此诗亦涉议论,而未尝不佳",确为正确的评价。

长信秋词[①]

五首选一

奉帚平明金殿开,且将团扇共徘徊[②]。
玉颜不及寒鸦色,犹带昭阳日影来[③]。

❖ **注释** ❖

①长信秋词:又称长信怨,属乐府《相和歌辞·楚调曲》。长信,即汉朝长信宫,是汉太后所居之地。《汉书·外戚传》:"班婕妤,帝初即位,选入后宫,始为少使,俄而大幸,为婕妤。……其后赵飞燕姊弟……骄姤,婕妤恐久见危,求共养太后长信宫。"此诗托用其事。②奉帚二句:奉,拿。帚,扫帚,打扫用的一种工具。平明,清晨。金殿,指长信宫。《班婕妤赋》:"奉共养于东宫兮,托长信之末流。共洒扫于帏幄兮,永终死以为期。"此诗化用其意。团扇,圆形的扇子。入秋后扇子就要被搁置在一边,这里用团扇之被弃置象征班婕妤等宫女的命运。汉乐府《怨歌行》:"新裂齐纨素,皎洁如霜雪,裁为合欢扇,团团似明月。出入君怀袖,动摇微风发,常恐秋节至,凉飙夺炎热。弃捐箧笥中,恩情中道绝。"此诗就此加以铺排渲染。③玉颜二句:玉颜,形容貌美。昭阳,即昭阳殿,汉代宫殿名,赵飞燕姊妹曾居住此殿。日影,喻指君恩,古以日喻指君王。

❖ 译诗 ❖

　　苦命的班婕妤哟，
　　天刚放亮就打扫长信宫殿；
　　独自一人徘徊哟，
　　凉秋时节竟摇着一把团扇。
　　心情多么沉闷哟，
　　我的美貌竟不如乌鸦的容颜；
　　多么悲苦怨恨哟，
　　乌鸦还带着昭阳日影飞过她面前。

❖ 解析 ❖

　　这首七绝写一个在官廷遗弃的宫女的凄凉处境。全诗通过描写汉成帝的宠妃班婕妤被遗弃的遭遇，咏叹唐朝宫女的凄凉境遇，揭露了唐朝上层集团压迫妇女，摧残妇女的罪行，表达了诗人对官廷女性的深切同情。

　　诗的前两句以想象之笔，凄凉的情调，形象地描绘了班婕妤失宠后在长信宫侍候太后时的孤独冷清的处境。写清晨打扫宫殿，说"奉帚"、说"平明"，点出班妃沦为官奴后的艰苦生活；以手持团扇徘徊于官廷，用"且将""共"，衬托班妃的孤独、悲凉、无聊的心情。人的命运与团扇的命运一样短暂，一样可悲，故用"共"以写其悲怨。后两句进一层刻画班妃的心理。以自己俊美的容貌和丑陋的乌鸦做比，感叹人不如鸟。以"玉颜"与"寒鸦"的美丑悬殊组成比拟，构成强烈的艺术效果，并以"不及""犹带"的上下蝉联递进句意，以含蓄曲折的手法写出班妃禁锢在长信官，永不被召幸的忧伤、痛苦、悲怨的情怀，概括地反映了唐代广大官廷女子的不幸遭遇和在精神上遭受的严重摧残。这一对句艺术手法高超，引起后人的激赏。黄白山说："寒鸦犹带日色，玉颜反不得君恩，所以不及也，却硬说是色不及，更妙。"《唐诗摘抄》沈德潜说："昭官赵昭仪所居，官在东方，寒鸦带东方日影而来，见已之不如鸦也，优柔婉丽，含蓄无穷，使人一唱三叹。"（《唐诗别裁》）

　　全诗含蓄委婉，情调悲切，不著一怨字，而悲怨自见。

芙蓉楼送辛渐[①]

寒雨连江夜入吴，平明送客楚山孤[②]。
洛阳亲友如相问，一片冰心在玉壶[③]。

❖ 注释 ❖

①芙蓉楼送辛渐：原诗共二首，今选其第一首。芙蓉楼，故址在今江苏省镇江市。辛渐，人名。②寒雨二句：吴，古吴国，其地域在今长江下游一带。楚，古楚国，其地在今长江中上游一带，客，即指友人辛渐。③洛阳二句：冰心、玉壶，比喻人的纯洁清白的情操，鲍照《白头吟》："直如朱丝绳，清如玉壶冰"；古人以"清如玉壶冰"喻人之清白高洁。

❖ 译诗 ❖

在一个阴雨绵绵的秋夜里，
远迎好友来到吴地；
夜雨已停，天色平明，
送别友人，连那楚山也显得冷清孤独。
假如您到了洛阳，
那里的亲友把我问起；
请告诉他们，我这颗心，
就如同冰心放在玉壶。

❖ 解析 ❖

这首七言绝句是作者于芙蓉楼送友人时写的赠别诗。诗人以为人耿直、为官清廉而自许，因行为狂放，刚直不阿而遭贬失意，故借送别友人之际，写诗抒怀，以表达纯洁的心灵。起句回忆入吴情景，点出作者在秋季的一个绵绵雨夜为送别友人而来吴地，本为送别，又值寒雨连江，更增凄凉之感。接着下一句交代送客时间和友人去向。写出作者送辛渐是在一个清冷的早晨，夜聚晨别，行色匆匆，辛渐独身一人去楚地，"楚山孤"，是诗人的主观情感移入客观，以楚山之孤写友人之孤，写诗人之孤，平明雨霁，友人将别，就连楚山都显得分外孤独，增强了离人的怅惘。借眼前送别友人的情景，以友人前程之孤独，反衬作者在江宁的孤独处境。尾二句转进一层用设问口气，以冰心玉壶做形象比喻，言自己功名之念，仕宦之情完全消歇，目前心境有如玉壶冰心，尽管有些凄冷，但却正与自己心情相合。临别赠言而不言别，偏以自己的心境来宽慰友人，既表达了二人友情之深挚，又表现了诗人的品格。

这首诗以景起，以情结，送别而不言别，送人又宽慰人，手法深曲，感情深厚。

储光羲

储光羲(707—约760),兖州(今山东省兖州)人。开元十四年(726)进士,曾任汜水尉、下封尉、安宜尉,不久退隐终南,后复出,迁监察御史。安史叛军攻陷长安,他受伪官,乱平,下狱,出狱后被贬至岭南。有《储光羲集》。殷璠称他的诗"格高调逸,趣远情深,削尽常言,挟风雅之迹、浩然之气。"他有《政论十五卷》《九经分义疏二十卷》,"言博理当,实可谓经国之大才。"储光羲的诗多五言古,善于描写田园生活,一些诗中描写了农村自然、恬淡、和平、快乐的景象,表达了他爱好自然,追求闲适,向往隐逸的心境。他笔下的农村都带有作者的主观感情色彩,诗中多为地主阶级的清高隐逸情趣,而很少反映农民的疾苦与穷困。他的诗比较朴质自然。《全唐诗》存其诗四卷。

钓鱼湾①

垂钓绿湾春,春深杏花乱②。
潭清疑水浅,荷动知鱼散③。
日暮待情人,维舟绿杨岸④。

❖ **注释** ❖

①钓鱼湾:本篇是《杂咏五首》中的第四首。②垂钓二句:垂钓,垂竿钓鱼。杏花乱,指杏花纷纷飘落。③潭清二句:散,分散,纷乱,引申为游动。④日暮二句:情人,友人。维舟,用缆系船。

❖ **译诗** ❖

春天在这绿色的江湾里钓鱼,
杏花飘飞更增添了浓浓春意。
潭水清澈竟使人怀疑是水浅,
那荷叶摇动想必是游鱼离去,
黄昏时候我等待着友人到来,
把小船在岸边绿杨树上拴系。

❖ 解析 ❖

　　这首五言古诗,全篇着墨于景物描绘,借景而抒情。开篇着力描写钓鱼湾江水碧绿,林木繁茂,红杏满枝,幽静迷人的景色。到钓鱼湾钓鱼,可谓名实相附,何况又在一个春天迷人的时节,江湾绿色,杏花纷纷飘落,一派春深景象。垂钓是闲情,不是为了得鱼,而是为了心情快乐,又值春日美景,景美情适,写得悠闲。接着进一层写景,极生动形象地描写了潭深水静,潜鱼游动的情态。这二句状物极工细,描写了一个观察事物的过程:水清往往无鱼,水清且又浅,则更无鱼,故用"疑"字,因水清而疑其浅;下句写因荷动而知有鱼,水之清本可见鱼,却因荷覆水面,只有见荷叶摇动方知鱼之游动。"知"字与"疑"字相照应,描写了从视觉观察到理性认识的过程,紧扣垂钓,表现了写景状物精工细致的特点。结尾二句由写景一转而为直接叙事,总括全篇,点明日暮待人,系舟岸旁,含蓄曲折地表达他等待时机,时刻准备为国效力的心情。

　　全诗景物清新淡朴,感情深沉真挚,语言质实,描写工细。

王 维

王维(701—761),字摩诘,太原祁(今山西省祁县)人,祖籍浦州(今山西永济),少有才名。开元九年(721)中进士,任太乐丞,后因事受牵累被贬到济州做司库参军。开元二十二年(734)得宰相张九龄提拔为右拾遗,后迁监察御史。开元二十五年(737)因张九龄受贬,王维也受排挤。这年春天奉使出塞,在凉州住了一段时间。开元二十七年从凉州返回长安,任殿中侍御史。开元末至安禄山叛乱前,曾先后在终南山、辋川隐居,过着亦官亦隐的生活。天宝十五年(756)安禄山攻陷长安,王维扈从不及而被俘,被迫授伪职,叛乱平息后,受降官处分。乾元二年(759)迁中书舍人,后转尚书右丞,世称王右丞。

王维是个多才多艺并有较高艺术修养的作家,他能诗能画,精通音乐,首创破墨山水画,成一派之宗。受音乐、书法、绘画的影响,他的诗独具特色,无论是政治诗还是边塞诗和山水诗,都达到较高的艺术成就。他的诗歌呈现丰富多彩的艺术特色,具有词句秀冶,意境清新,格调高雅,音韵婉转,情景交融的特点。尤其是避世隐居时的诗歌,多以山水田园景色寄托孤寂闲适的情怀。这一类诗以感受敏锐,体物细微,"诗中有画"见长,对后世影响深远。唐代宗称王维是"天宝中诗名冠代"的人物。宋朝苏轼曾称赞说:"味摩诘之诗,诗中有画;观摩诘之画,画中有诗。"(《东坡志林》)

殷璠在《河岳英灵集》中评论说:"维诗词秀调雅,意新理惬,在泉为珠,着壁成绘,一句一字,皆出常境。"

有《王右丞集》,存诗四百多首。

九月九日忆山东兄弟[①]

独在异乡为异客,每逢佳节倍思亲。
遥知兄弟登高处,遍插茱萸少一人[②]。

❖ 注释 ❖

①九月九日，古时的重阳节。山东，指华山以东的故乡祁县(今山西祁县)。②遥知二句：茱萸，乔木生植物，可做药材。插茱萸，古代风俗，据说在重阳节这天佩戴茱萸可以预防灾难。

❖ 译诗 ❖

我独自一人在他乡作客。
每逢佳节加倍想念亲人。
遥想家中的亲人兄弟们，
将会登上高处把我眺望；
他们头上都戴上了茱萸，
只缺我这在外浪游的人。

❖ 解析 ❖

这首七绝旧注说作于王维十七岁时，作者正在长安、洛阳一带游历，恰逢九月九日重阳节，诗人想起了家中的亲人，写了这首诗以表示对亲人的怀念。作者在十五岁时便离开家，奔赴帝都的科举试场，一直到十九岁才"解头登第"。这首诗以明白如话的语言，生动形象地反映了一个游子思念亲人的诚挚而热烈的感情。

诗的开头一句连用两个"异"字点明诗人奔波他乡孤独冷寂的处境。"在异乡""为异客"，直写诗人他乡的感受，诗句沉重，感情深沉抑郁，而开篇第一字是"独"字，这就把自己孤身独处。思念亲人的感情突现出来。接着第二句，用一个"每逢"，用一个"倍"字点染了佳节的热闹气氛，深化了思念父母的感情，说"每逢"是逢节就思，不止九月九日，而"倍"是加倍，是说平日也思，时常思念，而佳节来临则更加深思。这一句诗感情深厚，不加雕琢，自然地表达了人们作客他乡的习见的普遍感受，精辟凝练，脍炙人口。第三句用反衬的写法，设想节日里家中兄弟们登高远眺，盼望寄居外地的亲人回家团聚，用兄弟们想念自己反衬自己对兄弟们的想念。第四句承前句意，进一层展开设想，以兄弟们因遍插茱萸缺少一人而扫兴，进一层反衬自己在外思亲之强烈。

诗用"遥知"由自己转入兄弟，由眼前转入家乡，在空间的推移与变换中，形成艺术上的联想，自己思念家乡父母、兄弟，家乡亲人也正思念自己，在这翻进一层的描写中,设想兄弟们登高插茱萸感到少一人,推开自己,遥知兄弟,想象的真实具体,在这种翻进反衬中,把自己浓重的乡思之情,做了最突出而深刻的表现。

全诗虽只四句,但构思奇巧,词简意深,感情真挚,随意自然,不加雕琢,而工力显然。是一首脍炙人口的节日思亲之作。

观　　猎①

风劲角弓鸣,将军猎渭城②。草枯鹰眼疾,雪尽马蹄轻③。
忽过新丰市,还归细柳营④。回看射雕处,千里暮云平⑤。

❖ 注释 ❖

①观猎,观看打猎。②风劲二句:角弓,用兽角装饰的弓。鸣,射箭时弓箭的响声。渭城,即咸阳,秦时称咸阳,汉代改称渭城。③草枯二句:疾,迅速,敏锐。轻,轻快。④忽过二句:新丰市,古地名,其地盛产美酒,在今陕西省咸阳市西南,汉朝周亚夫曾驻兵于此地。⑤回看二句:雕,鸟名,性凶猛。北齐斛律光善射,人称射雕手,此处暗指将军。暮云,晚霞。

❖ 译诗 ❖

听! 寒风劲吹角弓响鸣,
那是将军正打猎在渭城。
猎鹰睁着锐眼在枯草间扑兽,
大地上积雪消融马蹄儿轻轻。
猎马急驰忽然间穿过新丰市,
一会儿又回到驻军的细柳营。
将军得意地回望打猎的地方,
只见千里晚霞竟是漫天齐平。

❖ 解析 ❖

这首五言律诗描写一位将军打猎的情景,诗中对射猎将军的英姿做了形象、逼真的描写,热情地歌颂了将军的豪迈气概,借以曲折地表达了作者积极向上的进取精神和远大的政治抱负。

诗的首联以逆折手法写将军力挽强弓、顶着冽冽寒风射猎,以风声、弓箭声构成先声夺人的气势,为人物出现渲染了气氛。接下第二联形象地刻画将军放鹰扑兽,纵马追逐的敏捷动作,以鹰眼之疾锐,马蹄之轻快,衬托将军纯熟高超的武艺,反映了将军威武矫捷的风神气度。诗以工整锤炼而极富动态的对偶句,描写了驰骋射猎的场面,诗人连用两令传神的字:"疾""轻",极形象地刻画了猎鹰从高空俯冲、战马飞蹄驰骋的英姿,而鹰眼之疾,马蹄之轻又正由于草之枯,雪之尽,此中正见诗人观察之细,体物之精,表现力之强。第三联转用舒缓悠扬的笔调,以"忽过""还归"描写将军打猎行动迅捷轻快的英姿,并点出新丰市、细柳营这两个具有特征的地方,一是"新丰美酒"豪饮高歌的地方,一是周亚夫练兵习武、角斗拼搏的军营,总写其去来之迅疾,射猎驰骋地域之广阔和将军英勇果敢的精神,上与第二联紧相呼应。一浓一淡,一重一轻,见章法转化。尾联抓住将军打猎归途回首一望的神态,刻画了这位英武将军豪爽的性格和猎后踌躇满志的情态。

全诗着意描绘将军游猎时的形象,通过一系列动作描写,揭示人物英勇潇洒的性格特点,抒发了作者对将军的敬佩赞美心情。

沈德潜曾说:"右丞五言律有两种!一种以清远胜;……一种以雄浑胜;……当分别观之。"《观猎》一诗即"以雄浑胜",他在评这首诗时说:"章法,句法,字法,俱臻绝顶,盛唐诗中,亦不多见。""起二句,若倒转便是凡笔;胜人处全在突兀也。结亦有回身射雕手段。"(《唐诗别裁》)

使 至 塞 上①

单车欲问边,属国过居延②。征蓬出汉塞,归雁入胡天③。
大漠孤烟直,长河落日圆④。萧关逢候骑,都护在燕然⑤。

❖ 注释 ❖

①使,出使,指作者奉命出使边塞。②单车二句:单车一辆车,这里是说轻车简从。问边,慰问守边将士。属国,汉代官名,典属国的简称,专管民族交往的事情,这里用以代指作者。一说作附属之国,颜师古注:"凡言属国者,存其国号而属汉朝,故曰属国。"居延,城名,亦称居延塞,属凉州张掖郡,在今内蒙古自治区额济纳旗境内,其旁有居延海,流出木林河、纳林河,二河

汇合为弱水。③征蓬二句：征蓬，指随风飞动的蓬草，这里用以指出使塞外的人。④大漠二句：大漠，大沙漠。长河，黄河。⑤萧关二句：萧关，地名，在今宁夏原州区东南。《平凉府志》："萧关襟带西凉，咽喉灵武，北面之险也。"称此关与西凉连接，是控制灵武（今宁夏中卫一带）的咽喉要地。候骑，通讯或侦察骑兵。燕然，山名，今蒙古三音诺颜汗中部的杭爱山。《后汉书》："后汉永元元年，窦宪破北单于，登燕然山刻石记功而还。"都护，官名，边疆都护府的长官，此指河西节度使崔希逸。

◆ 译诗 ◆

我慰问战士乘车去遥远的边关，
走过漫长的路程一直奔向居延。
有如蓬草随风万里来到汉塞外，
仰望蓝天一行行归雁飞入胡天。
浩瀚沙漠上一股沙烟直冲云霄，
滔滔长河中西垂的落日多么圆！
来到萧关恰逢巡逻侦察的骑兵，
告知我都护在更远的燕然前线。

◆ 解析 ◆

　　这首五言律诗作于开元二十五(737)。王维为监察御史奉命出使塞上时。736年吐蕃发兵进攻唐属小国小勃律(在克什米尔北)，唐河西节度使崔希逸在青海西大破吐蕃军。737年春王维奉命出塞宣慰将士，因写此诗。

　　诗的前二句直写作者奉命出使，只身前去居延一带慰问战士。接以征蓬归雁做比，写其行程的遥远，以单车，写其轻车简从，慰问使团规模不大，写其独当重任；写居延交代路途遥远。以征蓬喻其万里行程，写归雁，是说南雁北飞回归故地，点春季出使，比喻通俗自然，侧重表现遥远艰苦行程和出使季节，对同一事物通过不同的比喻，做了多方面的表现。三联承上写景，以雄浑的笔触，激昂的情调，形象地描述了大沙漠上孤烟垂直，浑圆的落日与滔滔黄河交相辉映的奇异壮观的景象，并寓悲凉之情于壮美景色之中，从侧面烘托了守边将士凄凉艰苦的生活环境，借以反映了他们不畏艰苦，积极保卫边疆的爱国主义精神。作者眼前沙漠荒凉辽阔，一股浓烟(是烽火？是炊烟？是沙暴？)成了突出景色，一个"孤"字，既显示景色单调，又显出雄浑；一个"直"字，表现了烟的劲拔顶天立地。长河落日本极平常，说"落日圆"，正是在大沙漠中的特殊感受，给人以亲切、喜悦之感。这一联勾勒出一幅极其雄浑、阔大、壮美的大沙漠中黄昏日落的典型景色，表现了诗人开阔的胸襟，这一联是千古名句，为后人所激赏。结尾二句写到达边塞的情景，借候骑之口，点明都护崔希逸远在燕然前线，用以概括守边将士繁重紧张的战斗生活，歌颂了他们以身许国的爱国热情，表达了诗人对他们的深情的赞美。

全诗善于捕捉典型景物做精心刻画，叙事精炼简洁，画面奇丽壮美，精心锤炼与自然质朴交融统一。

曹雪芹在《红楼梦》四十八回中借香菱的口评论王维这首诗："香菱笑道：我看他《塞上》一首，内一联云：'大漠孤烟直，长河落日圆'，想来烟如何直？日自然是圆的。这直字似无理，圆字似太俗，合上书一想，倒像是见了这景的。要说再找两个字换这两个字，竟再找不出两个字来。……"

"据我看来，诗的好处，有口里说不出来的意思，想去却是逼真的；又似乎无理，想去竟是有理有情的。"这段评诗的话，可以帮助我们认识王维这首诗的艺术特色。

终　南　山[①]

太乙近天都，连山到海隅[②]。白云迥望合，青霭入看无[③]。
分野中峰变，阴晴众壑殊[④]，欲投人处宿，隔水问樵夫。

❖ 注释 ❖

①终南山，山名，亦称南山、中南山，又称地肺，属秦岭山脉。《三秦记》："秦岭东起商洛，西尽汧陇，东西八百里。"秦岭山脉横贯陕西南部，主峰在今西安市南。②太乙二句：太乙，终南山主峰名，是终南山的代称，天都，古代传说上天帝王居住的地方，即天上的帝都。海隅，海角，海边。③白云二句：迥，回。合，汇合。迥望合，指诗人穿过云雾，登上高处，回首白云，见云雾遮蔽群山。青霭，青色的云雾。④分野二句：分野，指宇宙中星宿的区域划分。中国古代天文学家按天域的划分相对应的在地上划分成区域。

❖ 译诗 ❖

巍巍的太乙峰接近到高空天都,
山峰连绵一直延伸到东海之滨。
穿过云层回首但见白云遮山路,
钻入云雾之中眼前的青霭皆无。
高高的主峰改变了九州的分野,
远近不同的山谷阴晴变化悬殊。
我想在深山中找一个栖身之处,
隔着溪水向那打柴的樵夫问路。

❖ 解析 ❖

这首五言律诗作于隐居终南山时。王维因张九龄遭贬而受牵连,政治态度逐渐趋向消极,他终于选择了亦官亦隐的生活道路,自开元末至天宝十五年,他曾先后在终南、辋川隐居,寄情山水之中,借对自然山水的描写曲折地表达他的政治理想和人生态度。

全诗以粗犷雄浑的笔势,大胆夸张的手法开篇,先从高处大处落笔,近天都,言其高,到海隅,言其大,写出终南山山势高峻连绵,延伸至海的雄壮博大气势。接下四句以纤细笔触写阔大的景象,生动而具体地描述了诗人登山所见的壮观气象。回望处,白云汇合,阻断来路,入看时,青霭却无;若合若无,错综成句,从远近的不同角度写山之高峻,照应首句。以高山横卧,改变分野,阴晴不一,众壑悬殊,一说其辽阔,一写其形态,从分野阴晴上写山势之雄伟博大,照应二句。这四句从不同方面极写太乙峰的高险挺拔之势,展现了一幅气势壮阔的高山画面。诗人于景中透情,抒发其远大的胸怀和对高远境界的热烈向往。收结二句笔势一转,人迹断绝,投宿无处,以在深山中寻找宿处,"隔水问樵夫",从另一个方面点染了终南山幽静、秀丽的景色。不同凡响的美景引起诗人的兴趣,以日暮投宿,畅游未尽做结,升华了诗人对理想境界强烈追求的感情。这首诗是王维山水诗的一篇名作,以细腻的笔法写阔大的气势,意境高远,历来受到称赞。

沈德潜评论此诗说:"近天都言其高,到海隅言其远,分野二句言其大。四十字中无所不包,手笔不在杜陵下。"(《唐诗别裁》)

送元二使安西①

渭城朝雨浥轻尘,客舍青青柳色新②。
劝君更尽一杯酒,西出阳关无故人③。

❖ 注释 ❖

①送元二使安西,一作渭城曲,又称阳关曲、阳关三叠。元二名字不详,元姓排行二故称元二。安西,地名,唐贞观年间,设置安西都护府,其府治交河城(今新疆维吾尔自治区库车附近)。②渭城二句:渭城,咸阳,在今西安市西北。浥,沾湿。客舍,旅舍。③劝君二句:阳关,古关名,在今甘肃省敦煌市西南,玉门关南,是出塞必经之地。故人,老朋友。

❖ 译诗 ❖

清晨,
渭城降下一阵绵绵细雨,
压住了道路上的飞尘。
雨后凄冷,
馆驿的杨柳一派清新。
再喝上一杯吧!
劝我那亲爱的朋友,
你出了阳关很难再遇友人。

❖ 解析 ❖

这首七言乐府是作者早年在长安供职时所作,是为送别友人出使安西写的一首赠别诗。诗以渭城朝雨起兴,点出送别的时间、地点,以简洁洗练的语言描绘了雨后清晨,馆驿清新的送别环境。用绵绵细雨象征他们之间依依不舍的缠绵情怀。用房舍凄清,柳色清新的环境,烘托朋友离别时的悲凉心境。朝雨、客舍、新柳,勾画离别凄凉之景,渲染依依惜别之情,在景物描写中渗透着浓浓的别情。后两句以饯行抒情,劝君更尽一杯美酒,凝离别深情于美酒之中,一杯酒,一杯情,表达诗人对朋友的深情厚谊。收结一句离情升华到高峰,由现实的离别想到别后的处境,替朋友"西出阳关"而无故人感慨万千,既表达了作者对友人前程的牵挂和关切,又表露了与友人别后诗人自己的孤清处境。这后两句诗,三句是劝酒,四句是嘱言,劝酒、嘱言,是珍重,是关切。说"更尽"在着意尽情地劝酒惜别之中,点出友人征戍之长久和后会之无期;说"西去"则点出路途之遥远,边关之荒凉,此中有力地透出哀怨的情感和对征戍制度的抗议。

这首诗历来被称为送别的绝唱。由于诗中情感的深刻动人,表现手法的含蓄凝练,而获得更广泛的概括性,它高度概括了中国封建社会中各种各样的离情别绪,"阳关"二字已成为古代文学中"别离"的同义语。白居易在《晚春欲携酒寻沈四著作》诗中说:"最忆阳关唱,珍珠一串歌。"李商隐《赠歌妓》诗中有"断肠声里唱阳关"的诗句,可见此诗在当时的影响之广泛。

李东阳《麓堂诗话》评此诗说:"此辞一出,一时传诵不足,至为三叠歌之。后之咏别者,千言万语,殆不能出其意之外,必如是方可谓之达耳。"

山居秋暝[①]

空山新雨后,天气晚来秋[②]。明月松间照,清泉石上流。
竹喧归浣女,莲动下渔舟[③]。随意春芳歇,王孙自可留[④]。

❖ 注释 ❖

①秋暝,秋夜。②空山二句:空山,形容山谷寂静无声。③竹喧二句:浣女,洗衣的女子。④随意二句:随意,任凭。王孙,指权贵人家的子弟。《楚辞·招隐士》:"王孙兮归来,山中兮不可久留。"王维反用其意以自喻。

❖ 译诗 ❖

    雨后的山林是多么空旷清秀,
    这秋天的夜晚竟是如此静幽。
    皎洁月光把幽静的竹林映照,
    一股清泉在山石上涓涓奔流。
    竹叶喧闹走出一群洗衣姑娘,
    莲叶晃动摇荡出一叶叶渔舟。
    任凭它春天的花草早已凋谢,
    眼前的美景却使人迷恋停留。

❖ 解析 ❖

苏东坡评王维诗时说:"味摩诘之诗,诗中有画;观摩诘之画,画中有诗。"诗中有画,集中概括了王维山水诗的艺术特征,这首诗具有这种鲜明的艺术特征。诗中通过描写山村秋夜恬淡自然、澹远幽静的景色,寄托作者志怀高洁,孤芳自赏,隐居山林的情趣。

诗的前两句开篇破题,直写雨后秋夜。以清丽质朴的笔调描绘了初秋山村雨后青葱凉爽的特定的自然景色。接下四句以错落的笔势,以流水对句,运用寓静于动,以动显静的艺术手法,描绘了一幅形象鲜明、声色相间、幽深寂静、生气勃勃的动人画面。诗人凝深情于笔端,描绘了一个美好的境界,有皎洁的明月,潺潺流动的泉水,有在竹林喧哗声中走出来的洗衣姑娘,有莲叶摇曳下荡出的唱晚渔舟。在本是幽静的画面上,点缀了这些生机勃勃的人物和事物,使作者所追求的理想境界充满着活力,表达了作者热爱自然、热爱生活、厌恶世俗的感情。诗人通过松、月、泉、石的艺术组合,描绘出清朗明净的景色动态。明月句的音节是由敛到放,和月色照射的景色相切合;清泉句的音节由碎而圆,和泉流石上的景色相切合。而接下又以竹喧、浣女、莲动、渔舟组合成欢快的气氛,明快的场面。在先闻声后见人的描写中显示出鲜明强烈的动态性,达到诗中有画的艺术境界。

结尾二句直抒胸怀,以"王孙自可留"自喻,流露了归隐山林的思想,反映了作者逃避现实,洁身自好的孤高情怀。应当指出:这种消极避世思想,正是封建社会的士大夫遭冷遇后的典型思想,是对最高统治集团的一种消极反抗精神。

全诗注意典型景物的选择与组合刻画,选取最富有特征的景物,以接近白描的手法勾画出来,构成鲜明、生动、明朗、形象的诗中画,构图完美和谐,诗中有画,景中有声,静中有动,精美而生动地表现了特定的自然景色的优美形象。

鸟 鸣 涧[①]

人闲桂花落,夜静春山空。
月出惊山鸟,时鸣春涧中。

❖ 注释 ❖

①鸟鸣涧:是《皇甫岳云溪杂题》五首之一。涧,山谷。

❖ 译诗 ❖

内心悠闲,桂花自由地飘落在地;
山村之夜多么宁静,春山空寂。
明月升上树梢,惊飞了山鸟,
鸟儿隐入山涧,不时地婉转鸣啼。

❖ 解析 ❖

　　这首五绝是诗人隐居辋川时所写。诗人运用白描手法,描绘了皇甫岳云溪别墅的春夜月景。前两句以人闲、花落、夜静、山空的典型景物的勾画,以动显静,渲染诗人居处的宁静气氛,创造了一个万籁俱寂、山林空旷的幽静境界。作者以人的静默无声,衬托桂花飘落坠地之声,以动衬静更显真静,静到极点。后二句概括地描写整个山林,以鸟鸣于空山深涧,极状其静态,在人闲花落,夜静山空的典型环境中,一两声山鸟的鸣啭,更显出春涧的幽静之美,这两句紧承前意,以月亮惊飞山鸟,山涧传来几声鸟鸣,进一层渲染春山的宁静气氛,达到"鸟鸣山更幽"的境界。

　　全诗虽只四句,但作者用以动显静、动静相衬的笔法,形象地再现了皇甫岳云溪别墅幽深寂静的月夜景色。借山水以化其郁结,寄托诗人逃避纷乱的现实社会,退隐田园的乐趣,反映了他的啸傲林泉、消极处世的思想。这首诗写的意境幽深,形象鲜明。表现了作者体物的细致和构思的巧妙。

　　王维的山水诗善于捕捉生活中最优美、最动人的场景、情感的片断、生活的一个侧面、风景的一个角落,以极凝练的语言和灵活的形式表现出来,由此发展了情景交融,情附于景,融情入景的艺术特色,形成形神兼备,虚实结合,意表如一的民族风格,将写景艺术提到了一个新的高度,形成丰富多彩的山水诗派。

李 白

　　李白(701—762),字太白,号青莲居士,祖籍陇西成纪(今甘肃省天水市附近)人,生于西域碎叶(今苏联托克马克,当时属唐安西都护府)。李白约在五岁时随父到绵州(今四川绵阳市)所属彰明县青莲乡居住。早年在蜀中就学,年轻时轻财任侠,爱好骑射,善作诗赋,当时人说他"少有逸才,志气宏大,飘然有超世之心"。二十五岁时离开家乡,漫游长江流域,他只身游历洞庭湖、湘水、金陵、扬州等地,后到安陆(今湖北安陆)留居。在安陆娶退休宰相许圉师的孙女为妻,并以安陆为中心,游历了襄阳、洛阳、太原等地,此时结识了孟浩然。开元十八年(730),第一次赴长安,靠自己的才华和许家的旧势力,结识唐玄宗妹子玉真公主、贺知章、崔宗之等人。贺知章看了他写的诗歌赞赏道:"此天上谪仙人也!"但他在长安并没有谋取到功名,于是在次年五月离开了长安回到安陆。后来,开元二十四年(736),自安陆移居山东兖州,隐居在徂徕山,与孔巢父、韩准、裴政、张叔明、陶沔等号称"竹溪六逸"。天宝元年(742),李白携家南下江浙,遇道士吴筠,结识为友。后来吴筠被召入京,因吴筠推荐,李白才有机会第二次去长安见唐玄宗。当时他在诗中写道:"仰天大笑出门去,我辈岂是蓬蒿人",表达了应召的喜悦心情。天宝元年的冬季,李白第二次来到长安,被唐玄宗接见,做供奉翰林。虽然他名动一时,但并没有得到施展"申管晏之谈,谋帝王之术,奋其智能,愿为辅弼,使寰区大定,海内清一"的政治抱负的机会;尤其是他那种笑傲王侯的态度,引起封建权贵的不满,后来终于遭到张垍、高力士、杨玉环等人的排挤,只好在天宝三载(744)春天离开长安。这三年长安宫廷生活,使他对上层社会生活有了进一步的认识,给他后来的诗歌创作带来极为深刻的影响。"赐金"放还以后,李白再度踏上浪游漂泊的生活道路。天宝三载在洛阳与杜甫相遇,在汴州与高适相遇,此后李白、杜甫、高适三人在大梁宋中等地同游了数月,这年年底回到兖州。杜甫在叙述这段生活时写道:"余亦东蒙客,怜君如弟兄。醉眠秋共被,携手日同行"。由此可见这两位伟大的诗人虽然仅相处半年时光,却结下了终生不渝的友谊。自此以后近十年时间,李白遍游江南江北。这段丰富的生活阅历使李白进一步体验到现实人生的意义。

天宝十四载(755)安史乱起,次年李白正隐居庐山,唐肃宗(李亨)的弟弟永王李璘起兵征讨安史叛乱,慕李白才名,召李白入幕,李白便参加了永王幕府,后永王因受肃宗疑忌而被消灭,李白因此获罪,流放夜郎。走到巫山(在今四川境内)一带遇赦而还,这时他已五十九岁。上元二年(761)依靠当涂(今安徽当涂县)令李阳冰处,辗转于武昌、浔阳、宣城各地。宝应元年(762)十一月卒于当涂李刚冰处。

李白经历的时代正是中国封建社会极盛时期,李白的诗歌反映了盛唐时代面貌,体现了乐观向上、朝气蓬勃的进取精神;反映了关心现实和人民苦难并突出地表现了对权贵的傲岸不屈、对封建秩序的强烈反抗精神。李白也曾写下很多描写祖国山河壮丽的诗篇,脍炙人口,流传千古。他的诗歌以丰富多彩的内容和强烈的浪漫主义精神成为盛唐诗歌中最杰出的代表。

李白诗歌在艺术上继承和发展了庄子、屈原开创的浪漫主义传统,达到了我国浪漫主义诗歌的艺术高峰,他诗歌艺术的基本特色是以极其丰富的想象,创造了完美、鲜明的抒情艺术形象;用大胆夸张的艺术手法,创造了雄健豪放的艺术风格;用深入浅出的语言,表达了自己豪侠爽朗的个性,用纵横开阔错落变化的章法,抒发了昂扬奔放的情怀。但李白诗歌的现实主义精神也是比较明显的,由于他的主导倾向是积极浪漫主义,因此他创作的艺术风格,总的可以概括为结合着现实主义的浪漫主义精神是他艺术风格的基本特征。

有《李太白集》传世。

访戴天山道士不遇[①]

犬吠水声中,桃花带露浓[②]。树深时见鹿,溪午不闻钟[③]。
野竹分青霭,飞泉挂碧峰[④]。无人知所去,愁倚两三松[⑤]。

❖ 注释 ❖

①戴天山:亦名火康山,大匡山,在四川江油市,开元初年李白在此山大明寺读书。②犬吠二句:犬吠,狗叫的声音。③树深二句:溪午,溪中晌午的时候。④野竹二句:野竹,山上的竹子。青霭,青色云气。碧峰,指山峰树木苍翠。⑤无人二句:无人句,指没有人知道所访的道士的去处。

❖ 译诗 ❖

潺潺的流水混杂着狗的叫声,
早晨桃花上的露水竟那样浓。
树林深处时常看见鹿儿奔跑,
晌午来到溪边还听不到敲钟。
山顶上的野竹把那云气隔开,
一条飞泉挂在那青翠的山峰。
谁也不知戴天山道士去何处,
我失望地倚着老松树把他等。

❖ 解析 ❖

诗人五岁来到四川绵州彰明县居住,在十八岁时就到戴天山大明寺中读书,在此山读书时曾和一些道士来往。这首诗形象地描写了他去拜访一位道士的经过,诗人以细腻的笔触着力刻画戴天山的优美风景,描绘了一个幽深、宁静、秀美、壮观的境界。全篇仅八句诗四十个字,但却高度地概括了戴天山犬吠、水声、桃花、溪流、野鹿、绿竹、青云、飞泉、碧峰等具有特色的典型事物,从而展示了一幅丰富多彩的、美丽幽静、充满生机的艺术画面:潺潺流水声中传来几声犬吠,桃花缤纷带着浓重的露珠,诗一开篇就好像把人带入一个幽美的仙境。树深林密,见野鹿奔跑,鹿在而人不在;溪午鸣钟是道观的正常生活,不闻钟,言其人不在,在描写一片静寂的景色中暗写道士不在,拜访落空。但眼前所见却是别开境地,青霭紫绕山间竹林,飞泉挂于青峰之上,笔端飞动秀美之气,描绘了戴天山一派壮丽的动人景色。结句点出"无人",无人知道来访,诗人只有倚着青松而惆怅满怀了。

吴大受说:"无一字说道士,无一字说不遇,却句句是不遇,句句是访道士不遇,何物戴道士,自太白写来,便觉无烟火气,此皆不必以切题为妙者。"(《诗筏》)

黄白山说:"写幽意,固其所长;更喜其无丹鼎气,不用其所短。"(《唐诗摘抄》)

峨眉山月歌①

峨眉山月半轮秋,影入平羌江水流②。
夜发清溪向三峡,思君不见下渝州③。

❖ 注释 ❖

①峨眉山,亦称峨嵋山,两山相对如蛾眉,故名。《博物志》谓之牙门山,其山在今四川省峨眉县西南。②峨眉二句:平羌,即指青衣江,源出四川省芦山县,流至乐山市入大渡河,再入岷江,位在峨眉山东北。③夜发二句:清溪,地名,即清溪驿,在今四川省犍为县,离峨眉山较近。三峡,即长江三峡,在长江上游,介于四川湖北两省之间。三峡连接长达七百余里,瞿塘峡在四川奉节县东,瞿塘东面是巫峡,在四川省巫山县东,巫峡东西是西陵峡,在湖北省宜昌市西北。另三峡之名甚多,有以西峡、巫峡、归峡为三峡;或以广溪峡、西陵峡、巴峡为三峡;或以巫峡、巴峡、明月峡为三峡。据古歌"巴东三峡巫峡长"语推按,知古之三峡,皆在巴东。三峡连山叠嶂,凡六七百里,水流湍急。渝州,今重庆市。

❖ 译诗 ❖

半轮秋月悬挂在高高的峨眉山顶,
月光随着那奔流的平羌江水流动。
夜里从清溪驿出发直向长江三峡,
没见到想念的山月就直下渝州城。

❖ 解析 ❖

这首七言绝句是歌咏峨眉山月的作品。作于开元十三年(725)出蜀之时。诗人自开元十年(722)隐居在峨眉山的青城山,一直到"仗剑去国,辞亲远游"才离开峨眉山。诗人即将离别自己所生活的地方,离别所熟悉、所热爱的峨眉山水,心情自然是十分留恋、依依不舍的。诗人通过由清溪月夜出发,经三峡下渝州的夜中所见,热情歌咏了峨眉山月,抒发了热爱峨眉山和眷恋山月的深情。诗人以清丽的笔触,描绘了秋天月夜的峨眉山宁静、深沉、秀美、迷人的景色。山月相映,洁净幽深,影入江流,波光生辉。峨眉山上的秋月高悬,月影映在平羌江中,高山秋月、月影江流,描绘出一幅幽美的江中秋月图。写秋月,写江山,都在江水流动中映现出来,都从行者的眼中看出来,都表现出对峨眉山月的依依之情。三句写夜发清溪,从特定的月夜出发,进一层表现他对峨眉山月的眷恋之情。江流月色,夜发清溪,直向三峡,在清溪尚可见到平羌江中月影,而进入三峡时,"自三峡七百里中,两岸连山,略无阙处。重岩叠嶂,隐天蔽日,自非亭午夜分,不见曦月。"船经三峡,再也见不到峨眉山月,更添思念之情,诗人正是带着这种思情而"思君不见下渝州"的。思君不见,就是思峨眉山月之不见,"下渝州"是思不见的结果,一个"下"字写其急切心情。诗在对行程中的景色描绘中,抒发了诗人对峨眉山月(也是对自己的亲爱故乡)的深沉而亲切的思念热爱之情。

王琦云:"王凤洲曰:'此是太白佳境,二十八字中有峨眉山、平羌江、清溪、三峡、渝州,使后人为之,不胜痕迹矣。益见此老铲锤之妙。'"地名五次出现,但不烦碎呆板,极形象地表达了诗人的感情,境界开阔,笔力豪放,显示出李白卓绝的艺术成就。

静 夜 思①

床前明月光,疑是地上霜②。
举头望明月,低头思故乡。

❖ 注释 ❖

①静夜思,一作夜思。《乐府诗集》列入《新乐府辞乐府杂题》。②床前二句:明月光,一作看月光。

❖ 译诗 ❖

床前洒满了洁白的月光,
我以为那是降下的白霜。
抬头看见一轮皎皎明月,
情不自禁低头思念家乡。

❖ 解析 ❖

这首五言乐府是一首思乡抒情诗。

这首短诗形象地反映了诗人旅居异地,夜不能寐,怀念家乡的深情。全诗以床前月光引起,生动地刻画了诗人的心理活动。前两句叙述诗人看到床前月光,疑是降霜,点明诗人独居异乡,孤寂凄清的处境。床前月光,正由深夜不寐而偶然看见,因无心望月,偶然见月,疑其不是月光,想是寒霜遍地,月光如霜,说"疑",正从即景即情、又景又情中写出迷离恍惚的心情。后两句以举头望月,遥想远方亲人也当共此明月,表达对家乡亲人的怀念之情。三句承上因"疑"而"举头望",由望月而引发思乡之情,"举头望"是景中带情;"低头思"是情中映景,"举头望""低头思",诗正是在这俯仰低回曲折回环的动态的形象描写中,揭示出诗人在仕宦失意之后的思念故乡、怀念亲人的种种复杂心绪。

诗以平易质朴的语言,平常直率的笔调,不假雕饰,写出真情,具有真挚感人的艺术力量。这正是为后人所欣赏的艺术魅力所在。

近人俞樾曾指出:"李太白诗曰:'床前明月光,疑是地上霜。举头望明月,低头思故乡。'王昌龄诗曰:'闺中少妇不知愁,春日凝妆上翠楼,忽见陌头杨柳色,悔教夫婿觅封侯。'此两诗体格不伦而意实相准。夫闺中少妇本不知愁,方且凝妆而上翠楼,乃忽见陌头杨柳色,则悔教夫婿觅封侯矣。此以见春色之感人者深也。床前明月光初以为地上之霜耳,乃举头而见明月,则低头而思故乡矣。此以见月色之感人者深也。盖欲言其感人之深而但言如何相感,则虽深仍浅矣。以无情言情则情出,从无意写意则意真,知此者可以言诗乎!"(《湖楼笔谈》)这段评论可给人以启迪,录以供参考。

蜀 道 难①

噫吁嚱!危乎高哉!蜀道之难,难于上青天②。蚕丛及鱼凫(fú 服),开国何茫然③?尔来四万八千岁,不与秦塞通人烟④。西当太白有鸟道,可以横绝峨眉巅⑤。地崩山摧壮士死,然后天梯石栈相钩连⑥。上有六龙回日之高标,下有冲波逆折之回川⑦。黄鹤之飞尚不得过,猿猱欲度愁攀援⑧。青泥何盘盘,百步九折萦(yíng 营)岩峦⑨。扪参(shēn 身)历井仰胁息,以手抚膺坐长叹⑩。问君西游何时还?畏途巉岩不可攀⑪。但见悲鸟号古木,雄飞雌从绕林间⑫。又闻子规啼月夜,愁空山⑬。蜀道之难,难于上青天,使人听此凋朱颜⑭。连峰去天不盈尺,枯松倒挂倚绝壁⑮。飞湍瀑流争喧豗(huī 恢),砯(pēng 砰)崖转石万壑雷⑯。其险也如此,嗟尔远道之人胡为乎来哉⑰!剑阁峥嵘而崔嵬,一夫当关,万夫莫开⑱。所守或匪亲,化为狼与豺⑲。朝避猛虎,夕避长蛇。磨牙吮血,杀人如麻⑳。锦城虽云乐,不如早还家㉑。蜀道之难,难于上青天。侧身西望长咨嗟㉒!

❖ 注释 ❖

①蜀道难:乐府古题,属相和歌曲,瑟调。《乐府诗集》:"蜀道难备言铜

梁、玉垒之险"。(蜀道难这支曲子,充分说出了铜梁山、玉垒山的险阻。)②噫吁嚱四句:噫吁嚱,这三个词是四川方言的叹词。《宋景文公笔记》:"蜀人见物惊异,辄曰噫吁嚱。"危,高。③蚕丛二句:蚕丛、鱼凫,人名,是传说中的蜀国开国先王。扬雄《蜀王本纪》:"蜀王之先,名蚕丛、柏灌、鱼凫、蒲泽、开明……从开明上至蚕丛,积三万四千岁。"(《蜀都赋》刘逵注引)④尔来二句:尔来,自从那时以来,即指自从蜀开国以来。四万八千岁,形容时间长久。秦塞,秦朝的边塞,这里指陕西关中地带。通人烟,指交通往来。⑤西当二句:太白,山名,在陕西省眉县东南。鸟道,指马飞的径路,《华阳国志》:"鸟道四百里,以其险绝,兽犹无蹊,特上有飞鸟之道耳"。指山高且险,人迹不到。横绝,横度。峨眉,即峨眉山。在四川省峨眉县。⑥地崩二句:地崩山摧壮士死,古代神话,据《华阳国志·蜀志》载:"秦惠王知蜀王好色,许嫁五女于蜀,蜀遣五丁迎之。还到梓橦,见一大蛇入穴中。一人揽其尾,掣之不禁,至五人相助,大呼拽蛇,山崩时压杀五人及秦五女并将从,而山分为五岭。"(秦惠王知道蜀王贪美色,答应嫁五个美女给蜀王,蜀王派遣五位壮士去迎接。回到梓檀,见一条大蛇朝洞里钻。一个壮士抓住蛇尾往外拉,拉不住,五个人一齐动手,喊着号子拉蛇,山塌,当时压死五位力士和秦王送来的五女以及随从,而后山分为五岭。)钩连,沟通连接。天梯,指险峻的山路。石栈山谷间用石块、树木架起的道路。⑦上有二句:六龙回日,古代神话传说太阳神驾着六龙车,羲和赶着车,在空中行走,他们走到高山顶峰跟前,也要迂回而过。高标,高山顶峰,以为一方标识者。冲波,直流。逆折,指水流回旋的样子。回川,形容水流回旋。⑧黄鹤二句:黄鹤,大鸟名,善飞。高步瀛《唐宋诗举要》:"黄鹤即黄鹄。"《楚辞·卜居》:"宁与黄鹄(鹤)比翼乎?"颜师古注:"黄鹤,大鸟,一举千里。"猱,猿类,极善攀登。⑨青泥二句:青泥,即青泥岭,又名泥公山,在甘肃徽县南,为甘陕入蜀要道。以岭高多云雨,泥泞路滑得名。盘盘,指山路曲折。百步九折,百步有九个弯,极言道路弯曲难行。萦,旋绕。⑩扪参二句:扪,抚摸。历,越过。参、井,两星宿名,古代天文学家按星宿的位置制定地理位置,参宿三星居西方七宿之末,占度十,为蜀之分野,井八宿居南方七宿之首,占度三十三,为秦之分野。胁息,屏住呼吸。抚,按住。膺,胸。⑪问君二句:畏途,可怕的道路。山兀岩,高峻的山石。⑫但见二句:号,即嚎叫,啼鸣。⑬又闻二句:子规,鸟名,即杜鹃,相传是古代蜀国王杜宇变的,其叫声"不如归去",啼声凄苦哀怨。⑭使人三句:凋,凋谢,衰败。朱颜,红颜,指青春的容颜。⑮连峰二句:去天,离天。

盈,满。⑯飞湍二句:飞湍,形容水流急速如飞。瀑流,瀑布。喧豗,喧闹的声音。砯,水击石的声音。万壑雷,形容山水流速急快,撞击在岩石上发出雷鸣般声响。⑰其险二句:嗟尔,叹词。胡为,为何。⑱剑阁三句:剑阁,亦称剑门关,在今四川省剑阁县北,位于大剑山和小剑山之间。据《华阳国志》:"诸葛亮相蜀,击石架空,始为飞阁,以通行道"。又《水经注·漾水》:"东南经小剑戍北,西去大剑山三十里,连山绝险,飞阁通衢,故谓之剑阁。"(诸葛亮做蜀国宰相时,开凿山石,架起空中的栈道,开始成为空中飞阁,以接连交通。小剑防御着北面,往西走离大剑三十里,山连着山,地势特别险要,凌空架起的栈道接通道路,因此称为剑阁。)峥嵘,山势高峻的样子。崔嵬,山势崎岖的样子。⑲所守二句:匪亲,匪,同非,不是亲信。⑳朝避四句:吮,吸。㉑锦城二句,锦城,即成都,汉代成都织锦发达,曾在此地设锦官,故成都又称锦官城。㉒蜀道之难三句:咨嗟,叹息。

❖ 译诗 ❖

噫吁哦！巍峨高峻哟！
攀登这蜀道是何等艰难,
真好比难于登那九霄云天！
自从蚕丛、鱼凫开国到现在,
离现在竟是多么渺茫遥远。
大概已有四万八千多岁,
可迹没有道路与秦塞相连。
太白山把西去的道路阻挡,
只有飞鸟可以横越峨眉山巅。
可还地裂山崩壮士们被压死,
然后才有一条石栈把秦蜀勾连。
群山上有六龙回日的高标,
山谷里有回旋弯曲的大川。
善飞的黄鹤尚且无法飞过,
也愁坏了那善于攀登的猱猿。
青泥岭哟,多么高险曲折,
百步之内就绕岩石转九个弯。
摸着参井屏住呼吸,
双手紧按住胸口深深地长叹。

我问你西游何时才回还?
那可怕的道路实在是难登攀,
只有鸟儿在古木上号叫,
相互追逐飞绕在树林之间,
又可听到子规在月夜啼叫,
悲切的叫声久久回荡在空山。
蜀道真难攀登哟,
真好比难于登那九霄云天!
在这空寂阴森的古道,
人们听到鸟啼也会改变容颜。
山峰连着山峰离天不满一尺,
干枯的松树倒挂在绝壁上面。
山谷里瀑布飞流轰隆隆震响,
急流转动着山石如同雷鸣一般。
这样惊险的道路哟,
唉!你这远方客人为何还要去登攀!
更有那峥嵘险峻的剑阁,
一人把守关口万人别想打开通过。
倘若防守者不是可靠之人,
他们会像豺狼一样兴灾祸。
早行要躲避路上的猛虎,
晚行要当心道旁的毒蛇。
它们生着锋利的牙齿吸人血,
这些豺狼随便杀人越货。
那锦城虽是个快乐的地方,
却不如早早返回家乡。
蜀道真难攀登哟,
真好比难于登那九霄云天。
我侧着身子向西眺望哟,
深深地为友人长叹!

◆ 解析 ◆

　　这首长诗写作年代、写作目的和主题思想,千百年来众说纷纭,莫衷一是。根据最基本的材料,做以下解析。这首乐府歌行是送别友人入蜀时所写,大约作于开元十八年左右。开元十八年的春夏之交,李白在朋友敦劝之下,第一次去长安进行政治活动。当时居显赫地位的贺知章曾读到他的这首诗,惊叹李白出奇的才华,称赞李白"此天上谪仙人也!"自此李白大显诗名。

　　这首诗借乐府旧题,以豪放的笔触,丰富奇丽的想象,浪漫主义的夸张手法,长短错落的句式,极其形象地描绘了秦岭山脉雄伟奇壮的景象和蜀道艰险雄峻的情状。全篇以惊叹句领起,三个独立的叹词连用,用方言口语强烈地抒发惊叹之情,接以危、高两个迭用的同义词,把蜀道极险极高的形势在异乎常情的咏叹中突现出来,并以山势之雄险衬托"蜀道之难",写得令人生畏,极富感染力,构成全诗的浪漫的基调,成为千古绝唱。

　　全诗可分三大部分:

　　第一部分从"蚕丛及鱼凫"至"以手抚膺坐长叹",写长安以西秦地道路的艰险。这部分开头以古代传说故事为蜀道奇险的美赋予一层神话的色彩。诗从蜀道开辟的历史上写起,使诗从眼前景物宕开,把境界扩展开来,从历史的空间上,也从时代的长河上去想象,去描绘秦岭、蜀道奇险之美。历史上富有神秘性的传说故事,为诗篇涂上一层光怪陆离的色彩,充分表现了蜀道开辟的艰难,增强了诗歌的浪漫主义色彩与力量。

　　太白山是秦地著名高山,民谣:"武功太白,去天三尺。"青泥岭也是秦地高山,入蜀要道,《元和郡县志》:"悬崖万仞,上多乌云,行者屡逢泥淖,故号为青泥岭。"诗人着重写了这两个地方,以夸张的诗句,以叙述和抒情相结合的手法,把古代神话、瑰丽的传说与现实奇险的景物结合起来,突出了秦岭的高峻雄奇的自然形象。

　　第二部分从"问君西游何时还"至"嗟尔远道之人胡为乎来哉",描写从秦地进入蜀地的道路艰险情景。悲鸟号,子规啼,凋朱颜,诗通过萧森的景物描写和人的直接感受,造成一种具有强烈感染力的环境气氛,从侧面加深蜀道艰难的感受,构成反衬的力量。并从视觉——"去天不盈尺"到听觉"万壑雷",在极度夸张的描写中造成心惊胆战的境地,最后以"胡为乎来哉"的反诘句式总束,结束对蜀道奇险的描写。第三部分从"剑阁峥嵘"到结尾,写蜀地情势险恶,劝其早日还家,照应送别友情。

西晋张载有《剑阁铭》:"一人荷戟!万夫趑趄。形胜之地,匪亲勿居。"李白据此而化用其意?借剑阁之险要,联想到据险作乱,用以突出蜀道之艰险和环境之险恶,从侧面做陪衬,以突出蜀道奇险的主题。"朝避猛虎"四句?写蜀地环境的险恶,写自然环境主要用以反衬政治环境,预感到时局的动荡局面的即将来临,用以对唐朝统治者警告。诗的最后以"蜀道之难,难于上青天,侧身西望长咨嗟"的感叹句式收结,表达了对友人的深切关心和对时局的关切。

这首诗以高度的概括,丰富的想象,夸张的手法,大开大阖纵横多变的结构,散韵兼用的句式,融历史传说、神话故事和现实景物为一体,创造了一个奇险壮丽、雄伟多姿的蜀道形象,显示了祖国山川的奇险的美,抒发了诗人浪漫而豪放的情感,表现了诗人热爱祖国的情感和宽阔博大的胸怀。

唐殷璠《河岳英灵集》:"白……为文章,率皆纵逸,至如《蜀道难》等篇,可谓奇之又奇,然自骚人以还,鲜有此体也。"

清沈德潜评此诗说:"笔阵纵横,如虬飞蠖动?起雷霆于指顾之间,任华、卢同辈仿之,适得其怪耳。太白所以为仙才也。"又说:"太白七古,想落天外,局自变生。大江无风,波浪自涌。白云从空,随风变灭。此殆天授,非人力可及。……读李诗者,于雄快之中,得其深远宕逸之神,才是谪仙面目。"(《唐诗别裁》)

黄鹤楼送孟浩然之广陵①

故人西辞黄鹤楼,烟花三月下扬州②。
孤帆远影碧空尽,唯见长江天际流③。

❖ 注释 ❖

①黄鹤楼:故址在今湖北省武昌蛇山的黄鹤矶上。广陵,今江苏扬州。②故人二句:故人,老朋友。烟花,形容春天花多景丽。③孤帆二句:孤帆一只船帆。唯见,只见。

❖ 译诗 ❖

我的老朋友辞别了这黄鹤楼,
在这繁花盛开的三月下扬州。
一片白帆渐渐隐没在蓝天里,
眼前只有长江水向天外涌流。

❖ 解析 ❖

这首七言绝句是一首送别诗。

李白在开元十五年(727)与许圉师的孙女结亲之后,他以安陆为中心,游历襄阳、洛阳、太原等地,在游襄阳时,结识了著名诗人孟浩然,他们"布衣"相交,结下了诚挚深厚的友谊。这首诗以送别为题,借刻画眼前景物,抒发诗人的挚意深情。

黄白山指出这首诗是"两呼两应格;一呼二应,三呼四应,此的各应法。"

首句写登楼送友,武昌在扬州之西,故说西辞,二句写友人于阳春三月去扬州,烟花三月,一景一时,在大好春天,万花盛开的季节里,"暮春三月,江南草长,杂花生树,群莺乱飞",花柳如烟,而扬州是长江下游最繁华的城市,景美、地美,友人竟去,令人艳羡。但好友离去,离别之人又是自己最尊敬的风流的孟夫子,产生依依不舍之情自是情理之中的事。说"辞"、说"下"既正面表现孟浩然离去之迅速,也从反面衬出诗人之惜别。接着写诗人望中之景,纵目望去,友人已扬帆顺流而下,越走越远,一片孤帆,模糊远影,隐入天水相连的地方,而眼前则是浩渺无边的长江,向远处天际流动着。诗在这种空阔的境界描写中,映衬了诗人对好友的离去所产生的无限惆怅之情,以阔大的景物映衬孤独寂寞的感情。景中寓情,以景衬情,构成雄浑的境界。所谓"不见帆影,惟见长江,怅别之情,尽在言外。"

子夜吴歌四首

选 二①

三

长安一片月,万户捣衣声②。
秋风吹不尽,总是玉关情③。
何日平胡虏,良人罢远征④?

❖ 注释 ❖

①子夜吴歌:乐府诗题,亦称《子夜四时歌》《子夜歌》等。《乐府古题要解》:"旧史云:晋有女子曰子夜所作,声至哀。后人因为四时行乐之词,谓之子夜四时歌,吴声也。"②长安二句:捣衣,古代妇女把布帛放在平坦的砧板上,用木棒敲打平滑然后裁剪成衣。古代洗衣服,也用木棒敲打湿衣,使干净。④秋风二句:玉关情,玉关,即玉门关。玉关情,指思妇想念玉门关外守边丈夫的相思之情。④何日二句:良人,古代妇女对自己丈夫的称呼。罢,停止。

❖ 译诗 ❖

一轮明月映照着长安城,
千家万户传出了捣衣声。
萧萧秋风永远吹不尽啊,
怀念那守边丈夫的深情。
不知何日能把胡虏消灭,
我的丈夫才结束这远征?

四

明朝驿使发,一夜絮征袍①。
素手抽针冷,那堪把剪刀②。
裁缝寄远道,几日到临洮?③

❖ 注释 ❖

①明朝二句:驿使,古代传递公文、书信的人。絮,做动词用,铺絮。②素手二句:素手,白手。那堪,那能。把,拿。③裁缝二句:临洮,秦置县名,在今甘肃省临洮县,为唐朝边防要地,与吐蕃相近,有莫门军、神策军,在古为西羌之地。

❖ 译诗 ❖

驿使明天早上就要出发,
女子一夜为征人做棉袍。
白手抽针秋夜多么寒冷,
怎堪使用那冰凉的剪刀!
缝好衣服寄到遥远边疆,
不知几日才能送到临洮?

❖ 解析 ❖

这两首乐府诗是写女子思念丈夫的思亲诗,原诗共四首。这二首通过妇女月夜为远征的丈夫捣衣缝袍的细节刻画,表现了她们对远征亲人的深切怀念,抒发了作者对广大离妇的深切同情。

第一首就长安月夜、砧声一片领起,描写千家万户的妇女在辛勤捣衣。接着以浪漫主义的想象,点明秋风不尽,吹送情思,把捣衣声和玉关情联结起来,捣衣换季,想到远在玉门关的亲人的寒冷饥饿,这想念关切之情,因秋风而增长,捣衣声声,凝结着亲人的深重思情,秋风阵阵,吹不尽这绵长的深情。收结二句写思妇盼望与丈夫团聚的心情。以平定胡虏为前提,这就赋予爱情以积极的社会意义。平胡虏、罢远征这二者互为因果,与首二句捣衣声、玉关情之间内在联结较紧密。在反诘句中,把思妇盼归、焦虑、忧愁与关切的情感,概括得淋漓尽致,深沉地表达了广大妇女的痛苦与忧愁,同时也更为广泛地反映了那个时代的人民群众强烈地爱国热情和对和平安定生活的热烈追求。

"诗贵寄意,有言在此而意在彼者,李太白《子夜吴歌》,本闺情语而忽冀罢征。"(《说诗晬语》)

第二首用具体细腻的细节刻画,通过"絮征袍"这一侧面描写,集中地反映思妇怀念亲人的深情。诗的开篇两句刻画了一个思妇连夜赶做征袍这个细节,明朝驿使出发,今夜通宵赶制,"明朝""一夜",时间紧,气氛浓,一笔勾出。继而着笔写寒夜缝袍的辛苦,用冷针难抽,剪刀难握,表现这个女子的深情。最后两句写她希望早日把征袍寄到临洮边地,进一层表现她对征夫的深切怀念。这后四句诗连用反诘,明朝,一夜,带出"那堪",极写夜寒,诗正以寒夜抽针,不堪把剪,反衬思妇对征人的深情。这是第一个反诘。一夜絮好征袍,拜托驿使带给征人,但路途迢遥,道路艰险,几日方可到达,征人何日方可穿上新衣,内地已是秋寒难耐,西北边塞想必更加寒冷了吧!一个"几日"的诘问,几许关心、顾盼之情尽在其中了。这是第二个反诘。诗正是在这连续的反诘中表达了思妇的深沉的情意和浓重的忧伤。

这两首诗语言简朴,感情真挚,富有民歌色彩。

乌 栖 曲①

姑苏台上乌栖时,吴王宫里醉西施②。吴歌楚舞欢未毕,青山欲衔半边日③。银箭金壶漏水多,起看秋月坠江波④。东方渐高奈乐何!

❖ 注释 ❖

①乌栖曲:属乐府西曲歌。②姑苏二句:姑苏台,战国时吴王夫差所筑,遗址在今江苏苏州。《述异记》:"吴王夫差筑姑苏之台,三年乃成。周旋诘屈,横亘五里。崇饰土木,殚耗人力。……作天池,池中造青龙舟,舟中盛陈妓乐,日与西施为水嬉。"西施,著名美女,吴王夫差的妃子。乌栖时,乌鸦栖息时刻,指黄昏时候。③吴歌二句:吴歌,古代吴人的歌曲,楚舞,古代楚人的舞蹈,吴歌、楚舞,泛指江南地方歌舞。衔,口中含物叫衔,这里形容朝阳出山之状。④银箭二句:银箭金壶,古代计时的器具,铜壶里装着水,壶下有孔,水从孔中滴滴下漏,水中立一支带刻度的箭,水面逐渐下降,刻度渐露,以此测定时刻。秋月坠江,黎明拂晓时候。

❖ 译诗 ❖

姑苏台上正是乌鸦归巢之时,
宫殿里饮醉了吴王和那西施。
动人的吴歌楚舞还没有完场,
远处青山想要衔住半边红日。
金壶中的滴水积多银壶显露,
站起身来见秋月已西沉江波。
东方渐渐发白怎么追欢作乐!

❖ 解析 ❖

这首七言乐府是借古讽今之作,约作于天宝元年(742)应召入京前后。

《唐诗纪事》:"天宝初,贺知章见之,曰:此诗可以泣鬼神矣!"

李白第二次到长安,耳闻目睹唐玄宗追求享乐,荒淫无度的奢侈生活,预感到社会政治的严重危机,诗人以高度的政治敏感,出于忧国忧民的深沉感情,对封建统治者发出警告,用吴王夫差荒淫享乐,奢侈误国之事讽喻唐玄宗。诗以丰富的想象概括地描写了吴王夫差和西施日夜相继的淫乐生活,首起两句叙写吴王、西施黄昏傍晚在姑苏台宴饮,姑苏台是夫差特为享乐建造的,开篇即点姑苏台,明写吴王之享乐,乌栖时,点时间,"吴王宫里醉西施",一个"醉"字揭出夫差在春宵宫中,长时间欢饮,点出时间之长,笔带讥刺。乌栖时,勾画黄昏暮晚的环境气氛,隐喻吴王之没落。接下两句进一层描写宫中彻夜歌舞欢乐喧闹的场面,以吴歌楚舞极言歌舞之盛况,"欢未毕",点吴王欢未足,兴未尽之情。

"青山欲衔半边日",以青山衔日写青山厌烦黑夜,即将带来光明,用动态的笔触描绘了朝阳出山的景色,用以解析吴王通宵歌舞,享乐尚未尽兴。欢未毕,半边日,一从情态上,一从时序上揭出吴王极度荒淫情状。欲衔,又将吴王恨,黑夜太短,欢乐未足,希望青山把朝阳衔住,使它不得出山,从侧面描写了吴王的微妙心理。后三句笔势转进一层,抨击了唐玄宗的腐朽生活,表达了诗人深沉的愤慨和忧虑。

《唐宋诗醇》:"乐极悲生之意写得委婉,未几而麋鹿游于姑苏矣。全不说破,可谓寄兴深微者。……末缀一单句,有不尽之妙。"

乌 夜 啼①

黄云城边乌欲栖,归飞哑哑枝上啼②。
机中织锦秦川女,碧纱如烟隔窗语③。
停梭怅然忆远人,独宿孤房泪如雨④。

❖ 注释 ❖

①乌夜啼:乐府西曲歌调名。②黄云二句:栖,栖息。③机中二句:秦川女,指苏蕙,《晋书·列女传》:"窦滔为秦州刺史,被徙流沙,(妻)苏氏思之,织锦为《回文旋图诗》以赠滔,宛转循环以读之。词甚凄婉,凡八百四十字。"又按,唐武后《璇玑图序》:"前秦苻坚时!窦滔镇襄阳,携宠姬赴阳台之任,断妻苏蕙音问,蕙因织锦为回文,五彩相宜,纵横八寸,题诗二百余首,计八

百余言,纵横反复,皆成文章,名曰'璇玑图'以赠滔。"此两说虽异,但所说都是苏蕙织锦为回文诗事。足见苏蕙织锦为回文诗是实。此诗所说秦川女用来比喻思妇。碧纱如烟,指用碧纱糊窗,光线朦胧。④停梭二句:怅然,失意茫然的样子。远人,指远方的丈夫。

❖ 译诗 ❖

那黄云城边的乌鸦纷纷归来栖息,
飞落在树枝上头不住的呀呀鸣啼。
织机上坐着织回文诗锦的秦川女,
把隔着碧纱窗夫妻对话情景回忆。
不由地停下织梭想起远方的夫婿,
独自一人睡在孤房怎不泪下如雨。

❖ 解析 ❖

这首乐府是一首思妇诗。

诗中塑造了一个思念丈夫的妇女形象,表达了诗人对妇女悲苦命运的深切同情。开元、天宝年间唐朝和境外的小国战争连年不断,每年都要征索大量士兵前往边疆。给人民带来严重的灾难,妇女们尤为痛苦,她们生活无着,处境凄凉。这首诗借写秦川女的遭遇,形象地概括了唐朝妇女的悲苦的现实生活处境。

开篇以乌鸦啼归起兴,用天色黄昏,鸟雀归巢,反衬征人之不归,点染思妇孤寂冷漠的处境。暝色起思愁,日暮鸦栖,生离死别。伤逝怀远,当日暮黄昏时分。触绪纷来,倍增思绪,思妇面对归飞之鸦,耳听呀呀啼叫,眼中黄昏暮色更添加了思亲之情。三四句以思妇织锦,隔窗对话的美妙回忆,把诗从现实转向昔日,构成跌宕变化。机中织锦,碧纱如烟,渲染环境的宁馨温香,用以描写昔日夫妻生活的幸福安乐。五六句承"织锦"由昔日转回现实,由美好的回忆。转入写现实情思,"停梭怅然",以鲜明的动态描写。从动作和情态变化上揭示思妇的内心痛苦;"忆远人",直叙思情。"独宿孤房泪如雨"一句,把秦川女"忆远人"的思情,从外在表现到内心痛苦做了具体而形象的描绘,诗也正是在形象地再现思妇独宿孤房、悲泪如雨的孤寂处境中,揭露了战争给人民造成的苦难。

黄白山《唐诗摘抄》:"川对城,女与远人对鸟,远字又对归字,语与泪对啼,宿对栖,空房对枝上。后半四句,意尽前半之中,含蓄照应,无一不妙。"指出了此诗写作上的特点。

沈德潜在《唐诗别裁》中说:"蕴含深远。不须语言之烦。贺知章读《乌夜啼》诸乐府,因重太白,荐于明皇。"

塞下曲①六首

选 一

五月天山雪,无花只有寒②。笛中闻折柳,春色未曾看③。
晓战随金鼓,宵眠抱玉鞍④。愿将腰下剑,直为斩楼兰⑤。

❖ 注释 ❖

①塞下曲,唐代新乐府曲名,出自汉代《出塞》《入塞》等曲,主要是描写边塞征戍生活的作品。李白作《塞下曲》组诗共六首,今选其一,这是第一首。②五月二句:天山,即祁连山,在今新疆维吾尔自治区。因山上终年积雪,又称雪山。③笛中二句:折柳,即《折杨柳曲》,《乐府诗集》卷22:"《唐书乐志》:梁乐府有《胡吹歌》云:'上马不捉鞭,反拗杨柳枝,下马吹横笛,愁杀行客儿。'此歌辞元出北国,即鼓角横吹曲《折杨柳》是也。"④晓战二句:金鼓,古代指挥战斗的器具,金似后代的锣,鼓与后代鼓同,古代战斗中有鸣金则退,击鼓则进的号令。玉鞍,形容装饰华丽的马鞍。⑤愿将二句:楼兰,汉时西域诸国之一,其地在今新疆维吾尔自治区境内。汉武帝时经常派使者去大宛(今苏联阿兹拜克共和国境内),楼兰当道,常攻杀汉使。元凤四年(公元前77年)平乐监傅介子奉命前往楼兰,计杀楼兰国王。这里用楼兰代指西北边境的少数民族。

❖ 译诗 ❖

五月的天山仍是大雪弥漫,
这里看不到春花只有严寒。
笛声中传来了折杨柳乐曲,
那春天的景色却无从去看。
拂晓时随着金鼓号令战斗;

到夜晚抱着冰冷马鞍睡眠。
我愿摘下佩在腰间的宝剑。
去把那楼兰国的君王杀斩。

❖ 解析 ❖

　　这组诗以乐府旧题,用律诗格律写成的,是借古讽今之作。诗人李白反映边疆生活是多方面的,有的直接从正面描绘战争场面,形象地概括战争生活;有的从侧面描写思夫思妇的情思,揭示边境生活之苦。这组诗诗人以汉武帝平定匈奴入侵一事,谱写了一曲爱国主义的诗章,歌颂了唐开元、天宝时期广大将士为保卫疆土而英勇战斗的英雄气概。

　　这首诗的前四句极力渲染边疆的凄寒景象和艰苦的环境气氛。天山积雪,五月犹寒,勾勒出边疆的严酷环境特色,而诗并不到此为止,以相反相成的手法,五月与雪,无花,有寒构成鲜明对照,特写五月的天山,大雪遍布用以突出此时本应有花却无花,本应转暖却"只有寒",从而揭示出天山边疆的环境特点。三四句承上做进一层的环境渲染:塞上无春,生活艰辛,说"笛中闻折柳",战士吹奏折杨柳曲,这是用双关修辞手段,杨柳是春天的象征,笛中闻折柳,正从笛声中反映出战士对边疆艰苦生活的不耐,对严寒的憎恶,对春天的呼唤。杨柳又是中原家乡常见的事物,笛中闻折柳,战士正从笛声中想象到家乡亲人的面庞,想象到自己出征时家人折柳送别的情景,想象到家乡又来到了春天,又开始了春耕,家人当然也在想征人何时归来?"春色未曾看"一句逆折,使战士从幻想中又回到严酷的现实中来,这里没有春天,从来也看不到春光美色,这就为从景物刻画转入抒情准备了条件,三联以随金鼓,抱玉鞍,形象地刻画了将士们日夜奋战,抱鞍而眠,艰苦征战的情景,也揭示了战争的频繁与残酷,歌颂了他们以身许国的爱国热情。结句以傅介子设计杀死楼兰国王自喻,以"愿将""直为"表达将士们愿身死绝域,为国立功的愿望,收结得声情激壮。景物凄清严酷,情感热烈悲壮,两者互相映衬,情境悲惨而语意悲壮,诗在这矛盾对立的情景刻画中,表达了边疆战士念家思土的迫切情绪。

　　全诗喷薄而出,一气直下,自然平易,不假雕饰。

行路难三首①

选 一

金樽清酒斗十千,玉盘珍羞值万钱②。停杯投箸(zhù 助)不能食,拔剑四顾心茫然③。欲渡黄河冰塞川,将登太行雪满山④。闲来垂钓碧溪上,忽复乘舟梦日边⑤。行路难,行路难,多歧路,今安在?长风破浪会有时,直挂云帆济沧海⑥。

❖ 注释 ❖

①行路难:乐府《杂曲歌辞》。《乐府古题要解》:"行路难,备言世路艰难及离别伤悲之意。"②金樽二句:金樽,金制的酒杯。斗十千,形容美酒价钱高。珍羞,珍馐,珍贵的菜肴。③停杯二句:投箸,扔掉筷子。④欲渡二句:太行,山名,在今河南、山西、河北三省边界。⑤闲来二句:垂钓碧溪,《史记·齐太公世家》:"吕尚盖尝穷困年老矣,以鱼钓奸周西伯。"(吕尚年老的时候是很穷困的,他曾在磻溪〈今陕西宝鸡市东南〉钓鱼,等待被周文王召见。)乘舟梦日,相传伊尹在受汤聘请之前,曾梦见自己在日月旁边经过。李白借用这两个典故,以表示自己为国建树功业的愿望。⑥长风破浪二句:长风破浪,《宋书·宗悫(què 确)传》:"叔父炳高尚不仕,悫年少时炳问其志,悫曰:'愿乘长风,破万里浪。'"李白用这个典故表示他的雄心壮志。

❖ 译诗 ❖

金杯里斟满了这名贵的美酒,
玉盘里盛上了那值钱的珍馐。
放下酒杯扔掉竹筷不能痛饮,
手持宝剑凭栏远眺心中烦忧。
想要渡过黄河怎奈冰塞河流,
将要攀登太行可恨雪满山头。
遥想吕尚曾垂钓磻溪等拜相,
那伊尹在梦中也曾梦见日头。
行路艰难! 行路艰难!

歧路太多,现今怎么办?
总有一天我能乘长风破恶浪,
扬起高帆横渡大海浪迹九州。

❖ 解析 ❖

　　这首乐府是一首政治抒情诗。作于天宝三载(744)刚刚离开长安之后。诗中以行路难比喻仕途的险阻,表达了诗人遭受打击之后极为复杂的心理活动,反映了他为追求理想而顽强斗争的精神和强烈的自信心。

　　诗的开篇直接叙述诗人的心情。以酒之美菜之珍贵做映衬,以珍肴美酒,停杯不饮,投箸不食做对比,揭出其志不在富贵,点染抚剑四顾,心事茫然的情怀,表达作者遭排挤后的悲愤心情。接下以形象的比喻,以渡黄河、登太行比拟他的理想抱负,但又以黄河冰塞,不可渡越,太行雪满,无法攀登,极写世路艰难和自己的困难处境。并以吕尚、伊尹之事为喻,表露自己为国建功的坚定志愿。尽管现实黑暗,但对理想还是坚持不动摇的,对前途仍充满着希望,只是眼前感到行路艰难。诗以四个重叠的短句构成顿挫,表达激越声情,以"多歧路,今安在"的愤怒反问表达他探索出路,彷徨不定的迷惘心情和要求光明出路的急切呼吁,最后诗人仍以形象的比喻,以乘风破浪,扬帆济海,表现他摆脱彷徨,抛弃悲观,在困难逆境中的顽强意志和斗争精神,坚信终有一天会施展抱负,大展宏图,表现出坚强的自信心和乐观精神。

　　这首诗就字面上看似乎只限于诗人个人不被重用而产生的感慨,所流露的只是一种个人奋斗的精神。但它却有广泛的概括性,正是通过个人的遭遇和感慨,揭示了那个时代广大封建知识分子曲折艰难的仕途生活和他们积极要求从政的愿望。

上　李　邕[①]

大鹏一日同风起,扶摇直上九万里[②]。假令风歇时下来,犹能簸却沧溟水[③]。
时人见我恒殊调,见余大言皆冷笑[④]。宣父犹能畏后生,丈夫未可轻年少[⑤]。

❖ 注释 ❖

①上李邕:上,呈上,表示尊敬。李邕(678—747),唐玄宗时北海(今山东益都县)太守,时有文名,世称李北海。曾声援名相宋璟,弹劾张昌宗兄弟,天宝六载,为李林甫所害。②大鹏二句:大鹏,大鸟。《庄子·逍遥游》:"北冥有鱼,其名为鲲,鲲之大不知其几千里也;化而为鸟,其名为鹏,鹏之背不知其几千里也,……鹏之徙于南溟也,水击三千里,抟(tuán 团)扶摇而上者九万里。"(北海有一种鱼,叫鲲,鲲的大小不知有几千里。鲲变化成鸟,叫鹏。鹏的背大小有几千里,……大鹏向南海迁飞,翅膀一扇拍击三千里海水,随着旋风〈扶摇,由下而上的暴风〉由下而上飞升九万里高。)③假令二句:簸却,排荡。沧溟,大海。④时人二句:时人,指当时名门世族中当权的人物。恒殊调,经常发表不同政见。冷笑,嘲讽讥笑。⑤宣父二句:宣父,即孔丘,唐太宗贞观年间诏尊孔子为宣父。畏后生,畏,惧怕,畏后生,指后生晚辈令人惧怕。《论语·子罕》:"后生可畏,焉知来者之不如今也。"丈夫,男子的通称,这里指李邕。

❖ 译诗 ❖

有朝一日大鹏随风而起,
随风高飞直上九万余里。
一旦风停大鹏落在海上,
也能把巨大的波涛掀起。
权贵们见我和他唱反调,
对我豪言壮语报以冷笑。
孔丘尚能感到后生可畏,
大丈夫不要轻视我年少。

❖ 解析 ❖

这首七律是一首政治抒情诗,作于天宝三年秋末冬初。当时李白、杜甫、高适同饮于李邕家中,皆有赠李邕之诗。李白在长安供奉翰林的三年生活之中,对唐玄宗上层集团有了较深刻的认识,尤其是在"赐金放还"之后,他对执掌朝政的当权者们的嫉贤妒能的丑恶行径认识的更为深刻。他为自己遭谗被弃而不平,他以大鹏自喻,表达远大的胸怀和抱负;嘲讽那些愚昧无知、独断专行,乱施淫威的权臣贵戚。

这首诗前四句虚写,借庄子《逍遥游》中的寓言。以丰富的想象,大胆的夸张,塑造了大鹏搏击千里,扶摇直上的巨大艺术形象。诗以"一日""直上""假令""犹能"构成跌宕,一日随风,直上九万里以驰骋自己的才智,发挥自己的能力;假令风歇,从九万里高空降下来,也能簸却沧溟,摇荡大海,在地上掀起风波,发挥作用。这种直上九万里,沧溟水的起落翻腾的夸张抒写。构成波澜壮阔的气势,烘托诗人的豪情壮志。后四句实写,笔势转进一层,直抒胸臆,以"时人"与"余"对照,以"殊调"与"冷笑"对照,对那些嘲笑自己的骄横权贵和顽固近臣,给予无情揭露,谴责了他们不识人才,昏庸无知的腐败统治,表现了李白遭打击之后,不甘于失败的顽强斗争精神。最后从历史上的圣人那里寻找有力的根据,以孔子这样的大圣人还承认"后生可畏",认识到未来是会超过今天的。后生的确可畏,年轻人不可轻视,这不仅表现出诗人的充分自信,也表现了他对封建统治者的傲然态度和激愤心情。

就在李白与杜甫同到齐州,访北海太守李邕期间,杜甫写诗赠给李白,其中有"痛饮狂歌空度日,飞扬跋扈为谁雄"的诗句,这正好可作此诗的注解。

登金陵凤凰台①

凤凰台上凤凰游,凤去台空江自流。吴宫花草埋幽径,晋代衣冠成古丘②。三山半落青天外,二水中分白鹭洲③。总为浮云能蔽日,长安不见使人愁④。

❖ 注释 ❖

①金陵:今南京市。凤凰台,在今南京市凤凰山上。相传南朝刘宋元嘉年间有凤凰飞集于此山,故在此修建凤凰台。②吴宫二句:吴宫,指三国时吴国的宫殿。晋代,指东晋,东晋曾建都金陵。丘,指坟墓。衣冠,此指权门贵族。③三山二句:三山,在南京西南长江边上,因其山三峰并列,故名。《舆地志》:"其山积石森郁,滨于大江,三峰并列,南北相连,故号三山。"陆游《入蜀记》:"三山自石头及凤凰台望之,杳杳有无中耳,及过其下,则距金陵才五十余里。"半落,远山隐约,半隐半见。二分,一作一水,史正志《二水亭记》:"秦淮源出句容,溧水西山,自方山合流至建北,贯城中而西,以达于江,有洲横截其间,李太白所谓'二水中分白鹭洲'是也。"白鹭洲,在南京水西门外长江中,江上多聚白鹭,因名白鹭洲,现已和陆地相连。④总为二句:浮云

蔽日,古代成语,《新语·慎微篇》:"邪臣之蔽贤,犹浮云之障日月也。"《载记》:"秦苻坚幸慕容夫人,宦者赵整歌云:'不见雀来入燕室,但见浮云蔽白日。'"李白用以指奸佞当道,有才能之士受排斥的社会现象。

❖ 译诗 ❖

这凤凰台上曾经有凤凰来游,
凤凰离去只有江水空自东流。
台上那吴官幽径被花草埋没,
晋代的贵族早已埋进了坟丘。
远看三山一半露在青天以外,
江中白鹭洲分开了长江激流。
纵然是一时的浮云遮蔽红日,
望不见那长安多么令人忧愁。

❖ 解析 ❖

　　这首七言律诗是诗人借景抒怀的作品。约作于天宝六载至天宝八载寓居金陵时。

　　李白遭到宦官高力士、驸马张垍和杨玉环等人的谗毁,终于在天宝三载被放离长安,浪迹于山水。天宝六载(747)春,游金陵,并以金陵为中心游历了当涂横望山和会稽,这年秋天返回金陵,自此在金陵蜗居二年。诗人登临古凤凰台游览,就眼前空旷凄凉的景色,寄寓诗人强烈的伤时之感,反映了他对高力士、张垍、杨玉环等人的愤慨心情,表达了诗人念念不忘实现政治抱负的积极进取精神。诗的前二联就登临凤凰台所看到的典型景物特色,以吴官废墟和晋代古丘相衬映,极为形象地点染凤凰台空寂辽阔、凄凉冷落的气氛。景中透情,吊古伤今,隐喻着诗人遭排挤打击后的悲凉心情。诗开篇就叠用凤凰二字,以加强"凤去台空"的凭吊感伤气氛,接下以吴官花草,晋代衣冠,一花,一人,引入怀古,从追想回忆中点出往事皆已烟消云散,只有长江水,自古至今,波涛汹涌,滚滚东流。江山依旧,人事全非,为下面抒发悲愤做环境气氛渲染。后二联从远处景物着笔,以三山迷蒙,二水分流,浮云蔽日之景,曲折而形象地揭示了奸臣当道,贤才不被重用的黑暗现实,结句直抒登山之感,表达他遭排挤后的极端悲愤之情和等待时机,急于出仕的激烈情感。"三山半落青天外,二水中分白鹭洲",承上由凭吊转入写眼前实景,景境旷达开阔,秀丽雄伟,使人心情振奋,但结句以"总为"一转,借景转入抒情,浮云蔽日是景,但一用"总为"就由实景转为曲折抒情。"使人愁"是因凤去台空、草埋幽径和荒野古丘;更因浮云蔽日而使人不得见到长安。这就由怀古转入自身遭遇,借古人古迹以抒其不平与悲愤,从而揭露了天宝年间的逸谄蔽明的黑暗政治。

古人曾对此诗与崔颢的《黄鹤楼》诗做比较,有褒有贬。

《唐宋诗醇》评论说:"崔颢题诗黄鹤楼,李白见之,去不复作,至金陵登凤凰台乃题此诗,传者以为拟崔而作,理或有之。崔诗直举胸情,气体高浑;白诗寓目山河,别有怀抱,其言皆从心而发,即景而成,意象偶同,胜境各擅,论者不举其高情远意,而沾沾吹索于字句之间,固已蔽矣,至谓白实拟之以较胜负,并谬为槌碎鹤楼等诗,鄙陋之谈,不值一噱也。"

将 进 酒[①]

君不见黄河之水天上来,奔流到海不复回!君不见高堂明镜悲白发,朝如青丝暮成雪[②]!人生得意须尽欢,莫使金樽空对月[③]。天生我材必有用,千金散尽还复来。烹羊宰牛且为乐,会须一饮三百杯[④]。岑夫子,丹邱生,将进酒,杯莫停[⑤]。与君歌一曲,请君为我倾耳听。钟鼓馔玉不足贵,但愿长醉不愿醒[⑥]。古来圣贤皆寂寞,惟有饮者留其名。陈王昔时宴平乐,斗酒十千恣欢谑[⑦]。主人何为言少钱?径须沽取对君酌[⑧]。五花马,千金裘,呼儿将出换美酒,与尔同销万古愁[⑨]。

❖ 注释 ❖

①将进酒:汉乐府古题,汉代的鼓吹军乐,多于庆功宴会时鼓吹。《古今乐录》:"汉鼓吹铙歌十八曲,九曲曰《将进酒》。"《乐府诗集》《将进酒解题》:"古词曰:'将进酒,乘大白'"指饮酒放歌而言。将,请。②君不见二句:高堂,高大华丽的楼堂。雪,借指白发。③人生二句:金樽,金制的酒器,此泛指酒杯。④烹羊二句:会须,犹言应该。⑤岑夫子四句:岑夫子,即岑勋。丹邱生,即元丹丘,这二人都是李白的好友。将进酒,杯莫停,一本作进酒君莫停,一本无此五字。⑥钟鼓二句:钟鼓,指音乐。馔玉,指丰美的食物。钟鸣鼎食,指贵族豪华生活。⑦陈王二句:陈王,即陈思王曹植,太和六年(232)封为陈王。平乐,即平乐观,汉明帝时建造,故址在洛阳西门外。曹植作《名都赋》,有"归来宴平乐,美酒斗十千"的诗句。斗酒十千,形容酒价高,一斗

酒值万钱。恣,尽情,纵情。⑧主人二句:径须,只管,尽管。⑨五花马四句:五花马,指珍贵的马,一说剪马鬃为瓣,分为五个花纹或三个花纹,以象天文。千金裘,指贵重值钱的皮衣服。将出,拿出。

❖ **译诗** ❖

难道你没有看见黄河之水从天上下来?
它滚滚东去一直流向大海不再回来,
难道你没有看见在高堂中对着明镜悲叹白发?
早晨还是青丝到了晚上就变得雪白。
人生得意之时应该尽情欢乐,
不要使酒杯空空对着明月。
天生下我这个人材必定有用,
千两黄金散尽了我还会拿回来。
杀牛烤羊姑且享乐,
应该喝上它美酒三百杯。
岑夫子呀,丹邱生,
快快喝呀;不要停。
我要为你们唱一首歌,
请你们侧耳细细听。
豪华的生活不值得珍贵,
但愿长年沉醉不愿意清醒。
自古以来圣贤都冷落寂寞,
只有那好酒的人才留下美名。
陈王曹植过去曾在平乐观摆酒宴,
豪饮千杯尽情地欢乐。
主人为什么说没有钱?
应该快去买酒和你一起喝。
什么五花马,什么千金裘,
快叫我儿拿它去换美酒,
我和你们共举杯呀,
一起来消除那万古的忧愁。

❖ **解析** ❖

天宝三载(744)春天,李白被"赐金放还"逐出长安以后。"大济苍生"

的抱负遭到打击,但他又不甘心就此草草了结自己的政治生命,于是他怀着一种无法言说的愤懑心情,又开始了长期漫游生活,妄图借助于求仙访道寻求精神上的安慰和寄托,同时他也借饮酒排遣胸中的苦闷。

饮酒,借酒浇愁,以酒抒愤,是精神痛苦的一种表现形式,也是狂傲精神的表现形式。诗人本极愤怒,极抑郁忧愁,但却不正面写这愁恨,反而从反面诉说忧愁易使人衰老,以黄河水之流逝联想时光之流逝,进而写人的朝青暮雪,极力夸张这愁,为"人生得意须尽欢",消除忧愁,刻画及时行乐的形象做准备。及时行乐是为了销愁,压下这忧愁,睥睨这忧愁,"须尽欢""莫使空对""必有用""还复来""且为乐""会须三百杯",诗正是在这种急骤的节奏旋律中,以奔放的抒情笔调,以极夸张的手法,在豪放、旷达、乐观的情感抒发中,表现了对统治者和封建权贵的狂傲,对政治打击的傲兀,也表现出对人生的极大悲愤,在豪迈气概统摄下透出人生失意的悲慨。

"岑夫子"句进入第二段,是正面抒情,写饮酒、赋诗、"歌一曲",句句都是写借酒抒情,以酒浇愁,"不足贵"是对现实的蔑视,"不愿醒"是对现实的愤慨。而"古来圣贤皆寂寞,惟有饮者留其名",是推开自己,对封建社会的才人志士的政治失意做总的概括,饮者、醉者千古留名,圣者、贤者生前死后皆寂寞,在对比描写中,揭露现实,表达愤慨。

最后一段,诗人从曹植的"恣欢谑"中找到力量,悟出了道理,找到了出路,以曹植映衬自己,以豪饮、挥霍表现豪气,表现对权贵的蔑视,对现实的狂放。豪饮是"同销万古愁",愁说万古,言其深,言其久,言其难忍,但豪饮可销。这正解析饮酒是李白狂放精神的一种表现形式,是一种浪漫主义精神的表现形式,从中正可以看出李白诗歌的浪漫主义的实质。

陆时雍说:"宋人抑太白而尊少陵,谓是道学作用,如此将置风人于何地?放浪诗酒乃太白本行;忠君忧国之心,子美乃感辄发。其性既殊,所遭复异。奈何以此定诗优劣也? 太白游梁宋间,所得数万金,一挥辄尽,故其诗曰:'天生我才必有用,黄金散尽还复来',意气凌云,何容易得?"(《诗镜总论》)

望天门山[①]

天门中断楚江开,碧水东流至此回[②]。
两岸青山相对出,孤帆一片日边来[③]。

❖ 注释 ❖

①天门山：指今安徽省当涂县、和县的东博望山、西梁山，两山夹江对峙。山势虽不高，却隔江相对，像个大门。《舆地志》："博望、梁山东西隔江相对如门，相去数里谓之天门。"②天门二句：楚江，当涂、和县古属楚地，长江流经天门山故称楚江。至此，一本作直北。至此回，因梁山、博望夹峙，江水至此一回旋。③两岸二句：日边，此指东边。

❖ 译诗 ❖

滚滚的楚江把天门山冲开，
东流的浪涛至此回旋徘徊。
两岸的青山遥遥隔江相对，
一叶孤帆从日边飘荡而来。

❖ 解析 ❖

这是一首写景诗。

诗人抓住天门山独特的景色做动态描写，这是"天险之地"，是长江的咽喉。说"中断"，说"楚江开"，长江至此中断，滚滚洪流冲开天门，一笔勾勒出天门山一段长江的山势水势，写山写水，山水交错。二句就江水的流势写，两山夹峙，江水至此出现一大回旋，所谓"开则九江纳锡，闭则五岳飞尘"，卷沙扬涛，回旋激荡。这是因山而写水，写水时又带山。三句转写山，又映带水，说"两岸"，是写二山；"相对出"，点出相对的气势，并赋予博望、梁山以动态的个性，二山对峙，相对排列，并出于大江之上。一个"出"字，不是江流，而是山动，大有二山突然出现在万顷波涛的长江之上，向你面前推拥而来之势。这一句写出二山横江对峙的动态雄姿，写得气势雄浑，充满跃动的生气。最后一句由眼前的山水推开，放眼望去，江水连天，在天水相连处，在那远远的东方日出的地方，一叶孤帆，满载着日光，披着朝霞，从天边飘来。眼界开阔，气度宏伟，以山衬水，山水相映，展示了一幅雄伟宏阔、深远明丽的江山画图，歌赞了天门山的独特的自然美景，表现了诗人李白豪放的胸襟和跃动的个性。

秋浦歌十七首①

选 二

十四

炉火照天地,红星乱紫烟②。
赧(nǎn 蝻)郎明月夜,歌曲动寒川③。

❖ 注释 ❖

①秋浦歌是一组诗,本篇是第十四首。秋浦,县名,在今安徽省贵池区,县西南有秋浦湖,此地盛产铜银。②炉火二句:红星,指炼炉中的火花。紫烟,黑紫色的浓烟。③赧郎二句:赧,本指害羞面赤,这里用来形容冶炼工人被火光映红的脸色。寒川,寒冻的河水。

❖ 译诗 ❖

熊熊的炉火映红了天地,
火星伴随浓烟四处飞溅。
月光映照着工人的红脸,
嘹亮的歌声震荡着寒川。

❖ 解析 ❖

这首五言绝句是歌颂冶炼工人的作品。

天宝十三载(754),李白游历了秋浦一带,广泛接触了社会下层的劳动人民,对他们劳动的艰辛和生活的疾苦,有了比较深刻的认识。诗人通过对劳动人民生活和劳动场面的描绘,艺术地再现了生活现实,表达了诗人对劳动和劳动人民的热情歌赞。

诗的前两句以夸张手法,形象地描述了在冬夜的背景上炉火熊熊,映照天地,火花飞扬,浓烟滚滚的冶炼场面,以对劳动场面的刻画,构成环境和环境气氛,用以烘托冶炼工人们的紧张劳动。后两句着笔于工人肖像和劳动情景的刻画,在清辉月色下以光照天地的炉火衬托赧郎的通红脸膛,以寂静寒川显示歌声的嘹亮。构成一幅极为雄浑壮阔的冶炼劳动场面的图画。在沉沉的夜色背景之下,冶炼的炉火光照天地,铁水沸腾,银花飞溅;在明朗的月色下,炉火冲天,浓烟升腾,冶炼工人一边冶炼,一边唱歌,劳动歌声震动着山川大地。诗正是在这有声有色的描绘中,在冶炼场面的刻画中,突出了工人的伟大群象,表现了冶炼工人改造世界的伟大气魄。这首诗是古代诗歌中最优秀的一首歌赞中国古代冶炼工人的诗。

这首诗语言凝练,风格明快豪爽,生活气息浓厚,富有民歌特色。

十六

秋浦田舍翁,采鱼水中宿①。
妻子张白鹇(xián 闲),结罝(jiē 接)映深竹②。

❖ 注释 ❖

①秋浦二句:田舍翁,指农夫。采,捕。②妻子二句。张,设网。罝,捕兽的网。白鹇,鸟名。

❖ 译诗 ❖

秋浦勤劳耕作的老农,
深夜捕鱼宿在湖水中。
妻子也要张网捕白鹇,
还设兽网在密竹林中。

❖ 解析 ❖

这首五言绝句是写农家生活的诗篇。诗人以白描手法,描绘了一对农村夫妇捕鱼捉鸟的劳动情景。前两句描写一个农夫昼夜捕鱼的情景,农家除了耕种还要捕鱼,为了捕鱼,宿于水中,揭示了当时农民极端贫苦的生活。后两句转写农夫的妻子设网捕捉鸟兽的情景,捕捉鸟兽要到深山密林中去,进一层反映了农民的贫苦处境。诗只四句,却描写了农夫一家的劳动情况,一夫一妻,夫耕不足,深夜在水中捕鱼,妻子在密林中结网,全家动手,日夜勤作,耕田捕鱼,结网捕捉鸟兽,诗正是在这平淡的叙述中揭示了盛唐时期农民的悲惨生活处境,揭露了唐朝统治阶级对广大人民的残酷剥削和压迫。在展现出的人民生活的图景之中,深深地渗透着诗人的同情与关注。

赠 汪 伦①

李白乘舟将欲行,忽闻岸山踏歌声②。
桃花潭水深千尺,不及汪伦送我情③。

❖ 注释 ❖

①汪伦,泾县桃花潭附近的贾村人。瞿蜕园、朱金城校注《李白集》指出:"《通鉴》卷189:隋末,歙州(治所在安徽歙县)贼汪华据黟、歙等五州,有众一万,自称吴王,甲子,遣使来降,拜歙州总管。泾县正其境内,汪氏当即其地之豪宗,汪伦或与汪华之族有关也。"录以备考。②李白二句:踏歌,一种以脚步为拍,边走边唱的民歌。③桃花二句:桃花潭,在今安徽省泾县西南。不及,不如。

❖ 译诗 ❖

李白乘小船刚刚要辞行,
忽听到岸上传来踏歌声。
纵然桃花潭水深上千尺,
比不上汪伦送我的深情。

❖ 解析 ❖

这首七绝是一首赠别诗。

天宝十四载(755),诗人游安徽一带,当他游桃花潭时,曾受到贾村汪伦的热情招待,他们之间结下深厚友谊。诗人为这种诚挚,纯朴的友情所感动,当与汪伦离别时,写了这首短诗,抒发了作者真挚的感情。

开头两句描写了李白将要乘舟离去,汪伦唱着民歌前来送行的场面。一个"忽闻"运用得极为传神,既活现了诗人惊喜的情态,又反衬出汪伦远远跑来口唱离歌的姿影。将行而闻歌声,方知是汪伦踏歌而来送行,一个"将"字,一个"忽"字,把行者与送行者双方的感情联在一起,为下面直抒友情做准备。后两句以水深千尺与汪伦的友情做比,景切情真,意味无穷。千尺深水与送我情二者之间用"不及"做勾连,从反面对比,并以桃花潭水做映衬做见证,充分揭示了李白和汪伦之间结下的深厚情谊,抒发了作者真挚而热烈的感情。沈德潜所谓:"若说汪伦之情,此于潭水千尺,便是凡语,妙境只在一转换间"(见《唐诗别裁》),就是这个意思。

黄牧村《唐诗笺注》:"相别之地,相别之情,读之觉娓娓兼至,而语出天成,不假炉炼,非太白仙才不能。'将'字,'忽'字有神有致。"

永王东巡歌十一首
选 二
四①

龙盘虎踞帝王州,帝子金陵访古丘②。
春风试暖昭阳殿,明月还过鸬(zhī 支)鹊楼③。

❖ 注释 ❖

①永王东巡歌这组诗共十一首,本篇是第四首。永王,唐玄宗第十六子李璘,天宝十四载(756)安史乱起,玄宗逃蜀地,途中命令李璘为山南东路、岭南、黔中、江南西路四道节度采访使,兼江陵郡大都督。天宝十五载十二月,李璘以平叛为号召,率领水军南下广陵,唐肃宗认为李璘同他争夺皇位,下令征讨永王,至德二载,永王兵败,被杀。②龙盘二句:龙盘虎踞,形容金陵(今南京)地势雄险。《诸葛亮集》:"钟阜龙盘,石城虎踞,帝王之宅也。"诸葛亮与孙权谈论金陵地势时说:"钟山蜿蜒像一条盘龙,金陵城像老虎蹲着,这是帝王建都的好地方。"帝子,指永王。③春风二句:试暖,开始温暖。昭阳殿,宫殿名,汉成帝时建造。这里代指金陵的宫殿。鸬鹊楼,鸬鹊,鸟名,汉章帝时条支国贡鸬鹊,高七尺,解人语。汉甘泉富有鸬鹊楼,汉武帝时所建,这里代指金陵的宫殿。

❖ 译诗 ❖

　　　　如盘龙卧似虎蹲踞的金陵古都,
　　　　永王李璘来这里访看六朝古丘。
　　　　有如和煦的春风吹暖了昭阳殿,
　　　　又像那皎洁明月映照在鸬鹊楼。

❖ 解析 ❖

《永王东巡歌》是李白为永王李璘写的颂歌。
天宝十五载(756)永王李璘自江陵起兵东下广陵(今江苏扬州),经过九江庐山时,召请当时正在庐山隐居的李白参加他的幕府,李白激于爱国热情,便应召随永王东下,这首诗是作者在永王幕府时所写。

诗前两句直写金陵龙盘虎踞之地势,叙写永王李璘兵占金陵古都。"龙盘虎踞",一句涵古概今,从历史上,从地势上写出金陵自古以来乃帝王建都之处。二句写永王东巡平叛,亲践此地,使这古丘生辉。三四句就"帝王访古丘"铺写,永王驾到,"春风试暖""明月还过",原本冷寂的宫殿充满春意,洋溢着暖气,暗淡荒凉的鸫鹊楼也在明月照耀下,光辉耀眼,满目生辉。一切都充满生气,闪耀着光明。诗在明朗光彩的画面描绘中表达了对永王东巡的歌赞,表达了李白对永王起兵东下寄托的希望。流露了诗人随永王出师参加平叛战争的喜悦心情。

十一

试借君王玉马鞭,指挥戎虏坐琼筵①。
南风一扫胡尘静,西入长安到日边②。

❖ 注释 ❖

①试借二句:君王,指永王李璘。玉马鞭,比喻军权。戎虏,指安史叛军。坐琼筵,坐在筵席上宴饮。这里形容轻松自如、从容不迫的样子。②南风二句:胡尘,指安史乱兵。日边,指皇帝身边。《晋书》:"明帝幼而聪哲,元帝所宠异,年数岁尝置膝前。会长安使来,因问帝曰:'汝谓日与长安孰远?'对曰:'长安近,不闻人从日边来,居然可知也!'元帝异之,明日宴群僚,又问之,对曰:'日近'。元帝失色,曰:'何乃异间者之言乎?'对曰:'举目则见日,不见长安。'由是益奇之。"后人因之谓帝所为日边。按古代以日为君象,故邦畿之地有日边、日下之名。

❖ 译诗 ❖

假如永王肯授给我兵权,
消灭敌军我如同去赴宴。
就像强劲南风一扫胡尘,
收复帝都大军西入长安。

◆ 解析 ◆

　　天宝十五载六月，安史叛军攻陷了长安，当时李白正隐居庐山，永王李璘率兵东下，途经庐山，曾三次派人聘请李白下山。李白出于报国济民的爱国热情应召入李璘幕府。准备随同李璘东下。这首诗表达了诗人愿意在平叛战斗中贡献力量的爱国激情。

　　诗的前两句直抒作者要凭借永王东征的大好时机，施展雄才大略，为国建功立业，消灭叛乱的豪迈感情。诗用"试借""玉马鞭""指挥""坐琼筵"，描画出诗人那种运筹帷幄，指挥若定，一试才华的雄姿，展示了诗人气吞胡虏、"为君谈笑静胡沙"的气魄。后两句对永王北征充满必胜的信心，作者运用比喻手法，以南风一扫，胡尘净灭，形象地描绘了永王大军不可阻挡的锐气，并以想象大军西入长安做结，抒发了诗人收复失地，恢复统一的强烈愿望和爱国激情。

　　关于李白参加永王幕府一事，在历史上被诬为从逆，而其实，他是做了唐王朝最高统治集团在严重的政治危机中争夺王位的牺牲品，他的爱国激情也付之东流。对此，瞿蜕园、朱金城二先生在其校注的《李白集》中以按语形式做了新的解析："《永王东巡歌》既为李白自抒抱负之作，亦足证天宝至德间史事，非浅人所解也。《通鉴》卷219载李泌为肃宗画册，令李光弼自太原出井陉，郭子仪自冯翊入河东，而建宁王倓为范阳节度大使，并塞北出，覆其巢穴，是为至德元载事。而当时帝王将相皆无远识，仅能与安、史相持于数百里之间，卒之屈身厚币以假外援，方得收复两京，而河南、北糜烂如故。终于不得不置幽燕于化外，兵连祸结数百年无宁日。当时玄宗号令不出剑门，肃宗崎岖边塞，忠于唐时之诸将皆力不足以敌安史，则身处江南李白者，安得不思抒奇计以济时恨？综观此诗次第，第十首以前皆写永王东巡为据金陵以图恢复，第九首最为一篇之警策，其主张永王用舟师泛海直取幽燕，意已昭然可视，然欲行此策，必以金陵为根本，故第十首'有更取金陵作小山'之语也。至第十一首终之以'南风一扫胡尘静，西入长安到日边'，则切实表明仍拥护长安，非图自立，与第五首之'二帝巡游俱未回'互做补充。永王事败被害，其志已无由自明，然当时幕中必有人与李泌抱相类似之见解者固可揣而知。而况此时南北音信阻隔，人之未敢遽信李、郭竟能成功，必更甚于李泌之见闻真切者，安得不寓其希望于永王乎？人或疑永王本镇在江陵，而镇广陵者为盛王琦，永王越俎而擅引兵东出无解于谋叛，殊不知玄宗诸子中惟永王出镇在前，事在天宝十四载，而次年与盛王、丰王同被命时，二王皆始终未行,则永王之独以兴兵恢复为己任何容疑乎?李白之佐永王,在永王初败时诚不得不稍自隐饰以求免责,未几而事过境迁亦不必讳矣。在唐时且不讳,后人反欲百计为之回护,尤可笑也。此事不从当时情势探究,皆未能得要领。"此论辩至详至当,故录以备考。

金陵酒肆留别①

风吹柳花满店香,吴姬压酒唤客尝②。
金陵子弟来相送,欲行不行各尽觞③。
请君试问东流水,别意与之谁短长?

❖ 注释 ❖

①金陵,即今南京市,古称金陵。酒肆,酒店。②风吹二句:柳花,即柳花酒。吴姬,吴地的女子,此指金陵女子。压酒,用来酿酒,待其熟时用压榨方法取酒。③金陵二句:欲行不行,指要走的人(指自己)和不走的人(指金陵子弟)。觞,酒器。

❖ 译诗 ❖

春风吹着柳花满店飘来酒香,
吴姬酿出美酒呼唤客人品尝。
金陵相识好友纷纷前来送行,
主人客人共饮频频举杯尽觞。
举杯面对流水请君问问长江,
离情和那流水究竟谁短谁长?

❖ 解析 ❖

这首七言古诗是一首赠别诗,约作于开元十四年东游金陵时。725年李白出蜀经三峡游历了洞庭湖,开元十四年(726)又游襄阳,并顺江而下登庐山,又下金陵、扬州等地。他在金陵逗留期间,结识了一些富豪子弟,同时也受到旅店主人的热情款待。当他要离别这些人的时候,自有一种依依不舍的心情,曾写有《留别金陵诸公》《口号》《金陵白下亭留别》和此诗表达不忍离别之情。这首诗通过对送别场面的形象描绘,抒发了作者对友人的真挚感情。

　　诗的开篇两句点明作者初春之时在金陵酒肆与友人告别。柳花点明时令,柳花又是酒名。徐文靖说:"'风吹柳花满店香',解者谓柳花不可言香。按《唐书·南蛮传》:'诃陵国以柳花椰子为酒,饮之辄醉。'太白'风吹柳花满店香',亦以酒言。"(引自《管城硕记》)满店香指柳花酒香,也是指满店春意。吴姬压酒,新酒初熟,照应柳花满店香,写出江南秀丽的风物。三四句写饯行送别,"来相送""各尽觞",情浓酒香,临别尽情畅饮,别情尽在其中。收结以请君试问的反诘句意,以长江水之东流与别意离情相比较,长江之水滔滔东流,源远流长,但在诗人看来,眼前的离情别意要比长江水长,比长江水深,一个"谁短长"的对比反问,感情抒发的极为深刻。诗人不是向友人发问,而是向东流水发问,流水本无情,但以无情之东流水与有情之人相比并,以具体的东流水与抽象的别意相比,构成无情与有情的联结,具体与抽象的联结,表现了曲折含蓄而感情鲜明的形象。谢榛在《四溟诗话》中评论此诗结句时说:"太白《金陵留别》诗:'请君试问东流水,别意与之谁短长',妙在结语,使坐客同赋,谁更擅场?谢宣城《夜发新林》诗:'大江流日夜,客心悲未央'。阴常侍《晓发新亭》:'大江一浩荡,悲离足几重'。二语突然而起,造语雄深,六朝亦不多见。太白能变化为法,令人叵测,奇哉!"

望庐山瀑布[①]二首

选　一　二

　　日照香炉生紫烟,遥看瀑布挂前川[②]。
　　飞流直下三千尺,疑是银河落九天[③]。

❖ 注释 ❖

　　①庐山:亦名匡山,在今江西省九江市南,临长江。②日照二句:香炉,指庐山香炉峰,亦称庐山北峰,《庐山记》:"香炉山孤峰独秀,气笼其上,则氤氲若香烟。"《太平寰宇记》:"香炉峰在庐山西北,其峰尖圆,烟云聚散,如博山香炉之状。"瀑布,此指香炉峰下的瀑布。《太平御览》:"周景式《庐山记》曰:'白水在黄龙南数里,即瀑布水也,土人谓之白水湖,其水出山腰,挂流三四百丈,飞湍于林峰之表,望之若悬素,注水处石悉成井,其深不可测也。'"

③飞流二句：飞流，形容瀑布水势急快。银河，天空一条银白色的云带，亦称天河、星河、银汉、云汉等。

❖ 译诗 ❖

阳光照射着香炉峰，
紫色香烟缭绕蒸腾。
远远望那香炉瀑布，
恰似长河悬挂半空。
从高空直下三千尺，
瀑布飞流湍急迅猛。
怀疑那是天上银河，
滔滔泻落九天高空。

❖ 解析 ❖

这首七绝是一首山水诗，作于开元十四年（726）初上庐山时。李白在开元十三年（725）出蜀远游，次年浪游关越，初次登上庐山搜奇探胜。庐山的雄奇山势和秀丽风光，引发了作者的豪情，他以高度夸张的艺术手法，描写了庐山瀑布壮观雄伟的气象，抒发了对祖国壮丽山河的无限热爱深情。

诗本写庐山瀑布，是从远望着手的，而开篇首句却不写瀑布，反而从大的角度上，从画面的衬景上写起，写庐山香炉峰，用香炉峰之美衬托瀑布之美，在环境气氛上加以渲染。香炉峰孤峰独秀，轻烟笼罩其上，在阳光照射下，云蒸霞蔚，香烟氤氲，显得极为秀丽，极为超逸。

二句，承上，在这个宏伟而秀丽的背景上突出瀑布的美。远远望去，瀑布从香炉峰顶倒泻下来，好像一条江河挂在高山峭壁之上，一个"挂"字，把瀑布悬在山崖峭壁之情势形象而又传神的描写出来，使瀑布与峭壁构成立体感，山峰之凝重与瀑水之流动相互映衬，以静衬动，突出了瀑布的自然形象。

三句写瀑布飞流。飞流直下，以动态的句式写瀑布水势迅猛，三千尺，极度夸张瀑布由高处倾泻飞流的态势，动态的叙述与数量的夸张结合，构成瀑布鲜明生动的形象。

四句以美妙的比喻写瀑布的美。诗人在香炉峰瀑布的伟大自然的形象面前，展开美妙的联想，通过奇妙的比喻，把天上的银河与高山上的瀑布统摄为一,写瀑布如银河落自九天,在浪漫主义的幻想中,把大自然艺术化了,神奇化了,艺术地再现了祖国山川神奇秀丽的美姿。

诗人在庐山瀑布壮美的景色基础上,又以浪漫主义的幻想熔铸更为美妙的境界,既艺术地再现了庐山瀑布之美,又反映了作者追求雄奇境界的豪放情怀,表现了诗人远大的理想和抱负以及积极进取的精神。

早发白帝城[①]

朝辞白帝彩云间,千里江陵一日还[②]。
两岸猿声啼不住,轻舟已过万重山[③]。

❖ 注释 ❖

①白帝城,在今重庆市奉节县东白帝山上,临长江。据《元和志》:"汉末公孙述据此,殿前井有白龙出,因自称白帝,山曰白帝山,城曰白帝城。"早发,早晨离过。②朝辞二句:彩云,指巫山朝霞。江陵,今湖北省江陵县。《水经注·江水》:"有时朝发白帝,暮到江陵。其间千二百里,虽乘奔御风,不以疾也。"(有时早晨从白帝城出发,傍晚就可到江陵,这中间有一千二百里长,虽然乘着大风奔跑,也比不上水流的急速。)③两岸二句:啼不住,不住啼。《水经注·江水》:"每至晴初霜旦,林寒涧肃,常有高猿长啸,属引凄异,空谷传响,哀转久绝。故渔者歌曰:巴东三峡巫峡长,猿鸣三声泪沾裳。"

❖ 译诗 ❖

早晨离开彩云缭绕的白帝城,
小船日行千里傍晚就到江陵!
听巫峡两岸猿声不住地啼叫,
飞快的轻舟已穿过万重山峰。

❖ 解析 ❖

这首七言绝句是一首抒情诗。作于流放夜郎遇赦而归的途中。李白因参加永王幕府事,以附逆之罪投入浔阳狱中,他在精神上受到一次沉重打击,后因友人援救,从狱中释放出来。不久,又遭诬陷,被长流夜郎,当时他心境极为苦痛,对政治前途感到绝望。至德二载(757)十二月初,溯江西上,在舟中生活十五个月,当他到巫峡时,曾写《上三峡》诗,诗中写道:"巫山夹青天,巴水流若兹。巴水忽可尽,青天无到时。三朝上黄牛,三暮行太迟。三朝又三暮,不觉鬓成丝。"乾元二年(759)三月,遇大赦,李白转悲为喜,心情十分欢快,写下这首诗,诗中抒发了作者抑制不住的喜悦情怀。

  开头两句以朝辞白帝,暮到江陵,极写舟行之速,用舟行之速衬托诗人遇赦后急于还家的迫切心情。早发白帝,"彩云间"既状白帝山之高,又照应朝辞,离开白帝山时正是清晨朝霞满天之际。清晨美景,离别白帝,语调轻快明朗,透出心情轻松愉快。"千里""一日",千里言其行程之远,相距之遥,一日可达,言其时间之迅疾。说"还"是返还,是回归故地,一日还,正就江行之迅疾以衬其心情之急迫。朝辞而暮达,由舟行之快速衬其心情之急不可耐,在心情急迫中仍以愉快轻松为基调。瞬息千里,声情奔放,气势扑人。三、四句就一、二句做进一步抒写。两岸猿声是在千里江陵一日还中听到的感受最深的景物,诗人在这里化用《水经注·江水》一段描写,又做了高度的概括。诗人正是在猿声不停地啼叫中渡过了万重山,以猿声衬舟行之迅疾,说"轻舟",说"已过",极写舟轻水急,飞渡三峡,直下江陵。三句缓,四句疾,缓疾相衬,具体而形象地补充了上二句,景情融合,充分地表达了诗人遇赦之后的轻松愉快和归心似箭的情绪。诗风豪放,欢快。

  施补华说:"太白七绝,天才超逸而神韵随之。如'朝辞白帝彩云间,千里江陵一日还',如此迅捷,则轻舟之过万山不待言矣。中间却用'两岸猿声啼不住'一句垫之,无此句则直而无味。有此句走处仍留,急语仍缓,可悟用笔之妙。"(《岘佣说诗》)。这个评论对于认识这首诗的艺术成就是有启发的。

高 适

高适(约702—765),字达夫(一字仲武),渤海蓨(河北景县,一说河北沧县)人。少年贫困,以求丐自给,约二十岁时去长安寻求政治出路,遭冷遇后便带着抑郁不平的心情漫游江苏、山东、河北、河南等地。天宝八载,他经宋州刺史张九皋荐举,中"有道科",授封丘(河南封丘县)尉。天宝十二载夏投河西节度使哥舒翰幕下做记室参军,天宝十四载(755)拜右拾遗,转监察御史,佐哥舒翰守潼关。安史乱起,哥舒翰在潼关被叛军打败,玄宗外逃,高适间道追赶玄宗,被任命侍御史,随唐玄宗到达成都,后迁谏议大夫,肃宗即位,至德元年(756)奉命出任淮南节度使,协同江东节度使平定永王李璘。后四川又变乱,被任命蜀彭二州刺史,西川节度使,最后官至散骑常侍,封勃海县侯。《旧唐书》称他是"有唐以来,诗人之达者,唯适而已。"著有《高常侍集》。

高适以卓绝的才气写了许多独具风格的诗篇,与岑参齐名,被称为岑高诗派。他的诗歌以反映人民生活和边塞战争为代表作有一些诗能反映人民生活的疾苦。并敢于为人民大声疾呼和大胆地揭露当时的暴政。由于他曾两次出塞,亲自领略了边塞的自然风光和体验到了战争生活,因此,诗歌形象逼真,情感动人,风格雄壮愤激,间有悲凉忧伤的情味。

高适善以七言歌行体描写边塞风光和战争场面,诗歌基调多以雄健豪迈、奔放激昂为主,间有苍凉意味,"适诗多胸臆语,兼有气骨,故朝野通赏其文。"(殷璠《河岳英灵集》)语言通俗爽快,音韵婉转流畅。他继承了乐府民歌的优良传统,对唐代诗歌的发展做出了重要贡献,他与岑参的诗被后人誉为边塞诗的冠冕。

燕歌行 并序[①]

开元二十六年,客有从御史大夫张公出塞而还者[②],作《燕歌行》以示,适感征戍之事,因而和焉[③]。

汉家烟尘在东北,汉将辞家破残贼④。男儿本自重横行,天子非常赐颜色⑤。枞(chuāng窗)金伐鼓下榆关,旌旆逶迤碣石间⑥。校尉羽书飞瀚海,单于猎火照狼山⑦。山川萧条极边土,胡骑凭陵杂风雨⑧。战士军前半死生,美人帐下犹歌舞。大漠穷秋塞草腓(féi肥),孤城落日斗兵稀⑨。身当恩遇常轻敌,力尽关山未解围⑩。铁衣远戍辛勤久,玉筯应啼别离后⑪。少妇城南欲断肠,征人蓟北空回首⑫。边庭飘飖(yáo摇)那可度,绝域苍茫何所有⑬?杀气三时作阵云,寒声一夜传刁斗⑭。相看白刃雪纷纷,死节从来岂顾勋⑮?君不见沙场征战苦,至今犹忆李将军⑯。

❖ 注释 ❖

①燕歌行:乐府《相和歌·平调》曲名。②张公出塞,指河北节度副大使兼御史大夫张守珪,于开元二十一年到二十六年屡次在塞外与契丹作战,曾取得较大胜利。"张公"一本作"元戎"。此诗以西北边疆战事为题材,对开元年间的边塞战争做了最真实而广泛的艺术概括。③和,唱和,指与客之《燕歌行》唱和。④汉家二句:汉家,借指唐朝。汉将,指唐将。烟尘指战争。⑤男儿二句:非常,特别。赐颜色,受到皇帝恩宠、夸奖的意思。横行,此指英勇作战。⑥枞金二句:枞,撞击。金,金属响器,节制军队进退。伐,击打。榆关,即山海关。旌,军旗杆头上带有羽毛的旗称旌。旆,大旗。碣石,山名,此指今河北省昌黎县北的碣石山。⑦校尉二句:瀚海,沙漠。单于,匈奴称其首领为单于。羽书,插有羽毛的书信,以示紧急。狼山,即狼居胥山,在今内蒙古克什克腾旗西北一带。猎火,古时匈奴族打猎时燃起大火,他们往往以校猎作为南下入侵的准备。⑧山川二句:凭陵,欺陵,仗势欺人。此指匈奴凭着他的强悍骑兵随意入侵边境。杂风雨,形容胡骑来势凶猛,如狂风暴雨。⑨大漠二句:腓,指草枯黄。孤城,被胡骑围攻的边城。⑩身当二句:恩遇,指上面所说的"非常赐颜色"。⑪铁衣二句:玉筯,指泪水。⑫少妇二句:城南,指长安城南。蓟北,指蓟州以北(今天津市蓟县以北)。⑬边庭二句:飘飖,指边疆的战争形势变化不定。⑭杀气二句:三时,指早、午、晚三个时候,这里形容天天时时都在战斗,战事极其频繁。刁斗,军用煮饭的灶具,容积一斗,白天煮饭,晚间巡更时敲打着它报更时。⑮相看二句:雪一作血。勋,功勋,勋爵。⑯君不见二句:李将军,即汉朝名将李广。《史记·李将军列传》:"广廉,得赏赐辄分其麾下,饮食与士共之,……广之将兵,乏绝之处见水,士卒不尽饮,广不近水;士卒不尽食,广不尝食。宽缓不苛,士以此爱

乐为用。"(李广廉明,他得到皇帝赏赐的财物,常常分给部下,饮食和士卒相同。李广带领士兵,在饮食缺乏的地方,见到水,士卒们没全喝过,李广不靠近水;士卒们没都吃上食物,李广不先吃。他待人宽厚和气不苛刻,士兵因此愿意听他指挥。)

❖ 译诗 ❖

战争的烈火在东北边疆燃起,
将士们告别了家人前去杀敌。
男儿应该有独闯敌军的胆量,
又何况天子亲自来奖赏勉励。
鸣金擂鼓大军发往了山海关,
队伍在碣石山行进弯弯曲曲。
校尉从瀚海传来了紧急军情,
突厥猎火照狼山向边塞进逼。
辽阔的边疆土何等肃杀气象,
可爱的国土上留下胡骑铁蹄。
战士们前方拼杀阵亡了一半,
将军帐内美人仍然歌舞不止。
秋末的沙漠上野草已经枯槁,
黄昏时的孤城斗兵越来越稀,
受到皇帝恩宠竟然轻敌误国,
兵力已经用尽没解关山之敌。
穿战袍远离家乡久驻在边境,
想那家中亲人定然痛哭流涕。
少妇在家思念亲人情肠欲断?
征夫眼望家乡空自回头叹息。
战争形势飘飘不定无法预测,
这荒凉的边塞那有什么东西?
从早到晚不停地拼杀在战场,
连寒冷的夜晚也把刁斗敲击。
看着刀刃上闪着雪白的寒光,
只想为国尽忠那把功勋考虑?
您没看见战场上的战斗辛苦,
士兵现在还把李广将军回忆。

❖ 解析 ❖

这首七言歌行是以张守珪击契丹事为背景,对开元年间的民族战争做了最广泛最真实的艺术概括,而不拘泥于张守珪事。

全诗以雄健而豪放的笔势形象地描绘了边塞战场的生动画面,热情歌颂了士兵们舍生忘死,英勇顽强的战斗精神,揭露了唐朝将领奢侈昏庸、不惜士卒生命的罪恶行径。诗一开篇说"烟尘",说"辞家",写出边关告急,烘托出紧张气氛,并连用"汉家""汉将",突出了将士挺身赴难的英雄气概,加强了气氛的渲染。接说"重横行""赐颜色",一写将士胸怀,一写天子器重,总的写上下一心,士气高昂,人人思战,为国立功。接下四句先以金鼓震震旌旗招展的声色相间的气势,描写了一派壮观的进军疆场,奔赴前敌的进军图。写得气势磅礴,声势煊赫。接以"羽书飞""单于猎",写形势突变,把战前的紧张气氛推向高峰,为下文战败跌落做准备。这四句用关、间、山的庚韵,构成气势非常,高亢慷慨的声情节奏。下四句转入写战争实况,而在写战争之前却从战士角度勾勒边疆景物的荒凉背景,用以反衬出连年战争的残酷性与破坏性;接以"凭陵""杂风雨"转入写敌人的猖狂与残暴,其来势如暴风骤雨之迅猛。下二句写唐朝军队,又分写士兵与将帅:说"军前半死生",写了唐军的英勇无畏,写了苦战,伤亡惨重和战争不利。说"美人帐下犹歌舞"与上句一正一反,尖锐对照,在不协调的场面描写中揭露了将帅的毫无心肝,腐败透顶。一个"半"字,一个"犹"字,饱含着诗人的血泪和愤怒,这两句最为沉至、深沉、悲愤。"大漠"二句分别照应上四句,转入写战争的结果;一写匈奴乘秋高马肥入侵,一说唐军仍在奋力苦战,说"斗兵稀",是说战争已进入尾声,只剩下零星战斗了。诗以大漠、穷秋、塞草、孤城、落日等的勾勒点染,构成了一幅大战之后的特有的景象与色调。身当二句继写战争并带谴责,"身当"句照应"天子非常"句与"美人帐下"句,揭露与谴责将帅轻敌误国,造成战争的失败;"力尽"照应"战士军前"句,写战士全力奋战,由于将帅轻敌误因而"未解围"。说"常轻敌",说"未解围",语带激愤,感情强烈,愤慨之情溢于言表。"铁衣"四句转入写征人思妇,由战争转入思情,构成文章的跌宕变化,先写戍卒之久戍悲怨,后以设想之词写思妇对征人的思念,并以欲断肠、空回首做铺叙。最后八句以连续的反诘句式抒写征人的艰苦生活,为国献身精神和对良将的思念之情。表现了诗人强烈的爱国主义激情,抒发了对士兵的同情和对将帅的义愤。

全诗注意自然景物描写与生活环境的刻画的统一,并在概括叙述中加进具体形象的描绘;注意使用鲜明的对比手法;四句一韵,一韵一转,在多变化的句式和工整的对偶句交替使用上形成散中有整,整中有变的特点,加强了七言古诗的艺术表现力。全诗以爱国主义激情为基调,构成悲歌慷慨,雄壮豪放的艺术风格。

塞上听吹笛①

雪净胡天牧马还,月明羌笛戍楼间②。
借问梅花何处落,风吹一夜满关山③。

❖ 注释 ❖

①塞上,指凉州一带边塞。此诗题一作《和王七玉门关听吹笛》。又作《塞上闻笛》,文字稍有不同。②雪净二二句:戍楼,报警的烽火楼。③借阔二句:梅花,指笛子吹的曲子《梅花落》,听到《梅花落》而想到梅花。关山,这里泛指凉州一带的山地。

❖ 译诗 ❖

胡天晴,积雪干,
牧人放马回还;
月儿明,羌笛响,
戍楼一曲飞传。
借问绚烂梅花,
飘飘何处留连?
狂风一夜猛吹,
梅花落满关山。

❖ 解析 ❖

这首七言绝句写凉州边塞风光与战士生活。诗以雄健凝练的笔调,描绘了边塞雄奇变幻的壮丽景色,曲折地反映了守边将士的久戍思乡之情,开头两句着力描写胡天雪净,冬末春初,牧马归来,月照戍楼等典型景物,尤其羌笛吹奏起拨动人心弦的《梅花落》,牵动了征人的情思,诗正是借这些情景的描写,极力渲染了边塞军营中那种孤清冷寂的气氛,以明月、羌笛这些具有象征意义的景物,曲折地反映征人思乡的愁情。后两句以想象中花落天外的生花妙笔,描绘了一夜狂风,梅花落满关山的奇异景色。说"借问"是从眼前实景推入想象,梅花本不真有,胡天哪有梅花?但曲中梅花由听觉化为视觉,仿佛在空中飘扬的《梅花落》笛声,如盛开的梅花一样,在北风吹拂之下,一夜之间梅花花片落满关山,由实到虚,由听觉到视觉,现实与想象,景与情交织渗透,委婉而深沉地表达了征人浓重的乡思之情,诗味含蓄隽永,情深意深。"同用落梅事,太白'黄鹤楼中吹玉笛,江城五月落梅花',是直说,硬说;此二句是婉说,巧说,彼老此趣。"(黄白山《唐诗摘抄》)据岑仲勉考证,高适这首诗是与王之涣的《凉州词》"黄沙远上白云间"作于同一时间同一地点,是二人唱和之作:"全诗三函高适四《和王七听玉门关吹笛》云:'胡人吹笛戍楼间,楼上萧条海月闲,借问落梅凡几曲,从风一夜满关山。'押间、山二韵同之涣诗,余认为此王七即之涣。"(《唐人行第录》"又王七之涣"条)

别　董　大[①]

千里黄云白日曛(xūn 勋),北风吹雁雪纷纷[②]。
莫愁前路无知己,天下谁人不识君[③]?

❖ 注释 ❖

①董大,即当时著名音乐家董庭兰。李颀有《听董大弹胡笳弄兼寄语房给事》诗。②千里二句:千里,一本作十里。白日曛,指白日被阴云遮住天色呈昏暗状。③莫愁二句:前路,前行的道路。

❖ 译诗 ❖

千里阴云把太阳遮得一片昏暗,
北风卷着飘雪送走南飞的大雁。
不要为前行路上没有知己发愁,
天下的人有谁不认识您的尊颜?

❖ 解析 ❖

这首七绝是一首送别诗。前两句由边塞景物起兴,以雄浑的笔调描绘了一幅阴云密布,大雪纷纷,鸿雁南飞的塞外图画,极力渲染送别友人的气氛。董庭兰是一位身有绝艺而又沦落不遇无人赏识的人,诗以阴云遮日,北风劲吹,大雪纷落,衬托送别友人时的深沉感情。并以寒风飘雪中的孤雁,比喻董大归途孤单,前路艰辛的行踪,隐喻着对友人的深沉关切之情。诗人先从环境气氛点染起,浓云漫天,白日昏暗。大雪飘飞,西北风刮起的纷纷扬扬的大雪之中,吹动着孤雁。诗人正是在这极为凄凉荒寒的氛围中送别友人的。景物的颜色,气氛的渲染,都染上了离情,染上了失意者的悲愁。而千里黄云,北风大雪,又在凄凉中带有一种生气,荒寂中带有一种壮阔之感,为下面抒情做了艺术准备。后两句劝慰友人愉快登程,于安慰之中流露了作者与董大知己相许并对友人卓绝才识的钦佩心情。离别本悲伤,和有才华而又不得意的好友别离更令人悲伤,但诗人在这里偏不写悲伤,不写眼前的分别,却从别后的前途设想,以"莫愁"构成跌宕,从眼前的分别推开,以翻进一层的手法,不述别离,反做宽慰,从愁情一转而为乐观,现在与知己分别,前途却仍有无数知己,因为天下的人都认识董大乐师。说"莫愁",说"谁人",在委婉的宽解的语气中铸造了一种新的意境,表达了诗人的深情,也表现了诗人的宽广的胸怀。

  这首诗借景抒情,借实写虚,景情虚实相互结合,相互映衬,构成含蓄委婉,曲折深致的特点。

常　建

　　常建(生卒年不详),生活在玄宗时代,开元十五年(727)与王昌龄同榜进士,曾任盱眙(今江苏盱眙县)尉,天宝末隐居于鄂州武昌县江滨。一生仕途很不得意,尝浪游名胜以自娱。常建的诗多写山水田园,风格平淡自然,意境幽深,词句简洁,感情曲折。

　　殷璠在《河岳英灵集》中比较全面地评论了常建的诗:"高才无贵仕,诚哉是言。曩刘桢死于文学,左思终于记室,鲍照卒于参军,今常建亦沦于一尉,悲夫! 建诗似初发通庄,却寻野径百里之外,方归大道,所以其旨远,其兴僻,佳句辄来,唯论意表。至如'松际露微月,清光犹为君',又'山光悦鸟性,潭影空人心'。此例数十句,并可称警策。然一篇尽善者:'战余落日黄,军败鼓声死''今与山鬼邻,残兵哭辽水'。属思既苦,词亦警绝,潘岳虽云能叙悲怨,未见如此章。"

题破山寺后禅院①

清晨入古寺,初日照高林。竹径通幽处,禅房花木深②。
山光悦鸟性,潭影空人心③。万籁此俱寂,但余钟磬音④。

❖ 注释 ❖

　　①破山寺,即兴福寺,故址在今江苏省常熟县虞山北麓。后禅院,指和尚们的住宅区,寺院一般分前后院,前院讲经、供佛,后院是生活区。②竹径二句:禅房,和尚们的住房。③山光二句:山光,太阳照在山林上,日光和山色交相辉映,反射出来的光辉。潭影,山石树木映在潭中的倒影。空人心,使人心意空寂,是指消除欲望和杂念的意思。④万籁二句:万籁,一切声响。

❖ 译诗 ❖

早晨来到这古老的寺院,
初升的太阳映照着高林。
竹林小路通向幽深的地方,
禅房在草木丛中深深藏隐。
美妙山色使鸟儿高兴啼鸣,
清澈的潭影使人心地空灵。
这里的万物竟是如此寂静,
空中偶尔传来钟磬的余声。

❖ 解析 ❖

  这首五律是诗人仕途失意后,游历虞山兴福寺时所写的一首山水诗。诗人以凝练简洁的笔触,描述了一个景物独特、幽深寂静的境界,反映了作者追求理想境界,逃避社会现实的思想感情。诗的开头两句以"清晨""初日"点出游寺的时间,以"古寺""高林"烘托幽深气象。接下四句诗人抓住寺中独特的景物,运用以静显静、以动显静的表现方法,形象地描绘了山寺幽深寂静的景色。竹林的曲径,草木深处的禅房;鸟性因山光而悦,人心对潭影而空,鸟悦心空,皆因景而生情。并以曲径、禅房、山光、潭影塑造了一个幽深奇静、自然高远的境界。尾联妙笔传神,以钟磬音响轻轻回荡,以动显静,映衬万籁俱寂的宁静气氛,全诗静态动人,借景物描写表达了诗人游览名胜的喜悦和对高远境界的强烈追求,曲折委婉地流露了仕途失意的沉郁心情。

  全诗意境幽深,寓意含蓄,简洁明净,感染力强。据宋朱长文《吴郡图经续记》卷中"寺院"门载:兴福寺在常熟县破山,为海虞之胜处。齐郴州刺史倪德光舍宅为寺,唐常建诗云:"竹径通幽处,禅房花木深。山光悦鸟性,潭影空人心。"即此地也,山中有龙斗涧,唐贞观中山中妪生白龙,与一龙斗于此,而成此涧,有空心潭,因常建诗以立名。

  常建的这首诗曾受到欧阳修的大力称赞:"吾尝喜诵常建诗云'竹径通幽处,禅房花木深',欲效其语作一联,久不可得,乃知造意者为难工也。晚来青州,得一山斋宴息,因谓不意平生想见而不能道以言者,乃为已有。于是益欲希其仿佛,竟尔莫获一言。"(《欧阳文忠公集》外集卷二十三《题青州山斋》)

  上二条材料引自付璇琮著《唐代诗人丛考》,用以帮助了解常建这首诗。

岑 参

岑参(715—770),荆州江陵(今湖北省江陵县)人,祖籍南阳(今河南南阳)。他父亲曾做过两任刺史。据他自述:"五岁读书,九岁属文,十五岁隐于嵩阳,二十岁献书阙下"。他在二十岁到长安献书以后,一直到三十岁曾长期在长安、洛阳等地漫游。天宝三载(744)中进士,授任右内率府兵曹参军。自此便在长安居住下来,这期间他结识了王昌龄、杜甫、高适等人。他当时就享有诗名,有人曾把他和杜甫相媲美。天宝八载(749),岑参充任安西四镇节度使高仙芝的右威录事参军,掌管书记职务。天宝十三载(754)迁安西节度使封常清的判官。安史乱后,他从酒泉到了凤翔(当时唐肃宗行在地),受杜甫和房琯推荐任右补阙,后又出任虢州长史、关西节度判官、嘉州刺史,后被罢官。大历五年(770)卒于成都旅舍。著《岑嘉州集》,存诗三百六十首。

岑参诗歌的主要成就反映在他的一些边塞诗中,他以清新刚健的笔触描写了边塞的壮丽风光和守边战士的生活,热情歌颂了将士们为保卫国土和人民的和平生活而英勇献身的爱国主义精神,同时揭露了唐朝统治阶级不惜战士生命去侵略少数民族而给人民造成的重大灾难。

岑诗风格奇峭俊丽,峥嵘突兀,气势磅礴,高亢激昂。殷璠《河岳英灵集》评论说:"参诗语奇体峻,意亦造奇"。在唐代边塞诗人中岑参是一位最卓越的代表。

逢入京使

故园东望路漫漫,双袖龙钟泪不干①。
马上相逢无纸笔,凭君传语报平安②。

❖ 注释 ❖

①故园二句:故园,故乡。漫漫,遥远的样子。龙钟,泪流的样子,一作臃肿累赘的样子。②马上二句:凭,依靠,凭借。

❖ 译诗 ❖

> 向东眺望故乡哟,
> 路途迷茫竟是这样遥远。
> 抬起双袖擦泪哟,
> 热泪涌流竟把双袖湿沾。
> 想求您捎家信哟,
> 马上相逢无处去弄笔砚。
> 求君带个口信哟,
> 向我家里的人报说平安。

❖ 解析 ❖

这首七绝是作者思乡的作品。

天宝八载(749),诗人任安西节度幕府书记,安西都护府在今新疆吐鲁番市西,此诗当作于赴安西途中。

天宝年间,唐朝和西北边疆少数民族战争频繁,广大战士长期远离家乡驻守在边地。诗人本身也是两度出塞,对边地的征人生活有着较深刻的了解。这首诗从一个侧面反映了将士们的思乡情绪。表面上是写诗人自己对家乡的怀念,并形象地描写了自己远赴塞外,望乡落泪的情态,实质上却广泛而深刻地概括了广大征人的普遍思乡之情。这种乡思的感情具有典型性,是对社会现实生活的形象反映。借抒发自己的切身感受,表达了对广大将士的同情和关切。说"东望路漫漫",点其西行而东望,西行赴任路途遥远,路途越远,离家就越远,一语双关。说"双袖泪不干",言其思乡之深切,对双袖龙钟的具体刻画,极形象地写出了离情别念,为下面转折做渲染和铺垫。"马上相逢"是写中途迎面遇到回长安的使者,这正可以借此机会把自己的满怀思情带回家园,然而马上何处寻找笔砚!这是写实,也是顿挫,写家书不成而心情又急切,只好传个口信了。末两句话真情真,眼前景,口头语,心中情,真所谓"人人胸臆中语,却成绝唱。"(沈德潜《唐诗别裁》)

走马川行奉送封大夫出师西征[①]

君不见,走马川,雪海边,平沙莽莽黄入天[②]。轮台九月风夜吼,一川碎石大如斗,随风满地石乱走。匈奴草黄马正肥,金山西见烟尘飞,汉家大将西出师③。将军金甲夜不脱，夜半行军戈相拨，风头如刀面如割。马毛带雪汗气蒸，五花连钱旋作冰，幕中草檄砚水凝④。虏骑闻之应胆慑，料知短兵不敢接，车师西门伫献捷⑤。

❖ 注释 ❖

①走马川：即且末河，今名车尔成河，在新疆西北部。封大夫，指北庭都护、伊西、安西四镇节度使、御史大夫封常清。西征，征讨西部播仙。②君不见四句：莽莽，无边无际的样子。雪海，在今新疆境内。《新唐书·西域传下》载："勃达岭……西南直葱岭赢二千里，水南流者经中国入于海，北流者经胡入于海。北三日行度雪海，春夏常雨雪。"其地在天山主峰与伊塞克湖之间。③匈奴三句：金山，即阿尔泰山。《资治通鉴》卷149："西海在酒泉之上，去高车所居金山千余里。"汉家大将，指河西节度使封常清。④马毛三句：旋，一会儿，不久。五花、连钱，名贵的马名，《尔雅·释畜》："青骊驎骃。"注曰："色有深浅，斑驳隐粼，今之芝钱骢。"草檄，起草讨敌公告。⑤虏骑二句：车师，汉西域国名，有前后车师，前车师在今新疆吐鲁番附近，为安西都护府所在地。伫，久立，等候。献捷，战争胜利后献兵器俘虏等战果。

❖ 译诗 ❖

您不曾看见走马川雪海边，
一片茫茫黄沙连接着云天。
轮台九月常是狂风怒吼，
一川碎石块块大如斗，
暴风吹动着碎石满地乱走。
这时节匈奴的草黄马儿正肥，
但见金山西边烟尘腾飞，
唐朝的大将军正发兵向西出师。
将军身穿金甲夜间不脱，
黑夜里行军兵器互相碰磕，
寒风吹在脸上就像刀子把肉割。
马毛上挂着雪花汗气腾腾，
五花马连钱马一会儿遍身结冰，

军帐中写文书的笔砚也已冻凝。
胡骑听到大军出征一定心惊胆慑,
料想他们不敢前来短兵相接,
我们静候在车师西门等待献捷。

❖ 解析 ❖

　　这首七言歌行和《轮台歌奉送封大夫出师西征》作于同一时期,都是为送封常清西征播仙所写的送别诗。这首诗以奇异壮丽的边塞景色做铺垫,着力刻画西征将士克服严寒顽强作战的英雄形象,深刻地反映了中华民族吃苦耐劳、不甘忍受欺凌的伟大民族精神和同敌人血战到底的英雄气概。

　　诗的开头七句以雄浑的笔触,生动形象地描绘了祖国西北边疆千里黄沙,苍茫辽阔的万千气象和狂风怒吼、飞沙走石的雄奇景色,极力渲染了"汉家大将"率兵西征的典型环境特点。开篇就以"君不见"的提醒句式领起,把人们带进万里沙疆的特定环境之中,万里黄沙直上云天,九月风吼,石大如斗,风吹大石,满地乱走,写得有声有势。正是在这严酷的环境中,匈奴乘秋高马肥,发兵入侵,一场严重的反侵略战争开始了。环境描写构成气氛渲染,为下文战争做铺垫。接下九句具体刻画"汉家大将"率兵征战的艰苦情景。先写匈奴秋高马肥,恃强入侵,而后引出唐朝正义之师,发兵西征。先是用将军夜不脱甲,半夜行军,兵器撞击,概括地描写战争的紧张局势,接用冷风割面、汗马凝冰、砚水冻结等典型细节描写,形象地烘托将士们克服奇寒,英勇迎敌的豪迈气概,热情歌颂了守边将士强烈的爱国热情。结尾三句以"应""料知"写诗人预祝这次西征的胜利,反映了对正义之师必胜的认识,所谓"奇才奇气,风发泉涌"(方东树《昭昧詹言》),抒发了诗人的爱国主义思想。

　　全诗句句用韵,三句一转,构成急促跳动的节奏旋律,这与战况的危急、战地的艰苦,战斗的激烈所构成的紧张气氛互相映衬,构成这首诗的风发泉涌、雄健奇俊的艺术风格。

白雪歌送武判官归京[①]

北风卷地白草折,胡天八月即飞雪[②]。忽如一夜春风来,千树万树梨花开[③]。散入珠帘湿罗幕,狐裘不暖锦衾薄[④]。将军角弓不得控,都护铁衣冷难着[⑤]。

瀚海阑干百丈冰,愁云惨淡万里凝⑥。中军置酒饮归客,胡琴琵琶与羌笛⑦。纷纷暮雪下辕门,风掣红旗冻不翻⑧。轮台东门送君去,去时雪满天山路⑨。山回路转不见君,雪上空留马行处。

❖ 注释 ❖

①判官,节度使幕府中的僚属,武判官,名字不详。②北风二句:卷,席卷。白草,西域的一种草名,秋天变为白色故称白草。《汉书·西域传》颜师古注:"白草似莠而细,无芒,其干熟时正白色,牛马所嗜。"王先谦补注:"春兴新苗与诸草无异,冬枯而不萎,性至坚韧。"③忽如二句:梨花,以梨花比喻雪。④散入二句:罗幕,丝棉织成的门帘。裘,大衣。衾,棉被。⑤将军二句:角弓,用兽角装饰的弓。都护,掌管边境及外族事务的官,唐朝设置六个都护府。⑥瀚海二句:瀚海,指辽阔的大沙漠。阑干,指纵横交错的样子。惨淡,暗淡无光。⑦中军二句:中军,指主帅的驻地。古代把部队分为中、左、右三军,主帅居中军,这里借指主帅营帐。⑧纷纷二句:辕门,军营的正门。古时在军营正门前用两个车辕木交叉为门,故称辕门。翻,翻动。⑨轮台二句:轮台,《汉书·西域传》:"自敦煌西至盐泽,往往起亭,而轮台、渠犁有田卒数百人,置使者校尉领护,以给使外国者。"轮台,唐时属庭州(北庭都护府,今新疆乌鲁木齐市地),隶属北庭都护府。轮台即今新疆维吾尔自治区轮台县。天山,唐时称伊州西州以北一带山脉为天山,亦称白山、折罗漫山。伊州,今新疆哈密市。西州,今吐鲁番市东南达克阿奴斯城。

❖ 译诗 ❖

北风席卷大地把白草吹折,
八月的胡天就已纷纷飘雪。
忽然一夜好像刮来了春风,
千树万树有如盛开的梨花。
飘雪飞入珠帘沾湿了罗幕,
穿狐裘不觉暖锦被也嫌薄。
冻得将军拉不开手中角弓,
都护的铠甲冷的不愿穿着。

浩瀚沙漠上覆盖百尺厚冰,
惨淡的黑云布满万里天空。
中军帐摆酒宴为归客饯行,
奏着胡琴琵琶和羌笛助兴。
傍晚时候辕门外大雪迷蒙,
大风掣住红旗凝冻不翻动。
送君送到轮台的东门城外,
但见大雪已封住天山道路。
山回路转看不见你的身影,
雪地印下一排马蹄的行处。

❖ **解析** ❖

这首七言歌行是送别友人的诗作。

天宝十载(751)秋天,高仙芝打了败仗,岑参也随着回到长安,在长安居住了两年之久。天宝十三载六月经封常清推荐,任命岑参为大理评事,充安西北庭节度判官,先是在庭州,后转赴轮台,这首诗是在轮台时所写。全诗以雪天送别为题材,在生动地刻画边塞壮丽风光的同时,形象地描写了边塞将士艰苦的生活环境,歌颂了守边将士们的英雄气概和爱国主义精神。首起四句以豪放雄浑的笔势勾勒了一幅气势壮阔的塞外风雪图。风势雪态,别具一格,尤其以奇妙的想象、形象的比喻,把一夜之间边塞奇异的变化写的壮丽奇幻,为抒发送别之情做有力的铺垫。诗开头就写北风卷地,白草摧折,一个卷字,直写风势,一个折字,借草写风,形象地写出边地风猛气寒,景色巨变,八月就大雪飘飞。说"即",指本不应有而有了,一个即字,写出诗人的惊讶之情。一夜大雪清晨方停,眼前出现一派崭新景象;一夜之间,漫天皆白,遍地碎玉,满树银装,有如千株梨树经过春风吹拂,一下子绽开了满树梨花,把风吹雪舞、天寒地冻的塞外风光,变成了梨花竞放、春意盎然的南国风光。它不仅让人看到漫天皆白的景象,而且让人仿佛闻到一股梨花的清香,本是风强雪猛,冰天雪地,却写得春暖花开,一派生机,比喻新颖贴切,形象明媚动人,在大开大阖的勾勒中加以细腻的描写,把一般概括与细节描绘结合起来,境界开阔,形象生动。下四句接承上意通过将军、都护的感受写边疆寄寒,以狐裘不暖,铁衣难著,角弓难控等典型事物,极力渲染边塞的严寒环境。在这种典型环境中,映衬将士们克服艰苦条件,保卫边疆的英雄气概。后十句由写景转入写送别场面。瀚海二句仍以景衬情,用冰雪、阴云构成深沉的画面,为送行做气氛渲染,于景中寄寓诗人对友人深沉的感情。接着描写宴饮中军乐齐鸣,推杯换盏的欢闹情景,与幕外大雪飘飞的景色形成强烈对照,反复点染在边塞这个特定环境中送别友人的气氛。结尾六句承上由幕内饯行到辕门送别,由近及远,层层推出,纷纷暮雪,北风卷地,风掣红旗,在大雪之中,红旗被冰雪冻住;通过对边地军营的典型景物的具体而形象的描绘,强烈地渲染了送别气氛。从辕门送到轮台东门,并以雪满天山路的形象描写做逼真设想,表达作者对友人的深情。最后以山回路转望君不见,雪上空留一排马蹄印,写出友人走后作者那种久久怅望、雪中伫立的情态,收结得含蓄、深沉、余意不尽。诗以雪景衬托送别,又在送别中写景,在表现诗人的豪放的胸怀中表达了对友人的深挚感情。

全诗以景起,以景结,以雪为中心线索,借景抒情,通过典型景物描写,构成一幅雄奇壮阔的风雪画面,从大笔勾勒中见工细,概括描写中见细腻之画面,突出了诗的境界,形成鲜明而雄伟的形象。诗人善于捕捉典型而有生气的形象,进行多方面富有色彩的描写,北方风雪与南国春风、梨花做比,暮雪辕门与红旗白雪相映衬,构成边防军营奇丽雄伟的画面,既写了西北边疆壮丽的雪景风光,也写了边塞生活的春意盎然,充满斗志与豪情。

全诗风格豪放中透秀媚,雄健中带含蓄。

杜 甫

　　杜甫(712—770),字子美,祖籍襄阳(今湖北襄阳),开元元年(712),杜甫出生在一个"奉儒守官"的封建官僚家庭。六岁时便有赏鉴才智,他在《观公孙大娘弟子舞剑器行并序》中说:"开元五载,余尚童稚,记于郾城,观公孙氏舞剑器浑脱,浏漓顿挫,独出冠时。"七岁时会作诗,九岁能写大字,十四五岁时能与当时文士相酬唱。二十岁以后南游吴越,二十四岁自吴越归来,考试,不第。此后又在齐、鲁、燕、赵一带漫游。天宝三载(744)春,在洛阳与李白、高适相识,一起游历梁、宋,相与豪饮,颇为得意。这年冬,杜甫、李白、高适同访北海太守李邕。这个时期杜甫写的诗数量不多,但显露了他的非凡才气,表现了诗人青年时代的气概和抱负。天宝六载(747)在长安应试落第。自此以后他在长安困居近十年,曾多次向达官贵人投递诗篇,几求引进,但毫无结果。在天宝十四载(755),他四十四岁时,才得到右卫率府兵曹这样一个小官。(按:旧注都以为是右率府胄曹参军,误。据杜甫《官定后戏赠》一诗自注:"时免河西尉,为右率府兵曹"。又据《新唐书·百官志》:"太子左右率府,……兵曹参军事,胄曹参军事……各一人,从八品下。兵曹掌武官簿书,胄曹掌器械、公廨、营缮。……"据此知杜甫是兵曹,"掌武官簿书",从八品下,是个闲职,所以在诗中说"率府且逍遥"。)长安十年的饥寒处境,使他对社会现实有了进一步认识,目睹了广大人民的苦难生活,他亲身感觉到唐朝上层统治集团的昏庸和腐朽。这段经历给他的诗歌创作开拓了一个新的境界,成为他走上现实主义道路的新起点,使诗人从个人的感伤忧愤中扩充到广阔的社会现实中来,接触到当时代的阶级矛盾和阶级斗争,表达了人民的要求。

　　755年安史叛军攻陷了洛阳、长安,756年杜甫携家逃难,留居在鄜(fū夫)州羌村。之后,他只身往灵武投奔唐肃宗,途中被叛军捉住,送至沦陷后的长安。至德三载(757)他逃出长安,跑到凤翔,谒见唐肃宗,肃宗给他一个左拾遗的官职。长安收复后,他在朝廷中生活了一段时间,因上疏救房琯触怒肃宗,贬为华州司功参军。诗人在华州期间,看到了安史战乱和阶级压迫给人民造成的苦难。这一时期的作品真实而又深刻地反映了社会现实,具有强烈的民主性和现实性,他把自己现实主义诗歌创作发展到辉煌的顶点,成为唐代现实主义诗歌创作的高峰。

乾元二年(759),关内大旱,他弃官携家西去,经秦州、同谷入蜀至成都。经过两年的辛苦经营,在成都城西浣花溪建成草堂,生活得到暂时安定,他以成都为中心游历了涪城、梓州、汉州、阆州等地。后经严武推荐被任命为节度使署中参谋,检校工部员外郎。不久他携家人离蜀东去,经嘉州、渝州到夔州,在夔州留居二年。大历三年(768)他离开夔州漂泊于江陵、公安、岳州、衡州一带,大历五年冬天,病死在湘江的一条小船上。

杜甫所处的时代,正是唐朝由盛转衰的历史时期,唐玄宗由比较开明的国君,逐渐变成昏庸的皇帝,他纵欲享乐,荒于政事,宠信奸相,重用边将,终于酿成安史之乱,唐王朝从此由盛转衰。杜甫的诗歌形象而又深刻地反映出这一历史转变过程,反映了这一整个历史时代,揭露了统治阶级残酷剥削和压迫人民的罪行,反映了广大人民遭受封建压榨和战乱的疾苦,表达了诗人反对战乱,反对分裂,维护国家统一的爱国主义情怀。他的诗歌具有强烈的现实主义精神,继承和发展了古典文学的现实主义传统,历来有"诗史"之称。

杜甫的诗歌在艺术上具有独特风格,他的现实主义创作特色主要表现在善于通过主观的抒写,把极为丰富的社会现象或思想感情凝练在诗歌形式里,有时甚至概括在短小的律诗绝句中。因此,他的诗既具有高超的描画入神的特点,又具有抒情诗那种"含不尽之意见于言外"的特色。另外,杜诗具有"沉郁顿挫"的艺术风格,这是作者的个人生活道路、创作道路与社会现实有机统一的产物。而在这种"沉郁顿挫"的艺术风格基调之上,呈现着多样化的风采,或是雄浑悲壮,或是质朴古简,或是瑰丽轻灵,都达到了艺术上的高超境地。

总之,杜甫是我国公元八世纪的一位伟大诗人,杜诗继承了我国古典诗歌的优良传统,尽得古今体势,兼有各家特长。"子美上薄风雅,下该沈宋,言夺苏、李,气吞曹、刘,掩颜、谢之孤高,杂徐、庾之流丽,尽得古今之体势而又兼文人之所独专矣。诗人以来,未有如子美者。"(元稹《杜甫墓系铭》)杜诗无论对唐代诗歌的发展还是对后代诗坛的影响,都是极其广泛而深远的,真可谓"李杜文章在,光焰万丈长"。尤其他的那些热爱祖国,热爱人民的作品,世世代代流传在人民的口头上,成为祖国人民的宝贵精神财富。

后人把他的诗文编为《杜工部集》,其中有诗歌一千四百多首。

望　岳①

岱宗夫如何？齐鲁青未了②。造化钟神秀，阴阳割昏晓③。
荡胸生层云，决眦入归鸟④。会当凌绝顶，一览众山小⑤。

❖ 注释 ❖

①岳，指东岳泰山，望岳，近岳而望。②岱宗二句：岱宗，即泰山，因泰山为五岳之首故尊称岱宗。齐鲁，春秋时二诸侯国，后用为该地域的简称。泰山北为齐，泰山南为鲁。青未了，形容泰山山脉延绵深远从齐到鲁看不到青山的尽头。③造化二句：造化，天地自然。钟，聚集的意思。阴阳句：形容泰山的高峻，山阴面背日昏暗，山阳面迎日晓明。割，分割。④荡胸二句：荡胸，冲击涤荡心胸。层云，一层层云雾。决眦，眼睛睁大，眼角欲裂。⑤会当二句：会当，应当。凌，攀登。

❖ 译诗 ❖

　　　　　　五岳之首的泰山竟是何等气象？
　　　　　　从齐到鲁那是一望无尽的青苍。
　　　　　　天地给了它无限的神奇和秀美，
　　　　　　高耸的山峰割开了昏晓与阴阳。
　　　　　　山腰生出层层云气荡激着胸怀，
　　　　　　睁大了眼睛跟踪那归鸟的去向。
　　　　　　我应当努力去攀登高险的顶峰，
　　　　　　站在山巅把那些渺小群山眺望。

❖ 解析 ❖

　　这首五言古诗是一首记游抒情诗。杜甫在开元二十三年(735)从吴越一带归来，赴洛阳应进士考试不第。后数年间游齐赵。这首诗是游泰山时写的。诗中通过对泰山的描绘，赞美了泰山高大而又神奇的景象，借以表现了诗人青年时代豪爽的性格和远大的政治怀抱。诗以设问句提起，写意中遥想，久慕其名，而未得亲身经历其境。又以夸张手法，极写"齐鲁青未了"的气势，放眼望去，一片青色，绵延不绝，由近而远地描写泰山横卧齐鲁大地,突出了岱宗的雄伟宏阔的形势。"钟神秀",天地间神奇秀美皆聚于泰山,这是就雄峻所做的概括,"割昏晓"承"青未了",突出其雄伟形势,紧扣"望"字,写近望之势。五六句从感受写,气象万千,云气层生,摇荡心胸,放开眼界,于苍茫云海之中见众鸟归山,"荡胸""决眦""生""入",在写主观感受上,反衬出泰山雄伟壮丽及其感人力量。结联以"会当"从望字推开,透过一层做假设联想,因泰山之雄壮而引出一览无余而后快的极望之情,显示出俯视一代的精神风貌。最后以虚拟的笔法,用想象中的极目远望做结,抒发了诗人昂扬向上,积极进取的热烈情怀。

这首诗形象鲜明,意境开阔,通篇写望而不露一个望字,含蓄而开朗。

仇兆鳌说:"杜句有上因下因之法,荡胸由手曾云之生,上二字因下,决眦而见归鸟入处,下三字因上,上因下者,倒句也。下因上者,顺句也。末即登泰山而小天下之意。"(《杜少陵集详注》)

兵 车 行

车辚辚,马萧萧,行人弓箭各在腰①。耶娘妻子走相送,尘埃不见咸阳桥②。牵衣顿足拦道哭,哭声直上干云霄③。道傍过者问行人,行人但云点行频④。或从十五北防河,便至四十西营田⑤。去时里正与裹头,归来头白还戍边⑥。边庭流血成海水,武皇开边意未已⑦。君不闻汉家山东二百州,千村万落生荆杞(qǐ 起)⑧。纵有健妇把锄犁,禾生陇亩无东西⑨。况复秦兵耐苦战,被驱不异犬与鸡⑩。长者虽有问,役夫敢伸恨⑪。且如今年冬,未休关西卒⑫。县官急索租,租税从何出?信知生男恶,反是生女好⑬。生女犹得嫁比邻,生男埋没随百草⑭。君不见青海头,古来白骨无人收⑮。新鬼烦怨旧鬼哭,天阴雨湿声啾啾(jiū 究)!

❖ 注释 ❖

①车辚辚二句:辚辚,象声词,形容车子行走的声音。萧萧,象声词,形容马叫的声音。行人,战士。②耶娘二句:咸阳桥,即中渭桥,离咸阳县西南十里渭水上,是长安去西北的交通要道。③牵衣二句:牵衣,牵扯着衣服。干,干犯。④道傍二句:点行频,点行,按户籍丁册征丁入伍,点行频,征召频繁。⑤或从二句:北防河,指去黄河以北驻守。西营田,指在西北边疆垦荒屯田。十五、四十,指年龄。⑥去时二句:里正,唐制每百户为一里,设里正

一人,掌管里内事物。与裹头,给征役的兵丁包扎头巾,意指丁役年幼。古时用黑罗布包头称头巾。戍边,防守边疆。⑦边庭二句:武皇,即汉武帝,此借指唐玄宗。开边,扩大边境。⑧君不闻二句:山东二百州,泛指华山以东的广大土地。荆杞,荆棘,枸杞。⑨纵有二句:健妇,身体健壮的妇女。无东西,指无庄稼。⑩况复二句:秦兵,代指唐军。古长安带属秦,唐从长安、咸阳二带发兵故称秦兵。⑪长者二句:长者,丁役对杜甫的尊称。敢,岂敢。⑫且如二句:关西卒,指函谷关以西的战士,即上面说的秦兵。⑬信知二句:信知,确知。⑭生女二句:比邻,近邻。埋没,死亡。⑮君不见二句:青海头,指青海边。

❖ 译诗 ❖

战车隆隆响,战马嘶嘶叫,
个个出征兵士弓箭悬在腰。
爹娘妻子都跟着前来送别,
滚滚的烟尘望不见咸阳桥。
亲人们牵衣跺脚拦道痛哭,
痛哭声一直冲上九天云霄。
道旁的一位行者打听原因,
行人只说是征兵实在太频。
十五岁就北去黄河防守,
四十岁又去西北边地军垦。
离家时里正亲手给我裹头,
头白时刚复员现又去边境。
边境上战士流血有如海水,
可明皇开拓边界无穷无尽。
您没听说华山以东二百州,
千千万万村落已变成荒村。
纵然有健壮的妇女来耕耘,
田垄荒芜也没有什么东西。
即使这些士兵能吃苦耐战,
被驱赶在疆场就像犬和鸡。
您老虽然向我问这些原因,

我们当兵的怎敢申诉怨恨。
况且像今年这样一个冬天,
关西士卒还正在边境作战。
县官向下紧逼着要税催租,
这样年头租税又从哪里出?
确实知道生个男孩招祸害,
都说是生个女孩十分幸运。
生女还能够嫁给街坊四邻,
生男难免战死疆场抛尸身。
你还不曾看见那青海尽头,
自古来战士白骨无人殓收。
无数新鬼喊冤旧鬼低声哭,
阴雨日子哭声一片悲啾啾!

❖ 解析 ❖

　　这首乐府诗作于天宝十载(751)。天宝初年,以唐玄宗为首的统治集团,靠其充实的国力,改变了早年的对外和睦共处的政策,不断地向周围少数民族大肆发动扩边战争,自天宝六年开始,唐朝对外发动了三次规模较大的战争。天宝六载(747)高仙芝率上万军队远征小勃律,天宝八载(749)哥舒翰率六万多人远征吐蕃石堡城,此次战役唐军死了几万人,天宝十载(751)鲜于仲通率八万人远征南诏,大败于泸水以南,死了六万多人。当时奸相杨国忠讨好玄宗,迎合上意,"掩其败状,仍叙其战功""制大募两京及河南、北兵以击南诏;人闻云南多瘴疠,未战,士卒死者什八九,莫肯应募,杨国忠遣御史分道扑人,连枷送诣军所。""于是行者愁怨,父母妻子送之,所在哭声震野。"(《资治通鉴·唐纪三十二》)这首诗生动形象地反映了这一段历史事件,揭露了扩边战争给人民带来的苦难,表达了作者忧国忧民之情。

　　全诗分三段。自起句至"哭声直上干云霄"为第一段。这一段诗人运用白描手法,描绘了车喧马嘶,征人出发,父母妻子拦道顿足,哭声振野的典型场面,用牵衣顿足的情态刻画和哭声冲霄的声音描状,极力渲染送别时的悲剧气氛,形象地揭示了扩边战争的罪恶。"写得行色匆匆,笔势汹涌,如风潮骤至,不可逼视。"(《唐宋诗醇》)第二段自"道傍过者问行人"句至"被驱不异犬与鸡"句。以问答句提起,借一征夫之口,具体生动地叙述扩边战争带来的灾难。先自述其终生征战之苦,以"但云点行频""或从十五""便至四十""去时裹头""归来头白"等具体描写,揭示统治阶级穷兵黩武,并直点"边庭流血成海水,武皇开边意未已",表达诗人的愤怒的感情。继而写在扩边战争的直接影响下,山东二百州的农业生产遭受破坏,千村凋敝,田园荒芜的景象,并用战士的命运与犬鸡做比,不如鸡犬。诗正是运用多方面的现实描写,深刻概括了战争给人民生活和社会现实带来的灾难。第三段自"长者虽有问"至篇末。承上段意,进一层谴责扩边战争的罪恶。仍以问答句式提起,叙述战争无休止,并由战争扩展至租税,并化用古代民谣,以生男不如生女的悲愤诗句,表达人民极大的愤慨。以"君不见"做总结性的概括描写,说"古来",是从历史上总结,"新鬼"与"旧鬼",又正是历史总结的具体化,诗正是在悲剧性的气氛渲染中结束了。以冤鬼啼哭与第一段亲人送别的"顿足痛哭"前后呼应,增强了全诗悲剧情调。

这首诗是杜甫具有强烈现实主义精神的第一篇作品。方东树《昭昧詹言》评说:"此篇真《史》《汉》大文,论著奏疏,台《诗》《书》《六经》相表里,不可以寻常目之。"仇兆鳌引明单复《读杜愚得》:"此为明皇用兵吐蕃而作,故托汉武以讽,其辞可哀也。先言人哭,后言鬼哭,中言内郡凋敝,民不聊生,此安史之乱所由起也。吁!为人君而有穷兵黩武之心者,亦当为之恻然兴悯,惕然知戒矣。"(引自《杜少陵集详注》)

月　夜

今夜鄜州月,闺中只独看①。遥怜小儿女,未解忆长安。
香雾云鬟湿,清辉玉臂寒②。何时倚虚幌,双照泪痕干③。

❖ **注释** ❖

①今夜二句:鄜州,今陕西省富县,756年8月杜甫迁家暂居在这里。闺中,此指闺中妻子。②香雾二句:云鬟,形容女子的头发蓬松如云。清辉,指月光凄清明亮。③何时二句:虚幌,指床上悬挂的薄帷幔。双照,共照。

❖ **译诗** ❖

今晚明月也同样的在鄜州高悬,
闺中的妻子一人独自望着月圆。
我身陷长安把家中的孩子思念,

可孩子却不懂母亲正怀念长安。
迷蒙的夜雾打湿了蓬松的云鬟,
冷清的月光更叫她感到了凄寒。
不知何时夫妇才能共倚着床幔,
明亮的月光双照着幸福的泪眼。

❖ 解析 ❖

  这首五律是一首思亲的作品,写于天宝十五载(756)秋。这年五月,杜甫带着全家从奉先到白水,六月潼关失守,白水也陷入混乱之中,杜甫不得不再次携家逃难,经华原县、三川县至鄜州暂居。杜甫只身去灵武找唐肃宗,途中被叛军捉住,送至沦陷中的国都长安。诗人于极度苦闷之中写了这首思念亲人的诗篇,揭示了安史战乱给人民带来的灾难。全诗全用想象之词,诗的前四句通过想象鄜州的妻子月夜思亲,小儿不解母亲相思之情,用以反衬诗人对家中亲人的思念。本是诗人思念远在鄜州的亲人,却偏说闺中亲人思念自己,从对面着笔,做翻进一层的写法,加强了诗人思乡之深情。二联以"遥怜",由闺中妻子转入儿女之忆,表面不写思念,不写自己对妻子儿女的思念,却写儿女"未解",是"不忆之忆",又是翻进一层。"未解忆长安"有两层意思,一是儿女不懂得想念羁留在长安的爸爸,一是儿女不理解望月思亲的母亲。这两联全就"只独看"想象生发,并以"遥怜""未解"映衬"独看"。后四句紧承前意,形象地刻画了妻子寒夜伫立,香雾湿鬟的姿影,进一层烘托诗人身陷困境、思念亲人的深情。最后以想象中夫妻团聚、共倚虚幌、明月双照、破涕为笑做结,表达了诗人对和平、安定生活的向往和对安史叛乱的谴责。三联是"独看"正面文字,鬟湿而臂寒,想象闺中人对月怀远,久久仰望,苦苦思念,夜深不寐,写得语丽情悲。结联由望而写愿望,但"何时"二字,却点出愿望的渺茫。"照"应"月""双"应"独"他日"泪乾"与今日泪眼相应,感伤现在离别相思之切,寄团聚希望于将来,表现的回环不已,一往情深。

  这首诗虽只写个人离别之苦,但它却从一个侧面概括地描写了离乱中的人民苦难的生活,揭示了安史战乱的罪行,形象地反映了人民的悲苦的社会生活现实,因此具有广泛的概括意义和典型性。

春　　望

国破山河在,城春草木深①。感时花溅泪,恨别鸟惊心②。
烽火连三月,家书抵万金③。白头搔更短,浑欲不胜簪④。

❖ 注释 ❖

①国破二句:国,国都,指长安。国破,指长安被安史叛军占领,唐玄宗逃往四川。草木深,形容城郭禁苑荒凉。②感时二句:感时,感伤时事。恨别,怅恨离别。③烽火二句:烽火,指战火。连三月,指至德二年(757)春季的一、二、三月。抵,值。④白头二句:白头,指白发。搔,用手抓搔。短,指头发稀疏。浑,简直。不胜簪,不能别发簪,簪,发簪,古人把头发挽在头上,用发簪别住使之不披散。鲍照《行路难》有:"白发零落不胜簪"句,杜甫化用之。

❖ 译诗 ❖

国都虽已残破而山河仍旧在,
长安春天草木荒芜一片萧深。
感伤时局看到春花反而流泪,
怅恨离别听到鸟鸣甚是惊心。
战争长久持续整整一个春天,
见到一封家信价值万两黄金。
忧愁中我搔着稀疏的白头发,
白发短小稀疏简直不能别簪。

❖ 解析 ❖

这首五律作于至德二年(757)三月。

天宝十五载(756)八月杜甫把家安置在鄜州羌村以后,他只身去灵武投奔新即位的肃宗皇帝,途中为叛军所获,被解往沦陷的长安,目睹惨遭屠杀洗劫后的国都,到处充满恐怖气氛,往日的繁华已变为凄凉冷落的景象。面对残破的国都,想到自己身陷贼境的处境,诗人止不住产生强烈的忧国怀家之情。诗人正是借眼前春日的景色,抒发了内心的深沉感情。

全诗以景起,以情结。前二联写春望之景,景中融情。开篇直写国都残破、城郭荒芜的萧索景色,国都残破山河依旧,举目有风景之异,草木荒深,景物凄凉,蕴含着诗人的无限悲痛。二联以拟人化的手法,使用倒装句,花儿流出感时之泪,鸟雀啼出惊恐之心,诗中的花鸟饱和着诗人的感情,是诗人感情的形象化。以乐景写悲伤,愈见其悲。感时写时局,恨别写家事,通过景物描写,借景生情,概括忧伤国事、久别家人的深沉情感。后二联写春望之情,情中就景,烽火照应感时,家书照应恨别,连三月写时间久、苦难重,抵万金,写家人处境艰难,诗人忧思之深。最后以白头为忧时、思家而短而白。"搔更短"是从动作上写其心忧意乱,"不胜簪"是从感觉上加深上面的感受,写得含蓄深沉。仇兆鳌引司马光《续诗话》评此诗云:"古人为诗,贵于意在言外,使人思而得之,故言之者无罪,闻之者足以戒,近世唯杜子美,最得诗人之体,如《春望》诗,'国破山河在',明无余物矣;'城春草木深',明无人迹矣;花鸟平时可娱之物,见之而泣,闻之而悲,则时可知矣。他皆类此,不可偏举。"

石 壕 吏①

暮投石壕村,有吏夜捉人②。老翁逾(yú鱼)墙走,老妇出门看③。吏呼一何怒,妇啼一何苦④。听妇前致词,三男邺城戍⑤。"一男附书至,二男新战死⑥。存者且偷生,死者长已矣⑦!室中更无人,惟有乳下孙⑧。有孙母未去,出入无完裙⑨。老妪(yù玉)力虽衰,请从吏夜归⑩。急应河阳役,犹得备晨炊⑪。"夜久语声绝,如闻泣幽咽⑫。天明登前途,独与老翁别。

❖ 注释 ❖

①石壕吏,在石壕村抓人的差役。②暮投二句:石壕村,在今河南省陕县东七十里。投,投宿。③老翁二句:逾,越过。走,逃跑。出门看,一作出看门。④吏呼二句:一何,程度副词,意思是多么。⑤听妇二句:前致词,上前答话。邺城,即相州,在今河南安阳县。戍,防守。⑥一男二句:附书,托人捎信。至,到来。⑦存者二句:且偷生,苟且活着。长已矣,永远完了。已,止。⑧室中二句:乳下孙,正在吃奶时期的孙儿。⑨有孙二句:无完裙,没有完整的衣服。⑩老妪二句:请从,请求跟随。⑪急应二句:急应,赶快应征。河阳役,到河阳兵营去服役。河阳,今河南州市,当时李光弼率官军退

守河阳,这里当时是官军与叛军激战的地方。备,备办。晨炊,早饭。⑫夜久二句:幽咽,断续低微的哭声。

❖ 译诗 ❖

傍晚的时候投宿在石壕村,
半夜里官府差役叩门抓人。
老头子慌慌张张跳墙逃走,
老太婆战战兢兢前去开门。
官差大声呼喊是何等凶横,
老妇人啼哭哀告多么伤心。
只听得老妇走上前去答话,
她言道三个男孩都已参军,
一个孩子最近捎回了家书,
另外二个新近战死在邺郡。
侥幸留下来的却苟且偷生,
死去的便永远离开了亲人。
现在家中再没有别的大人,
只有一个正吃奶的小孙孙。
因孩子小母亲没有去服役,
孩子娘没有一件完好衣裙。
我老婆子虽然是年老力衰,
请求跟随着你一起到驻军。
赶快应征到河阳的前线去,
还能烧火做饭拼上这老身。
夜已深沉再也听不到话语,
我仿佛还听到她低声哭泣。
天明的时候我登上了旅途,
告别孤独老头我匆匆离门。

❖ 解析 ❖

　　755年安史叛军迅速攻占了河南河北大片土地,为平息叛乱,758年冬唐肃宗派郭子仪等七位节度使,率兵二十余万围攻叛将安庆绪占据的邺郡(今河南安阳县)。759年春史思明派兵救邺,大败官军于安阳河北,郭子仪引兵退守河阳,为了补充兵力,唐军官吏奉命四处抓丁。战乱给广大人民带来空前的灾难,造成成千上万的家庭亲人离散。758年冬杜甫因公事赴洛阳,次年春返回华州,途经新安,石壕等地,他亲眼看到官吏征丁抓兵,便真实地记录了这一事件。

这首诗选择了最典型的事件:"夜抓人",而所抓者又是烈士家庭。人民在这次平定叛乱的战争中付出巨大牺牲。而统治者对这样的家庭仍不放过,最后竟征及老妇。诗正是以安史之乱为背景,以老妇一家为环境,以夜里抓人为事件,揭示了唐代统治者在国家危难,人民遭受严重苦难的情况下,仍然残暴地压榨人民、征及老妇的罪行,反映了人民对封建统治者的反动政策的抗议。开头四句写事件的起因,勾画环境背景。"暮投",写诗人亲身经历,亲自见闻,以下全从诗人闻、见中写出。"夜抓人"点出事件及其性质,也点出人民对统治者的残暴无力的反抗。"逾墙走""出门看"从侧面渲染捉人的凶恶恐怖气氛,也写出人民受战祸之害,官吏之逼,遭压榨的可怜悲苦处境。自"吏呼"至"备晨炊"是正面描写文字。"吏呼一何怒,妇啼一何苦",是从听觉上写,照应开篇,这两句以相同的叙述句式,统摄全段,构成典型环境气氛,"呼"与"啼"应,"怒"与"苦"对,并衬以"一何"的程度副词,概括了整个事件的矛盾性质。写出事件的紧张气氛与情景,为突出老妇一家做了准备。接下全写老妇啼诉之词,"三男戍""二男死"。老妇本烈士之母,老妇一家本烈士之家,但对此家,吏仍"呼"且"怒",这既写出人民的贡献与牺牲,更揭示出统治者的残暴无理。老妇的啼诉中有对死者的痛悼,有对生者悲惨处境的控诉,也有悲愤哀苦中从军应役的要求,诗正是从"出门看"至"请从归"的老妇的全部动作中,从哀诉、泣告、自代中,极深刻地刻画了烈士母亲的形象。

最后四句收尾,"夜久""天明"点出这是一夜间发生的事,"语声绝"应"一何怒""一何苦""泣幽咽"照应"有孙母未去",写其想哭又不敢哭,又恐不住不哭,抽泣哽咽,悲痛达于极点。"独与老翁别"照应开篇,照应"急应河阳役",征及老妇,只余老翁,收结得呜咽悲凉,悲愤至极。

全诗事长而言简,通过对客观事件的叙述以揭示作者对现实的态度,是叙事诗的创格。

仇兆鳌在《杜少陵集详注》中说:"古者有兄弟,始遣一人从军,今驱尽壮丁,及于老弱,诗云:三男戍,二男死,孙方乳,媳无裙,翁逾墙,妇夜往,一家之中,父子兄弟,祖孙姑媳,惨酷至此,民不聊生极矣,当时唐祚亦岌岌乎哉!"

新 婚 别

兔丝附蓬麻,引蔓故不长①。嫁女与征夫,不如弃路旁②。结发为君妻,席不暖君床③。暮婚晨告别,无乃太匆忙④!君行虽不远,守边赴河阳。妾身未分明,何以拜姑嫜(zhāng 章)?⑤父母养我时,日夜令我藏⑥。生女有所归,鸡狗亦得将⑦。君今往死地,沉痛迫中肠⑧。誓欲随君去,形势反苍黄⑨。勿为新婚念,努力事戎行⑩。妇人在军中,兵气恐不扬⑪。自嗟贫家女,久致罗襦(rú 如)裳⑫。罗襦不复施,对君洗红妆⑬。仰视百鸟飞,大小必双翔。人事多错迕(wǔ 午),与君永相望⑭。

❖ 注释 ❖

①兔丝二句:兔丝,即菟丝子,一种蔓生草本植物,多缠绕在其他植物上生长。②嫁女二句:弃路旁,抛在路旁。③结发二句:结发,指男女成年,古代男女至成年时,加冠系笄(jī 基),称为结发。④暮婚二句:无乃,岂不是。⑤妾身二句:分明,明确身份,古代妇女出嫁,婚后次日拜见丈夫的父母,因暮婚晨别,没来得及行此礼,故称未分明。姑嫜,丈夫的父母。⑥父母二句:藏,女子未出嫁时不出闺门,藏在家中不让人看见。⑦生女二句:归,女子出嫁称归。将,跟随。⑧君今二句:往,一作生。迫,压迫。中肠,内心。⑨誓欲二句:苍黄,同仓徨,指行军作战,形势急剧变化。一讲作形势突变,不随人意。⑩勿为二句:戎行,军队。⑪妇人二句:兵气,即士气。不扬,不振。《汉书·李陵传》:"我士气少衰,而鼓不起者,何也?军中岂有女子乎?搜得皆斩之。"⑫自嗟二句:致,备办,弄到。罗襦,罗,丝织品,襦,上衣,此泛指出嫁时的衣服。⑬罗襦二句:红妆,妇女妆饰。洗,洗涤。这里指丈夫出征,新妇洗却妆饰,以表示对丈夫的忠贞。⑭人事二句:错迕,谓人生经历错综复杂而常不如意。望,期望团聚。

❖ 译诗 ❖

菟丝子缠绕在蓬麻身上,
它的蔓儿生的不会很长。

假如女子嫁给了征夫,
就像被抛弃的女人一样。
刚刚成人就与你结为夫妻,
还没有暖热你的凉床,
昨夜成婚今天早上你就离别,
岂不是太匆忙!
你此去虽然不是太遥远,
防守的地方就在河阳。
可我的身份还没有明确,
怎么去拜见公婆爹娘?
记得父母教养我的时候,
白天夜晚都把我藏在闺房。
女孩子终究要随夫出嫁,
嫁鸡随鸡嫁狗随狗理所应当。
丈夫如今去那死亡之地,
怎不叫人痛心忧伤!
我发誓想随你一同出征,
这战争的形势又难估量。
劝夫君莫要惦记着新婚,
好男儿应当英勇出征驰骋疆场。
如果军队里带着妇人,
士兵的斗志必定受挫伤。
自己伤叹我这个贫家女子,
好不容易凑齐了出嫁的衣裳。
绫罗衣服不会再穿,
当着君面我洗掉艳丽红妆。
抬头仰望天空见百鸟飞过,
它们不论大小却都是成对成双。
人间的事情是多么不遂心愿,
我与君永远相盼相望。

❖ 解析 ❖

诗人抓住新婚离别这样一个典型事件,借新妇的自述,深刻地展示了她痛苦的内心世界,形象地反映了安史战乱中广大人民生活的一个侧面,揭露了安史战乱的罪恶,表现了那个时代广大妇女为维护祖国安定统一而做出的自我牺牲。

全篇开头四句以生动的比喻引起,点出丈夫应征入伍,自己依托无着的孤独生活前景。接着十四句借新妇自述刻画了她在新婚第二天送别夫婿时的极为复杂的内心活动。反映了她嫁与征夫,暮婚晨别的憾恨心情和对新夫前往死地,前途未卜的担忧和牵挂。开始用比喻,比喻叙述妇女的附庸地位,而嫁与征夫,命运更为悲惨,说得沉痛而愤慨。接下在写新婚惜别时,以暮婚晨别的典型事件为中心,叙述自己的不幸;并以追忆婚前的悲惨境遇写其希冀婚后幸福的愿望,在这转进一层的描写中,琐琐以陈,柔肠百转。誓欲以下转入勉夫自励,先是想同去而不得,然后是虽不愿丈夫从军,又不得不劝勉丈夫从军,最后以不施罗襦,洗却红妆,期望将来团聚,愿意长久地等待丈夫归来做结,情坚而语明。

全诗以比体起,以比体结,以暮婚晨别事件为中心,刻画一位感情真挚深厚,有识大体,奔赴国难的劳动妇女形象,揭示出人民群众热爱生活,热爱祖国,以及将自身命运与祖国命运统一起来的高贵品质。写得缠绵而悲慨,委婉而高亢。

黄白山说:"此诗君字凡七见,君妻君床,聚之暂也;君行君往,别之速也;随君,情之切也;对君,意之伤也;与君永相望,志之贞且坚也;频频呼君,几于一声一泪。"(《唐诗摘抄》)

春夜喜雨

好雨知时节,当春乃发生①。随风潜入夜,润物细无声②。
野径云俱黑,江船火独明③。晓看红湿处,花重锦官城④。

❖ 注释 ❖

①好雨二句:时节,时令节候。当春,正当春天。乃,即,就。一本作及。②随风二句:潜,隐,暗。细,形容雨小而不急骤。③野径二句:野径,荒野小路。④晓看二句:花重,花朵经雨而湿重。锦官城,即成都。

❖ 译诗 ❖

好雨好像知道它该降落的时节,
正当万物生长的春季它便发生。
随着微风悄悄地降到初春之夜,
它轻轻地滋润着万物细细无声。
空旷的原野浓浓黑云布满天空,
独有江中的渔家灯火闪烁光明。
早晨去那落红遍地的地方观看,
沉沉甸甸的花枝遍布在锦官城。

❖ 解析 ❖

  这首五律作于上元元年(761)春。诗人在秦州再也无法维持"乞讨"般的生活,不得不于贫病交迫中离开秦州,携带着全家,历尽艰辛入蜀谋求生路。到成都之后得到亲朋的资助,于上元元年在成都郊外浣花溪营建了草堂,这对长期转徙奔波的杜甫来说,有了一个较为安定的生活环境,确是极大的安慰。本诗通过对春夜雨景的细腻描绘,表现了诗人虽经离乱,但对生活仍然充满着奋发向上的精神。

  诗的开头两句紧扣诗题,以赞叹的笔调,以"好雨""当春"的字句,于赞叹好雨当春而发之中,隐透喜悦之情。接着第二、三两联以细腻入微的形象刻画,以动静相衬,明暗相间的手法,极力描写了"微风潜夜""细雨无声""旷野云黑""渔火独明"的景色。作者笔端那"细雨润物"之声,仿佛可闻;"雨夜船火"之明依稀可见。显示了诗人对客观景物的独到的观察能力和传神的艺术表现才能,寄寓着诗人对春雨的热烈赞美之情。尾联以晓晴花重之景收结,反衬夜雨之后,红湿花重,写春雨润物,春花经雨,落红遍地,花枝若重,紧紧照应诗题,表达了他对待生活的积极态度。

江上值水如海势聊短述[①]

为人性僻耽佳句,语不惊人死不休[②]。老去诗篇浑漫与,春来花鸟莫深愁[③]。新添水槛供垂钓,故著浮槎(chá 查)替入舟[④]。焉得思如陶谢手,令渠述作与同游[⑤]。

❖ 注释 ❖

①诗题是说借观锦江水势时以抒怀。江,指锦江。值,正当。短述,浅见,自谦之词。②为人二句:性僻,性格奇怪。耽,沉溺,入迷。③老去二句:浑,皆,都。漫与,不经意,随便。莫深愁,指用不着过多地考虑。④新添二句:浮槎,水上的木筏。替,替代。⑤焉得二句:陶谢手,陶,指陶渊明;谢,指谢灵运;陶谢手,指陶渊明、谢灵运的诗作。令渠,命令他们。述作,写诗。

❖ 译诗 ❖

  我性格怪僻一味地把好诗句追求,
  假如语言不能惊人我死也不罢休。
  老来诗歌创作全是随手任意挥洒,
  春来鸟语花香因韵成诗不须苦思发愁。
  新建的水槛可以供我垂钓,
  古旧的木筏可以代替行舟。
  如何才能遇到诗思像陶谢一样的圣手,
  我将和他们赋诗答对携手同游。

❖ 解析 ❖

  这首诗写于上元二年(761)寓居成都草堂时,诗中抒发了诗人酷爱诗歌的感情,对自己晚年诗歌创作经验与创作态度做了精辟的论述。第一联诗是借观江水暴涨而有感,内容全是讲诗歌创作,却无一句写到江水,开篇不写水而写自己的本性,不写江水而写佳句,点出作诗的秘诀,以心志专一,感情真切,语不惊人,死而不休概括了自己的严肃的创作态度。第二联"老去""浑漫与",写老年创作随手挥洒,自成佳作,达到自然浑成的炉火纯青的境界,这正需长期艰苦劳动的积累。"春来"句由作诗转到赏景,春天花香鸟语,触景生情,因情成诗,不须苦索而得佳句,不须刻意为诗。第三联运用自然景物作比,以水槛垂钓,浮槎替舟,形象地说明创作要顺乎自然,合情合理,于自然描写中见情性,这就是"浑漫与",就是"莫深愁"。尾联用一反诘句表达作者对陶谢的羡慕之情,表明了他对魏晋诗风的追求。

  "诗尽人间兴,兼须入海求"(《西阁》),诗人以奔涌的水势来形象地描写飞动的诗意,并认为诗人不仅从现实生活中,还须从江水、大海中去寻求艺术灵感,诗人正是从江水如海势而启发他的创作灵感,引动他的诗兴的。杜甫这种严肃的创作态度和具有启发性的创作经验、创作体会,直到今天还是有所启迪的,是很珍贵的文学理论遗产。

茅屋为秋风所破歌

八月秋高风怒号,卷我屋上三重茅①。茅飞渡江洒江郊,高者挂罥(juàn 倦)长林梢,下者飘转沉塘坳(áo 傲)②。南村群童欺我老无力,忍能对面为盗贼③?公然抱茅入竹去,唇焦口燥呼不得,归来倚杖自叹息!俄顷风定云墨色,秋天漠漠向昏黑④。布衾(qīn 亲)多年冷似铁,娇儿恶卧踏里裂⑤。床头屋漏无干处,雨脚如麻未断绝⑥。自经丧乱少睡眠,长夜沾湿何由彻⑦?安得广厦千万间,大庇天下寒士尽开颜,风雨不动安如山⑧。呜呼!何时眼前突兀见此屋,吾庐独破受冻死亦足⑨!

❖ 注释 ❖

①八月二句:三重茅,泛指屋上覆盖的茅草层数。②茅飞二句:挂罥,罥,系结,指茅草挂结在树枝间。塘坳,低洼积水的地方。③南村二句:忍能,怎能容忍。④俄顷二句:俄顷,形容时间短暂,犹今口语一会儿。漠漠,指天色迷蒙的样子。⑤布衾二句:布衾,棉布被。恶卧,厌恶在旧被中睡觉。踏里裂,蹬破了被里。⑥床头二句:雨脚,指雨水漏落在地上。如麻,形容屋漏处较多,滴水像麻一样多。⑦自经二句:何由彻,如何等到天明。彻,完结。⑧安得二句:广厦,高大的房屋。庇,庇护,遮蔽。寒士,贫穷的读书人。⑨何时二句:突兀,形容广厦高耸的样子。

❖ 译诗 ❖

八月里天空高阔狂风怒号,
卷走我屋上的三重茅草。
乱草飘飞过锦江洒落在江郊,
高飞的系结在高离的树梢,
低飘的随风旋转沉于塘坳。
南村那群顽童欺我年老没力气,
怎能忍心面对面地偷我茅草?
他们公然抱着茅草跑入竹林去,

我舌干口燥又追呼不得，
只好独个儿倚在门前哀叹牢骚。
一会儿狂风停息黑云密布，
迷蒙的天色越加昏黑不明。
多年的破被像铁一样又硬又冷，
孩子不愿睡卧把被里蹬得七零八落。
床头屋漏没有一个干的地方，
滴水像麻丝不断地落在屋中。
自从经历丧乱我很少睡眠，
这漏雨长夜何时等到天明？
假如能得到高楼大厦千万间，
保护天下的寒士都喜笑开颜。
风雨吹不动那屋顶安稳如泰山。
啊——
何时眼前才出现高楼大屋，
到那时即使我的草堂倒塌，
我就是被冻死也心满意足。

❖ 解析 ❖

这首七言乐府是一首写实诗，大约作于上元二年(761)流寓成都草堂时。自乾元二年(759)杜甫放弃华州司功参军这个小官，西行经秦州、同谷入成都。在成都浣花溪营建了草堂，这才刚刚有一个安定的居处，这个环境对诗人来说确实是一个莫大的宽慰。但天公不作美，新房建造不久，一阵秋风秋雨破坏了他的茅屋，无情的天灾使他陷入极度困苦的境地，然而诗人身处此境却不只顾及自己的危难，他所忧虑地是那些天下寒士如何都免除困苦。

全诗以排陈笔法开篇，先点明节候和风势，点出茅屋为秋风所吹破，为下文展开做铺陈。风号，卷茅，茅飞，挂罥，飘转，以连续性的动态描写，写出风狂屋破茅飞的画面。接下中间以叙事的手法形象刻画群童抱茅而去，诗人倚杖叹息的无可奈何的神态。接着又进一层描写屋破漏雨，寒冷凄凉，诗人不得入睡，坐待天明的情景，这中间加入"布衾多年冷似铁，娇儿恶卧踏里裂"两句，写风狂屋破，又插写娇儿恶卧，从家中生活的细节上，极写诗人生活的艰辛，语带悲愤。"自经丧乱"二句对个人生活情境做一总述，将个人生活与国家时局的艰辛做总括的统一的描写，由个人之长夜难耐蝉联而及国家时局之长夜难彻,为从个人转入家国之忧的关纽。诗的结尾以浪漫主义的联想做收,推开自家,向大处收结,希望眼前有万千广厦,给天下寒士解脱困难,只要天下人免除痛苦,诗人就是"受冻死亦足"。一笔兜转,由己及人,由个人的苦乐想及天下人的苦乐,由个人的安危想及国家之安危。表达了诗人关心国家前途以及与广大贫寒之士共命运的深厚感情,抒发了诗人的伟大的爱国主义和人道主义精神。

全诗从个人的茅飞屋破,生活的艰辛困苦,转而由己及人。兼及国危时艰,从对个人的命运悲叹转到天下人的欢颜,构成奇警多变,沉雄壮伟的诗歌风格。

不 见①

不见李生久,佯(yáng 洋)狂真可哀②。世人皆欲杀,吾意独怜才③。敏捷诗千首,飘零酒一杯④。匡山读书处,头白好归来⑤。

❖ 注释 ❖

①原注:近无李白消息。②不见二句:不见李生久,李杜二人相别在天宝四载(745)秋,别后再未得相见,到乾元二年(759)写此诗时已十五年之久了。李生,指李白。佯狂,假装狂放。哀,爱、怜。③世人二句:世人,指有权势的上层人物。④敏捷二句:敏捷,指李白才思敏捷。飘零,指李白遭遇不幸。⑤匡山二句:匡山,即庐山,亦称匡庐,李白入永王幕府前曾在此山隐居。此两句祝愿李白平安回到庐山书堂。

❖ 译诗 ❖

不见李白竟是这样长久,
他装作狂人可真是悲哀。
权贵大官都想把他杀掉,
只有我却爱惜他的天才。
他的才思敏捷写诗千首,
可他一生飘零浊酒一杯。
庐山的读书处现还存在,
年老头白祝你早日归来。

❖ 解析 ❖

李白因永王李璘事于757年二月被捕入浔阳狱中,成为统治阶级内部斗争的牺牲品,最后远流夜郎。杜甫得知这个消息以后,对李白的不幸遭遇表示极大关切。他以诚挚的感情和深沉的敬意,写《梦李白》二首,《天末怀李白》等诗抒发深情,他说:"死别已吞声,生别常恻恻,江南瘴疠地,逐客无消息。"又说:"文章憎命达,魑魅喜人过。"表达他对李白的深沉友情,同时对统治阶级上层集团迫害李白的罪行进行了强烈的谴责。

这首诗的前二联,开篇点题,直抒长久不见的思念之情,对李白佯狂的傲岸精神给予歌颂,同时于歌颂中又悲其不幸,愤其遭贬。以"世皆欲杀""吾独怜才"的鲜明对比,揭示了李白身处乱世,独立不迁的精神,表达作者对李白的崇敬心情。三联一赞其绝世才华,一哀其飘零遭际,"白也诗无敌,飘然思不群",但是这样一位天才诗人,却一生飘零,"冠盖满京华,斯人独憔悴",这怎不令人悲愤。最后以祝愿的口气,希望李白早日归来,回到庐山读书堂,表达了杜甫对好友的深沉的思念之情。

全诗柔肠百转,情真意切。

闻官军收河南河北

剑外忽传收蓟北,初闻涕泪满衣裳①。却看妻子愁何在,漫卷诗书喜欲狂②。白日放歌须纵酒,青春作伴好还乡。即从巴峡穿巫峡,便下襄阳向洛阳。

❖ 注释 ❖

①剑外二句:剑外,剑阁以南,即指蜀中,其地在今四川境内,唐朝置剑南道,治在成都市。蓟北,指唐朝的幽、蓟二州一带,其地在今河北省北部,是安史叛军的根据地。②却看二句:却看,回头看。漫卷,随意收卷。③白日二句:放歌,纵情唱歌。纵酒,尽情饮酒。青春,指春天。④即从二句:即,即刻。巴峡,指长江流经四川境内的峡谷。这一带古属巴郡,故称巴峡。巫峡,长江三峡最长的峡谷,在今四川省巫山县东与湖北省交界处。洛阳,杜甫原注有"余田园在东京",东京即洛阳,杜甫称洛阳为故乡。襄阳,即今湖北省襄阳市。杜甫祖父曾从襄阳迁至巩县。

❖ 译诗 ❖

剑外忽然传来收复蓟北的消息,
刚刚听说我涕泪横流沾湿衣裳。
回头看妻子儿女的愁容又何在?
我顺手卷起诗书欢喜得像发狂。
面对着晴空放声高歌痛快饮酒,
趁着明媚春光我将结伴回故乡。
我要立即从那巴峡急穿过巫峡,
马上顺流而下转过襄阳向洛阳。

❖ 解析 ❖

广德元年(763)正月,史思明的儿子史朝义兵败逃到范阳,范阳守将李怀仙杀史朝义,安史旧部纷纷投降官军。河南、河北相继收复,历时八年的安史叛乱终告结束。此时杜甫正寓居梓州,听到这个喜讯,他喜出望外,惊喜若狂,诗中集中地表达了作者无限欣喜的感情。

全诗开篇以"忽传喜讯""初闻涕泪横流"的极为形象的自我情态刻画,反映了诗人当时那种惊喜交加的激动心情。"忽传"直逼出惊喜之极的情态,长期战乱,长期流亡,远处剑阁之外,而一当收复蓟北的消息忽然传到,不觉惊喜至极,直至喜极而泣了,以悲写乐,以反振的笔势写出惊喜之情。接着颔联进一层描写他惊定后的狂喜情态,先用一问句,写出妻子,儿女的皆大欢喜之情,以烘托作者的"狂喜",继而转笔写自己漫卷诗书,手舞足蹈的情态,表达了诗人饱经忧患后猛听收复失地和彻底平息安史叛乱胜利喜讯时的热烈感情。三句由自己之喜转到妻子之喜,以"却看""愁何在",正见妻子平日愁云满面,今日,从诗人的泪眼中看不到妻子之愁,极写全家人之喜。"漫卷诗书",正见平日唯以诗书相伴,借书摆脱痛苦和愁绪,今日忽闻捷报,平日不离手的诗书也随手抛开,以"喜欲狂"总束,极写诗人喜悦之神态。

诗的后二联以虚拟实,着力描写作者在欢喜时的想象中的情景,就"喜欲狂"做铺写:他要放声高歌,开怀畅饮,了却他多年历经丧乱的抑郁愁苦,庆贺官军取得的重大胜利。接着写胜利后还乡的愿望,"好还乡"趁此大好时光,即刻启程,快快结束多年流离颠沛的苦难生活。诗人把"白日""青春"这些客观景物和自己的主观感情统一起来,熔铸自己感情于想象的客观事物之中,进一层抒发了无限喜悦的感情。尾联以希望快速返回洛阳做结,用"即从""穿""便下""向"等传神的字眼,一气流注;以喜悦跳动的旋律,把感情升华到高潮,淋漓尽致地抒发十分快意的心情。

这首诗尽管抒写的是诗人的个人感受,但它却广泛、深刻地概括了那个时代的广大人民对"安史之乱"的痛恨和对和平生活的热烈追求,表现了诗人与人民大众息息相关的真实感情。

这首诗以鲜明的形象,生动地表现了抽象的感情。全篇善于运用传神而连贯的副词和动词,形成情感奔放、语言轻快的特色。前人评说:"此诗之'忽传''初闻''却看''漫卷''即从''便下',于仓促间写出欲歌欲悲之状,使人千载如见。"(仇兆鳌《杜少陵集详注》转引顾震语)

旅 夜 书 怀

细草微风岸,危樯独夜舟①。星垂平野阔,月涌大江流。
名岂文章著,官应老病休。飘零何所似,天地一沙鸥②。

❖ 注释 ❖

①细草二句:危樯,高高的桅杆。②飘零二句:飘零,一作飘飘,漂泊。沙鸥,鸟名,此以沙鸥自况。

❖ 译诗 ❖

微风吹拂着江岸的嫩草,
岸边有一叶高桅的孤舟。
星光低垂在天边的原野,
明月涌荡着江水向东流。
名望岂能因文章而彰著,
做官却因为老病而罢休。
我这飘零的生活何所似?
就像天地间的一只沙鸥。

❖ 解析 ❖

这首五言律诗是杜甫于永泰元年(765)五月从渝州(今重庆)去忠州(今

四川忠县)的旅途中所写。广德二年(764)六月,杜甫受严武推荐做了节度参谋、检校工部员外郎,赐绯鱼袋,在严武府中供职。永泰元年四月严武病逝,五月杜甫携带全家离蜀东去,再度漂泊。

  诗中通过旅途月夜景色的描写,抒发了诗人漂泊生活孤独凄凉的苦闷心情。诗的前四句就眼前景色做形象描写。开篇两句以细笔写近景,岸上细草在微风中吹拂,高高的船樯耸立在夜空中,微风阵阵,孤舟独系,寂静与孤独笼罩着一切,而"月夜孤舟"正形象地揭示了诗人浪游漂泊的孤清处境。第二联写远景,大笔勾勒,伸向天际的平野连接布满繁星的长空,长江的滚滚东流的江面上,涌出一轮明月,以"星垂"烘托平野的广阔,以"月涌"形容大江的东流,写星垂、月涌。是以细腻写阔大,在辽阔的景色描写中反衬诗人的孤独,景中见情,景与情合。诗的后四句笔势急转,直抒情怀。诗人以极度愤慨之情,正话反说,高声喊出:"声名岂能因文章而彰著,官职却因老病而罢休"。说"岂",写其功业无成,政治理想不得实现的愤慨;说"应",实因论事而罢官,却偏说"老病休",正见诗人满腔悲愤。"岂""应"二字是全诗的关键字眼,上下关联,构成跌宕,不可等闲视之。尾联触景而情发,即景以自况,运用形象的比喻收结全诗,以天地间无所依存的一只沙鸥自况,并与第一联的"孤舟"遥相呼应,把流离生活的孤独感受抒发的淋漓尽致。

  这首诗律细笔深,细腻含蓄。

  美国学者刘若愚曾说:"首联把宇宙的时间观念和个人的时间观念并列在一起,但是两者之间的联系是通过'独'字的战略性的位置而建立起来的:从逻辑上说,'独'字修饰句中的最后一个字'舟';但是在句法上,它又好像修饰紧接着它的'夜'字。这样,孤舟既没有失去作为诗人之孤独形象的作用,同时又成了'夜,在空间上的关联物,夜也被想象为与诗人一样的孤寂。颔联只采取了宇宙的时间观念:大自然的面貌可能是亘古如斯,诗人没有从任何个人的角度去观察它。我们会偶然地注意到诗人是如何在这一联的每一句中先描述一种现象然后再揭示其原因的:星低似垂,因为原野如此辽阔;月光如涌,因为它在江中。这种因和果的倒置产生了惊冬的效果,在两句中连用四个动词又使形象带有能动的特性。在颈联中,诗人转向个人的时间观念,悲叹他在获取功名方面的失败。然而在尾联中,由于他把个人的生命放在宇宙的背景上来观察,所以他能够在失望中做自我安慰,并觉得自己像一只在天地之间翱翔的沙鸥一样地自由,这个空间形象奇妙地把个人的时间观念和宇宙的时间观念联系起来了。有些批评家在尾联中只看到了绝望,但是我认为这个结尾表达了宽慰而不是绝望,鸥鸟应该被看作是自由的形象,而不是孤独的形象。"(引自《中国诗歌中的时间、空间和自我》《古代文学理论研究》第四辑)这段分析文字角度新颖,见解独特,录下供参考。

宿江边阁[①]

暝色延山径,高斋次水门[②]。薄云岩际宿,孤月浪中翻[③]。
鹳鹤追飞静,豺狼得食喧[④]。不眠忧战伐,无力正乾坤[⑤]。

❖ 注释 ❖

①江边阁:亦称西阁、草阁,杜甫居夔州城内时的寓所。②暝色二句:暝色,黄昏的天色。延,绵延,展开。高斋,高大的楼阁。次,依次,靠近。③薄云二句:岩际,山石之间。宿,止。浪中翻,形容明月倒映在江水中,浪花翻滚,月光随之上下沉浮。④鹳鹤二句:鹳,鹤,水鸟名,栖于江河湖边,捕鱼虾为食。得食喧,指豺狼互相争夺食物时号叫喧闹。⑤不眠二句:战伐,战乱。正乾坤,整治时局;乾坤,天地。

❖ 译诗 ❖

茫茫的暮色把幽静的山路弥漫,
高高的楼阁排列在江口的岸边。
层层的烟云在山岩的中间凝聚,
长江中的孤月随波涛起落滚翻。
鹳鹤在云天里已经停止了追逐,
山间的豺狼争夺食物大声嚣喧。
时局战乱令人忧愁而不能夜寐,
我无能为力不能把这乱世扭转。

❖ 解析 ❖

这首五言律诗是一首伤时抒情诗。作于大历元年(766)夏初自云安移居夔州(今四川奉节)时。永泰元年(765)夏天,杜甫离开成都经泸州、渝州到云安养病,恰在此时蜀中发生了一场军阀之间的混战,于是他不得不拖着病弱的身体从云安移居夔州,暂时寓居在城内的"西阁"。杜甫亲眼看到蜀中军阀混战。国势日趋衰败,自己年老多病,家无定居,生活无着,心情极其悲愤沉郁。这首诗通过江阁夜色的描绘和丰富的想象,反映了诗人孤苦无依的苦闷,表达了忧国忧民的深情。

　　诗的前二联以凄清惨淡的笔调,生动形象地描画了诗人眼前的黄昏景色,暝色起愁,触绪纷来,这是寓情于景,借景托情。诗人运用白描手法,描写山、阁、云、月的情状和色调。黄昏时分,暮色伸近山间、水阁,暮霭沉沉,山间望去,浮云停留在山头。江水之中,孤月随浪花翻涌。诗以暝色、薄云、高斋、孤月等具有特征性的自然景物,烘托诗人长期遭受流亡转徙之后沉郁、凄凉、孤独、悲苦的心情。诗的后二联从眼前实景出发,运用比喻手法,以"鹳鹤追飞""豺狼夺食",暗示军阀互相争夺的残暴战争,最后以忧患时局艰辛,彻夜不眠无力整顿乾坤收结,强烈地抒发了忧国忧民之深情。诗从黄昏暝色写起,薄云、孤月,写初夜景色,鹳鹤静飞,豺狼争食,写夜深景色,结以不眠之忧,写竟夜不眠,刻画了一个爱国诗人的抒情形象。

　　全篇雄健沉郁,情景交融。

咏怀古迹[①]

五首选一

群山万壑赴荆门,生长明妃尚有村[②]。一去紫台连朔漠,独留青冢向黄昏[③]。画图省识春风面,环佩空归夜月魂[④]。千载琵琶作胡语,分明怨恨曲中论[⑤]。

❖ 注释 ❖

　　①咏怀古迹是一组组诗,共五首,借历史古迹以咏怀,这是第三首。②群山二句:荆门,即荆门山,在今湖北省宜都市。明妃,即王昭君,汉元帝时宫人,公元前33年受朝廷命嫁于匈奴呼韩邪单于。西晋时避司马昭讳改称明君,又称明妃。荆门山附近的归州有昭君村。《一统志》:"昭君村,在荆州府归州东北四十里"。归州,故治所在今湖北省秭归县。③一去二句:紫台,指帝王的宫殿。朔漠,北方的沙漠。青冢,即昭君墓,在今内蒙古呼和浩特市南。《太平寰宇记》:"其上草色常青,故曰青冢。"据传说塞外草白,独王昭君墓上草色青青。④画图二句:画图,事见《西京杂记》,汉元帝命画工画宫女容貌,按画面美者召幸,于是宫女多贿赂画工,唯独昭君不贿,结果昭君被画的很丑。因此不被召幸。后来匈奴入朝求和亲,元帝嫁昭君于呼韩邪单

子,临行时元帝见她容貌很美,但已后悔莫及了。省识,察看。春风面,指妇女美丽的容貌。环佩,指妇女佩带的玉环等饰物。借指王昭君。⑤千载二句:胡语,指少数民族的乐曲。曲中论,在乐曲中表现怨恨之情。《琴操》:"昭君在匈奴恨帝始不见遇,乃作怨思之歌,后人名为《昭君怨》。"

❖ 译诗 ❖

千嶂山万迭壑蜿蜒驰骤赴荆门,
荆门山中还留有王昭君的山村。
一经离开汉宫去到北方的荒漠,
孤单地留下青青坟墓面对黄昏。
依靠画图怎能真正认识春风面,
环珮叮当夜月下是昭君的归魂。
千年来琵琶声里传出了昭君怨,
千年的怨恨只在这乐曲中评论。

❖ 解析 ❖

　　这首七律是大历元年(766)杜甫寓居夔州时所写。当时杜甫贫病交加,心情极其寂寞苦闷,诗人有感于国家沧桑的变化以及个人数十年的艰苦遭遇,思绪万千,百感交集,他把自己对社会的认识和生活感受,借咏怀古迹表达出来,抒发了自己漂泊无定,报国无路的悲慨胸怀。诗中通过揭露汉元帝昏庸无能,不察下情而致使有德行、容貌俊丽的王昭君流落胡地,死葬异乡的悲剧事件,曲折反映封建统治者,尤其是唐朝统治者对有才能之士的冷遇与排挤。

　　诗的开头两句以雄浑的笔势,形象地描绘了"群山万壑"奔赴荆门,山川钟秀,万物景仰,以瞻慕古人,突出昭君。而"尚有村",点人亡宅在,遗址留存,为下文做准备。第二联以大开大合的笔法,写昭君受命远嫁,死后葬于荒漠的凄凉命运,抒发作者对王昭君的深切同情。"一去"七字,真所谓"叙及入宫,又叙及出塞,只七字说尽";生离汉邦,死葬异地,骨虽朽而冢犹青,情系故国,心念家乡。说"一去",说"独留",一出深宫,竟死塞外,以虚笔写实事,极深沉地表达了昭君的无限哀怨之情。诗人在这里超越时空局限,把明妃的村庄和她在朔漠的青冢做了古与今的内在统一反映。第三联承上做隔句相对,揭示造成昭君悲剧命运的原因,批判了汉元帝"画图省识"的昏庸作法,并以"魂夜空归"点明昭君遗恨之深。"画图省识"一句是以反诘句意讽刺统治者,画图方得识面,可见后宫多少才人被埋没,皇帝之昏庸腐朽可知。画图何能确知人貌,只能为画工所欺,画图一句写出昭君生前之失宠;环佩空归,写死后之遗恨未偿。说"空归",说"夜魂",抱恨绝域,心怀家国,写得极凄婉感人。尾联以琵琶奏出的"千载胡语"的昭君怨曲做结。"千载""胡语""分明""怨恨",由含蓄转激烈,概括了古今才人志士不得志的无限悲慨,收结得慷慨悲歌。

全诗借昭君之遗恨写志士之失意,身世之感,家国之思,尽在诗中,含蓄而深沉。

秋 兴①

八首选一

玉露凋伤枫树林,巫山巫峡气萧森②。江间波浪兼天涌,塞上风云接地阴③。丛菊两开他日泪,孤舟一系(jì 记)故园心④。寒衣处处催刀尺,白帝城高急暮砧(zhēn 针)⑤。

❖ 注释 ❖

①秋兴组诗共八首,这是第一首。②玉露二句:玉露,即秋霜。巫峡,指巫山临长江的峡谷,长江从巫山中间流过,绵延达一百六十余里,巫峡在今四川省巫山县境内。③江间二句:塞上风云,指巫山上的风云。④丛菊二句:丛菊两开,指菊花开过两次,杜甫于永泰元年(765)夏离开成都,秋居云安,次年秋又稽留夔州,故云"丛菊两开"。故园,故乡,此指洛阳和长安。⑤寒衣二句:刀尺,剪刀和尺子。急暮砧,黄昏暮色中急促地在石砧上捣衣。砧,捣衣石。

❖ 译诗 ❖

秋霜凋伤了红叶的枫林,
巫山巫峡一派气象萧森。
长江的波浪滔滔连天涌,
边塞上的风云接地阴沉。
两次菊花开流淌他日泪,

孤舟联结着一颗故园心。
赶制寒衣处处催动刀尺,
黄昏传来急促捣衣声音。

❖ 解析 ❖

  这首七律写于大历元年(766)秋,时杜甫正寓居夔州。杜甫自从乾元二年(759)入蜀到此时已整整七年,这期间安史之乱虽然被平息下去,但国内军阀混战的局面已经形成,而边塞少数民族的侵扰战争也频频不止,国家的政治局势愈来愈不稳定。杜甫对李唐王朝江河日下的趋势比较有清醒的认识,在这七年的漂泊生活中,他饱尝了流离之苦,因此对社会现实生活的认识也就更为深刻。这首诗以秋色起兴,通过对自然景物的描绘,抒发了诗人深沉的感情,概括地表达了他漂泊思归的感慨和忧国伤时的复杂思想感情。

  前四句以雄浑的笔势,深沉的情调,形象地描述了巫山,江水萧瑟阴森、江涛奔流的壮观气象。诗人借景寄情,借对夔州巫峡山水景色的描画,表达作者对国家动荡,每况愈下的社会现实的深深忧虑之情。开篇,写枫林经秋,是玉露凋伤的结果,于写景中带出悲秋之情;凋伤二字连用,极写秋意正浓。接以"气萧森"描述巫山巫峡的秋色,波浪在地而说接天;风云在天,而说接地,烘托出阴沉萧森、动荡不安的环境气氛,令人感到秋色秋声扑面而来,引起忧国思乡的抑郁情怀。第二联承上以隔句对法写巫峡滔天波浪,巫山接地风云,诗人抓住巫山巫峡的自然景物富有个性的特征,通过形象概括,把国势的动荡,时局的变幻,个人的漂泊一齐融汇进去,情因景显,景因情深,言简意深,细致而概括。

  后四句承上文集中写漂泊思归。就眼所见的"丛菊两开",亲身所乘的"孤舟一系",亲耳听到的"刀尺急砧",触景伤情,引发出怀念故园的情思。"丛菊两开"是指自己两载羁栖,两见菊花,诗从眼前丛菊联系到故园,说"一系",是停系不前,是牵系不忘;说"他日泪",是从眼前推开,寄希望于将来。"他日""一系",身在巫山夔府,心已高飞故园;而怀念故园之心又为急暮砧声所催,说"催",说"急",是主观情感的客观移入,下有波浪兼天,上有风云接地,中有凋伤枫林,秋景浓,秋意深,一派秋气萧森,而自晓露至暮砧,自夔州至长安,景为萧森,情为悲愤,起伏回环,回肠荡气,沉郁雄深,诗人的家国之思,飘零之感表达得淋漓尽致。"故人何寂寞,今我独凄凉,老去才难尽,秋来兴甚长。"这是杜甫在乾元二年写的诗句,《秋兴八首》也是"秋来兴甚长"的感秋之作。这组诗以磅礴飞动的气势;雄浑深厚的感情,精工严整的诗律,成为杜甫的七律代表作。

登 高

风急天高猿啸哀,渚青沙白鸟飞回①。无边落木萧萧下,不尽长江滚滚来②。万里悲秋常作客,百年多病独登台③。艰难苦恨繁霜鬓,潦倒新停浊酒杯④。

❖ 注释 ❖

①风急二句:渚,江中的小洲。回,盘旋。②无边二句:萧萧,形容落叶的声音。下,落。③万里二句:万里,指离家万里。常作客,常年旅行在外。百年,指老年。④艰难二句:指愁恨很深。繁霜鬓,形容白发繁多。停,停酒,戒酒。

❖ 译诗 ❖

  天高风急山上猿声啼叫的悲哀,
  青水白沙洲上鸟儿高下飞回。
  无边的山林飒飒地飘飞落叶,
  望不尽头的长江滚滚地流下来。
  漂泊万里又逢深秋我常年作客,
  拖着年老的病体我独自登台。
  一生的艰难苦恨增加了双鬓白发,
  穷愁潦倒因病我又新近停下浊酒杯。

❖ 解析 ❖

  这首诗作于大历二年(767)秋。当时杜甫卧病夔州(四川奉节县),他正患肺病、风痹等病,眼睛也已昏花,耳朵也有些聋,他曾说:"右臂偏枯耳半聋"。这个时期他的处境十分困难,生活上的艰苦,身体上的病痛,时局的艰难,给诗人造成很大的精神压力。这首诗就是杜甫勉强支撑着病体,怀着漂泊生涯的痛苦心情,登临江边高处,触景抒怀之作。
  诗的首联抓住具有特色的景物,以形象的声色描写,概括了登高远眺中的长江两岸:天高风急、猿声悲哀、江渚清白、飞鸟徘徊的暮秋景色。诗一开篇作者就寄主观感情于客观景色之中,全用名词词组组合,借对眼前景物描写构成鲜明的艺术画面,透出诗人凄凉、悲哀的愁绪。接着颔联进一层描状山景水色,以萧萧落木写出无边落木的声势,进一层点染夔山暮秋;以滚滚江流,写出江涛滚滚迎面而来的气势,生动地隐喻诗人内心的思潮滚滚,显示出漫天卷动的飞动气势,抒发阔大而悲壮的胸怀。诗的后两联笔势一转,写登高感触之情,颈联就目前的处境,形象地概括了一生的遭际,直抒时逢悲秋,常年万里漂泊,年老多病,孤独无依的悲哀心情,诗以一句三层,层层递进的句式写出万里作客悲秋和百年病中独登的特殊感受,写得深沉而激愤。关于这一联宋人罗大经《鹤林玉露》评说:"万里,地辽远也;悲秋,时凄惨也,作客,羁旅也;常作客,久旅也;百年,暮齿也;多病,衰病也,台,高回处也;独登台,无亲朋也,十四字之间,含有八意,而对偶又极精确。"尾联承上两句意以甚恨两鬓皆白,切感穷途潦倒收结,把诗人倍感人生艰难之情抒发的淋漓尽致。

艰难指时局之艰难,身世之艰难,处境之艰难,又当衰老多病的身体,本拟以酒浇愁,却因病不能喝酒,更增悲痛,结句深沉浊重,写悲愤不已的感情,结得深沉瘦劲而神韵飞扬。

上四句以实字写景,下四句以虚字摹神,注意字句的组合,音韵的安排,八句皆对,律对精工,感情深沉,流畅自然,构成全诗组合的、美和音响的美的高度艺术成就。前人曾评此诗为"古今七言律第一"。

登 岳 阳 楼①

昔闻洞庭水,今上岳阳楼。吴楚东南坼,乾坤日夜浮②。
亲朋无一字,老病有孤舟③。戎马关山北,凭轩涕泗流④。

❖ 注释 ❖

①岳阳楼,在今湖南省岳阳城西,相传为三国时吴国大将鲁肃在洞庭湖训练水军的阅兵台,唐开元四年(716)中书令张说谪守岳州,在西门修建楼阁,初名南楼,后称岳阳楼。②吴楚二句:吴楚,指古代吴、楚地区,包括今江苏、浙江、安徽、江西、湖北、湖南等地。坼,分裂。乾坤,指天地。日夜浮,《水经注·湘水》:"洞庭湖水广圆五百余里,日月若出没其中。"③亲朋二句:无一字,指不通音讯,没有书信来往。④戎马二句:戎马,兵马,此指战争。按大历三年(768),郭子仪将兵五万屯奉天(今陕西乾县),备吐蕃,白元光、李抱玉各出兵击之,诗即指此事。关山,在今宁夏回族自治区境内,大关山

为六盘山的高峰。凭轩,依靠着栏杆。

❖ 译诗 ❖

从前只听说洞庭水辽阔,
今日才登上这岳阳城楼。
壮阔的湖水截断了吴楚,
天地日月像在湖面上沉浮。
一家乡亲朋没带给一封书信,
陪同我老病身体只有一叶孤舟。
想官军在关山北正与敌军激战,
站在岳阳楼上我止不住热泪涌流。

❖ 解析 ❖

　　这首五律写于大历三年(768)冬。这年春天杜甫离开夔州,辗转于江陵、公安、岳州(岳阳)、衡州(衡阳)一带,这首诗是他漫游到岳阳,第一次登上岳阳楼,面对着烟波浩渺的洞庭湖水,产生万千感慨。诗中包含着诗人对壮丽山河的热情歌唱;对个人穷途潦倒生活的深沉慨叹;对终生壮志未酬的激愤与哀怨;对祖国多灾多难现实的忧愁与焦虑。

　　开头两句以叙述口气,把诗人初登岳阳楼的景仰兴奋之情抒发的畅快淋漓,其初次登临的喜悦之情态历历在目。"昔闻""今上",写早昔曾听说洞庭湖水辽阔,岳阳楼阁壮观,故产生渴望登临一眺,以饱眼福之念,而"今日"得以登临览胜,饱赏洞庭湖的水光山色,如愿以偿,心情极快。二联以凝练的语言,极夸张的手法,以大笔勾勒,集中概括了洞庭湖的典型特色,把洞庭湖汪洋万顷,横断吴楚,日月天地如浮其上的壮阔宏伟气势,异常生动地描写出来。吴在湖之东,楚在湖之南,湖坼于吴楚之间,一个"东南坼"的动态描写,写出洞庭湖地域之广阔;洞庭湖波涛万顷,天水相连,汹涌动荡,包蕴宇宙,吞吐日月,好像偌大的天地飘浮在浩渺的湖水之上,一个"日夜浮"的形象勾画,写出了洞庭湖沉浮天地,吞吐日月的宏伟气魄,景色开阔,诗句精警而浑成。诗的后两联由写景而引发出抒情,作者以"亲朋无一字,老病有孤舟",极写只身漂泊、穷愁潦倒、孤独无依的苍凉处境。"无一字",写音书断绝,故乡邈邈;"有孤舟",写孤舟相伴,形只影单,情调凄凉悲痛。三联与二联的笔调大相径庭,一为极阔大,极富生气,一为极萧索、极落寞,构成文情之跌宕,诗正是使用以阔大衬孤寂的手法,突出诗的主题。结尾两句转进一层,由个人的不幸遭际,联想到万方多难的社会现实,由小天地转入大天地,由个人的悲伤转向"戎马关山"的家国之痛,反映了作者忧国忧民的深情。并以"凭轩涕流"之情态与开篇的"今上岳阳楼"所见的壮阔气魄构成照应之势,表现了一位伟大爱国主义诗人的深沉而广阔的胸怀。

全诗沉郁苍凉,顿挫跌宕,境界雄伟宏阔,感情深沉。

《苕溪渔隐丛话前集》卷九引《西清诗话》:"洞庭天下壮观,自昔骚人墨客,题之者众矣,如'水涵天影阔,山拔地势高''四顾疑无地,中流忽有山''鸟飞应畏堕,帆远却如闲',皆见称于世。然未若孟浩然'气蒸云梦泽,波撼岳阳城',则洞庭空旷无际,气象雄张,如在目前。至读子美诗,则又不然,'吴楚东南坼,乾坤日夜浮',不知少陵胸中吞几云梦也?"这种比较评论对于把握这首诗启发颇深。

江南逢李龟年[①]

岐王宅里寻常见,崔九堂前几度闻[②]。
正是江南好风景,落花时节又逢君。

❖ **注释** ❖

[①]江南,此指潭州(今湖南长沙)。李龟年,开元天宝时的著名歌唱家。《明皇杂录》卷下:"唐开元中,乐工李龟年、彭年、鹤年兄弟三人,皆有才学盛名。彭年善舞,鹤年、龟年能歌……其后龟年流落江南,每遇良辰胜赏,为人歌数阕,座中闻之,莫不掩泣罢酒,财杜甫尝赠诗。"[②]岐王二句:岐王,李范,睿宗四子,唐玄宗的弟弟,他刻苦好学,喜爱有学问的人。崔九,原诗注:"崔九即殿中监崔涤,中书令崔湜三弟。"《旧唐书·崔仁师传》:"湜弟涤,多辩智,善谐谑,素与唐玄宗款密……用为秘书监(掌管机密文书),出入禁中。"

❖ **译诗** ❖

从前在岐王府邸经常见您尊容,
也曾在崔九堂前听过您的歌声。
而今这江南正是一派大好风景,
不料在这落花时节又与您相逢。

❖ 解析 ❖

　　大历五年(770),杜甫在岳州、衡州、潭州一带漂泊漫游,当他经过潭州(今长沙市)的时候,恰逢著名歌手李龟年也正在长沙。老友相识,引起作者对往事的回忆。他想起青年时在洛阳岐王府第和崔九堂前听李龟年唱歌的情形。现在的相逢和当年的听歌,这中间经历了四十多年的时间。唐朝由开元天宝盛世,经安史之乱一蹶不振,国家发生了天翻地覆的变化,而诗人和歌手同样也都有很大变化,他们都共同沦为流落江南的游客。诗人想到此一时、彼一时的情景,感慨万分,写下这首感情深沉,委婉含蓄的诗篇,抒发他的忧国深情。

　　诗的前两句回忆当年岐王宅邸和崔九堂前歌舞欢乐的情景,是追念旧事,"寻常见""几度闻",昔日寻常、几度,今日却难得相见,更不再得听到美妙的歌声,语带今不如昔的慨叹,表达了作者对开元盛世的留恋与感慨。后两句写现实,是感今,借写"江南美景",流露作者对国家由盛而衰的感叹心情。江南,相见之地,落花时节,见面之时,今日的"好风景",正当时之好风景,写其风景之不殊,而人事已非,当年开元天宝之盛世再也不会重现了,今日沦落他乡异地;旧人相逢,真是感慨万千。这种丰富的感情内容,诗人却以"正是""又"这些平常字面表现出来。这些虚字,紧扣前二句,今日之正是,正是前日正是,今日逢君,又是四十年前之逢君,多少今昔盛衰之感,抚今追昔之悲,全在这朴实含蓄、回环跌宕中做了极深沉又极平常的表现,写得言尽意不尽。

　　这首诗深入浅出,以委婉含蓄见长,朴质无华而感情沉痛,曾有"少陵七绝此为压卷"之说。

刘长卿

刘长卿(约726—约786),字文房,祖籍河间(河北河间),故居在洛阳一带。性情刚直,肃宗乾元元年(758)因事由苏州长洲尉被贬为潘州南巴尉;大历年间,又因吴仲孺的诬害,由淮西鄂岳转运留后贬为睦州司马。曾官随州刺史。

他的诗反映社会现实的重大问题的作品不多,有一些反映战乱的诗,更多的是写宦游的诗。他的诗长于写景,讲究声韵对偶,语言凝练,以五言律诗为人所称道。有《刘随州集》。

送王端公入秦赴上都①

旧国无家访,临岐亦羡归②。途经百战后,客过二陵稀③。
秋草通征骑,寒城背落晖。行当蒙顾问,吴楚岁频饥④。

❖ 注释 ❖

①送王端公入秦赴上都:王端公,生平不详。秦,今甘肃陕西一带。上都,京都,指长安,唐王朝的都,代宗时称之为上都。②旧国二句:旧国,即旧都,指长安京城。临岐,相送到岔路口互相分别。③途经二句:二陵,崤山有南陵夏后皋之墓,北陵文王之墓,崤山在今河南洛宁县北,西北接陕县界,东接渑池县界。④行当二句:吴楚,指今江苏、浙江、湖北、湖南一带,这里泛指江南地区。

❖ 译诗 ❖

长安旧都没有亲友可拜访,
送别到路口又羡慕回京都。
一路经过了百战后的废墟,
路过南北二陵客人更稀疏。

征骑从荒草道路奔驰而过，
荒凉城背后一抹落日余晖。
临行时蒙你特地关怀照顾，
近年来吴楚一带饿殍满路。

❖ 解析 ❖

这是一首送别诗。

友人王端公入秦赴长安，引起作者无限感慨。诗歌劈头就提出"旧国无家访，临岐亦羡归"，长安旧都经过长期战乱，已无家可访——正由于友人去长安，引出作者对长安现实的慨叹，但在送别之时也希望和友人一起回到长安去；虽已无家可访，仍羡慕友人回到长安去，正说明作者对旧都长安的深厚感情和他想归而不得的矛盾心情。写得深细，说得哀婉。二联、三联写一路上所见。这是代人设想，是虚写。途经百战，路断人稀，经过二陵，道多秋草，寒城惟见落日余晖，几笔写来，一片战后的劫余景象，满目荒凉，心情凄惨。笔虽虚而景则实，虚中见实，别情真挚，并暗透家国之悲。最后以"行当蒙顾问"，转入眼前的离别，切望友人，关心南方严重灾荒，揭出"吴楚岁频饥"的严酷现实。北方战乱的破坏，南方连年饥饿，唐王朝已陷入严重的政治经济危机之中，这正是诗人所最关心的事。也正由于这一点，所以全诗灌注着作者的深深的哀伤之情。

全诗虚实结合，在别情中饱含着关心国家和人民的命运的深沉感情。

张 继

张继(生卒年不详),字懿孙,南阳(河南南阳)人。天宝十二载(753)进士,尝佐镇戎军幕府。大历(唐代宗李豫年号 766—779)间,检校祠部员外郎,分掌财赋于洪州。"继博览有识,好谈论,知治体,亦尝领郡,辄有政声。诗情爽激,多金玉音。盖其累代词伯,积袭弓裘,其于为文,不雕不饰,丰姿清迥,有道者风。"(《唐才子传》)《全唐诗》录存其诗一卷。

枫桥夜泊①

月落乌啼霜满天,江枫渔火对愁眠②。
姑苏城外寒山寺,夜半钟声到客船③。

❖ 注释 ❖

①枫桥夜泊,一作夜泊枫江,枫桥,在苏州城西,《清统志》:"江苏苏州府:枫桥在阊阖门外西九里。宋周遵道《豹饮纪谈》:旧作封桥,后因唐张继诗相承作枫,今天平寺藏经多唐人事,背有封桥常住字。"《野客丛书》:"杜牧之诗!'长州茂苑草萧萧,暮烟秋雨过枫桥',近时孙尚书仲益,尤侍郎延之作《枫桥修造记》与《枫桥植枫记》,皆引唐人张继、张祜诗为证,以谓枫桥之名著天下者,由二公之诗,而不及牧之。牧与祜正同时也。"据此知枫桥为当时通称。②月落二句:江枫,江边火红的枫树。渔火,渔船打鱼时吸引鱼群的照明灯火。对,陪伴着。③姑苏二句:姑苏城,即苏州,苏州西南有姑苏山,所以苏州又称姑苏城。寒山寺,在苏州城西。《清统志》:"苏州府:寒山寺在吴县西十里枫桥,相传寒山、拾得尝止此,故名,内有寒山、拾得二像。"

❖ 译诗 ❖

月儿向西落下,
天边刚刚放晓,
乌鸦哇哇啼叫,

满天满地霜早。
江边枫叶红艳,
渔船灯火照耀;
游子忧愁寂寞,
对此不眠一宵。
苏州城外旷野,
半夜寂静萧条;
寒山寺里钟声,
凄凉哀怨单调;
钟声钻进客船,
更增愁苦寂寥。

❖ 解析 ❖

这首诗写羁旅愁情。

诗从晓起眼前景写起,然后追叙一夜不眠的情景。首句以"月落""乌啼""霜满天"的三种事物组合,构成一幅凄凉萧条的秋晓图,勾画了环境气氛,为下边写游子的羁旅愁情做了氛围上的艺术准备。二句转入对昨夜的追叙描述,江岸枫叶飒飒,江上渔船灯火,引起游子的无限乡愁,说"对愁眠",是说面对此情此景,只有无限的忧思愁情陪伴我这一夜了。三句由江上近景宕开。转向远处城外的寒山寺,夜半死眠,忧愁至晓,故而感到钟声响得太早,怨它太早。夜半本极静寂,而客子心情本极忧愁,突然幽怨凄婉的寺钟响了起来,从远处传到客船,传向宇宙!使客子烦忧的心情更增添了愁苦和寂寥,也像这钟声一样,这羁旅愁情布满了大地。以钟响衬寂寥,增添了寂寥的浓度和游子愁思的深度。

戎 昱

　　戎昱,生卒年不详。大约生活在开、天至贞元年间,荆南(湖北江陵)人,少年时经历安史之乱,上元(760—761)中曾在长安,大历(766—779)初入江陵荆南节度使幕,大历四年(769)来湖南投潭州刺史、湖南都团练观察使崔瓘,这年四月,湖南兵马使臧玠为乱,戎昱流离在湖南各地,大历十一年(766)至桂州(广西)。德宗李适建中四年(783)为辰州(湖南沅陵)刺史,后又为虔州(江西赣州)刺史。

　　戎昱诗多取材于现实,对当时的社会现实做了比较广泛而深刻的反映。诗歌风格苍凉沉郁。《全唐诗》录其诗一卷。

桂 州 腊 夜[①]

　　坐到三更尽,归仍万里赊(shē)奢[②]。雪声偏傍竹,寒梦不离家[③]。
　　晓角分残漏,孤灯落碎花[④]。二年随骠(piào 漂)骑,辛苦向天涯[⑤]。

❖ 注释 ❖

　　①桂州腊夜:桂州,州治在今广西桂林。腊,即蜡。古代年终的祭祀,主要是祭农神以福祐丰收,在每年的十二月里举行,故也称十二月为腊月。腊夜,举行腊祭的夜晚。戎昱曾两次随军至桂州,作诗怀念家乡。②坐到二句:归,归家的日期。赊,遥远。③雪声二句:这两句写在三更之后似睡似醒的朦胧状态。④晓角二句:晓角,清晨的号角声。分,划分。残漏,即残夜,漏壶是古代计时的器具,深夜将晓,漏壶中的水即将滴残,标志天色将明。花,灯花,落碎花,写长夜不能入睡,心情烦躁,不断剥落灯花。⑤二年二句:骠骑,骠骑将军,汉武帝时,霍去病曾为骠骑将军,唐时骠骑大将军是武官最高的职位,这里借指自己的军中主帅。

❖ **译诗** ❖

一个人孤苦伶仃,
坐守到半夜三更;
回归故乡的日期,
仍然如万里茫茫。
清雪偏落在竹林,
传过来飒飒风声;
寒冷冬天的夜晚,
梦里离不开家中。
深夜里漏水将尽,
画角声中天朦胧。
长夜难耐不能眠,
挑尽碎花一孤灯。
两年来跟随主将,
征讨厮杀在边庭,
辛苦备尝身劳瘁,
跑遍了海角天穹。

❖ **解析** ❖

这是一首年终夜晚征人思念家乡的诗。

年终岁暮,坐到三更,离家万里,归期渺茫,把凄凉孤苦之状、思家心切之情突现在人们面前。况且又听到窗外清雪偏偏落在竹林上,传来阵阵飒飒声响,给人以寂寞凄凉的感受,给人以心烦意乱的感受。在寒冷的冬夜,不断地梦到自己的家乡,梦见自己的亲人。说"偏傍竹",写其心烦意乱,孤寂难耐;说"不离家",写其思家心切而至于梦。雪声偏竹,梦断家乡,一醒一睡,一想一梦,似醒似梦,把作者寂寞的处境,烦乱的情绪,怀念家乡亲人的心情逼真地揭示出来。长夜不眠,独守孤灯,剥落灯花,静听残漏,愁闻晓角,处处都是愁苦,处处都增乡思,把作者思念家乡的深情写足。这两句诗中一个"分"字,一个"落"字。细致地描画出长夜难耐,孤灯盼晓的悲苦心境。结联以二年骠骑,辛苦天涯收束,把长期戍守边疆的老战士的痛苦的处境和矛盾的心情揭示出来,从而突出了诗的主题思想,即对长期戍守的厌恶,对家乡亲人的深刻怀念之情。

全诗语言凝练,对偶工整,感情深沉,风格苍凉沉郁。

韦应物

韦应物(737—约792),京兆万年(陕西西安)人,玄宗时为侍卫(三卫),后应举,历官滁州、江州、苏州等地刺史,后称韦苏州。

他出身于一个富有文学修养的家庭,又亲身接触了一些社会现实,他的诗较广泛地反映了当时的社会现实,在一定程度上揭示了社会的动乱、黑暗和腐朽,表现了一定程度的同情人民的思想。他写的这类诗在他全部诗歌中所占比例不大,他的诗更多的是写闲适生活的。韦应物的诗具有独特的艺术特征和艺术风格。他善于用朴素平淡的语言,以情景交融和白描手法,表现一种秀丽清朗的艺术特色和高远清淡的风格。

辛文房在《唐才子传》中评论说:"诗律自沈宋之下,日益靡漫,锼章刻句,揣合浮切,音韵婉谐,属对藻密,而闲雅平淡之气不存矣。独应物驰骤建安以还,各有风韵,自成一家之体,清深雅丽,虽诗人之盛,亦罕其伦,甚为时论所右,而风情不能自已。"

著有《韦苏州集》十卷。

滁州西涧①

独怜幽草涧边生,上有黄鹂深树鸣②。
春潮带雨晚来急,野渡无人舟自横。

❖ 注释 ❖

①滁州西涧:唐德宗建中二年(785),韦应物出任滁州刺史,滁州,唐属淮南道,州治在今安徽滁县。两山夹水叫涧,滁州州城,群山环绕,西涧在城西门外。②独怜二句:独怜,特另喜爱,偏爱。幽草,幽深茂密的草。幽,一作芳。生,一作行。黄鹂,黄莺。树,一作处。

❖ 译诗 ❖

特别喜爱长在涧边的芳草,
林中深处有黄莺呢喃啼鸣,
春天潮水因夜雨来得特急,
渡口无人小船在水上漂横。

❖ 解析 ❖

这是一首写景诗。

诗以"独怜"贯穿全诗,描写他对优美而孤寂的景物、境界的喜爱。作者只用几笔就在我们眼前勾勒出一幅充满生气的风景画面:涧边生长着茂密的芳草香花,涧边树上有黄莺啼叫,春天本是涨潮的时候,由于昨夜大雨,涧中潮水来得更急,时近傍晚,刚下过雨,渡口荒寂,无人求渡,小船在潮水中独自颠簸,横在渡口。

在这幅风景画中,刻画了优美的景物,渲染了平淡自然的气氛,表现了作者闲适恬淡的情趣。即景成篇,语言简朴,风格秀朗,艺术性较高。

采 玉 行

官府征白丁,言采蓝溪玉①。
绝岭夜无家,深榛雨中宿②。
独妇饷粮还,哀哀舍南哭③。

❖ 注释 ❖

①官府二句:征,征发,征调。白丁,平民百姓,唐代地主官僚享有免除租税和徭役的特权,平民百姓的租税和徭役负担日益加重,尤其在安史乱后。韦应物生活的时代,租庸调法早已破坏,人民的赋役极为繁重。言,发语词。兰溪,在今陕西蓝田县蓝田山下,蓝田盛产玉石,即有名的蓝田玉。②绝岭二句:绝岭,高峻的山头。榛,山中榛棘丛,深榛,即深林。③独妇二句:独妇,指采玉人的妻子。饷粮,指送饭,送干粮。哀哀,深深悲痛的样子,一作田荒。

❖ 译诗 ❖

官府征调百姓，
采掘兰溪美玉，
高山夜晚无家，
大雨林中躲避。
妻子送饭归来，
哀伤向南哭泣。

❖ 解析 ❖

这是一首揭露封建徭役的诗。

诗歌劈头就点出"官府征白丁，言采兰溪玉"，指出封建统治阶级追求奢侈生活，征调人民去蓝田采玉，这就揭露了封建统治阶级贪求享乐而残酷压榨人民的反动罪行。"绝岭夜无家，深榛雨中宿"，作者具体地形象地描写采玉人的非人般的生活处境，他们白天被官府驱赶下到溪水中采掘玉石，夜晚却连个工棚都没有，只能露宿左高山顶上，要是遇到雨天，就只有钻进榛棘丛中躲避雨了。最后两句，从采玉人的处境转入对采玉人的妻子的描写，"独妇饷粮还，哀哀含南哭"，写饷粮妇的哀哀痛苦，揭示了采玉人的妻子的孤苦无依的悲惨处境。

封建官府征调采玉给这一家带来了天大的灾难。由此概括地反映了征调采玉给千千万万的家庭带来了无穷的祸害，这就是这首诗的典型意义。诗中表现了作者对封建统治者及封建徭役的憎恶，表达了对劳动人民的深厚的同情。

语言质朴，感情强烈，概括力强。

卢 纶

卢纶(739—799),字允言,河中蒲(山西永济市)人。安史乱起,客居鄱阳。大历初,以宰相元载的推荐,补阌乡尉,迁监察御史。建中初,为昭应县令。浑瑊任河中同陕虢行营副元帅时,辟为帅府判官,后官至检校户部郎中。他与吉中孚、韩翃、钱起、司空曙、苗发、崔峒、耿湋、夏侯审、李端皆以诗齐名,号大历十才子。

卢纶生当乱世,诗中较广泛地反映了社会现实和人民疾苦。其诗笔调深细而气势雄浑。有《卢户部诗集》。

塞 下 曲①

六首选二

林暗草惊风,将军夜引弓②。
平明寻白羽,没在石棱中③。

❖ 注释 ❖

①塞下曲:乐府诗题。②林暗二句:草惊风,是对将军追逐野兽时急驰斯过的情景的具体描绘。弓,拉弓射箭,夜引弓,指夜间射猎。③平明二句:平明,清晨。白羽,指箭杆上带羽毛的箭。没,箭镞嵌入石棱。棱,棱角,指最坚硬的地方,这里指石头缝。《史记·李将军列传》:"广出猎,见草中石,以为虎而射之,中石没羽。"(李广夜间出猎,深草中有块石头,误以为虎,一箭射它,箭镞没入石头。)

❖ 译诗 ❖

林间昏暗,
一阵强风把野草惊动,
夜间射猎。
往来奔驰引满了强弓。
清晨早起,

寻找昨夜射出的羽箭
支支雕翎，
已经嵌在山石的缝中。

月黑雁飞高，单于夜遁逃①。
欲将轻骑逐，大雪满弓刀②。

❖ 注释 ❖

①月黑二句：单于，匈奴称其部族酋长为单于，后用来代指北方少数民族的首领。②欲将二句：轻骑，轻装快速的骑兵。大雪满弓刀，形容雪极大，纷扬飘落在战士身上，刀箭上。

❖ 译诗 ❖

漆黑的夜晚大雁从高空中飞去，
单于趁着夜黑率部队突围逃离。
想要派遣轻骑兵前去追杀驱逐，
纷扬的大雪洒满弓刀落满征衣。

❖ 解析 ❖

卢纶的《塞下曲》共六首。诗题一作《和张仆射塞下曲》，写当时边疆军旅生活。

这里所选的第一首是原诗第二首。诗中借汉朝李广事歌赞边疆部队的将军的英武。诗歌劈头即从将军夜猎的情景上写起，昏暗的林中，突然到来一股强风，惊动了高高的野草，原来是将军夜猎，走马射箭带来的强风。这就对将军的英勇威势，从动态上做了先声夺人的描写。后两句对将军的英勇威势做了反衬和补充性描写，以平明寻箭，箭没石棱的生动、形象、具体的描写，反衬出将军的神勇，这里用汉将军李广之事做反衬，给人以联想，将军射猎的威武情势跃然纸上。

这首诗正是通过夜猎场面的具体描写，刻画了一个雄姿勃勃、英武盖世的将军形象，表现了边塞将士英勇斗争的精神。

选的第二首是原诗的第三首。诗中描写敌我双方激烈战斗，敌人逃遁，我方追杀的场面。月黑夜下，大雁惊飞，单于趁雪夜遁逃，边疆部队轻骑在漫天飞雪下追杀敌人。黑夜雁飞,这是因为单于遁逃而引起的,诗人只此粗粗一笔就勾勒出月黑之夜,经过一场激战,单于败逃,败兵的嘈杂声音惊飞起沉睡的大雁的紧张战斗气氛;接下二句写轻骑追逐,正逢漫天大雪的场景。"大雪满弓刀",笔势苍劲雄浑,极形象地描绘了雪夜征战的环境特点,这里既点明了严冬的节候特点交代了单于北逃的方向,同时,也写出了边疆战士艰苦奋战,努力杀敌,保家卫国的战斗豪情。

这两首诗都写得雄健豪放,气派雄浑。

顾　况

顾况(生卒年不详),字逋翁,苏州人,在仕途中一生不得志,因嘲讽权贵,贬饶州司户参军,晚年隐居茅山。自号"华阳真逸"。

顾况擅长古诗和乐府歌行,其《华阳集》中多古诗,绝句次之,他很少作律诗。其诗多反映现实社会的重大问题,形式长短错杂,活泼流畅,多用口语。皇甫湜为顾况诗集作序,说他"偏于逸歌长句,骏发踔厉,……非寻常所能及。"宋严羽《沧浪诗话》评论他的诗:"顾况诗多在元、白之上,稍有盛唐风骨处。"这些评论都恰当地指出了顾况诗歌创作的艺术特点与风格特色。

有《华阳集》三卷。

听角思归①

故园黄叶满青苔,梦后城头晓角哀②。
此夜断肠人不见,起行残月影徘徊。

❖ 注释 ❖

①听角思归:听到号角悲鸣触发了思念故乡的愁情。角,号角,军中吹器,如铜角、画角。《说文》:"角长五尺,形如竹筒,本细末大。"②故园二句:晓角,清晨号角。

❖ 译诗 ❖

梦中的家乡,
黄叶满园。
青苔遍地,
一片荒寥。
梦醒,清晓,
城头上画角悲号。
这一夜想念亲人,
却连梦也梦不着。

在晓风残月下,
伴随自己的身影,
在院中徘徊烦恼。

❖ 解析 ❖

这是一首客子思乡的诗。

诗从梦中回到故园写起,故园荒芜,黄叶满园,青苔铺路,暗示出故园荒废已久,客子离家时间之长。而归期未卜,日思夜想,形之于梦,梦中思念故园,更显示客子对家乡的深切思念。梦境不会长久,醒后,梦中的故园不见了,耳中只听到城头角声悲哀。角声本无所谓悲与乐,只是由于听者心中悲伤或快乐。角声悲哀,正是客子悲哀心情的曲折表达,并通过虚中有实的描写,揭示了作者遭贬失意之后怀念故乡的沉痛苦闷的心情。三句承上写梦醒之后的长夜难耐之情,日思梦想,醒后断肠,可是此处断肠人看不见故园的断肠人,故园的断肠人看不见此地的断肠人,语意双关,情思深沉;梦既不得,只有望月徘徊。说"起看",是就醒后仍卧未起而写其连续动作、连续心理活动;说"残月",正点其整夜相思;说"影徘徊",正点出孤独一人,在晓风残月之下,只有孤影相伴,对月徘徊了,从而把客子的凄凉孤寂的心境做了细致而形象的表达。梦故园黄叶,闻晓角悲哀,思归断肠,对影徘徊,苦闷彷徨,曲折深婉,语短情长,诗风沉郁。

孟　郊

　　孟郊(751—814),字东野,湖州武康(今浙江武康县)人。壮年时屡试不第,曾与僧皎然组织诗会,四十六岁时(贞元十二年公元796)始中进士,出任溧阳尉。元和初,郑余庆为河南尹,推荐他为水陆转运判官。元和九年(814)郑余庆又招他为兴元军参谋,行至阌乡,暴病而死,靠亲友帮助,葬于洛阳。

　　孟郊一生处于贫穷困苦和忧伤孤独的处境之中,所谓"拙于生计,一贫彻骨",又由于爱子屡夭,心境凄苦,这种饥寒贫病的生活,成为他的诗歌主要题材,同时他也对劳动人民的悲惨处境有较深的理解。

　　他和贾岛以"苦吟"著称,形成"郊寒岛瘦"的独特风格。他是韩愈文学主张的积极支持者,尚古拙,好奇险,于苦涩中见诗意,成为他的诗歌的基本的艺术特色。

征　妇　怨

二　首

一

　　良人昨日去,明月又不圆①。
　　别时各有泪,零落青楼前②。

❖ 注释 ❖

　　①良人二句:良人,古代妇女对丈夫的称呼。②别时二句:零落,泪落。青楼,指女人住的楼房。

❖ 译诗 ❖

　　　　丈夫出征去守边,
　　　　昨日离家去前线,
　　　　人走楼空多凄凉,
　　　　今夜明月又不圆。

生离死别真悲伤,
各自流泪痛肝肠,
真悲伤啊痛肝肠,
泪洒楼前大道上。

二

渔阳千里道,近如中门限①。
中门踰有时,渔阳常在眼②。

❖ 注释 ❖

①渔阳二句:渔阳,唐郡名,在今河北蓟县、平谷一带。中门,屋门。门限,门槛,限,门下横木,为内外之限。②中门二句:踰,跨越。

❖ 译诗 ❖

渔阳这个古老戍地,
离这虽有千里之远,
在我离人眼中看来,
就同近在房屋门槛。
离开家中跨出屋门,
虽然已经很长时间,
远隔千里渔阳戍地,
常常出现在我眼前。

❖ 解析 ❖

这是两首征妇思夫的诗。

第一首写征夫离家出征时难舍难分的情景;第二首写征妇对征人久戍不归的怀念之情。

第一首:思妇有感于今夜明月之不圆,想到昨天送夫出征,悲痛拜别时的难忘情景,月缺人别,似乎明月也懂得人们的心情,它以它的团圆和亏缺表达着人间的欢乐和痛苦,"明月又不圆",连无情无知的明月也知道人们离别的痛苦。征人已经远去,只留下离别时痛苦的记忆。以眼中之缺月写心中之离情,情缘景生,情景交融,感情深沉,情透纸背。

第二首:征夫远征渔阳,地隔千里,时间久远;人虽远隔,但心心相印,形远实近,远隔千里而近在中门。天涯咫尺,夫妇间的深情绝不是地域之隔所能冲淡的。虽说"近如中门",终究人远天涯,但只要我坚贞不渝,也一定是"渔阳常在眼",人远天涯近。渔阳、中门迭出,远近互换,心境两谐,在思念的虚境中出以实情,化虚为实,把思妇的真挚感情表达得含蓄而丰满。

  第一首情因景生,景与情汇;第二首虚实结合,淋漓尽致。这两首诗从一个侧面揭示了封建徭役给人民带来的痛苦,反映了广大妇女的悲苦命运和对封建徭役的控诉以及她们对美好生活的向往。

  这两首诗言简情深,手法高超。

李 贺

李贺(约791—约817),字长吉,昌谷(河南宜阳)人。他的家世属于唐皇室远支,但其父李晋肃官卑职小而且早死,家境没落,生活比较贫困。李贺只做过奉礼郎、协律郎一类的小官,在贫苦的境遇中度过短促的一生,死时仅二十七岁。

李贺是中唐时代著名的浪漫主义诗人,他的诗具有鲜明的政治倾向性,对当时社会的一些重大问题如宦官专横、藩镇割据、异族侵略以及统治阶级的迷信方术、奢侈享乐等做了深刻的反映,也写了一些反映劳动人民生活的诗。

李贺在诗歌创作上富于独创性。他的诗歌充满着丰富的想象力,构思奇特,色彩浓郁,巧妙地运用多种艺术手法,并且善于运用怪诞、奇瑰的材料和词汇,吸收了一些民间神话传说,造成一种华丽而又凄厉,奇特而又变幻莫测的艺术境界,鲜明有力地表达出他对中唐社会现实的愤慨、忧郁的感情,使他的作品具有积极浪漫主义的艺术特色和强烈的感人力量。

由于他的阶级局限和生活经历的限制,他的诗歌所反映的社会生活是狭隘的,流露着空虚伤感的消极情绪,表现出一种没有出路的悲哀,同时也表现出堆积辞藻典故,"理不胜辞"的形式主义倾向。

李贺诗歌创作在中唐文坛上形成一个新的文学流派,是我国文学史上一份重要遗产。我们应该认真研究李贺的诗歌创作,给以批判地总结。

老夫采玉歌①

采玉采玉须水碧,琢作步摇徒好色②。老夫饥寒龙为愁,蓝溪水气无清白③,夜雨冈头食榛子,杜鹃口血老夫泪④,蓝溪之水厌生人,身死千年恨溪水⑤。斜山柏风雨如啸,泉脚挂绳青袅袅⑥。村寒白屋念娇婴,古台石磴(dèng 凳)悬肠草⑦。

❖ 注释 ❖

①老夫采玉：开采玉石的老人。②采玉二句：水碧，碧玉名。琢，雕琢。步摇，贵族妇女的首饰，用金银丝盘成花枝，中嵌水碧，插在头发上，走路时随步摇动，增加美感，故称"步摇"。徒好色，只是使容貌美丽。好，美好；色，美色。③老夫二句：蓝溪，在今陕西省蓝田县蓝田山下，产玉，名蓝田玉。《太平寰宇记》"蓝田山在蓝田县西三十里，一名玉山，一名覆车山，灞水之源出此。"《三秦记》："有川方三十里，其水北流，出玉。"④夜雨二句：榛，榛子，榛树的果实，可食。杜鹃，鸟名，啼声悲切，口中流血。⑤兰溪二句：厌，厌恶，一说作餍，饱食。厌生人，与恨溪水对文。⑥斜山二句：斜山，陡峭的山脊。柏风，柏树林中的风雨。雨如啸，狂风暴雨像野兽在吼叫。泉脚，从山崖上流下的瀑水。挂绳，采玉工人身系绳索，从山上垂到溪水中，用以攀缘上下。袅袅，形容人攀绳索飘荡的样子。⑦村寒二句：白屋，简陋的房屋。娇婴，弱小的儿女。古台石磴，山上的石阶。悬肠草，蔓生植物，又名离别草，思子蔓。

❖ 译诗 ❖

采玉呀，采玉呀，
官家需要水碧，
把它雕琢成步摇，
为的是把女人打扮得更加美丽。
因为饥寒，
老人下水来采玉，
溪水搅得混浊，
没有一处安静清澈，
鱼龙也为此忧愁叹息。
夜中雨下，露宿山头，
吃榛子吃野果，
老人那辛酸的眼泪，
像是杜鹃口中吐出的血。
蓝溪水哟，多少人死在你的怀中，
似乎你已经憎厌活人，
可那死去的人呀，千年以后
还把蓝溪憎恨。

在陡峻的山坡上,
狂风暴雨在山林中呼啸,
山间采玉人攀登挂绳,
在风雨中摆荡晃摇。
深深怀念那
寒村破屋中儿女娇弱幼小,
古老的高山,千年的石阶,
山上生长着牵肠挂肚的悬肠草。

❖ 解析 ❖

  这首诗通过一位采玉老人的悲惨遭遇,愤怒地揭发与控诉了封建统治者对人民的残酷剥削与压榨、暴虐与残忍,表现了作者对人民的深切同情。

  作品劈头点出采玉是"琢作步摇徒好色",只不过是供雕琢贵族妇女的首饰之用,对统治者用人民的生命换取碧玉的罪恶行径做了尖锐的揭露。诗中连用两个"采玉"以加强语气,表现了劳动的频繁与艰辛。"须水碧""徒好色",以带有鲜明感情色彩的语言,揭示了唐统治者穷奢极欲的腐朽反动本质,反映了作者强烈的愤怒情绪。

  蓝田山峡险隘,涧险水深,采玉工人露宿冈头,披风冒雨,饥餐野果,在狂风暴雨中,身系长绳,垂下悬岩,潜入水底,冒着死亡的危险去采水碧。"蓝田之水厌生人,身死千年恨溪水",水厌活人,人恨溪水,化无情为有情,不写恨官吏而写恨溪水,正话反说,极为尖锐地表达了人民对封建暴政的愤怒感情,对封建制度和封建统治阶级做了有力的控诉。作者在这里通过"老夫饥寒龙为愁""夜雨冈头食榛子""杜鹃口血老夫泪""风雨如啸""泉脚挂绳"等一系列鲜明而具体的细节描写,成功地刻画了采玉老工人的生动逼真的艺术形象,形象地反映了采玉工人的苦难,揭示了唐代社会的本质方面。最后以"村寒白屋念娇婴,古台石磴悬肠草"做收结,描写采玉老人看到山上的悬肠草,睹物生感,触景生情,在死亡相继的生死关头,怎能不惦念娇婴,怀念亲人,从而极深刻地反映了采玉工人的悲惨处境和他们的极端愤怒的思想感情,这种饱含血与泪的描写,是对万恶的封建统治阶级的有力控诉。

  通过刻画鲜明的形象和勾勒具体的画面以揭示生活本质,是这首诗的突出艺术特点。

  韦应物有《采玉行》:"官府征白丁,言采兰溪玉,绝岭夜无家,深榛雨中宿,独妇饷粮还,哀哀舍南哭。"反映的内容与此诗相同,可相互参照。

官 街 鼓[①]

晓声隆隆催转日,暮声隆隆催月出[②]。汉城黄柳映新帘,柏陵飞燕埋香骨[③]。磓碎千年日长白,孝武秦皇听不得[④]。从君翠发芦花色,独共南山守中国[⑤]。几回天上葬神仙,漏声相将无断绝[⑥]。

❖ 注释 ❖

①官街鼓:《新唐书·百官志》:"左右金吾卫左右街使,掌分察六街徼(jiǎo 角)巡,……日暮,鼓八百声而门闭。……五更二点,鼓自内发,诸街鼓承振,坊市门皆启,鼓三千挝(zhuā 抓),辨色而止。"其制盖始于马周。《新唐书·马周传》:"先是,京师晨暮传呼以警众,后置鼓代之,俗曰'鼞鼞鼓'……皆周建白。"据此知李贺听长安街上的鼓声有感而作。②晓声二句:声,鼓声。隆隆,形容鼓声隆隆不断。③汉城二句:柏陵,唐朝皇帝的陵墓周围多种植柏树,所以叫柏陵。飞燕,赵飞燕,汉成帝的妃子,这里指宫女。④磓碎二句:日长白,白日,时光。⑤从君二句:翠发,翠黑的头发。南山,终南山,在陕西长安区南。⑥几回二句:漏,壶漏,古代计时器,漏声,即漏壶滴水的声音,此处指报时夜晚,清晨的时间声音。相将,相随。

❖ 译诗 ❖

清晨,
鼓声隆隆,
催促着太阳转动升腾,
日暮黄昏,
隆隆鼓声,
催促月儿东升。
汉家京城,
嫩柳映衬着新艳的窗帘、帷幕;
唐朝皇帝的陵墓,
埋葬着众多的宫女香骨。
在鼓声中,

送走了千年那么长的时光,
好神仙的汉武帝,
求长生的秦始皇,
却听不到官街鼓隆隆。
从你年轻时翠黑头发,
到老年白发像芦花,
人人都如此,
只有那官街鼓和终南山,
千百年来,共同守卫着中华。
天上的神仙死了多少次?
埋葬了多少回?
只有漏声伴送着鼓声,
永远没有断绝和误差。

❖ 解析 ❖

这是一首记事名篇,缘事而发的诗,作者感于长安街的鼓声,反映了他的现实感受。

日月循环,鼓声相继不绝,人世沧桑,而鼓声依旧,汉城黄柳新帘,柏陵飞燕香骨,都已成为历史;千年鼓声,碾碎长日,志在长生的秦皇汉武已不能长在听此鼓声。人人都要由少年变成老年,头发由翠黑变成芦花色,这是不可改变的自然法则,亘古不变的只有街鼓声与终南山了。就是天上的神仙也已死去多少回了,而漏声和鼓声"相将无断绝"的。

在这里作者借写官街鼓揭示了时间是无限的而人生是有限的这一矛盾。在这一不可解决的矛盾中,他批判了那些历史上追求长生的愚蠢行为,也嘲弄了所谓天上神仙,否定了神仙不死的谎话。讲古是为了论今,讲天上是为了人间,说过去是为了着眼于现在,批判秦皇汉武是借以指斥当今,连天上的神仙都死去多少回,那么人间的那些追求长生幻想成仙的人就更为可笑了。这就极强烈地表达了作者的批判现实的斗争精神。以鼓声作为中心线,上下联结,古今驰骋,指斥秦皇汉武,嘲笑天上神仙,纵横跌宕,宏博恣肆。

浪漫的夸张,雄奇的想象,尖锐的批判,精警的语言。构成了这首诗突出的艺术特色。

听颖师弹琴歌①

别浦云归桂花渚,蜀国弦中双凤语②。芙蓉叶落秋鸾离,越王夜起游天姥③。暗佩清臣敲水玉,渡海蛾眉牵白鹿④。谁看挟剑赴长桥,谁看浸发题春竹⑤?竺僧前立当吾门,梵宫真相眉棱尊⑥。古琴大轸(zhěn 诊)长八尺,峄(yì 义)阳老树非桐孙⑦。凉馆闻弦惊病客,药囊暂别龙须席⑧。请歌直请卿相歌,奉礼官卑复何益⑨?

❖ 注释 ❖

①听颖师弹琴,颖师,从此诗中可知他是一位来自天竺的名僧,懂音乐,善弹琴。韩愈也有《听颖师弹琴》一诗。②别浦二句:天河,这里指天空。桂花渚,月亮。蜀国弦,琴,因蜀(四川)地多出制琴的好材料,所以称琴为蜀国弦。双凤语,指鸾凤和鸣的美妙声音。③芙蓉二句:越姥,即天姥山,在今浙江省剡县南。④暗佩二句:清臣,指品行高洁的臣子。水玉,水晶石。⑤谁看二句:挟剑赴长桥,《初学记》:"祖台之《志怪》曰:'义兴郡(江苏宜兴县),溪渚长桥下,有苍蛟吞噉人。周处执剑桥侧,俟久之,遇其出,于是悬自桥上投下蛟背,而刺蛟数创,流血出溪,自郡渚至太湖勾浦乃死。"这里用这个典故形容琴声激促猛烈。浸发题春竹,《宣和书谱》:"张旭喜酒,叫呼狂走方落笔。一日酒醉,以发濡墨,作大字,既醒视之,自以为神,不可复得。"打这里用这个典故形容琴声纵横激荡。题春竹,在竹纸上写字。⑥竺僧二句:竺僧,天竺僧人,天竺,古印度。梵宫,佛教宫殿。眉棱,眉眼面目。尊,亲近的意思。⑦古琴二句:大轸长八尺,《陈氏乐书》:"古者造琴之法,其制长三尺六寸六分,象期之日也。"司马迁曰:"其长八尺一寸,正度也。"据此可知,三尺六寸六分为中琴之度;八尺一寸为大琴之度。此诗说长八尺则指大琴的长度。峄阳老树,《书·禹贡》:"峄阳孤桐。"蔡九峰注:"《地志》云,东海郡下邳县西有葛峄山,古文以为峄山。阳,山之南面。孤桐,特生之桐,其材中琴瑟。"桐孙,桐树的孙枝,孙枝,后生的旁枝。⑧凉馆二句:凉馆,养病的清凉屋舍。龙须席,龙须草,野生药草,可编席子。⑨请歌二句:请歌,请你作诗。益,好处,这里指赞扬。

❖ 译诗 ❖

天空里云净月明,
琴弦奏出鸾凤和鸣的美妙乐声;
琴声激楚凄切,
如同芙蓉叶儿凋落,
鸾凤离群哀鸣;
琴声缥缈高卓,
像越王夜间登临天姥峻岭。
琴声清越高洁,
如同贤臣暗中佩戴的玉石,
发出琳琅动听的声音。
琴声悠扬浩荡,
像仙女骑白鹿游戏在大海之中。
琴声激促猛烈,
像周处赴长桥斩蛟,
琴声纵横激荡,
像张旭醉写草书。
好像天竺僧人在我门前站,
梵天宫殿里的佛罗汉如在眼前。
古琴大轴八尺长,
用的是峄山南坡老桐树,
不要后生的嫩条杨。
在清舍中听到琴声,
受到振动,
为之赞赏惊叹,
大病也已痊愈,
离开药囊,
离开病榻龙须席上。
请人唱歌,
就请卿相来歌唱,
我是一个奉礼郎,
官卑职小,
怎样为颖师把身价增长,
又怎能使他受到赞扬?

❖ 解析 ❖

这是一首生动形象地描写颖师卓越的古琴演奏艺术的诗歌,可以和他的《李凭箜篌引》、韩愈的《听颖师弹琴》对照来读。

诗的前八句以形象化的比拟手法,形象而逼真地描写了琴音之美妙动听,弹奏技艺之出神入化。

在月明星稀、天朗气清的月夜里听颖师弹琴。琴音开始时低声叙述,如芙蓉叶落,音调凄切;继而如越王之登高山,缥缈空灵;又如清臣鸣佩,玉声叮咚;又如仙女渡海,神妙浩荡;突然琴音转入激促猛烈,像周处之长桥斩蛟;继而又转入纵横激荡,像张旭之醉写草书。作者这种多方面的比拟形容,细腻地刻画了颖师演奏的音乐形象,生动具体地描写了颖师演奏的高超琴艺。这使诗人倾倒,像是面对"梵官真相"。颖师的高超演奏所刻画的音乐艺术境界使诗人忘掉了病痛,霍然病愈,精神为之一爽。在这位高超的琴师面前,诗人感到自卑,也引起他的愤慨,他深深感到自己官卑职小,不能为颖师作诗以长声价。"请歌直请卿相歌",这是自谦之词。更是愤慨之语。真正能欣赏颖师出神入化的演奏技艺,深刻理解颖师的美妙动听的琴音的不是那些"卿相",不是脑满肠肥的高官显宦,而正是这些官卑职小的"奉礼郎"们。在这里,反映了作者对黑暗现实的深刻的批判和谴责。

诗中设想巧妙,比拟奇丽贴切,把不可捕捉的听觉形象诉诸视觉形象,具体、鲜明、生动地表现了李贺浪漫主义的又一突出特色。

雁门太守行[①]

黑云压城城欲摧,甲光向日金鳞开[②]。角声满天秋色里,塞上燕脂凝夜紫[③]。半卷红旗临易水,霜重鼓寒声不起[④]。报君黄金台上意,提携玉龙为君死[⑤]。

❖ 注释 ❖

[①]雁门太守行:乐府《相和歌·瑟调》三十八曲之一,古辞是歌颂东汉和帝时洛阳令王涣的政绩,南北朝时梁简文帝,开始用这个乐府旧题表现边城征战的内容。[②]黑云二句:日,一作月。甲光,战士身上铠甲的寒光。[③]角声二句:角,军中画角。燕脂凝夜紫,旧注说是"秦筑长城,土色紫,故曰紫塞。"按应作暮色讲。上二句言浓云笼罩,忽然天晴露出日光。这二句写塞上晚霞的美景,晚霞满天,暮色苍茫,塞上一片燕脂紫色。燕脂,即胭脂。[④]

半卷二句：易水，在今河北易县。声不起，打不响，起，振起，指天冷霜浓，鼓声低咽。⑤报君二句：黄金台，故址在今河北易县东南，战国时燕昭王所筑，昭王置千金于台上，以示不惜重金招揽人才。玉龙，指宝剑。

❖ 译诗 ❖

黑云浓重，
低垂在城头上，
像似要把城池压塌摧毁；
阳光透过阴云，
照耀着战士的铠甲，
像鱼鳞一样闪耀着五光十色的异彩。
满目秋色，
军中的角声充满秋天的高空，
落日黄昏，
边疆日暮一片胭脂颜色。
轻兵夜进，
红旗半卷，
军临易水岸边；
双方短兵相接，
秋霜浓重，
夜气寒冷，
战鼓声音低咽。
报答君王对我的恩遇，
手提宝剑，
誓死去与敌人拼搏！

❖ 解析 ❖

这是一首描写激烈战斗，英勇杀敌，誓死报国的诗。

"黑云压城"，这是借自然景象，形象地描绘出敌兵压境，军情危急的态势，一派紧张、沉重、压抑的环境气氛。"甲光向日"，与首句相对。前写敌兵围城，大兵压境，而此句则写我方将士甲光赫耀，士气高昂的情景。浓云开处，我方将士整队出征，奋勇杀敌，日光与将士的甲胄相辉映，金光闪烁，有似金鳞展耀。上句写黑云,这句以金鳞相对,一反一正,不仅构成奇丽的彩色,而且形象地展现了将士的昂扬的精神风貌。二联接以"角声满天""燕脂夜紫",从出征转入描写景色,满目秋色,号角声充满天空,黄昏日落,边疆一片晚霞,红得发紫,满目是凄清的秋色,满天是雄浑呜咽的角声,晚霞满天,一片胭脂紫色好像凝固在夜空之中。诗人以强烈的声响和浓艳的色调勾画了一幅接战前夕特有的肃杀、紧张、沉重的氛围,为下面的战斗场面做环境气氛的渲染。三联写战斗,红旗半卷,连夜急驰,易水岸边接敌,清晨霜重,鼓声低咽,战斗激烈残酷。诗并未正面写战斗场面,却以"半卷""霜重""鼓咽",做多层侧面描写与气氛点染,展示了拂晓战斗的场面,描绘了将士们长途奔袭、轻兵夜进,冒寒死战的战斗精神和一往无前的英雄气概。最后以慷慨赴难,誓死杀敌,报答君王做结,表现了广大将士爱国忠君、视死如归的可贵品质,表现了诗人对爱国战士的赞颂之情。

全诗色彩浓烈,气氛肃杀,感情高昂,语言瑰丽,形成一种独特的浪漫的艺术风格。

南　园①

选　二

男儿何不带吴钩,收取关山五十州②？
请君暂上凌烟阁,若个书生万户侯③？

❖ 注释 ❖

①南园:李贺家住河南福昌(今河南宜阳县)的昌谷,其地有南北二园,南园是李贺读书之处。《南园》组诗共十三首,其中多为景物诗和杂感诗。②男儿二句:吴钩,刀名,刀稍弯曲,出产于吴地(今江苏南部一带)。关山五十州,指当时藩镇割据控制的黄河南北地区。《资治通鉴·唐纪五十四》载,宪宗元和七年(812),宰相李绛上书说:"今法令所不能制者,河南、北五十余州。"李贺此诗正指此五十余州之事。③请君二句:凌烟阁,唐朝的殿阁名,唐太宗贞观十七年(643),在阁上画开国功臣二十四人图像,表彰他们的功绩。《大唐新语》:"贞观十七年,太宗图画太原倡义及秦府功臣赵公长孙无忌、河间王孝恭、蔡公杜如晦、郑公魏征、梁公房元龄、申公高士廉、鄂公尉迟敬德、郧公张亮、陈公侯君集、卢公程知节、永兴公虞世南、渝公刘政会、莒公

唐俭、英公李勣、胡公秦叔宝等二十四人于凌烟阁,太宗亲为之赞,褚遂良题阁,阎立本画。"若个,哪个。万户侯,食邑万户的侯爵,泛指很高的爵位。

❖ 译诗 ❖

堂堂的男子汉,
为何不带上吴钩宝剑;
该是为国出力的时候,
为收复藩镇割据的关山五十州而战!
请你去看看,
凌烟阁上画的那些功臣好汉,
那一个是文面书生,
得万户侯爵大名书在金匾?

❖ 解析 ❖

唐宪宗时藩镇割据已成定势,中央权力大为削弱,严重地破坏了当时国家的统一,给社会生产和社会生活造成极大的危害,阶级矛盾和统治阶级内部矛盾更为尖锐,国家政治经济危机极为严重。面对这种局面,作者渴望弃笔从戎,幻想驰骋疆场,为反对分裂割据,恢复国家的统一而贡献力量。这首诗反映了这种思想感情。

这是《南园》组诗中的第五首。诗以问起,以问结。"男儿何不带吴钩",以"何不"问起,是说应该"带吴钩",正因应该早带,自己却没有早带而后悔自责。第二句写之所以要"带吴钩"的目的,是为了"收取关山五十州",是为国家的统一,是出于对国家命运的关心负责。这一问,问得激动、急切,把诗人以国家统一为己任的高贵品质和强烈的爱国主义精神充分地表达出来。第三句转入凌烟阁,提出建功立业的问题,最后以"若个书生万户侯"做结,这是自问,也是向人们提问,叫人们从历史上总结出一个规律,那就是历史上有几个书生建功封侯!书生不得建功封侯,只有弃文学武,投笔从戎,为"收取关山五十州"而建功立业。这样,作者在以问起,以问结,突出地表现了他的关心国家命运,为国家统一而建功封侯的急切心情和强烈的爱国精神。

李贺的这种建功封侯思想是与维护国家的统一、反对分裂割据结合在一起的,是爱国主义思想的一个组成部分,应该给予历史的肯定。

全诗语言明快,风格豪放,形象鲜明。

寻章摘句老雕虫,晓月当帘挂玉弓①。
不见年年辽海上,文章何处哭秋风②。

❖ 注释 ❖

①寻章二句:寻章摘句,指作文的谋篇琢句,讲究辞藻等形式上的功夫。雕虫,指小技巧,这里指吟诗作赋之事,扬雄《法言·吾子》:"童子雕虫篆刻,壮夫不为也。"玉弓,下弦的残月有如弓形。②不见二句:辽海,辽东渤海湾一带。哭秋风,指楚宋玉的长诗《九辩》,诗以"悲哉秋之为气也"开篇,悲叹秋季万物凋落,抒发他政治失意的悲伤。

❖ 译诗 ❖

昼夜不停地摘句寻章,
花费了精力和时光,
功夫用在雕虫小技上;
通宵苦读,
月光照着珠帘,
残月如弯弓悬挂在西天上。
难道你没有看见,
年年都在战争,
辽东渤海大摆战场;
尽管你文才如宋玉,
又有什么地方需要,
如宋玉悲秋一样的好文章?

❖ 解析 ❖

这首诗是《南园》组诗的第六首。

在严重的政治危机和封建统治者的昏聩无能的统治之下,诗人深深感到章句误人,书生无用,并对这种雕虫生活表示了极大的轻蔑和愤慨。他一方面感到怀才不遇,另一方面也感到当前时局急需武备而不需要那些无病呻吟的文章。在李贺生活的时代里,虽有才如宋玉,能赋悲秋,也不得重用,这是令人愤慨的;但更重要的是国家危难,边疆战事紧急,而摇落悲秋,无补于国家,应痛下决心,投笔从戎,奔赴边疆,为维护国家的独立而建功立业,从而表达了诗人关心国家命运的深切之情。

全诗因事生感,因景生情,言短意长,曲折深细,感情深沉。

梦 天①

老兔寒蟾泣天色,云楼半开壁斜白②。玉轮轧露湿团光,鸾佩相逢桂香陌③。黄尘清水三山下,更变千年如走马④。遥望齐州九点烟,一泓海水杯中泻⑤。

❖ 注释 ❖

①梦天:梦游天上月宫。②老兔二句:兔、蟾,代指月。《太平御览》卷九〇九引《典略》:"兔者,明月之精。"又卷九四九引张衡《灵宪》:"羿请不死之药于西王母,姮娥窃之以奔月。遂托身于月,是为蟾蜍。"蟾蜍,蛤蟆的一种。民间把月中的黑影叫兔或蟾(蜍)。泣天色,月光幽冷凄清,如同兔和蟾蜍在哭泣。云楼,层云。半开,云层缝隙。壁斜白,月光斜照下来一片雪白。③玉轮二句:玉轮,即指月轮。轧,辗,指月轮转动。团光,满轮月。鸾佩,雕着鸾凤的玉佩。佩,古人衣服上装饰品。桂香陌,古代神话传说月中有桂树,这里指月中桂子飘香的大路上。陌,路。以上四句写梦入月宫的情景。④黄尘二句:黄尘,指陆地;清水,指海洋。三山,古代传说海上有三神山,叫蓬莱、方丈、瀛洲。三山下,指人世间。如走马,形容像奔马一般飞速。⑤遥望二句:齐州,中州,中国。一泓水,一汪水,泓,水深而清的样子。以上四句写从天上俯瞰人世间。

❖ 译诗 ❖

秋月初升,
月光幽冷凄清,
好像老兔寒蟾在啼泣;
层云半开,
月光斜照,
一片雪白幽静。
秋露沾湿月亮,

月光湿润柔和放着光芒,
佩带鸾佩的仙女,
相会在桂子飘香的大路上。
人世间瞬息万变,
时而沧海变陆地,
有时桑田变成海洋;
天上,千年只是一瞬,犹如奔马,
人世间却已历尽沧桑。
从天上遥望,
中国大地像九点烟尘,
大海万顷的碧波,
也只像泻在杯中的清水一汪。

❖ 解析 ❖

  这首诗描写了梦游月宫的浪漫幻想的境界。诗的前四句写了梦入月宫的情景:月光幽冷凄清,蟾蜍哭泣,层云半开,月光如水;夜深露重,桂子飘香;仙女相逢,鸾佩叮当。作者以夸张的幻想的笔调形象而逼真地描绘了天上月宫奇丽美妙的境界。首二句写月之初起的景色;接下二句写月正当空的情景:月儿团圆,周围蒙上一圈水气,显出湿润柔和的清光,夜深人静,月中仙子身着鸾佩,畅游在桂子飘香的大道上。想象逼真而奇特,虚虚实实,令人眼花缭乱。诗的后四句,写从天上俯视人间的情景;人世之间,沧海桑田,千年只是一瞬;遥望九州,天下何其窄小! 反映出诗人幻想太虚境界,而轻视人间的思想。

  太虚可游,仙人可遇,这正是借梦天以反映作者对现实的不满足,希望找到理想的境界。而人世之间,沧海桑田,千年一瞬;九州只是九点烟尘,浩瀚的大海只像一杯清水,世界何等狭窄。而诗人的胸怀却包容宇宙,广大无边。这里没有悲观厌世,只有对黑暗现实的愤慨。诗人幻想在天上月宫,而理想却扎根在人间现实,他的浪漫的幻想结合现实的愿望显得极为瑰丽、雄奇、动人。

苦 昼 短[①]

飞光飞光,劝尔一杯酒[②]。吾不识青天高,黄地厚,惟见月寒日暖,来煎人寿③。食熊则肥，食蛙则瘦④。神君何在，太一安有⑤？天东有若木，下置衔烛龙⑥。吾将斩龙足，嚼龙肉，使之朝不得迴，夜不得伏⑦。自然老者不死，少者不哭⑧。何为服黄金，吞香玉⑨？谁是任公子，云中骑白驴⑩？刘彻茂陵多滞骨，嬴政梓棺费鲍鱼⑪。

❖ 注释 ❖

①苦昼短，苦于生命的短促。昼，白天，这里指时间、生命。②飞光二句：飞光，飞逝的时光，这里指太阳。尔，你，指飞光。③吾不识四句：惟，只。月寒日暖，昼夜交替，寒来暑往，指日月不停地运行，时光不断地流逝。煎，煎熬，消磨。④食熊二句：熊，指熊掌，名贵食物，这里用来代指山珍海味。蛙，青蛙肉，代指粗劣食物。⑤神君二句：神君，主管生命的神。太一，神君中最尊贵的神。《史记·封禅书》："是时上求神君，……神君者，长陵女子，以子死。见神于先后宛若，宛若祠之其室，民多往祠。……寿宫神君最贵者太一，其佐曰大禁、司命之属。……"⑥天东二句。若木，一种神树，其花灿烂，光照大地。《山海经·大荒北经》："西北海外……大荒之中，有衡石山、九阴山、洞野之山，上有赤树，青叶，赤华，名曰若木。"郭璞注："生昆仑西附西极，其华光赤下照地。"衔烛龙，神龙啣烛以照明。《楚辞·天问》："日安不到，烛龙何照？"王逸注："天之西北有幽冥无日之国，有龙衔烛而留照之。"龙，指为太阳拉车的神龙。《初学记》引《淮南子·天文训》："爰止羲和，爰息六螭，是谓悬车。"注云："日乘车驾以六龙，羲和御之。"⑦吾将二句：朝，早晨，白天。迴，回转。⑧自然二句：这是承上句说太阳在天空中永远不落，这样就没有日月岁时，那么人也就没有衰老死亡的问题了。⑨何为二句：古人迷信以为吞吃黄金、白玉可以长生不死。葛洪《抱朴子》："经曰，服金者寿如金，服玉者寿如玉。"⑩谁是二句：任公子，传说是骑驴升天的仙人，其事无考。上句的"何为"和这句的"谁是"都是反诘之词，表达否定语气。⑪刘彻，汉武帝。茂陵，汉武帝陵墓。滞骨，遗骨。嬴政，秦始皇。梓棺，梓木棺材。鲍鱼，腐烂发臭的鱼。《史记·始皇本纪》："始皇崩于沙丘平台，……乃秘之，不发丧，棺载辒凉车中……会暑，上辒车臭，乃诏从官令车载一石鲍鱼，以乱其臭。"

❖ 译诗 ❖

太阳啊，你慢些走，
请你喝上一杯酒。

我不知道青天有多高，
大地有多厚，
只看到日月运行，
太阳出来温暖，
月亮出来凄寒，
消磨人的年寿。
吃熊掌这样的山珍海味。
自然肥胖，
吃青蛙这样粗劣的食物。
自然弱瘦。
神君在哪里，
太一神在哪里有？
太阳从东方升起，
神龙拉着太阳车奔跑不休。
我要斩断神龙的脚，
我要吃神龙的肉！
使它早晨不能回转，
夜里不得潜伏。
这样一来，
老年人自然可以不死，
少年人不会因时光飞逝而哭泣悲愁。
服什么黄金，
吞什么白玉？
哪里有什么任公子，
骑着白驴在天上走？
好神仙的汉武帝刘彻，
在茂陵埋葬着他的一把骨头；
求长生的秦始皇嬴政，
浪费鲍鱼掩盖他的尸体发臭！

❖ **解析** ❖

  这首诗通过对时光的流逝，人生的短暂所产生的感慨，抒发作者的现实感受。

诗的前六句为一段,写作者和时光对话。作者苦昼短就是苦于时间的短暂,苦于生命的短暂。因此他面对"飞光",明确指出"吾不识青天高,黄地厚,唯见月寒日暖,来煎人寿。"天有多高,地有多厚,这且不去管它,人们所关心的是时光流逝,生命短暂。这就把作者那种珍惜有限的生命,不靠天,不求神,靠人力去斗争,去创造事业的思想做了明白的表达。接下十六句以反复论辩诘难的形式尖锐地指出神仙纯是虚妄,而求长生不死更属骗人鬼话。在这里作者以浪漫主义的夸张笔调,表达了他对神仙、长生等观念的批判和否定,反映了他的鲜明的唯物主义战斗精神。他指出有生就有死,不论是"食熊"者,还是"食蛙"的人,都同样要死亡的。世上根本没有什么长生永在的"神君""太一"。他幻想自己捉住传说中拉着太阳行走的驾车的神龙,"斩龙足,嚼龙肉,使之朝不得回,夜不得伏",这样就会使太阳永远停留在天的正中,时光就不飞逝了,就可以解决了死亡问题,实现"老者不死,少者不哭"的境界。如果能够这样,那还服什么黄金,吞什么白玉?哪里还有什么任公子一流人物?这是通过浪漫的幻想,表达了他对虚妄的神仙、长生不老等传统观念的批判精神。最后由对传统观念的批判转入对现实的批判。秦始皇嬴政和汉武帝刘彻,他们费尽心机追求神仙,乞求长生不死,到头来终究不免一死。在这里,作者以借古讽今的手法,借对嬴政、刘彻虚妄愚蠢行为的讽刺揭露,有力地鞭挞了作者所生活的那个时代的当权统治者唐宪宗好神仙、求长生的愚昧和虚妄,表达了作者强烈的批判现实的战斗精神和朴素的唯物主义思想。

全诗以珍惜时光开始,以批判好神仙求长生的虚妄行为做结,中间杂以神话传说和浪漫的幻想,贯穿着借古讽今、批判现实的斗争精神。

现实与幻想结合,驰骋想象,一切神话传说都为诗人驱使;句式自由活泼,多用散句,构成浪漫的疏荡的自由的艺术风格。

柳宗元

　　柳宗元(773—819),字子厚,河东(山西永济市)人。出身于没落的官僚地主家庭。王伾、王叔文执政时,任礼部员外郎,参加永贞革新活动,不久因变法失败被贬为永州司马,十年后再贬为柳州刺史。有《柳河东集》。

　　柳宗元生活的时代,是唐王朝正在走向衰败没落的历史时期。当时宦官专权,藩镇割据,土地兼并剧烈,赋税日益苛重,中央集权被大大削弱,社会生产受到严重破坏,社会基本矛盾急剧尖锐化,统治阶级内部斗争更加激烈,民族矛盾也逐渐发展,唐帝国处在严重的政治危机之中。在这样的历史背景下,出现了以王伾、王叔文为首,以柳宗元、刘禹锡为骨干的代表庶族地主阶层利益的革新集团,进行永贞革新,实行"内抑宦官,外制藩镇"的一系列革新变法措施,实行某些改良,以便适当地调整地主阶级的财产和权力的分配关系,缓和日益激化的阶级矛盾,达到维护唐王朝的中央集权统治的政治目的。但是这次革新活动由于阶级基础薄弱,在宦官、藩镇和豪族地主的联合镇压下,以失败告终。

　　永贞革新失败后,柳宗元一直过着被贬谪的生活,在十几年的贬谪生活中使他有机会接触更为广泛的社会现实,在被压抑遭迫害的生活经历中,使他更坚定地坚持唯物主义思想和现实主义创作道路,在哲学上和文学上都做出了重大贡献。

　　柳宗元是古代杰出的思想家,他推崇古代"天人相分"的朴素的唯物主义思想,坚持历史是进化的主张,主张中央集权,反对藩镇割据,主张轻徭薄赋,反对横征暴敛,主张从下层选拔人才,反对豪门贵族的政治垄断。这些思想和政治主张在当时的历史条件下都具有进步意义。

　　柳宗元是中国文学史上著名的散文大家,是唐宋八大家之一。他和韩愈共同领导了唐代古文运动,提出了"文以明道""辅时及物"的文学为改革政治、补救时弊服务的进步文学主张,创作出大量的政论散文,寓言性的政治散文,传记散文和山水游记,深刻而尖锐地触及当时社会中一些重大政治问题和社会问题,把古代散文的现实主义创作推向了一个新的高峰。

　　柳宗元的诗歌创作也是自成一家的,他的诗作题材比较广泛,内容比较深刻,从各方面揭示了当时的社会现实。他的诗歌具有"外枯而中膏,似淡而实美"的独特风格。

作为地主阶级的思想家和文学家,柳宗元有着明显的阶级的时代的局限,在他的作品中流露着地主阶级知识分子的政治上的软弱性和孤高自赏的特点,也反映出空虚、虚无的佛家思想的消极成分,对这些都应给以必要的分析批判。

江　雪①

千山鸟飞绝,万径人踪灭②;
孤舟蓑笠(lì 立)翁,独钓寒江雪③。

❖ 注释 ❖

①江雪:湘江雪景。②千山二句:飞绝,飞尽,绝迹。径,道路。踪,踪迹。③孤舟二句:蓑,蓑衣,用棕丝或稻草编织而成,用以防雨雪。笠,斗笠,用竹皮编成,戴在头上,用以遮日防雨。

❖ 译诗 ❖

　　漫天大雪,
　　千山万壑里鸟雀飞绝;
　　万条道路上行人踪迹泯灭。
　　孤舟一叶,
　　披着蓑衣戴着斗笠的渔翁,
　　独自一人,
　　垂钓在湘江飞雪之中。

❖ 解析 ❖

这首诗写于被贬永州之后。

行人绝迹,鸟雀飞绝,诗人以高度典型概括的艺术手法,选择这一最能表现山村荒寒的典型事物,勾勒出一幅大雪严寒,天地幽寂的典型环境。千山万壑,大雪漫天,空中只有雪飞,不见鸟雀飞旋,"鸟飞绝"一句,把大雪、酷寒烘托出来;千山万径只见大雪,大雪封山,大雪使人无法登临,"人踪灭"一句,把万径荒寒渲染出来。"鸟飞绝""人踪灭",不写雪而雪自见,大雪、严寒,勾画了荒寒而死寂的冬雪图。而"千山""万径",则是把这酷烈而荒寒扩展到全国直至全宇宙,似乎无处不荒寒,无处不凛冽。三四句在上面的最广阔的背景上描写了江寒天冷、孤舟独钓的渔翁形象。大雪纷飞,宇宙荒寒,湘江上风雪弥漫,在风雪迷茫中一条小船,船上坐着一位披蓑戴笠的渔翁,端坐船头,在风雪中垂钓,不畏荒寒,不惧风雪,傲然独立,孤舟独钓,刻画了渔翁坚毅、顽强、傲岸、孤高的思想品格,曲折地反映了作者在政治失败遭贬后傲然不屈而又孤独寂寞的精神风貌。

这首诗运用了以大衬小,以广阔衬孤独的艺术手法,并注意环境的勾画和气氛的渲染,溶化比兴寄托于具体而形象的场面描写之中,语近情远,在淡泊朴质中蕴含着丰富的内容,充分显示了柳宗元的艺术独创性。

早 梅①

早梅发高树,回映楚天碧②。朔吹飘夜香,繁霜滋晓白③。
欲为万里赠,杳杳(yǎo 咬)山水隔④。寒英坐销落,何用慰远客⑤?

❖ 注释 ❖

①早梅:早开的梅花。②早梅二句:回映,光芒四射。楚天,永州古属楚地,故叫"楚天"。③朔吹二句:朔吹,北风。滋,生长,增加。白,洁白。④欲为二句:陆凯《赠范蔚宗》:"折花逢驿使,寄与陇头人。江南无所有,聊赠一枝春。"作者在这里化用了这首诗意。杳杳,遥远。⑤寒英二句:寒英,指梅花。坐,空使,徒然。销落,凋谢。

❖ 译诗 ❖

早开的梅花,
在高大的树梢头昂首怒放,
梅花的美姿,
和碧蓝的楚天相辉映。
深夜,
寒冷的北风飘荡着梅花的芳香,
清晨,
严霜增添着梅花的洁白。

我想折一枝梅花,
寄到万里之外朋友居住的地方。
山水阻隔哟,
美好的想法不能如愿以偿。
眼看梅花就要凋谢,
用什么安慰朋友解我心中惆怅?

❖ 解析 ❖

我国古代文学中有以梅花比喻坚贞、高洁的品格和节操的创作传统,柳宗元继承了这一优良传统。

诗中写了寒梅早发,光照蓝天,刻画了梅花在北风严霜的吹打下更增添了她的芬芳洁白和昂首怒放的傲骨英姿。后四句化用陆凯诗意,坚定而又热烈地表示要像梅花那样,坚守高洁的情操与友人共勉,并希望抓紧大好时光,不要坐看时光消逝,"寒英销落",政治上无所作为,那将"何用慰远客"了,最后以反诘句意表达了他不甘失败,坚持斗争的精神。"早发"是与严寒斗争的结果;"回映"是与楚天媲美,"朔吹飘香""繁霜滋白",写它在严寒风雪中更增风神;最后以梅花自勉。

托物言志,写梅花是为了写人,写梅花的高傲与纯洁、硬骨与坚贞,正是写作者自己的品格与精神,志趣与情操。这也正是这首诗的美学意义所在。

别舍弟宗一①

零落残魂倍黯然,双垂别泪越江边②。一身去国六千里,万死投荒十二年③。桂岭瘴来云似墨,洞庭春尽水如天④。欲知此后相思梦,长在荆门郢(yǐng 影)树烟⑤。

❖ 注释 ❖

①别舍弟宗一:送别自家的老弟柳宗一。柳宗一,作者的堂弟。元和十一年(816)春,柳宗一自柳州赴江陵,柳宗元写诗送别。②零落二句:零落,草木凋零,这里借指遭受政治上的摧残。残魂,残余的魂魄,这里指身心遭受折磨后惊魂未定的状态。倍,加倍地。黯然,心情暗淡悲痛的样子。江淹《别赋》:"黯然销魂者,惟别而已矣。"柳宗元化用其意,又做了进一层的表

现。越江,即粤江,珠江的别称。这里用指柳江,点明离别的地点。③一身二句:国,指国都长安。万死,没有希望活着回去。投荒,指被放逐到柳州边远地区。十二年,自贞元十二年(805)贬为永州司马以来,到再贬到柳州写此诗,正好是十二年。④桂岭二句:桂岭,在今广西贺州市东北,这里指柳州附近的山岭。瘴,瘴气,南方山林中的湿热空气。洞庭,洞庭湖,是柳宗一赴江陵途中必经之地。水如天,水势浩渺无边无际。⑤欲知二句:荆门,山名,古属荆州,在今湖北宜都市西北。郢,春秋战国时楚国都城,在今湖北江陵县附近。荆门郢树,指柳宗一所居住的地方。

❖ 译诗 ❖

久经迫害的残魂,
再遇离别,倍觉悲伤。
两个人一同掉下伤别的眼泪;
泪水洒在柳江岸旁。
我孤身一人离开国都长安,
远至六千里外的柳州;
九死一生被放逐到这荒远地区,
已经整整十二年。
柳州一带山林,
瘴气成云像墨一样浓重;
暮春里洞庭湖上,
风急浪高,水势像天一样无际无边。
想要知道分别以后梦中的内容,
将经常是你所去的,
江陵一带的柳树轻烟。

❖ 解析 ❖

在这首送别诗中,作者借送别舍弟宗一,抒发了他对自己遭受政治迫害的强烈不满和悲愤心情。首联点明送别的时间与地点,抒写了浓重的离情别恨。自己本为"罪犯",在这流放地送别舍弟入楚,"零落残魂",流放之余,身心交瘁,又值送别亲人,倍感黯然。二联概括其被贬的地域荒远和时间之长久,笔端流露激愤沉痛之情。"去国六千里""投荒十二年",地域如此偏远,时间如此长久,令人不堪忍受,当权者是多么残酷无情!三联上句写作者流放地的恶劣环境,下句设想赴江陵途中充满风浪的景象,一留桂岭,一趋洞庭,留者桂岭瘴疠,去者洞庭风波,生离死别,恐怕再无见面之日了,手足之情,离别之悲达到极点。结联做分别之后的设想:离别之后,我将经常梦到宗一所在的"荆门郢树烟",把对亲人的深切思念写足。

全诗注意语言的锤炼和感情的表达。开篇就以"零落残魂"的极沉痛的语言表达他这个累遭迫害的被贬谪的"罪犯"的痛苦心情。二联以"一身"对"万死",以"去国六千里"对"投荒十二年",前一对句是遭遇的概括;后一对句是内容上的重复加深。三联"瘴来云似墨""春尽水如天",通过景物勾画照应双方,景中有情,既写贬谪者的悲惨处境和痛苦心情,又写出深沉的离别之情。结联以"欲知""长在"的设想做收,归结到魂梦相思。

全篇心情抑郁,感情沉重,委婉深曲,情真意切。

田 家

三首选二

一

蓐(rù 入)食徇(xùn 训)所务,驱牛向东阡①。鸡鸣村巷白,夜色归暮田②。札札耒耜(lěi sì 累四)声,飞飞来乌鸢(yuān 冤)③。竭兹筋力事,持用穷岁年④。尽输助徭役,聊就空舍眠⑤。子孙日以长,世世还复然⑥。

❖ 注释 ❖

①蓐食二句:蓐食,吃早饭。蓐,草席。徇,从事于。所务,农活。阡,田间小路,东阡,村东的田地。②鸡鸣二句:白,天刚亮。③札札二句:札札,象声词,犁地时发出的声音。耒耜,犁耙等耕地农具。乌鸢,乌鸦。④竭兹二句:竭,用尽。兹,这个。筋力事,体力劳动。持,拿。穷岁年,过完了一年。⑤尽输二句:尽输,把粮食全部交纳。徭役,劳役,这里泛指封建租税徭役。聊,姑且,只能。就,从。⑥子孙二句:以,同已。世世,世世代代。然,这样。

❖ 译诗 ❖

天没亮就吃完了早饭,
赶着牛到东地上耕田。

雄鸡啼叫村巷刚发白,
从地里回来已夜雾漫漫。
在耕田播种的札札声中,
飞来成群的乌鸢。
拼命地干活哟,
收点粮食维持一年的生涯。
全部收成都缴了租税,
只好在四壁空空的屋子里躺下。
孩子们一天天长大,
我们世世代代的苦日子却没啥变化。

❖ 解析 ❖

　　这首诗以质朴而细腻的话语描写了中唐时期农民终年劳累,世代穷苦的生活现实,表现了作者同情人民的思想感情。诗中形象地描写了田家早起夜归,辛勤劳作,希望"竭兹筋力事,持用穷岁年",但就是这种起码的生活愿望也落了空,结果是"尽输助徭役,聊就空舍眠",收得的一点点粮食被封建官府剥削得干干净净,弄得家徒四壁,屋舍空空,而这种命运却是"世世还复然",农民世世代代受剥削挨掠夺,这就尖锐地揭露了封建制度和封建地主阶级的反动本质,反映了农民阶级的强烈的阶级愤怒,表现了作者对农民悲惨命运的深切同情。

　　在平淡的叙述中渗透着浓重的感情,是本诗的主要特点。

二

篱落隔烟火,农谈四邻夕①。庭际秋虫鸣,疏麻方寂历②。蚕丝尽输税,机杼(zhù 住)空倚壁③。里胥(xū 虚)夜经过,鸡黍事筵席④。"各言官长峻,文字多督责⑤。东乡后租期,车毂(gǔ 谷)陷泥泽⑥。公门少推恕,鞭朴恣狼藉⑦。努力慎经营,肌肤真可惜⑧。"迎新在此岁,唯恐踵前迹⑨。

❖ 注释 ❖

　　①篱落二句:篱落,篱笆。②庭际二句:疏麻,麻名。寂历,寂静。③蚕丝二句:机杼,织布机。④里胥二句:里胥,乡间小吏,这里指封建官府的差役。事筵席,备办酒席。⑤各言二句:峻,严厉凶狠。文字,官府文书。督

责,督促责备。从此以下八句是里胥们的话。⑥东乡二句:后租期,延误了交税的期限。车毂,车轮中心圆木。这里代指车轮。⑦公门二句:公门,官府衙门。推恕,宽恕。鞭朴,鞭打。恣,肆意,放纵。狼藉,纵横散乱,这里用以形容被打得皮开肉绽,血肉模糊。⑧努力二句:慎,小心地。经营,筹划缴纳租税。可惜,可怜。⑨迎新二句:迎新,迎接新谷登场。按:唐德宗时行"两税法",夏税六月交纳,秋税十一月交纳,这里指秋税。踵,脚后跟,这里用作动词,踵前迹,踩着前人的足迹,这里指也像东乡人遭鞭打。

❖ 译诗 ❖

隔着篱笆墙,
看见各家的灯火和炊烟,
黄昏傍晚,
农家左邻右舍聚在一起交谈。
院庭中秋虫唧唧,
麻地里显得格外静寂。
全部的蚕丝都缴了租税,
空空的织布机靠在墙壁。
差役们夜里从这儿经过,
赶快杀鸡做饭,安排宴席。
"都说他们的官长严厉凶狠,
官府文书上多次督促责备。
东乡延误了交税的期限,
因为送租的车轮陷在泥水里。
封建官府不肯原谅宽恕,
把农民肆意鞭打,
皮开肉绽,血肉狼藉。
你们要当心把缴纳租税的事办齐,
免得到时候皮肉吃苦受气。"
迎接新谷登场就在这个时期,
生怕遭到东乡人的下场,
踩着他们的足迹。

❖ **解析** ❖

　　这首诗通过具体事例真实而深刻地揭露了封建官吏横征暴敛、催租逼债、威胁恫吓直至私刑毒打农民等种种罪行，揭示了广大农民在封建暴政下的悲惨的生活境遇。

　　诗首先以"篱落隔烟火，农谈四邻夕"，指出农民对"蚕丝尽输税，机杼空倚壁"的被剥夺的残酷遭遇纷纷表示愤恨不平。封建官府已在夏税的征敛中把农民剥掠一空，秋谷刚要登场，差役们又如狼似虎地跑上门来催租逼债。诗以"里胥夜经过，鸡黍事筵席"，揭露了里胥们对农民的作威作福；以"各言长官峻，文字多督责"，从侧面揭露封建官吏的凶狠横暴；以"公门少推恕，鞭朴恣狼藉"，揭露封建官府私刑逼债的暴行；以"努力慎经营，肌肤真可惜"，揭露封建差役对农民的露骨的威胁恫吓。正是在这种封建暴政的淫威下广大农民处于被剥夺一空的赤贫地位，忍受着超经济的剥削与压迫。通过这些典型事例的描写揭示了广大农民对自己的悲惨命运的强烈愤慨，也表现了作者的深挚的同情。

　　朴实的叙述与个性化的说白相结合，正面控诉与侧面揭露相结合，是这首诗的主要特点。

韩 愈

韩愈(768—824),字退之,河南河阳(今河南省孟州市)人。唐德宗贞元八年(792)中进士。先后任宣武节度判官和宁武节度判官。贞元末年官监察御史,因关中大旱,上疏请减免徭役赋税,指斥朝政,被贬为阳山令。唐宪宗时,曾随裴度平定淮西藩镇吴元济之乱,迁为刑部侍郎,后因上疏谏迎佛骨。触怒宪宗,被贬为潮州刺史。穆宗即位,历官国子祭酒,京兆尹及兵部、吏部侍郎。

韩愈是唐代著名的思想家和文学家,他的世界观是比较复杂的,政治上的基本倾向是保守的。他维护中央集权,反对藩镇割据,主张排佛;反对王伾、王叔文的永贞革新,从政治、宗派和个人关系上反对王叔文,而对永贞革新中某些改革主张、改革措施却是同意的,支持的。

韩愈崇儒重道,以孔孟道统的继承者自居,在哲学思想上,他鼓吹人性分上、中、下三品的唯心主义先验论。

韩愈是唐代古文运动的倡导者,唐代著名的散文家。在散文创作上以复古为革新,主张语言独创,文从字顺,"志乎古道",他和柳宗元一道最后完成了隋唐以来的古文改革运动,把古代散文创作推向了一个新的高峰,成为唐宋散文八大家之一,被誉为"文起八代之衰"。

韩愈生活的时代,诗歌创作继盛唐之后又形成了新的高峰,出现了百花争妍的局面。韩诗自成一派,他在诗歌中接触了当时社会的一些重大问题。他的诗讲究气势,富有浪漫幻想,好用铺张排比的手法,喜用生僻的字句和险拗的韵律,构成他的独特的以文为诗,奇崛险怪的艺术风格,对当时和后代诗歌创作都产生很大的影响。

山 石①

山石荦确行径微,黄昏到寺蝙蝠飞②。升堂坐阶新雨足,芭蕉叶大支子肥③。僧言古壁佛画好,以火来照所见稀④。铺床拂席置羹饭,疏粝(lì厉)亦足饱我饥⑤。夜深静卧百虫绝,清月出岭光入扉⑥。天明独去无道路,出入高下穷烟霏⑦。山红涧碧纷烂漫,时见松枥(lì 历)皆十围⑧。当流赤足踏涧石,水声激激风吹衣。人生如此自可乐,岂必局束为人鞿(jī 基)⑨?嗟哉吾党二三子,安得至老不更归⑩!

❖ 注释 ❖

①山石当作于贞元十七年(801)七月,韩愈在洛阳,洛北惠林寺题名记为七月二十二日。诗题《山石》取篇首二字为题。②山石二句:荦确,山石险峻不平的样子。行径微,山路窄小。寺,当指洛北惠林寺。③升堂二句:支子,即栀子,常绿灌木,栀实黄色椭圆,可作药物及染料。④僧言二句:佛画,佛家壁画。所见稀,少见的好画。⑤铺床二句:羹饭,菜饭。粗粝,糙米饭。指简单的饭菜。⑥夜深二句:百足,各种虫子。扉,门。⑦天明二句:无道路,随意走去,不辨道路。出入,在山谷间进出。高下,上山下岭。穷烟霏,穷尽云雾,烟霏,云雾。⑧山红二句:纷,五彩缤纷。烂漫,光彩照耀。枥,同栎,栎树。十围,形容树木粗大,两手合抱一周叫一围。⑨人生二句:局束,拘束,不自由。鞿,马络头,这里用作动词,为人鞿,受人控制。⑩嗟哉二句:嗟哉,感叹词。吾党,我辈。二三子,少数几个朋友。安得,怎能够。不更归,不再回去了,意即永远住在这山里。

❖ 译诗 ❖

山势险峻,
山路狭窄,
黄昏来到山中寺庙,
庙宇里蝙蝠乱飞。
走进大厅,坐上台阶,
门外一场足雨刚下来。
芭蕉叶子大,
支子真肥哉!
和尚对我说:
古代佛家壁画又美又气派,
举火照墙壁,
确是少见的好画墙上载。
铺好床席,

摆设饭菜,
能解我饥饿的,
正是这些粗饭淡菜。
深夜睡觉,
各种虫子没有了声响,
月亮东升,
山岭上的月光从门扉照进来。
天明的时候独自出来游逛,
上山下岭,
在云雾中穿行。
满山红花,
涧水碧绿,
烂漫芬芳;
但只见松树栎树粗大古老。
光着脚站在河水中的石头上,
听着哗哗的涧水声,
微风阵阵吹动着衣裳。
人生就该像这样快乐安适,
何必生活拘束受他人控制?
唉!我辈几个知心朋友,
怎样才能久住此地到老也不回朝房!

❖ 解析 ❖

　　这是一首山水游记诗。

　　开篇四句到寺即景,山行,到寺,坐阶,看芭蕉,一句一事,又一句一景,缓缓叙来,如在眼前。僧言四句到寺后即事,观画,吃饭,写出僧人的热情招待。夜深二句写留宿寺中的景色,雨后月出,景色清幽宁静。天明六句写出一幅山中早行图:不择道路,随意入山,山红水碧,五彩缤纷,当流赤足,水声激激,自在适意,任情观赏,构成了一片缤纷烂漫,清爽自然的境界,表达了作者对这种境界的真挚的热爱的感情。人生四句以议论收结,在自然景物的触发下直接地表白他的生活态度,即摆脱一切世俗的干扰,向往悠闲安静的生活。当然这只是作者在山游中偶然受到的一点触发,他没有也不可能超脱现实。

全诗夹叙夹写,情景交织。在写景处,语言浓丽,在抒写怀抱时又出以简淡的语言,浓淡相间,描写生动,新鲜,形象。

这首诗表现了以文为诗的特点,作者在诗中不受形式的束缚,根据内容的需要和感情的发展,自由抒写,多用散文句式,多在叙述中描写,从而扩大了诗歌的表现范围,丰富了诗歌的表现手法,这是韩愈在诗歌艺术上的独特创造。

听颖师弹琴

昵昵(ní 泥)儿女语,恩怨相尔汝[①]。划然变轩昂,勇士赴战场[②]。浮云柳絮无根蒂,天地阔远随飞扬[③]。喧啾百鸟群,忽见孤凤凰[④]。跻攀分寸不可上,失势一落千丈强[⑤]。嗟余有两耳,未省听丝篁(huáng 皇)[⑥]。自闻颖师弹,起坐在一旁[⑦]。推手遽止之,湿衣泪滂滂(páng 旁)[⑧]。颖乎诚能尔,无以冰炭置我肠[⑨]。

❖ 注释 ❖

[①]昵昵二句:这句用青年男女倾吐衷情比喻琴声。昵昵,亲热相爱。儿女语,青年男女亲近细语。恩,恩爱。尔汝,古代好友之间用尔汝相称,表示亲昵关系。尔汝,即你我。[②]划然二句:这句用勇士比喻琴声。划然,琴声突然变化。轩昂,雄壮昂扬。[③]浮云二句:这句用浮云柳絮比喻琴声。根蒂,根茎。[④]喧啾二句:这句用鸟鸣比喻琴声。喧啾,百鸟鸣叫的和声。[⑤]跻攀二句:这句用升高下跌比喻琴声。跻攀,升高,形容琴声转入高音。分寸不可上,形容高到不可再高的地步。失势,由高处跌落下来。千丈强,千丈以外。[⑥]嗟余二句:从这以下写听乐后的感受。省,知道。丝篁,丝竹一类管弦乐器,这里借指音乐。[⑦]自闻二句:忽起忽坐,形容感情激动万分。[⑧]推手二句:遽,急遽。滂滂,眼泪流淌的样子。[⑨]颖乎二句:诚,确实。能,有能力,指颖师擅长弹琴。以,用。冰炭,比喻被琴声感染所产生的又喜又悲,如冰冷、炭热一般心理状态。

❖ **译诗** ❖

琴声轻柔细碎缠绵婉转,
就像青年男女亲昵地诉说衷肠。
突然由缠绵变为雄壮昂扬,
就如同勇士奔赴战场一样。
琴声悠扬有如浮云柳絮,
在广阔的天地间随风飘荡。
又像百鸟喧叫,忽又如孤凤鸣唱,
嘹亮的声音响彻四方。
琴声起伏抑扬,一会儿高到极点,
一会儿又从高处跌落千丈。
可叹我的两只耳朵,
却听不懂曲调乐章。
自从听到颖师弹的琴声,
我忽起忽坐内心万分激昂。
我推着颖师的手止住他的弹奏,
激动的泪水呀已浸湿了我的衣裳。
颖师呀,
你对弹琴确实擅长,
你不要叫我又悲又喜,
像在心里放上冰炭一样。

❖ **解析** ❖

这是一首赞美颖师琴技超绝和琴音高妙的诗,可以和李贺的《听颖师弹琴歌》并读。

诗一开始就以一连串的具体而形象的比喻描绘琴声之美妙动听:"昵昵儿女语,恩怨相尔汝",这是以男女青年喃喃细语,倾吐钟情比喻琴声轻柔、缠绵、婉转、细腻;"划然变轩昂,勇士赴战场",这是以战士奔赴战场的雄壮声态比喻琴声转入高亢昂扬,"浮云柳絮无根蒂,天地阔远随飞扬",这是以浮云柳絮比喻琴声飘逸悠扬;"喧啾百鸟群,忽见孤凤凰",这是以鸟雀鸣唱比喻琴声清脆响亮;"跻攀分寸不可上,失势一落千丈强",这是以人的得势升高和失势下跌为喻,形容琴声高低抑扬、舒缓顿挫的变化。诗人以感人的语言,多彩的比喻,生动的描绘,将不可捕捉的只诉诸听觉的音乐形象具体化了,使它成为人们可以触摸到的,可以看得见的视觉形象。通过这一系列的形象而贴切的比喻描写,既描绘了琴音的美妙,也热情而生动地赞颂了颖师的超绝的弹奏技艺和高深的音乐素养。最后八句抒写了听琴过程中的具体感受:首先交代自己徒有两耳,并不懂音乐,可是当听了颖师弹奏之后,"起坐在一旁",坐立不安,激动万分;"湿衣泪滂滂",感动得流泪不止;感动得又悲又喜,像在我心里放上冰放上炭一样。这是从演奏效果上进一步描写出颖师高超的音乐技艺以及音乐艺术的感人力量。

多彩而形象的比喻,细腻而深入的描绘,具体而动人的感情变化,把琴音的高妙,弹奏的超绝,乐音的感人,做了形象化的动人的表现,是这首诗的艺术成就所在。

唐代一些著名大诗人不仅有高深的文学修养,而且有高深的音乐修养,他们都能够以形象鲜明的语言,生动具体的比喻,细腻入微的刻画,描写了各种乐器演奏的出神入化的演奏技艺和音乐的艺术感人力量,表现了这些大作家卓越的文学艺术才能,而且也反映了文学、音乐、美术、雕塑等姊妹艺术之间的相互影响,交流的关系,反映了唐代文学、音乐、美术、雕塑、舞蹈等各种文学艺术的高度繁荣发展以及中外文化艺术交流的情况。

李 益

李益(约750—约830),字君虞,陇西姑臧(今甘肃武威)人。曾任幽州节度使刘济的从事,后又参佐邠宁戎幕,在边地居住十年之久,写了不少边塞生活的诗歌,广为流传。唐宪宗李纯任他为秘书少监,后官至礼部尚书。

李益擅长七言绝句,从乐府民歌中吸取营养,使用凝练的语言,刻画出鲜明的形象,音调响亮,富音乐美。

有《李君虞诗集》

夜上受降城闻笛①

回乐峰前沙似雪,受降城外月如霜②。
不知何处吹芦管,一夜征人尽望乡③。

❖ 注释 ❖

①受降城:唐时张仁愿筑三个受降城,中城在今内蒙古乌喇特旗西黄河北岸,东城在绥远归远县西黄河东岸,西城在宁夏灵武县,黄河北岸。这里指西受降城。②回乐峰二句:回乐峰,回乐县附近的山峰,回乐县故城在今宁夏灵武县西南。③不知二句:芦管,指笛,用芦杆制成的笛管。一说即胡笳。

❖ 译诗 ❖

回乐峰前呦,
砂石像白雪;
受降城外呦,
月光青白像严霜。
什么地方呦,
吹起了幽怨的芦笛,
一夜又一夜呦,
征人遥望自己的家乡。

◆ 解析 ◆

　　李益擅长边塞诗,曾录其边塞诗赠左补阙卢景亮,其自序曰:"吾自兵间故,为文多军旅之思。或军中酒酣,塞上兵寝,投剑秉笔,散怀于斯。"《夜上受降城闻笛》是他边塞诗的代表作。

　　"沙似雪""月如霜",诗开首就用两个形象性的画面比喻,描写西北边防前线的一片惨淡景象。黄沙似雪,淡月如霜,一地一天,一雪一霜,严寒惨淡,苍凉荒寥,把宁夏灵武地区的地方特色和戍守边疆的战士的凄惨的心境融合在一起,做了典型的描绘,做了气氛上的渲染。"不知何处",是就眼前景色推开一步,转入写情。本是受降城中的征人吹起芦笛,奏出思乡的哀怨曲调,偏说"不知何处",正是越想抛开哀怨之情又越是抛不开,长期戍守本令人不堪忍受,严寒荒寂的环境与景色更增加痛苦,这时又传来如泣如诉的笛声,更令人心碎,更增加愁苦。说"一夜"、说"尽望",写出征人夜夜思乡,写出所有的征人尽思乡,从个人的哀怨扩展到所有征人,把哀怨之深,思乡之切写得淋漓尽致。

　　上两句写惨淡之色,下两句写哀怨之声,声色相交,情景交融,形象鲜明,意境深远,不需描绘,自然真率。

江　南　曲[①]

嫁得瞿塘贾(gǔ 古),朝朝误妾期[②]。
早知潮有信,嫁与弄潮儿(ní 尼)[③]。

◆ 注释 ◆

　　①江南曲:乐府诗题。②嫁得二句:瞿塘,瞿塘峡,长江三峡之一。瞿塘贾,指入蜀经商的人。误妾期,商人终年在外,回家没有定期,这是贾客妻子痛诉自己的痛苦不幸的生活。③早知二句:潮信,潮水的涨落有定期。弄潮,水上的一种运动(或游戏),潮水来临,熟悉水性的年轻人,撑船迎潮而入,随潮进退,表现出高度熟练的技巧和勇敢精神,称为弄潮儿。

◆ 译诗 ◆

　　　　　　自从出嫁,
　　　　　　嫁给了入蜀经商的商人,
　　　　　　天天盼望,

却总是耽误了和我相会之时期。
倘若早就知道潮水这样守信约,
莫不如嫁给那英勇果敢的弄潮儿。

❖ 解析 ❖

　　这首诗是李益学习民间歌谣的成果,也是他的另一种诗风的代表作。"嫁得瞿塘贾",本想能获得生活的幸福,但适得其反,"朝朝误妾期",屡屡失约,经常在外经商,看重钱财,而轻视感情,令人失望,令人怨恨。说"嫁得",写其欢快;说"朝朝误",由欢快转入怨恨,朝朝误乃常常误,诗用"朝朝"叠字,把一次误,二次误以至朝朝误所带来的失望、怨恨之情隐约地表达出来。下二句由失望、怨恨而产生新的向往:"早知潮有信,嫁与弄潮儿",这是失望、怨恨之情的深一步地申诉,从中正透出对生活的向往与热爱。

　　诗用贾客妻子的宁可嫁给遵守潮信的弄潮儿,而不愿做长期失信、无情的贾客妻子的内心刻画,用"早知""嫁与"的以退为进的手法,揭示了贾客妻子的痛苦不幸的生活和热烈向往正常的夫妇生活的理想,这种不幸的遭遇和这种最平常的生活理想的前后比照,更进一步地表现了封建社会妇女的不幸命运和她们内心的痛苦,反映了她们热爱生活的善良性格。

　　这首短诗活泼直率,情深意切,诗味浓郁,很具民歌风味。

张　籍

张籍（约766—约830），字文昌，江苏苏州人，后迁居和州乌江（今属安徽和县）。贞元十五年(799)进士，元和初年任太常寺太祝，一任十年，不得升调。后被荐为国子博士，迁水部员外郎，太和二年(828)任国子司业，世称张水部或张司业。有《张司业集》。

张籍所生活的时代，正是德宗李适、宪宗李纯、文宗李昂统治时期。这时期的社会矛盾的主要特点是：中央统治权力日见削弱，藩镇割据，宦官专权，统治阶级加紧了其对人民的统治与剥削；土地兼并剧烈，农民大量逃亡，生产力遭到很大破坏；外患日益严重，回纥、吐蕃不断侵扰；这是一个阶级矛盾、统治阶级内部矛盾和民族矛盾逐渐尖锐化的历史时代。

一些进步文人为了解决社会危机，缓和阶级矛盾，主张继承和发扬《诗经》、汉乐府的现实主义文学传统，提倡用新乐府诗反映社会现实，形成了新乐府运动，把现实主义诗歌传统推向了新的高峰，在这一诗歌运动中张籍是较早参加的诗人。

张籍的新乐府诗反映了当时社会的各个侧面：揭露了地主阶级对人民的剥削罪恶，揭示了人民的种种苦难，表达了广大人民反抗剥削与压迫的斗争精神；他的诗歌也揭露了战乱给人民带来的各种灾难，表达了对制造战乱的统治阶级的痛恨。

他的诗歌善于学习民间歌谣，朴实真挚，感情深厚，语言轻快，通俗，富于生活气息。

野　老　歌[①]

老农家贫在山住，耕种山田三四亩。苗疏税多不得食，输入官仓化为土[②]。岁暮锄犁傍空室，呼儿登山收橡实[③]。西江贾客珠百斛(hú 狐)，船中养犬长食肉[④]。

❖ 注释 ❖

①野老歌:一作《山农词》,是乐府新题。②苗疏二句:苗疏,山地瘠薄,禾苗长得稀疏(收成很不好)。不得食,吃不到自己种的粮食(收成不好,又由于赋税繁重而被剥削一空)。输入,送进,缴进。化为土,指粮食在仓库积压过多,时间过久,都腐烂变成了灰土。③岁暮二句:傍,依靠。橡实,橡树的果实,旧社会穷苦人民多采橡实作食物。④西江二句:西江,指今广东省境内的西江。贾客,商人。西江贾客,泛指两广一带贩卖珠宝的商人。百斛,极言其多。

❖ 译诗 ❖

老农过着苦日子,
住在穷山沟里,
耕种山坡田,
有个三四亩地。
庄稼长得稀拉拉,
租税真多又繁重,
老农怎能活下去?
收点粮食交租税,
进了官仓腐烂成灰土。
十冬腊月年关近,
屋里空空几件锄刀靠墙根,
招呼儿子上山采橡籽,
采来橡实饱肚腹。
江西商人真正富,
名珠贵宝有它上百斛,
船上养着大黄狗,
不吃素食常常吃鲜肉,
老农实在苦。

❖ 解析 ❖

这首诗以具体的描写,通过鲜明的对比,揭露了广大农民在唐王朝统治阶级的极端残酷的横征暴敛下,处于赤贫的悲惨现实。

诗的前六句以"山田""苗疏""税多""不得食""化为土""收橡实"等一系列典型细节描写，揭示了在封建官府的不顾人民死活的残酷压榨下，广大农民（尤其诗中所写的山村农民）被洗劫一空，落得个只能用橡实充饥的极悲惨的生活境地。诗的最后两句突然转入"西江贾客"，以"珠百斛""船中养犬长食肉"的典型细节，揭示了西江贾客的荒淫奢侈的生活。山村农民的赤贫痛苦和西江贾客的奢侈享乐，形成鲜明的对比，从而进一步揭露了封建统治阶级的横征暴敛给人民带来了深重的苦难，同时也揭示了在残酷的阶级压榨下造成了农民的强烈不满与尖锐的反抗，促进了阶级矛盾的尖锐化；它也揭示了中唐时期"贾雄农伤"（商人势力增长和农民受害）的历史情况。

全诗的典型细节描写和鲜明的对比构成了诗的艺术特色。

秋　　思

洛阳城里见秋风，欲作家书意万重①。
复恐匆匆说不尽，行人临发又开封②。

❖ 注释 ❖

①洛阳二句：洛阳秋风，在洛阳因秋风起而思念家乡。《世说新语·识鉴篇》："张季鹰……在洛，见秋风起，因思吴中菰菜、莼羹、鲈鱼脍，曰，'人生贵得适意尔，何能羁宦数千里以要名爵乎。'遂命驾便归。"（晋人张翰在洛阳做官，看到刮起秋风，就想念家乡的好菜，说，'一个人一生就在于顺心，怎能为了做官离开家乡数千里来追名逐利呢？'当即驾车回家乡去了。）这里化用这个典故。意万重，极言在信中要说的话很多。重，重叠。②复恐二句：匆匆，匆匆忙忙。行人，带信的人。临发，即将出发之前。开封，打开已经封好了的家信。

❖ 译诗 ❖

　　　　　　洛阳城里又刮起秋风，
　　　　　　想写封家信，
　　　　　　可要说的话又是那样多。
　　　　　　只怕写得匆忙，
　　　　　　千言万语说也说不尽；

带信的人刚要出发,
又打开封口,
再做些补充。

❖ 解析 ❖

这是一首秋天感怀诗。

秋天的到来,总是要引起封建社会中一些政治失意的地主阶级知识分子的牢骚和感慨,从中也正透露出封建统治阶级内部的某些裂痕,曲折地反映出当时社会现实的某些侧面来。诗中的首句化用晋人张翰的典故,揭示出作者仕途上的种种失意,这之中可能有仕途上的坎坷,官场中的倾轧,统治者的昏庸,生活上的困顿以及对家人的怀念,这又正是家书中的"意万重"者,千言万语,叮咛备至,但小小的一封家书是写不完也说不尽的,这里可能有辛酸的眼泪,有痛苦的低诉,有深情的怀念,也有想说而不得说的苦衷。"行人临发又开封",作者以典型的动作,形象的语言,具体地鲜明地刻画了一个说不尽,写不完,补充了又补充的深切想念家人的客子形象,细腻地表达了作者对亲人的思念之情,也曲折地反映了作者对当时现实的不满情绪。

全诗刻画细腻,表现委婉,感情真挚,形象鲜明。

凉 州 词

三首选二

一

边城暮雨雁飞低,芦笋初生渐欲齐②。
无数铃声遥过碛,应驮白练到安西③。

❖ 注释 ❖

①凉州词:乐曲名,宋王灼《碧鸡漫志》:"天宝乐曲,皆以边地为名。若凉州、甘州之类。……凉州在天宝时已盛行,西凉所献。唐史云,其声本宫调。今凉州见于世者凡七宫曲。"凉州,郡治在今甘肃武威县,一说在甘肃秦安县。为唐王朝西北重镇,也是有名的"丝绸之路"的必经之地。唐代宗以来,吐蕃占据西北边疆数十州县,唐统治者无力收复。此诗即写吐蕃占据西北边疆地区后的情景。②边城二句:暮雨,日落黄昏时下的雨。芦笋,芦苇

生的芽,像似竹笋。渐欲齐,快长齐了。③无数二句:铃声,指马队或骆驼队行走时颈上铃子发出的声音。碛,沙漠。应,应该是,可能是。白练,白色的丝织物。安西,唐代都护府之名,为西北边防政治、军事重镇,在今甘肃省瓜州县一带。张籍写此诗时已为吐蕃占据。

❖ 译诗 ❖

边疆的城塞,
黄昏下起了细雨,
燕子在空中飞得很低,
芦苇的嫩芽,
刚刚破土而生,
渐渐地要长齐。
无数的驼铃声,
从远处的沙漠传来又向远处传去,
可能是骆驼队,
驮着丝绸去那遥远的安西。

❖ 解析 ❖

　　边城小镇,春末黄昏,小雨霏霏,大雁在低空中飞来飞去,芦笋初生,显出一片安宁静穆气氛。沙漠上铃声阵阵,一队又一队的骆驼队伍驮着丝绸,向安西走去。"白练"本是唐王朝赏赐慰劳戍守边疆将士之用,今天却成了侵略者的掳获品,丝绸本是与西方经济交流的重要物资,而今却为侵略者所吞没。在这里作者既表现了对处于吐蕃奴隶主统治下的安西地区人民的深切怀念,也表现了对吐蕃奴隶主集团侵扰的义愤,更表现了作者对唐王朝统治集团腐朽无能,无力收复安西失地的行为的强烈愤慨与谴责。诗在开头两句以淡淡的几笔勾勒,写出暮春一片宁静的景色,在这宁静的初春图景背后,正透出此地长期沦于吐蕃之手,早已没有争战气息了。下面说"无数",说"遥过",正点出驼队之庞大,接说"应驮",是以猜度之词写意中之事,吐蕃掠夺丝绸已成为司空见惯之事,成为理所当然之事。诗正在"无数""遥过""应驮"的平淡而似不经意的叙述中流露出浓重的悲伤和强烈的义愤。

二

凤林关里水东流,白草黄榆六十秋①。
边将皆承主恩泽,无人解道取凉州②。

❖ 注释 ❖

①凤林二句:凤林关,关名,故址在今甘肃省临夏县西。水,指大夏河,黄河上游支流。白草,草名,生长在我国西北地区,秋冬变白。黄榆,榆树的一种。六十秋,六十年。唐代宗永泰二年(766)五月,凉州陷于吐蕃,至唐敬宗宝历元年(825)尚未收复。这时张籍已约58岁了。②边将二句:承,承受,享受。主恩泽,皇帝的恩惠。解道,晓得,知道。取,收取,收复。

❖ 译诗 ❖

西北边塞的凤林关里,
大夏河水哗哗东流去;
遍地长满黄榆和白草,
已经沦陷丢失六十秋。
边庭将帅来来又走走,
他们享受着朝廷厚禄,
可是竟然没有一个人,
知道应去收复美凉州。

❖ 解析 ❖

这首诗是凉州词的第三首,它以凉州一带的长期失陷,不得收复的史实为背景,尖锐地揭露和抨击了唐统治集团昏庸腐朽,苟且偷安、放弃凉州一带失地的反动政策,表达了作者强烈希望收复凉州一带失地的爱国热情,和他对唐统治集团以及边将们的强烈谴责。

诗的首联从自然景物上写起,大夏河水日夜东流,白草黄榆已经历了六十个春秋,自然风光似乎没有什么变化,但是这个地方却是被吐蕃侵占六十多年了,这极沉痛地写出了凉州一带人民长期受吐蕃奴隶主蹂躏的痛苦心情,揭示了他们怀念祖国热望统一的真诚愿望。末联以揭露性笔调尖锐地无情地揭露了边将空受恩宠,最高统治集团腐败无能,无意收复凉州失地的种种罪恶行为。表达了作者对唐王朝统治集团的极大愤慨。

景物依然,举目有河山之异,在首联的景物描写中渗透着浓重的感情色彩,而"白草黄榆六十秋"又明点景物的六十年正是此地沦没的六十年。首联写景,景中含情;末联直接写情,情绪激动,"边将皆承"却"无人解道",边将承恩,应努力报效皇家,虽皆承恩,却没有人肯为国解忧,为国家收复失地。在这急遽转折的叙说中,表达了义愤,揭露了现实。

王 建

王建(768—830),字仲初,颍川(今河南许昌市)人。曾在北方幽燕一带从军十三年多,元和年间曾任昭应县丞,渭南县尉,长庆年间(821—824)为太府寺丞,秘书郎,大和年间(827—835)为太常寺丞,后任陕州司马。有《王司马集》。

在中唐时期,王建、张籍是齐名的乐府诗人,是白居易新乐府运动的先行者。王建在他的乐府诗中,以广泛的题材,多方面地反映了当时社会现实,在艺术上多用比兴手法,并学习民歌的形式和语言,形成了他的乐府诗的尖锐性、抒情性和通俗性的艺术特征。

十五夜望月①

中庭地白树栖鸦,冷露无声湿桂花②。
今夜月明人尽望,不知秋思落谁家③?

❖ 注释 ❖

①十五夜望月,一作《十五夜望月寄杜郎中》。杜郎中,不详何人。郎中,官名。②中庭二句:地白,月光照得地上发白。冷露,秋露。③今夜二句:秋思,感秋伤怀。

❖ 译诗 ❖

院庭中满地洒下月光,
树枝头上栖息着乌鸦;
寂静无声的中秋夜晚,
秋夜寒露沾湿了桂花。
今天夜里月儿多明亮,
普天下的人都望着它;
不知感秋伤怀的思绪,
到底落在了谁户哪家?

❖ 解析 ❖

这是一首中秋感怀诗。

上二句写中秋月色,下二句写月夜凄寂而怀念家人。月明则鸦惊,诗却说"地白树栖鸦",正见出望月时间之长,夜深人静,所以乌鸦不惊,下句的秋露沾湿桂花,正点出望月之久,时间已过午夜了。桂花是秋季开放,说露湿桂花,正点秋夜,说"无声",又点冷露不重,暗示虽至深秋,故秋露不浓,只湿而未滴。"人尽望",实写望月的人之多,不直说自己的怀念,偏说人们尽望;不说自己的伤怀,偏说"不知秋思在谁家"。说"人尽望",说"落谁家",是推开一步,是在彼而不在此,以曲折委婉之笔,把自己的怀念的深情和强烈的感伤写得含蓄,写得深沉。

含蓄蕴藉,言简意深是此诗的主要特点。

元 稹

元稹(779—831),字微之,河南(今河南洛阳附近)人。早年与宦官等恶势力斗争,被贬为江陵士曹参军,移通州司马。后借助宦官崔潭峻、崔弘简的援引,渐与宦官势力妥协,并极得穆宗李恒的信任。长庆二年(822),与裴度同拜相。因反对裴度,出为同州刺史,转越州刺史兼浙东观察使。文宗时,大和三年九月,为尚书左丞,大和四年(830),检校户部尚书兼鄂州刺史,武昌军节度使。大和五年七月,死于任上。

元稹与白居易齐名,世称元、白。他与白居易共同倡导新乐府运动,坚持继承与发扬我国《诗经》《汉乐府》以来的现实主义诗歌传统,主张"讽兴当时之事",强调"寓意古题,刺美见事",即主张诗歌为现实服务,他大力强调学习继承杜甫诗歌的现实主义精神和"即事名篇,无复依傍"的现实主义创作方法。

元稹把自己的诗歌分类为:一古讽;二乐讽;三古体;四新题乐府;五律诗;六艳诗。其中以前四类的讽喻诗为其代表作。他的诗歌在一定程度上反映了民生疾苦,揭露了当时社会的各种黑暗现实,揭示了封建社会的本质方面。他的诗歌和白居易诗风相近,浅易、流畅,既善于抒情,又长于叙事,成为中唐时期现实主义诗歌流派的代表作家。他和白居易在现实主义创作理论、文艺批评以及在诗歌创作实践上,对当代和后代都产生过巨大的影响。

闻乐天授江州司马[①]

残灯无焰影幢幢(chuáng床),此夕闻君谪(zhé哲)九江[②]。
垂死病中惊坐起,暗风吹雨入寒窗[③]。

❖ 注释 ❖

[①]闻乐天授江州司马:听说白居易被贬为江州司马。元和十年(815)三月,元稹由江陵士曹参军移通州(今四川达县)司马。八月,白居易由左赞善

大夫贬为江州(今江西九江市)司马。这是元稹在通州听到白居易被贬时写的,并寄给白居易,白居易在《与元微之书》中说:"又睹所寄左降诗云,……此句他人尚不可闻,况仆心哉!至今每吟,犹恻恻耳。"(又看到你寄来的《左降》诗说,……这样的诗别人读了尚且不能听下去,何况我的心呢!到现在每次吟诵它,仍然使我感到酸楚凄恻呵!)。此诗题一作《闻乐天左降江州司马》。②残灯二句:焰,火苗。影幢幢,灯影摇曳昏暗。九江,九江郡,江州在唐时为九江郡,今江西九江市。③垂死二句:垂死,元稹于是年六月至通州,染瘴危重。暗风,冷风。寒窗,秋天冷风从窗入,故称寒窗。

❖ 译诗 ❖

　　　　灯残蜡尽没有明亮的光焰,
　　　　阴影摇曳在这昏暗愁惨的夜晚;
　　　　正当此时听到一个坏消息,
　　　　说是你出任九江司马遭皇帝谪贬。
　　　　我在垂危病中受到震惊,
　　　　勉强坐起来仰天长叹;
　　　　秋雨寒风吹打着窗棂,
　　　　乐天呵,我们的命运为何这样凄惨。

❖ 解析 ❖

　　这首诗通过对友人白居易的被贬江州,表现了作者对自己和友人的政治上遭受打击的强烈悲愤感情。

　　残灯病卧,风雨凄凄,在这典型的愁苦的环境刻画中揭示了作者在遭受政治上的打击,贬谪到通州后的凄苦而悲愤的心情。但当此灯残影暗之际,忽惊挚友之贬谪,这使他震惊,使他愤慨。冷风吹入,雨打寒窗,心情与景物融合为一,不仅使他感到身心凄楚,也使他感到在政治风雨的吹打下所产生的凄凉和悲伤。所谓"嬉笑之怒甚于裂眦,长歌之悲过于恸哭",此诗正是所谓"长歌之悲"啊!

　　"残灯"而无焰,写其点燃之久,所以才"影幢幢"一笔勾出暗淡而凄惨的环境,烘托出遭贬后的凄凉处境和心情。贬谪异乡,染瘴危重,在这个暗淡而凄凉的夜晚,自己本就不堪忍受,又"闻君谪九江",这使他这个垂死病人"惊坐起"。以激烈的动作写他"惊"的心情,写他"怒"的反应,把他惊闻之后的感情做了强烈的突出的表达。结局以"暗风吹雨入寒窗"的景物描写收束,与首句的环境气氛相照应;但首句写客观环境,通过环境气氛的渲染以衬托心情;这句收尾写主观感受,寒风冷雨扑打寒窗,实际上是风雨扑人,是双重打击下的特有心里的感受,这正是人的心情与景物融合,是人物心理的外在表象,极完美地表达了诗人悲愤而凄楚的心情。情景交融,余意不尽。

薛 涛

薛涛(约768—832),字洪度,成都乐妓。原籍长安人,父薛勋因仕宦流寓于蜀,她生长在蜀中,貌美才捷,声名倾动一时。韦皋任剑南、四川节度使时,她以女秘书兼高等歌妓身份出入幕府中。她和当时诗人元稹、白居易、张籍、王建、刘禹锡、杜牧、张祜等都有唱和往来。后居浣花溪上,做女道士装束,能造松花纸及深红色小彩笺,当时称为"薛涛笺"。"其所作诗,稍欺良匠,词意不苟,情尽笔墨,翰苑崇高,辄能攀附。殊不意裙裾之下,出此异物,岂得匪其人而弃其学哉。"(《唐才子传》)

送 友 人

水国蒹葭夜有霜,月寒山色共苍苍①。
谁言千里自今夕?离梦杳如关塞长②。

❖ 注释 ❖

①水国二句:水国,指江、浙一带。蒹葭,芦苇,《诗·秦风·蒹葭》:"蒹葭苍苍,白露为霜。所谓伊人,在水一方。"这里借用诗中情景表达送别之情。苍苍,青色。②谁言二句:杳,渺茫,这里形容离梦的悠长。

❖ 译诗 ❖

水国山乡,
深秋的夜晚寒冷的月光;
长长的芦苇远处的山峰,
显出一片青幽幽的色光。
谁个说呀,
从今天夜里算起,
你我相隔千里?
你人走到哪里我梦随到哪乡,

你去的关塞有多远,
我的梦也就多长!

❖ 解析 ❖

这是一首送别诗。

这首诗和其他诗人的送别诗一样,都注意了环境景色、气氛与人物心情、送别的场面的统一描写。"水国蒹葭夜有霜"一句概括了《诗·秦风·蒹葭》的诗意:"蒹葭苍苍,白露为霜,所谓伊人,在水一方"。以"长长芦苇""遍地秋霜"点出送别时的秋夜荒凉凄清萧索的景色。二句写月色山色,山色苍苍是视觉所感,而月之寒及寒月之苍苍,既有视觉,又有触觉。寒月、远山在秋夜之下呈现出一派青幽幽的颜色。这一句是在上句荒凉凄清的景物描写上又加以点染,以寒月、山色来渲染环境气氛。这是离别人的眼中所见,心中所感,是离别人的凄怆心情的外在表象。人物的心情和景物的特色交织在一起,景中有情,情景融合。三四句写梦随人去,表达其深沉炽烈的离情。但诗人的高明处,在写梦随人去的常意中,用"难言"这一反诘句式,做翻进一层的描写,梦中紧随离人,并不感到离别相隔千里,以想象代替现实,从而把相思离别之情表现得更深沉、更浓重。离人去到千里外的关塞,而我的离梦杳杳然如同千里关塞一样长。说梦长,实是说情长,情思绵绵,梦随人去,虽长而不觉其长,虽别而不觉其别,在曲折转进中把别情做了深刻的表达。

诗情含蓄深沉,感情细腻,诗意清新。

刘禹锡

刘禹锡(772—842),字梦得,洛阳人(一作彭城人—江苏徐州),出身于官僚地主家庭。唐德宗贞元九年(793)中进士,又中博学宏词科。官至监察御史。永贞元年(805)正月,唐顺宗即位,刘禹锡与柳宗元参加王伾、王叔文领导的政治革新活动,人称"二王、刘、柳"。八月,变法失败,被贬为连州刺史,又改贬为朗州司马。十年后(元和十年,815)召还长安,因作《戏赠看花诸君子》一诗,"语涉讥刺,执政不悦",出为播州刺史,后改任连州。长庆元年(812)任夔州刺史,后转和州刺史。唐文宗大和元年(827)回洛阳为主客郎中,次年至长安,为集贤殿学士、礼部郎中,出为苏州刺史,移汝州、同州刺史。开成元年(836)迁太子宾客,分司东都。最后官至检校礼部尚书。

刘禹锡在《天论》中提出"天与人交相胜"的观点,用以批判天命观,指出天不能决定人事,人的祸福与天无关。

在文学创作上,他主张"八音与政通,而文章与时高下",主张"指事成诗歌",强调文学反映现实,与政治密切相关。他的诗歌有较强的现实性;尤其是他继承乐府民歌的现实主义传统,学习当时代的民间歌曲、俚歌俗调,在学习与提高民间文艺形式上取得很大成绩。在他的《竹枝词》序言中自述创作过程,比之于屈原的《九歌》,说明他继承着屈原所开辟的向民歌学习的正确道路。

有《刘宾客集》传于世。

游玄都观①

紫陌红尘拂面来,无人不道看花回②。
玄都观(guàn 贯)里桃千树,尽是刘郎去后栽③。

❖ 注释 ❖

①游玄都观:一本题作《元和十年自朗州召至京,戏赠看花诸君子》。刘禹锡永贞元年(805)贬为连州刺史,再贬朗州司马。到元和十年(815)被召

回京,以玄都观看花为题,写下这首政治讽刺诗。②紫陌二句:紫陌红尘,因桃花盛开使大道变紫,尘土变红。拂,掠过。③玄都二句:这是喻指一些朝廷新贵是靠反对永贞革新、迫害革新派爬上去的。玄都观,长安城南郊的道教庙宇名。刘郎,诗人自指。

❖ 译诗 ❖

长安城里宽阔的大道上,
红色尘土扑面而来,
人人都说这是看花之人又回来。
玄都观中有千株桃树,
这满枝盛开的桃花树哟,
可都是我被贬出长安以后所栽。

❖ 解析 ❖

《旧唐书》本传说:"元和十年,自武陵(即朗州)召还,宰相复欲置之郎署。时禹锡作《游玄都观咏看花诸君子诗》,执政不悦,复出为播州刺史。"这说明这首政治讽喻诗是有强烈的针对性与现实性的。

游玄都观,戏赠看花诸君子,所谓"戏赠",是开玩笑,是嘲讽,是蔑视。紫陌红尘,极言桃花之繁盛,染得陌紫尘红;而陌间尘起,又写看花人之多、之众,"无人不道看花回",把看花人的众多写足。先写尘起,后点人多,借尘起人多以反衬花之美艳动人,勾勒出一幅初春赏花的热闹场面。第三四句由花转人,由虚拟转入实写,玄都观中桃树千株,千桃竞放,斑斓缤纷,春光喜人,春意正浓,而这些桃树都是我刘禹锡被贬谪离开长安之后栽种的。这是比喻,这是讽托,桃花既是点染春光,又是用以讽刺朝中新贵,他们都是凭借反对革新运动,迫害、打击革新派而得以飞黄腾达的。语带讽刺,手法高妙,表面是看花颂春,实际是"语涉讥刺",矛头指向当政者。

因为这首诗,刘禹锡再次遭到打击,这次游玄都观诗案,正揭示出封建朝廷中的保守势力对革新进步的惧怕与仇视;也反映出诗人的不怕打击,蔑视保守派的倔强性格和斗争精神。

竹 枝 词①

九首选一

　　四方之歌,异音而同乐,岁正月,余来建平,里中儿联歌《竹枝》,吹短笛,击鼓以赴节。歌者扬袂睢舞,以曲多为贤。聆其音,中黄钟之羽,其卒章激讦(jié 结)如吴声,虽伧儜(cāng níng 仓宁)不可分,而含思宛转,有《淇奥》之艳音。昔屈原居沅、湘间,其民迎神,词多鄙陋,乃为作《九歌》,到于今,荆楚歌舞之。故余亦作《竹枝》九篇,俾(bǐ 匕)善歌者飏(yáng 扬)之,附于末,后之聆巴歈(yú 于),知变风之自焉。

　　　　白帝城头春草生,白盐山蜀江青②。
　　　　南人上来歌一曲,北人莫上动乡情③。

❖ 注释 ❖

　　①竹枝词:《乐府诗集》卷八十一:"《竹枝》本出于巴、渝,唐贞元中,刘禹锡在沅、湘,以俚歌鄙陋,乃依骚人《九歌》作《竹枝新辞》九章,教里中儿歌之,由是盛于贞元飞元和之间。"这说明《竹枝词》原是四川地区的民歌,刘禹锡在湖南期间学习并创作《竹枝词》九首。他在序言中说:各个地方的歌曲,音调不同但都使人欢乐,这年正月,我来到建平(即朗州,今湖南常德市,一说即夔州,今四川奉节县),乡里中人一起歌唱《竹枝》,吹笛,打鼓,歌唱的人高高举起衣袖,任情舞蹈,以唱歌多的为优胜,听这些歌曲,合乎音调声律,歌曲最后一段高亢激越像吴地歌曲,虽然它是南方鄙陋的声调,但内容丰富,曲调宛转动听,具有《诗·淇奥》那样美妙的乐音。过去屈原贬居在沅水、湘水之间,那个地方人民迎神祭鬼,歌词大多粗俗,就创作《九歌》,一直到现在荆楚一带还歌唱它。因此我也作《竹枝》九首,使歌手们歌唱它,附录在后边,后人听到四川民歌,就会了解变风的来源了。②白帝二句:白帝城,在四川奉节县东,面临长江。白盐山,在奉节县东。《太平寰宇记》:"山南东道夔州奉节县,白盐山在州城涧东。"《水经·江水注》:"江水又东迳广溪峡,斯乃三峡之首也。其间三十里,颓岩倚木,厥势殆交,北岸山上有神渊,渊北有白盐崖,高可千余丈,俯临神渊,土人见其高白,故因名之。"蜀江,长江。③南人二句:南人,南方人。北人,北方人。莫,一作陌。

❖ **译诗** ❖

　　　　　　白帝城的城头上,
　　　　　　春天的花草又长了出来,
　　　　　　白盐山下,
　　　　　　滚滚东流的长江碧蓝。
　　　　　　南方人登上城头高歌一曲,
　　　　　　抒发壮志豪情,
　　　　　　北方人不要登城,
　　　　　　你会触景伤怀引起思乡的深情。

❖ **注释** ❖

　　这是一首怀念家乡的诗。

　　在美好的春光中,登上白帝城头,眼前是春草正生,巍峨的白盐山下,滚滚长江一泻千里,春草,白山,青水,一派明媚的风光,引逗得人们放开喉咙,高声歌唱。但是这对异乡游子,却只能勾引起他的思念家乡的愁情。景物越美好,思乡情愈切,诗人正是抓住了这一特有感受,做了突出的描写,"南人上来歌一曲,北人莫上动乡情",南人在春光感召下,放声高歌,而北人却触景伤情,愁绪满怀。说"南人上来",说"北人莫上",一"上",一"莫上",构成顿挫跌宕,把诗人的浓重的乡情做了极深沉的表达。

　　地位不同,心情不同,面对美好的春光和美丽的景色,就会产生不同的感受,诗正是从南人北人的不同感受中表达游子乡思的。

　　平淡中见深情,是这首诗的突出的艺术特点,这又正是刘禹锡学习民歌的结果。

竹　枝　词[①]

二首选一

　　杨柳青青江水平,闻郎江上唱歌声[②]。
　　东边日出西边雨,道是无情却有情[③]。

❖ **注释** ❖

　　[①]竹枝词,产生在四川地区的民歌曲调。据《新唐书》本传,《竹枝词》作

于朗州(今湖南常德市)司马任上。②杨柳二句:唱,一作踏,唱歌时以脚踏地,作为节拍。③东边二句:这是双关隐语:"东边日出"是有晴,"西边雨"是无晴。"晴"与"情"谐音,同音喻义;诗是以"东边日出西边雨"作"有情""无情"的形象比喻,来说明男女双方的"有情"。这种双关隐语,同音喻义是我国民歌的传统民族形式和表现特点。晴,一作情。却,一作还。

❖ **译诗** ❖

江岸上的杨树柳树郁郁葱葱,
江水平静像似明镜,
忽然远处江上传来郎君的踏歌声。
东边太阳已经出来,
可西边还在下雨,
说是无晴(情),却是有晴(情)。

❖ **解析** ❖

这是学习民歌形式写的一首情歌。

它巧妙地运用双关隐语和同音喻义的修辞手段和景情结合的艺术手法描写了青年男女的真挚热烈的爱情。

首句以景物起兴,是实景,岸上杨柳青青,江上水平如镜,一笔勾出江南春日美景,这是从诗中少女眼中看出来。春光引动人们的情思,二句即转出听郎歌声。"闻郎江上踏歌声",歌声一从远处江上传来,似乎不须辨别,就知道唱者是谁,直写她对他熟悉的程度,一听其声,即知其人。歌声似是传达他的情意,歌声更激起她的情思,引出复杂的心理活动:对方是无情呢?还是有情呢?说无情吧,他为什么唱得如此动听?说有情吧,他又没有表白过,而从他的歌声中又听得出"有情"之音。在这里诗人运用双关隐语的同意的手法,以"东边日出"喻"有晴(情)","西边雨"喻"无晴(情)",表面似是写景,实际是通过这种巧妙的修辞手法做形象比喻,极朴素真实又极细腻地描画了少女的内心复杂活动,刻画了一个热恋中的少女的盼望、忐忑、期待、心情焦躁等细微的感情变化,表现了男女双方(尤其是少女)的热烈的感情。

全诗清新宛妙,具有鲜明的民歌风味。

浪淘沙九首[①]

选三首

一

九曲黄河万里沙,浪陶风簸自天涯[②]。
如今直上银河去,同到牵牛织女家[③]。

❖ 注释 ❖

①浪淘沙:唐代教坊曲,原起于民间。刘禹锡在夔州期间学习这种民歌诗体,写出这组九首政治抒情诗。②九曲二句:九曲黄河,黄河河道曲折漫长。万里沙,黄河流经各地时夹带着大量泥沙。浪淘风簸,黄河波涛,汹涌澎湃。自天涯,从天边来。③如今二句:直上银河,古人认为黄河与天河相通。传说汉武帝派张骞出使寻找黄河源,张骞乘筏直上银河,见到了织女。银河,天河。牵牛、织女即牵牛星,织女星。古代神话把这两个星宿说成牛郎、织女。织女是天帝的孙女,善织锦,自嫁与牛郎后,就不再纺织,天帝大怒,强迫把他们二人分离,隔天河相望,只允许在每年农历七月七日相会。

❖ 译诗 ❖

曲折迂回的黄河水,
挟带着万里黄沙,
奔腾澎湃,滚滚来自天涯。
而今我要迎着黄河波涛,
直上天上银河,
一同去到牛郎织女的家。

❖ 解析 ❖

这是一首借黄河雄伟壮美的景象,抒发豪迈气概和奋发精神的诗。

诗人以生动形象的笔调,高度的艺术想象,极大的热情描绘了黄河的雄伟形象。九曲黄河,挟带泥沙,波涛滚动,奔腾万里,仿佛来自天边。伟大的浪漫主义诗人李白曾以满腔热情歌唱黄河:"黄河西来决昆仑,咆哮万里触龙门""西岳峥嵘何壮哉,黄河如丝天际来""黄河落天走东海,万里写入胸怀间""黄河之水天上来,奔流到海不复回"。这两位诗人笔下的黄河形象,雄奇、浩瀚、动荡、伟大,表现出一种伟大的生命力量,表现出一种伟大的精神力量,尽管各有自己的个性。在这雄伟形象面前,诗人惊叹、赞颂、追求,他展开浪漫幻想的翅膀,他要迎着从天涯来的黄河浪涛,溯流直上,到达银河,并和黄河一同到牵牛织女家中作客。想象奇丽,气魄雄伟,胸襟宏阔,表现了诗人奋发有为的精神和豪放浪漫的气魄。

六

日照澄(chéng 承)洲江雾开,淘金女伴满江隈(wēi 威)①。
美人首饰侯王印,尽是沙中浪底来②。

❖ 注释 ❖

①日照二句:澄,清澈,澄洲,阳光下耀眼的沙洲。江隈,江水弯曲的地方。②美人二句:侯王印,王侯将相的黄金官印。浪底,波浪深处的江河底。

❖ 译诗 ❖

> 明媚的阳光照耀着沙滩,
> 江面上的雾气慢慢散开,
> 辛苦劳累的淘金女工啊,
> 拥拥挤挤地布满在江湾。
> 那侯王们用的黄金官印,
> 美女的首饰皇后的金冠;
> 都是从水中浪底淘出来,
> 点点金粒凝着女工血汗!

❖ 解析 ❖

这是一首描写淘金女工艰辛劳动的诗。

诗歌描绘了淘金女工顶着风浪在江边淘金的劳动场面。澄洲是淘金地点,"满江隈",是写淘金女工之多。接下深入一步,从辛勤淘金做艺术联想,由辛勤淘金而联想到所淘之金的用途,有的被琢成贵族妇女的首饰,有的铸成王侯将相的金印,这些东西都是淘金工们勤苦劳动,从沙中浪底淘洗出来的。叙述中有描写,描写中有议论,这一典型描写具有极大的概括意义,它尖锐而集中地概括了封建社会的本质,揭示了封建统治阶级的一切物质享受,社会财富都是劳动人民血汗创造的历史真实。这就深化了诗的主题,提高了诗的思想意义和批判意义。

诗歌语言朴实简练,选择封建社会常见的生活现象入诗,具有很高的概括力和很强的艺术感染力。

八

莫道谗言如浪深,莫言迁客似沙沉①。
千淘万漉虽辛苦,吹尽狂沙始到金②。

❖ **注释** ❖

①莫道二句:谗言,说人坏话。迁客,遭贬谪外调的人。②千淘二句:漉,同滤,过滤。

❖ **译诗** ❖

不要说谗言谤语像江水浪涛那样沉深,
不要说被贬谪的人像泥沙一样水底沉,
千淘万洗的过滤虽然历尽了千辛万苦,
淘尽泥沙吹去杂质就会见到真正黄金。

❖ **解析** ❖

诗人借淘金劳动,以比兴手法,把淘金与封建统治集团的内部斗争,与诗人的身世和他对生活的态度紧紧地联系起来,做了形象的表达。谗言、迫害像狂风恶浪,迁客遭贬像沙沉江底,这是把诗人所处的政治现实和淘金劳动做了形象性的比喻,用以说明当时的黑暗现实,表现了诗人的愤懑与怨恨。在这里诗人不是正面直述,而是连用"莫言""莫道"这两个重复否定而带动荡的句式,以退为进,加强了情感的浓度,并为下二句深入一步的转折做铺垫。三四两句"千淘万漉虽辛苦,吹尽狂沙始到金",说"虽"、说"始",承"如浪深""似沙沉"做情感的联结和内在的转折,诗人从自身的体验中认识到,人生就像淘沙见金一样,尽管历尽千辛万苦,遭受种种磨难,但是大浪淘沙,黄金自见;只有经过千淘万漉的磨炼,"吹尽狂沙",才能见出一个人的真面目,才能显出他的高尚的品质。

寓论述于比喻之中,寓哲理于形象之中,在具有哲理性的形象抒发中给人以极大的启示。

西塞山怀古①

王浚(jùn俊)楼船下益州,金陵王气黯然收②。千寻铁锁沉江底,一片降幡(fān帆)出石头③。人世几回伤往事,山形依旧枕寒流④。今逢四海为家日,故垒萧萧芦荻秋⑤。

❖ 注释 ❖

①西塞山:山名,有二,一在浙江湖州市,一在湖北大冶市东;这里是指今大冶市的西塞山,它地势险要,是三国时吴国的西部要塞,江防前线。怀古,凭吊古迹,抒发感情。②王浚二句:王浚,西晋武帝时益州刺史,曾率兵伐吴,太康元年(280)攻下建业。吴帝孙皓降,吴亡。楼船,大型战船。益州,州治在今四川成都市。金陵,今南京市,三国时吴国都城,当时叫建业。王气,古代迷信望气之术,说帝王所在地有一种祥瑞之气。金陵王气,即指帝王事业的景象。黯然,暗淡无光。收,消歇。③千寻二句:千寻铁锁,吴国在长江险要处设置铁锁链作为阻挡晋军舟船的江上工事,这些铁锁被晋军用火炬烧毁。寻,古八尺为一寻。降幡,降旗。石头,即金陵。④人事二句:伤,感叹,伤怀。往事,历史事件,这里指东吴、东晋、宋、齐、梁、陈相继覆亡的历史。山形,指西塞山。枕,面临、靠近。寒流,指长江。⑤今逢二句:四海为家,即四海归一,指国家统一。故垒,指魏晋六朝时修筑的防御工事。萧萧,秋风声。荻,芦苇一类的野生植物。

❖ 译诗 ❖

王浚率兵伐吴,驾着战船,
从成都出发,沿江而下,
据有王气的金陵立刻显出覆亡景象。
千寻铁锁阻挡不住晋军进攻,
沉没于江底;
吴主孙皓在石头城上举起白旗投降。
人世间不断变化令人感叹兴亡,

高山下临大河却依然和过去一样。
现在正是国家统一的大好时光,
过去割据分裂时代留下的要害营垒,
在萧瑟的秋风中显出败落荒凉。

❖ 解析 ❖

这是一首政治抒情诗。

唐穆宗长庆四年(824),诗人由夔州调任和州(安徽和县)刺史,途经西塞山,借古讽今写下此诗。

诗人从晋灭东吴统一中国的历史写起,以雄壮豪放的笔墨,生动地描写了西晋水师在王濬率领下沿江东下,势如破竹,直下金陵的历史场面;并以"铁锁沉江",吴主出降,揭示出地势险峻不足恃,"金陵王气"也挽救不了灭亡的命运和立国在德不在险的历史规律。接下诗人对这种历史经验教训做了认真严肃的总结,山川依旧,人世沧桑,"人世几回伤往事",由孙吴而及于六朝,做历史横剖面的综述,指出:偏安一隅,割据称王,都逃不掉历史覆亡的历史命运,从而把坚持国家的统一,反对割据分裂的主题突出了出来。最后以故垒荒凉破败的景色刻画和四海归于一统的抒情收结,直点现实,批判与警告封建割据的藩镇势力。使诗歌具有鲜明的政治倾向性和现实的针对性。

全诗以事起,以景结,借古讽今,上下古今,纵横跌宕,气势雄浑,感情充实,是一首怀古佳作。

金陵五题[①]

选二首

余少为江南客,而未游秣(mò 末)陵,尝有遗恨。后为历阳守,跂(qí 岐)而望之,适有客以金陵五题相示,迪(yóu 由)尔生思,飙(xū 虚)然有得。他日友人白乐天掉头苦吟,叹赏良久,且曰:"石头诗云:'潮打空城寂寞回',吾知后之诗人,不复措辞矣。"余四咏虽不及此,亦不孤乐天之言耳。

石头城[②]

山围故国周遭在,潮打空城寂寞回[③]。
淮水东边旧时月,夜深还过女墙来[④]。

❖ 注释 ❖

①金陵五题：刘禹锡于长庆四年(824)任和州刺史，宝历二年(826)冬去职，此组诗是他在和州任内写的。五题是《石头城》《乌衣巷》《台城》《生公讲堂》《江令宅》。序言的意思：我年少时生长在江南，但是没有机会游览金陵，以为憾事。以后任历阳(今安徽和县)郡守，踮起脚尖从远处看它，恰好有一客人拿金陵五题给我看，因此自然地产生想法，忽然间有所得(写下这五首组诗)。有一天友人白居易吟诵这五首诗，长时间的赞叹欣赏。并且说："石头诗中说：'潮打空城寂寞回'，我知道以后的诗人，在这样诗作面前，没有话可说了。"其余四首诗虽然不如这首诗，但它们也不辜负白居易的话了。②石头城：故址在今南京市清凉山一带，战国时为楚的金陵城，汉末建安十七年(212)，孙权重建并改名为石头城，一直是六朝的国都。它是《金陵五题》组诗的第一首。③山围二句：山围，群山环绕口故国，故都，指石头城。周遭，周围的城墙。潮，长江的潮水。空城，指石头城荒凉残破。寂寞，悄悄地，默默无声地。④淮水二句：淮水，秦淮河。女墙，城上短墙、城垛。

❖ 译诗 ❖

群山环绕的六朝旧都，
周围的城墙依然存在，
江潮拍击着这荒废的空城，
又默默无声地退了回来。
秦淮河上升起的月亮，
仍旧和过去一样明媚洁白，
夜深时穿过城垛，
俯瞰这荒凉的故国竟如此残败。

❖ 解析 ❖

石头城本是六朝旧都，山围故国，城墙依然存在，潮打空城，古城已残破荒凉。这些历史残迹正表明了那个曾经煊赫一时的六朝国都，几代繁华的江南佳丽地，是不能永存的，昔日繁盛，今日衰败。今昔对照，借古讽今，就是这首诗的主旨。

诗以石头城这一历史遗迹为题，对江潮与明月做拟人化的描写，石城虎踞，今已残破空旷，江潮拍打城墙的壮观，今日已无人欣赏，只能寂寞地退回了。说"潮水""寂寞回",是化无情为有情,以水之寂寞衬古城之荒凉,在转进一层地描写中表达物是人非之感。只有明月多情,穿过女墙仍旧照着这古老荒凉的故都。明月常存,江山依旧,历史无情,人事全非。在这里诗人用移情手法,以明月之有情探看,反衬人事之无情,世事之沧桑。在这今昔对比的描写中,抒写了诗人的抚今追昔的感慨,揭示了诗人以古鉴今的思想意图,透露出诗人对现实的批判态度。

在景物描写中渗透着作者的惋惜哀悼的情感,在凭吊古迹中抒发着不胜今昔之感。

全诗气势雄浑,悲凉慷慨。

乌 衣 巷①

朱雀桥边野草花,乌衣巷口夕阳斜②。
旧时王谢堂前燕,飞入寻常百姓家③。

❖ **注释** ❖

①乌衣巷,是金陵城(南京)秦淮河之南的一条街巷,三国时吴国曾在此设军营,兵士都穿黑色衣服,因而得名。东晋时,这里是王导、谢安等豪门贵族的住宅区。这是《金陵五题》的第二首。②朱雀二句:朱雀桥,秦淮河上的浮桥,在古金陵城东南四里,东晋咸康三年(336)所建。花,这里用作动词,花开。③旧时二句:王、谢,东晋两家最大的门阀士族。《丹阳记》:"乌衣巷,琅玡诸王所居。"《舆地志》:"晋时王导自立乌衣宅。宋时诸谢曰:乌衣之聚,皆此巷也。"寻常,平常。

❖ **译诗** ❖

    曾经煊赫一时、热闹非凡的,
    朱雀桥边、乌衣巷口,
    如今已是野草丛生,野花遍地,
    夕阳残照,一派荒凉破败。
    春天的燕子年年照旧飞来,
    可是乌衣巷却早已把面貌改。
    在那王谢华堂的废墟上,
    已经建起了平常百姓的住宅。

❖ 解析 ❖

　　这是借乌衣巷的沧桑变化,抒发诗人的今昔之感。朱雀桥、乌衣巷都是过去极煊赫、极繁华的地方,如今只有野花夕阳;过去的兴盛已一去不复返了,昔盛今衰,昔日权势赫赫,今日已荡然不复存在。而昔日王氏、谢氏的华丽壮观建筑已化为一片废墟,旧时的燕子在春天又飞回来了,又飞到原来的地方筑巢,可是屋舍已不是王谢的华堂,屋主人也已不是那些贵族豪门,而是普通的平常老百姓人家了。不直说王谢的兴衰变化,不直说王谢的衰落败亡,而是借燕子的飞入"寻常百姓家",把今昔的巨大变化揭示出来,曲折地表现了诗人对唐王朝由盛转衰的深沉感叹。

　　诗人以"野草花""夕阳斜"做景物点染和气氛渲染,勾画出一派荒凉衰败的景象;接以燕子重来,老屋易主,旧燕寻巢,把从乌衣巷的凭眺引入历史的纵观,世家大族王、谢的没落、凋零,在这废墟上出现寻常百姓的住宅。一个"旧时",一个"寻常",概括了丰富的内容,揭示出无情的历史发展规律,表达了深邃的人生哲理,反映了对豪门权贵的讽刺和深沉的今昔盛衰之感。

　　全诗言简意深,以小见大,用笔深曲。

　　咏史诗是借史以鉴今,抒写其历史兴亡的感叹,刘禹锡在咏史诗中往往把矛头指向最高统治集团,指斥统治者的荒淫误国,用以劝诫;他甚至大声疾呼"兴废由人事,山川空地形"(《金陵怀古》),要唐朝统治者接受历史教训。在这里表现了诗人对封建统治集团的黑暗统治的不满,表达了他对腐败政治的批判精神;同时也揭示了诗人的忠于封建王朝,力图挽救封建王朝的没落而不得的矛盾的痛苦的心情。

酬乐天扬州初逢席上见赠[①]

巴山楚水凄凉地,二十三年弃置身[②]。怀旧空吟闻笛赋,到乡翻似烂柯人[③]。沉舟侧畔千帆过,病树前头万木春[④]。今日听君歌一曲,暂凭杯酒长精神[⑤]。

❖ 注释 ❖

①唐敬宗宝历二年(826),刘禹锡罢和州刺史,北归洛阳,途经扬州遇到白居易,在酒宴上,白居易写了《醉赠刘二十八使君》,其中有"诗称国手徒为尔,命压人头不奈何。举眼风光长寂寞,满朝官职独蹉跎。亦知合被才名折,二十三年折太多"诗句,对刘的长期贬谪表示同情,刘禹锡写了这首诗答

谢他。②巴山二句：巴山楚水，指湖南、湖北、四川一带。刘禹锡被贬后，迁徙于朗州、连州、夔州、和州等边远地区，这里用巴山楚水概指这些地方。二十三年，从唐宪宗永贞元年（805）刘禹锡贬为连州刺史至宝历二年（826）前后近二十三年。弃置身，指遭受贬谪的诗人自身。③怀旧二句：怀旧，怀念老朋友。空，白白地、徒然地。闻笛赋，指晋人向秀所作的《思旧赋》。《思旧赋序》："余逝将西迈，经其旧庐，于时日薄虞渊，寒冰凄然，邻人有吹笛者，发声嘹亮，追思向昔游宴之好，感音而叹，故作赋云。"（意思是说：我将要离此西去，经过嵇康的旧居，当时日落黄昏，河水寒冷凄凉，听到邻人吹笛声音嘹亮，回忆过去游览、宴会、唱和的友情，不胜感慨，写下这篇赋。）乡，故乡。翻似，倒好像，竟变成。烂柯人，《述异记》载：晋人王质入山砍柴，观看两个童子下棋，到棋局终了，手中的斧柄已朽烂，即刻返回家里，已过了百年，同时代的人都已死去了。诗人以王质自比，表达人世沧桑之感。④沉舟二句：诗人以"沉舟""病树"自比，但不要因个人的"长寂寞""独蹉跎"而消沉，世界在发展，前途充满春意。⑤今日二句：凭，凭借。长，增长。歌一曲，指白居易的《醉赠刘二十八使君》一诗。

❖ 译诗 ❖

在两湖四川边远凄凉的地方，
我过着贬谪生活已二十三年。
怀念故友，
只能白白地吟诵向秀的《思旧赋》篇。
回到故乡，恍如隔世，
人们都不相识了。
沉船旁边千帆飞驶而过，
病树前头万木争荣，春意盎然。
今日在酒宴上听你为我吟诗一首，
让我借这杯酒长长精神，振作一番。

❖ 解析 ❖

　　这是一首以赠答形式写成的政治抒情诗。诗人在酬答白居易时，借以抒写他长期被贬谪遭迫害的痛苦与愤慨，表现了他的不怕打击，在逆境中坚持理想、振奋精神和相信未来的思想与信念。
　　诗的首联以凄凉地、弃置身直接抒发他长期被贬边荒的愤慨。二联连用典故,抒发他对战友的深切怀念,表达他长期遭贬后的人事沧桑之感,用典贴切,感情深沉,把首联的慷慨感情进一步深化,三联推开一步,由自己的现实处境推想开来,看到周围事物的发展变化,千帆竞发,万木争春。相信未来一定会比现在好,借景物描写表达人生哲理,情景理结合,形象、深邃。结联在酬答白居易的盛情时明确表达不消极,不退后,振作自持,坚持奋斗的精神。

全诗委婉曲折,细致深刻,直抒胸臆和通过景物描写表达人生哲理相结合,有较强的艺术感染力。

再游玄都观①

百亩庭中半是苔,桃花净尽菜花开②。
种桃道士归何处,前度刘郎今又来③。

❖ 注释 ❖

①再游玄都观:元和十年,诗人因《游玄都观》诗得罪当道,被贬为播州刺史,后改任连州刺史,长庆元年(821)任夔州刺史,转和州刺史,唐文宗大和元年(827)回洛阳为主客郎中,次年回到长安,再游玄都观,作此诗。②百亩二句:苔,青苔。菜花,野菜花。③种桃二句:前度,前次,前回。

❖ 译诗 ❖

广阔的庭院中遍地是青苔,
一片荒凉寂寞,
桃树桃花全都不见,
只有满地野菜花开。
当初栽种桃树的道士,
不知竟往哪里去了?
前次来过的刘郎禹锡,
而今重又回来!

❖ 解析 ❖

这首诗原有序言:"余贞元二十一年(即永贞元年,此年八月改元)为屯田员外郎,时此观未有花。是岁出牧连州,寻贬朗州司马。居十年,召至京师。人人皆言,有道士手植仙桃满观如红霞,遂有前篇(指《游玄都观》诗),以志一时之事。旋又出牧。今十有四年,复为主客郎中,重游玄都观,荡然无复一树,唯兔葵燕麦动摇于春风耳。因再题二十八字,以俟后游。时太和二年(828)三月。"这是说:我在贞元二十一年任屯田员外郎,当时这个庙宇没有桃花。这一年出任连州刺史,不久又贬为朗州司马。在外居住十年,被召还长安。人人都说,有个道士亲自栽种的桃树开花,全道观像红色彩霞,于是写下《游玄都观》一诗,记下这件事。不久又外任。现已十四个年头了,又任主客郎中,重游玄都观,那些桃树已全都不存在了,只有野菜、野麦在春风中摇动罢了。因此再写下这首七言绝句,以留给后游的人。时间是唐文宗太和二年(828)三月。

序言完整地记述了诗人写《游玄都观》和《再游玄都观》二诗的全部创作背景和创作经过,它们不是一般的记游写景诗,而是两首杰出的政治讽刺诗。这是继十四年前游玄都观后第二次记游诗。第一次因写下《游玄都观》诗,"语涉讥刺,执政不悦",再次遭贬谪。打击、迫害吓不倒诗人,他坚信自己的事业,不屈不挠,不灰心,不后退,坚持斗争,他认为昙花一现的东西是不可能长久的,于是他写下《再游玄都观》一诗。

这首诗与《游玄都观》做对比描写,昔日的玄都观何等红火,何等热闹,而今日的玄都观面目全非,满目荒凉,桃树桃花已无一存,遍地青苔,满院野菜、黄花,就连那栽种桃树的道士也不见了。昔日那些看花的人也不见了,只有我这个被贬谪,遭迫害的人今天又回来了。在这今昔对比的描写中,在盛后而衰的景物描写中,抒写了诗人因斗争胜利而产生的喜悦之情,进一步表达了诗人对保守势力的极端蔑视。

全诗通过今昔对比,借景物描写,借花事以喻人事,揭示了诗人生活时代统治阶级内部斗争和政局的变动。反映了中唐社会现实的一个侧面。"执政者复恶其轻薄",正反映出这首诗的战斗内容和刘禹锡的大无畏的斗争精神。

这二首诗表面戏赠,实是讽刺;表面写景,实是抒情,借自然景物以写人事,自然贴切,尖锐犀利。

秋词二首

一

自古逢秋悲寂寥,我言秋日胜春朝①。
晴空一鹤排云上,便引诗情到碧霄②。

❖ 注释 ❖

①自古二句:寂寥,寂寞萧条。春朝,春天。②晴空二句:排,推开,冲破。碧霄,青天。

❖ 译诗 ❖

    自古以来文人骚客,
    每到秋天就慨叹人生的寂寞萧条;
    我却说秋天胜过生机盎然的春朝。
    秋高气爽,万里晴空,白云飘摇,
    白鹤凌云,直上高空,自由翱翔。
    我的诗情也随着凌空的白鹤,
    冲上万里云霄。

❖ 解析 ❖

  这首诗一反传统的悲秋观念,表现他对秋天的礼赞。
  从宋玉《九辩》以来,历代封建文人笔下的秋景,大都写得萧瑟悲凉,悲秋就成了一个传统。刘禹锡一反老调,以热烈的笔调,歌赞秋天的美。首句"自古逢秋悲寂寥",指出悲秋传统。二句"我言秋日胜春朝",以明确的对立的态度否定了传统的悲秋观点,热情地述说自己的独特发现:天高气爽的秋天胜过明媚的春天。这种对秋天的礼赞,表现了他的激越的向上的反传统的思想感情。接下,诗人转入描写眼前秋景,捕捉白鹤凌云这一典型景象,展现出秋高气爽,万里晴空,白鹤凌云,自由翱翔的雄伟壮阔的景色画面。此情此景,令人心胸开阔,心情激荡,诗人感到自己的诗情被激发,被吸引,随着凌云的白鹤而飞上万里碧霄。高远飘逸的诗情与雄伟壮阔的画意结合,前者虚而后者实,虚因实生,虚实结合,壮阔的秋色激发了人们的诗情,从一个侧面揭示了秋天特有的美,深入而突出地表达了"秋日胜春朝"的主题。

全诗意新境新,语言质朴自然,风格昂扬,感染力强。

二

山明水净夜来霜,数树深红出浅黄①。
试上高楼青入骨,岂知春色嗾(zú 族)人狂②!

❖ 注释 ❖

①山明二句:数树,很多的树,树,这里指枫树。②试上二句:青,清风,秋风。嗾,嗾使,使唤。

❖ 译诗 ❖

深秋时节,
山是透明的,水是透明的,
夜里飘洒着轻霜,
棵棵枫树,经霜之后,
已由深红代替了浅黄。
登上高楼,秋色入骨,
使人精神振奋,神清气爽。
曾经使人发狂的春光,
那里能比得上这金色的秋光!

❖ 解析 ❖

在这首诗中诗人以极敏锐的眼光发现了秋天特殊的美,秋天的山是明朗的,秋天的水是清澈的,而满山经霜的枫叶就更美了:"深红出浅黄",满山枫叶,先是由绿变成浅黄,而后又逐渐由浅黄转为深红,秋逐渐深了,山也更美了。诗人给我们描绘了一幅美妙多姿、色彩绚丽的秋色图。他把美丽的空间和特定的时间凝铸概括在这秋色图中。何况青青的山,明净的水,这秋色深刻入骨,使人振奋,使人昂扬,使人清醒,它远远地超过了曾经迷人的春光。诗以"试上""岂知"构成跌宕,说"试上",写他心情矛盾,不上又想上,想上又怕上,因为秋色秋风入骨。说"岂知",是以反诘句意构成对比,写春色惨使人狂远不如秋色的使人狂。诗正是在相互对比与顿挫跌宕中收结,结得余意不尽。

歌赞秋色特有的美,抒发昂扬奋发的生活意志;同时也表达了诗人对人生的体验:经霜的枫叶才会变红,经过磨炼的意志才会更坚强,这就是诗人的秋色观。

语言简朴,情景交融,寓意深远。

杨 柳 枝 词①

九首选二

一

　　塞北梅花羌笛吹,淮南桂树小山词②。
　　请君莫奏前朝曲,听唱新翻杨柳枝③。

❖ 注释 ❖

①柳枝词:原名《折杨柳》,汉乐府横吹曲,歌辞多借杨柳为题材,托物以抒情。刘禹锡学习这种民间曲调,并创作新词,时间是在苏州刺史任上(832—834),共九首,这里选二首。②塞北二句:塞北,我国北部边塞地区。梅花,指汉乐府横吹曲《梅花落》,又叫《梅花引》。羌笛,我国古代少数民族羌族的乐器。吹,吹奏。淮南小山,指西汉淮南王刘安的门客。桂树,指刘安门客作的《楚辞》《招隐士》,其第一句是"桂树丛生兮山之幽"。③请君二句:前朝曲,前一代的歌曲。新翻,新创作。

❖ 译诗 ❖

　　塞北羌笛吹奏的《梅花引》乐曲,
　　淮南小山写作的《招隐士》歌辞,
　　它们都已经陈旧过时。
　　请你不要再吹奏那些陈腔旧调,
　　还是听我歌唱新创作的《杨柳枝》词。

❖ 解析 ❖

　　这首诗是《杨柳枝词》九首的第一首。

它以清新的笔调,明快的语言,富有民歌风味的诗句,在新旧对比描写中,形象地论述了他的进步的文学观点。诗以新歌与旧曲的鲜明对比,形象地指出那些《梅花引》《小山词》都是前一时代的歌曲,都是过了时的,陈旧的东西,它们已不再能引起人们的审美兴趣,早已失去了艺术感召力;对此,诗人,明确地指出"请君莫奏前朝曲",不要再演奏过了时的陈腔旧调,态度鲜明而果断,"听唱新翻杨柳枝",他要创造,要革新,要向民歌学习,从而在文艺问题上表现了他的革新创造精神。

文学创作是时代的反映,也是时代的产物,它要随时代的发展而不断创新,文学艺术的生命力就在于不断创新;新的时代要求新的文学创作,莫奏前朝曲,新翻杨柳枝,集中而形象地反映了文学发展的基本规律。

全诗立意新颖,语言明快,寓论断于叙述之中,富有民歌风味。

二

炀帝行宫汴(diàn 便)水滨,数株残柳不胜春①。
晚来风起花如雪,飞入宫墙不见人②。

❖ 注释 ❖

①炀帝二句:汴水,指隋时汴河故道。隋炀帝往江都就由此水道,沿河筑堤种柳,谓之隋堤。残柳,春末柳花飞舞,如柳树凋残。②晚来二句:花如雪,柳絮(花)像飞雪。

❖ 译诗 ❖

隋炀帝的旧行官,
矗立在汴水岸旁,
几株凋残的柳树,
在春风中摇晃。
傍晚的风儿,
吹起柳絮像飘飞的白雪,
飞进宫墙之中,
不见人影,沉寂荒凉。

❖ 解析 ❖

这是一首咏隋堤的诗,是九首中的第六首。

隋堤尚在,行宫仍存,柳花如雪,宫中无人。淡淡几笔勾勒,就描绘了一幅寂寥荒凉的隋代行宫景色。隋炀帝是历史上有名的荒淫昏庸的统治者,他奢侈豪华,荒淫昏庸,为了享乐,挥霍无度,在全国建立多处行宫别馆,但曾几何时,隋王朝在农民革命风暴冲击下,一朝崩溃瓦解、烟消云散。他所精心建筑的行宫别馆成了他的罪恶统治、腐朽生活的历史见证。行宫仍巍峨矗立在汴水岸旁,隋堤上的柳絮飞花,在晚风中飞入行宫院墙之内。在过去,它曾撩拨起无数宫人的春愁乡思,而今天,它只能徒自飞来飞去,没有一个人再来欣赏它了。行宫景色仍然,年年如此,而人事已非,昔日繁华早已湮灭,今日只有柳絮飞花飘来飘去。

诗歌正是在这淡淡的景色描写中抒发了诗人的今昔盛衰、历史兴亡的感慨。在场景勾画中渗透感情态度,含蓄委婉,语言平淡,感情深沉,是一首较好的咏史诗。

贾 岛

贾岛(779—843),字阆(làng 浪)仙,范阳(今北京附近)人。早年屡试不第,出家为僧,法名无本。后又还俗应试,因出身卑微,仍不第,"文宗时,坐飞谤,贬长江主簿"(长江,今四川蓬溪),后移普州司仓参军。他有《长江集》传世。

贾岛是以苦吟著称的诗人。他的生活道路狭隘,反映在他的诗歌创作中也是狭隘的。他的诗只写一些个人生活感受,很少面对现实,因此缺少重大而广泛的社会生活内容。

他的诗较多的是写自然景物,风格清奇凄寂,语言雕琢锤炼。

题李凝幽居①

闲居少邻并,草径入荒园②。鸟宿池边树,僧敲月下门③。
过桥分野色,移石动云根④。暂去还来此,幽期不负言⑤。

❖ 注释 ❖

①题李凝幽居:在李凝隐居的地方题诗。②闲居二句:闲居,隐居。③鸟宿二句:这两句诗有个传说,《苕溪渔隐丛话·前集》卷十九引《刘公嘉话》:"岛初赴举京师,一日,于驴上得句云:'鸟宿池边树,僧敲月下门。'始欲着'推'字,又欲着'敲'字,练之未定,遂于驴上吟哦,时时引手做推敲之势。时韩愈吏部权京兆,岛不觉冲至第三节,左右拥至尹前,岛具对所得诗句云云。韩立马良久,谓岛曰:作敲字佳矣。……"此后就把铸字炼句,反复修改叫"推敲"。④过桥二句:云根,云的出处,《诗经·召南·殷其雷》毛传:"山出云雨,以润天下。"孔疏:"山出云雨者,《公羊传》曰:触石而出,肤寸而合。'"这是说,古人认为云气是从山石中出来的,只要触动山石,就出云气,所以称石为云根。⑤暂去二句:幽期,隐居的期约。不负言,不辜负已约定的话。

❖ 译诗 ❖

独自隐居,
邻友不多,
一条小路直入荒凉的园林。
鸟雀栖息在池塘边的树上,
月夜之下僧人敲响寺门。
过了小桥,桥两边的色彩截然不同,
山石动荡,云气从山中石穴喷涌。
暂时离开这里,将来再回此地;
决不辜负誓言一定共同隐居。

❖ 解析 ❖

这是反映诗人隐居思想的诗。

隐居、孤寂、荒凉、凄清是诗人笔下精心勾画的"幽居"情景。"鸟宿池边树,僧敲月下门",以生动的形象、具体的场景,描绘出一种幽深寂寥的意境:鸟则树宿,门只僧敲,照应"少邻并"做铺写。"过桥分野色,移石动云根",以旷野颜色的变换,山中云气的飘动,由近及远,勾勒出一幅开旷深远的图景。一写入园所见之景,一写闲居所做之事。这四句用经过雕琢锤炼的语言和多变化的景物的交替出现,刻画了幽寂、凄清、淡远的自然风貌,从中透露出作者对人生的淡漠的心境和对淡雅的隐士生活的赞羡。最后用"幽期不负言"做结,明确地表白了他逃避现实,要求隐居的态度。作者在诗中没有说明他为什么要隐居,我们可以从他的生活道路上探求他的原因,这就是他在政治上的长期失意,因而最后走向消极的退隐道路。

作者以平常口语入诗,语言清新质朴,但又是经过锤炼的,有明显的雕琢痕迹,诗歌风格清奇淡远。

渡 桑 乾[①]

客舍并州已十霜,归心日夜忆咸阳[②]。
无端更渡桑乾水,却望并州是故乡[③]。

❖ 注释 ❖

①乾,桑乾河,即永定河,源出山西马邑县,经河北流入大清河。这是诗人渡桑乾河北行时写的诗。②客舍二句:舍,居住。并州,古州名,指今山西北部、河北中部一带。十霜,即十年。咸阳,陕西咸阳。③无端二句:无端,无缘无故。

❖ 译诗 ❖

并州作客已经十年,
天天盼望回归家园,
日日夜夜想念咸阳。
无缘无故又渡过了桑乾,
远望并州,
却又把它看成是故园。

❖ 解析 ❖

这是一首客子思乡的诗。

开头两句直写客子思归心情的急切。久客并州,十年在外,远隔故乡,日夜想念,归心似箭,写得情真意切。"十霜",说过了十年寒霜苦日,一用"已"字,在难熬之上又加上了极不耐烦,把不堪忍受的心情活画出来。二句承上直点"归心",归心似箭,日夜思念,说"日夜忆咸阳",把思情之浓烈描写出来。后两句以"无端""却望"做转折,以映衬笔法,更深一层地表现客子思归之情。久客并州日夜思归咸阳故乡,今日非但不能归去,反而北渡桑乾,越走越远,不仅离咸阳日远,就连并州也越来越远了。还望并州,又如同在并州怀念咸阳那样,不唯不能回咸阳,就是并州,尚不得住,何况咸阳?曾是客居十年的并州,也似乎成了自己的第二故乡了,连并州也不得归。对咸阳那是连想都不得想的了。诗正是在这多层转折中,表达了诗人的欲归不得,离乡日远的痛苦而愤慨心情。

这首诗委婉细腻,转折跌宕,回肠荡气,感染力很强。

李 绅

　　李绅(772—846),字公垂,润州无锡(今江苏无锡)人。为人短小精悍,于诗最有名,时号"短李"。元和元年(806)进士,补国子助教,不乐,辄去。李锜辟掌书记,绅抗命,不为草表,几见害。穆宗召为右拾遗,翰林学士。与李德裕、元稹同时号为"三杰"。历中书舍人,御史中丞,户部侍郎。敬宗立,李逢吉构之,贬端州司马,徙江州长史,迁滁、寿二州刺史,以太子宾客分司东都。太和中,擢浙东观察史。开成初,迁河南尹、宣武节度使。武宗即位,官至宰相,以检校右仆射平章事节度淮南。

　　李绅是白居易、元稹诗歌新乐府运动的积极参加者,他首唱《新题乐府》,可惜这些诗歌都已散佚。

　　《全唐诗》录其存诗四卷。

悯农二首①

一

春种一粒粟,秋成万颗子②。
四海无闲田,农夫犹饿死③。

❖ 注释 ❖

　　①悯农二首,又作古风二首,是写农民的悲惨生活的诗。②春种二句:秋成,一作秋收。③四海二句:四海,全国各地。无闲田,没有不耕种的土地。

❖ 译诗 ❖

　　　　　　春天种下一粒种子,
　　　　　　秋天收得万颗粮食。
　　　　　　天下没有一块闲地,
　　　　　　农民仍然冻饿而死。

❖ 解析 ❖

诗人以白描手法,通过对农民的一年四季的艰辛劳动,开发土地,春种秋收,但仍遭到冻饿而死的悲惨命运的描写,高度概括地揭露了封建统治阶级对农民的残酷剥削,揭示了阶级对立的尖锐化,表达了诗人的强烈愤慨和深切同情。

春天播种,秋季丰收,虽然丰收,而"农夫犹饿死",这就是问题所在。诗人并未到此为止,中间加一"四海无闲田",农民依靠辛勤劳动,开辟大量荒田,全国没有一块闲田,粮食取得大丰收,可是"农夫犹饿死",这又是问题所在。诗正是以层层推进的手法揭示了封建制度是造成这一问题的社会根源,从而给人以深刻的艺术感受。

这首诗以简洁概括的语言,从个别场景到整体概括,揭示了整个封建社会的阶级本质,具有言简意深的艺术力量。

二

锄禾日当午,汗滴禾下土①,
谁知盘中餐,粒粒皆辛苦②?

❖ 注释 ❖

①锄禾二句:锄禾,夏锄铲地。午,午间。②谁知二句:餐,一作飧(sūn 孙)。

❖ 译诗 ❖

铲地正当中午,
热汗滴下田土,
谁知碗中米饭,
粒粒都经辛苦?

❖ 解析 ❖

诗以质朴简练的语言,运用白描手法,鲜明具体地描写了在烈日之下,农民挥汗夏锄的艰辛劳动场面,并以格言句式,民歌化的通俗字眼,深深慨叹粮食来之不易,从而表现了诗人对农民疾苦的同情。诗从实到虚,从感性上升到理性,尤其在反诘中表达人人可以接受的生活哲理,给人以理性的启示。

这两首诗语言质朴精警,风格平易自然,概括力较高,具有强烈的艺术表现力。

白居易

　　白居易(772—846),字乐天,下邽(guī 规)(今陕西渭南县)人。他生长在藩镇割据的战乱之中,经历了德宗、顺宗、宪宗、穆宗、敬宗、文宗六个朝代。幼年避战乱迁居越中(今浙江一带)。德宗贞元十五年(799)进士,授秘书省校书郎,补盩厔(zhōu zhì)(今陕西周至县)县尉。在将近两年的县尉任内,亲眼看到了唐朝政治的腐败,亲身体会到了下层人民生活的艰难痛苦,开阔了眼界,提高了认识,丰富了他的诗歌创作源泉,推动他走上现实主义诗歌创作道路。宪宗元和二年(807)授官翰林学士,三年任左拾遗,多次上书指责时政,用诗歌为武器,揭露与批判社会现实,写下以《新乐府》《秦中吟》为代表的《讽喻诗》,把现实主义诗歌创作推向高峰。他因直言极谏,得罪当道,元和十年(815)被贬为江州司马。这次遭贬谪,在他的政治道路与创作道路上是一个关键性的转折点。自此以后多次任地方官,元和十四年(819)任忠州刺史,穆宗长庆二年(822)任杭州刺史,敬宗宝历元年(825)任苏州刺史,后任秘书监、河南尹、太子少傅等职。晚年闲居东都洛阳履道里,修香山寺,自号香山居士。唐武宗会昌六年(846)卒,年七十五。

　　白居易生活的时代,是李唐王朝的封建统治日趋没落,阶级斗争和统治阶级内部斗争尖锐化的时代。安史乱后,唐王朝的中央权力日益削弱,宦官专权,把持朝政,藩镇割据,战祸连年,社会生产力遭到很大破坏。封建统治阶级更加残酷地剥削压榨人民,土地高度集中,广大农民群众丧失土地,正如皇甫湜所指出的:"今疆畛相接,半为豪家,流庸无依,率是编户"(《皇甫持正文集》卷三《制举》)。这就使阶级矛盾进一步激化,爆发了大小数十次农民起义和少数民族起义,沉重地打击了唐朝的封建统治,为唐末农民大起义提供了经验和准备了若干条件,对封建社会的发展起了很大的推动作用。

　　社会阶级矛盾的激化促进并加剧了统治阶级内部的矛盾斗争,在封建统治阶级中产生了要求改革弊政,缓和阶级矛盾,解决政治危机的改革思潮。这种改革活动是为了加强中央集权,巩固李唐王朝的封建统治。受这种改革思潮影响并与之相呼应,在散文领域出现了韩愈、柳宗元领导的古文运动;在诗歌领域出现了继承《诗经》、汉乐府和杜甫的现实主义文学传统,批判黑暗统治,反映民生疾苦的新乐府运动,其代表人物是白居易。

白居易的思想以儒家思想为主导,又接受道家和佛教思想的影响。儒家的"达则兼济天下,穷则独善其身"是他立身处世的指导思想。这种"兼济"与"独善"对立统一在诗人思想中,在不断变化的阶级斗争形势中,在他的作品中以不同形式不同程度地表现出来。一般地说,在他的早年,"治国平天下"的"兼济"思想占据主导地位;在他遭受政治打击时,尤其是在他的晚年,明哲保身的"独善"思想则占据着主导地位。佛家的悲观思想、出世思想和道家的清静无为,消极退让等思想观念和"独善"思想掺杂在一起,成为他晚年的思想的主导方面。一方面,他苦恼,愤激,勇敢的战斗,愤怒的批判;另一方面,他徘徊,妥协,乐天知命,颓唐消极,这就是那个时代和他的阶级所给予他的一切。这种思想矛盾全面地反映在他的诗歌创作中,并且严重地影响着他的各个时期的诗歌创作的思想艺术成就。

白居易比较全面地总结了《诗经》《乐府》直至杜甫的现实主义文学创作实践,提出了鲜明的、系统的、完整的现实主义诗歌创作理论和文学主张,成为当时的新乐府运动的文学创作与批评的理论基础。安史之乱以后,唐代诗坛上产生了脱离人生,逃避现实的不良倾向,这种形式主义文风严重地影响了诗歌的健康发展。因此,总结和发扬从《诗经》至杜甫的现实主义优良传统,提高文学的"风雅比兴"的批判现实的社会作用,就成为唐代中叶的文学思潮的主流,白居易的文学主张正是这个时代文学思潮的集中反映,对唐代中叶的文学创作的繁荣发展产生重大的推动和指导作用。

不容忽视的一个方面是他接受了市民阶层的思想影响和市民文学影响,词和传奇小说这些新的文学都给他以重大的影响。白居易的诗歌分讽喻诗、闲适诗、感伤诗、杂律诗四类,这些诗歌暴露了封建统治阶级荒淫奢侈和强取豪夺,深刻反映了广大农民和其他劳动人民的痛苦生活与悲惨遭遇,尖锐揭露与批判了宦官专权与宫市制度的罪恶。他在诗歌中反对藩镇割据,维护中央集权统一,反对封建的扩边战争,拥护正义的反侵略战争,歌颂人民的爱国主义思想和行为。他在诗歌中反对残酷的封建赋税,愤怒地揭露了"两税法"这一新的赋税制度给人民带来的苦难;他还以深切的同情,描写了封建社会中广大妇女的种种悲剧命运;并以批判的笔调,揭露了封建统治者崇信神仙,追求长生不死的虚妄行为,同时白居易也用诗歌反映了他多方面的生活感受和思想情趣。

白居易诗歌艺术上的主要特征是他以现实主义的艺术方法,摄取具有重大意义的社会题材,反映重大历史事件,揭示具有普遍意义的社会矛盾,反映重大的社会主题,使诗歌在反映现实矛盾和社会生活上达到了一定的深度和广度,把我国古典诗歌的现实主义传统推向一个新高度。他以鲜明的艺术笔触,刻画了众多的劳动人民的艺术形象,个性鲜明,形象突出,细致而深刻地反映了广大劳动人民的悲惨遭遇和他们的精神面貌。他把从现实得来的切身感受,对现实各种矛盾的清醒认识与深刻分析结合起来,把抒情与叙事、客观的描写和主观的评价结合起来,加强了诗歌的叙事成分,提高了诗歌的概括能力,使诗歌具有鲜明的政治倾向性和强烈的艺术感染力。白诗平易近人,意到笔随,言浅而深,意微而显,写情写景,如在目前,使诗歌具有明朗、精纯和自然的美;白诗善于叙事,情节曲折,布局完整,为人民大众喜闻乐见;他特别注意对民间口语的加工提炼,所谓"天下俚语被乐天道尽",从而大大地丰富了诗歌的语言,提高了诗歌的艺术表现力。

白居易的诗歌在思想与艺术上都达到了当时代的现实主义高峰,在他的现实主义文学主张和文学创作实践的影响下,推动了新乐府运动的发展,在众多的作家群的共同努力下,使诗歌创作继盛唐之后又出现了一个百花齐放的新局面。

白居易是中国文学史上的伟大的现实主义诗人,也是世界文学史上著名的诗人。

赋得古原草送别①

离离原上草,一岁一枯荣②。野火烧不尽,春风吹又生。
远芳侵古道,晴翠接荒城③。又送王孙去,萋萋满别情④。

❖ 注释 ❖

①赋得古原草送别:唐德宗贞元三年(787),白居易十六岁时作。他从江南至长安,以此诗谒见老诗人顾况。据唐人张固《幽闲鼓吹》载:"白尚书应举,初至京,以诗谒著作顾况。顾睹姓名,熟视白公,曰:'米价方贵,居亦弗易'!乃披卷首篇曰:'离离原上草,一岁一枯荣……'即嗟赏曰:'道得个语,居易矣!因为之延誉,声名大振。"(白居易在年轻参加科举考试时,刚到京城。拿着自己的诗作谒见著作郎顾况,顾况看他的姓名。仔细地看白居易,说:京城米价正昂贵,在这里生活不容易!接着看诗卷第一篇:'离离原

上草,一岁一枯荣……'就感叹赞赏说:能说出这个话,住在长安是容易的了。因此替他宣传,称道他的才能,于是白居易的名声大振。)宋尤袤《全唐诗话》、明蒋一葵《尧山堂外纪》都有相同内容的记载。赋得,作诗凡是限定的题目,都要在诗题上加"赋得"二字,这是应制诗的体例。此诗是作者准备应试的拟作。诗题一作"草"。②离离二句:离离,长貌,形容春草茂密繁盛的样子。原,山野平原。荣。茂盛生长。枯,枯槁。③远芳二句:远芳,辽阔原野上的青草。晴翠,阳光照射下的青翠野草。侵,蔓延,吞没。接,连接。④又送二句:王孙,贵族后代,这里泛指远游在外的人。这句诗意本于《楚辞·招隐》:"王孙游兮不归,春草生兮萋萋。"萋萋,野草茂盛的样子。

❖ 译诗 ❖

原野上长满了野草,
一年一次生长繁茂,
一年一次萎谢枯槁;
野火不能把它烧尽,
每当春风乍吹之时,
遍地又生茂密繁盛。
野草无边无际蔓延,
淹没了古老的大道,
翠绿繁茂广阔无边,
连接着边远的城郊。
今天又送友人远游,
青草也有离情苦恼。

❖ 解析 ❖

这首诗是白居易少年时代的作品,也是他成名之作。

诗从原上草写起,是比兴,也是眼前实景。山野平原上茂密的野草,一荣一枯,又荣又枯,这引起诗人无限的感慨与联想。一切事物有生就有死,有荣就有枯,这是事物的规律。但是诗人认为顽强的生与不可避免的死二者之间,前者是主要的,值得歌颂的。"野火烧不尽,春风吹又生",以生动形象的描绘,揭示了春草的顽强生命力,着重歌唱生的欢乐。接下一个"侵"字,一个"接"字,以铺叙手法,进一层渲染了春草的生生不已的无限生机,并在自然景物的光景常新中渗透出离情别意。最后正面写惜别之情。芳草萋萋与人事离别形成尖锐对照，草色关情，芳草也像满含着离愁别绪，点明题目，把惜别之情补足。

全诗语言平易浅切，形象凝练，格调清新，诗味隽永，在对荒原野草的赞颂中，歌唱了人生，表达了诗人热爱生活，乐观进取，积极向上的精神。

李　白　墓①

采石江边李白墓，绕田无限草连云②。
可怜荒垅穷泉骨，曾有惊天动地文③。
但是诗人多薄命，就中沦落不过君④。

❖ 注释 ❖

①李白墓：宣州（安徽）当涂县北青山（牛渚山）有李白墓。②采石二句：采石，牛渚山的北部，突出于江中，南北过江的渡口。《旧唐书·地理志·宣州》："牛渚山一名采石，在县北四十五里大江中。"无限，无边无际。③可怜二句：荒垅，荒坟。穷泉，黄泉、九泉，深挖地下到出泉水的程度，这里指死后埋葬在地下。杜甫《春日忆李白》："白也诗无敌，飘然思不群。"《寄李十二白二十韵》："昔年有狂客，号尔谪仙人。笔落惊风雨；诗成泣鬼神。"白居易在前人评论的基础上又给以高度评价。④但是二句：但是，凡是。就中，其中。沦落不过君，论其一生沦落，以你为最。杜甫《梦李白二首》："冠盖满京华，斯人独憔悴。"《天末怀李白》："文章憎命达，魑魅喜人过。"白居易在杜甫的基础上又做了新的概括。

❖ 译诗 ❖

长江岸边，采石山上
矗立着李白的坟墓陵园，
周围是无边的田野，一片荒草连接云天。
可怜荒坟埋葬着尸骨，
他曾经写出过惊天地泣鬼神的诗文。
凡是诗人，他们的命运大多不好，
他们当中一生沦落没人超过你一人。

❖ 解析 ❖

这是一首悼念伟大诗人李白的诗。

贞元十五年(799),白居易二十八岁,这年秋在宣州瞻仰、凭吊李白墓,写下这首诗,之后即去长安应试。

在白居易生活的年代,盛行一种扬杜抑李的论调。对此,白居易、韩愈都曾进行过斗争,并对李白、杜甫做出正确的评价。韩愈在《调张籍》中指出:"李杜文章在,光焰万丈长。不知群儿愚,那用故谤伤?蚍蜉撼大树,可笑不自量。"白居易又在《读李杜诗集因题卷后》中说道:"暮年逋客恨,浮世谪仙悲。吟咏留千古,声名动四夷。"这种李杜并尊的观点,在澄清视听,正确评价李杜上,是有指导意义的。

诗的开头两句以江边荒冢,绕田无限,野草连云,形象地描写出李白死后的荒凉冷寂,流露出诗人深沉的哀悼之情。接下以死后凄凉和文章千古做尖锐对照,并以"可怜""曾有"这样富有感情色彩的词语做形式上的连接,构成内在感情的跌宕顿挫,表达了诗人的强烈的悲愤之情。尽管死后凄凉冷漠,但李白是不朽的,他的惊天地泣鬼神的诗文永远留在人间,永远为人民所喜爱。最后以"诗人多薄命""沦落不过君"做结,对李白的悲剧命运表示极大的同情,表达了他的浓重的哀悼凭吊的感情。在这里。白居易在悼念伟大诗人李白的同时,用了"但是""就中",这就在哀悼李白的基础上做了具有普遍意义的概括和具有规律性的总结。

千百年来文学发展的历史为唐代诗人和文学理论家提供了丰富的历史经验。先秦以来就形成的"发愤以抒情"的文学传统为后代继承和发展。到了白居易的时代,以白居易为首的现实主义大师对此又做出了规律性的总结。他在《与元九书》中说:"况诗人多蹇,如陈子昂、杜甫,各授一拾遗,而迍剥至死。李白、孟浩然辈不及一命,穷瘁终身。"韩愈在《送孟东野序》中说:"大凡物不得其平则鸣。"在《调张籍》中说:"惟此两夫子(指李白、杜甫),家居率荒凉。帝欲长吟哦,故遣起且僵。"他们指出封建时代造成大多数文学家的不幸遭遇和悲剧命运,从而反映出他们对封建社会的强烈批判,对文学家的悲剧命运的深切同情。这样的社会现实使诗人创造总结出一种理论,这就是"文穷而后工""物不得其平则鸣",在封建时代,那些遭受政治压抑的人们,才有可能通过切身感受,"自鸣其不幸",来反映这个时代。"愤怒出诗人",只有这种"不平""愤怒",才能创造出"惊天动地文",才能"吟咏留千古,声名动四夷",千古不朽。

全诗感情深挚,深切感人,在悼念中表现了对亡者的无限崇敬和对死后的凄凉的无限愤慨。

长 恨 歌①

汉皇重色思倾国,御宇多年求不得②;杨家有女初长成,养在深闺人未识③。
天生丽质难自弃,一朝选在君王侧④;回眸一笑百媚生,六宫粉黛无颜色⑤。
春寒赐浴华清池,温泉水滑洗凝脂⑥;侍儿扶起娇无力,始是新承恩泽时⑦。
云鬓花颜金步摇,芙蓉帐暖度春宵⑧;春宵苦短日高起,从此君王不早朝⑨。
承欢侍宴无闲暇,春从春游夜专夜⑩。后宫佳丽三千人,三千宠爱在一身⑪。
金屋妆成娇侍夜,玉楼宴罢醉和春⑫。姊妹弟兄皆列土,可怜光彩生门户⑬,
遂令天下父母心,不重生男重生女⑭。

❖ 注释 ❖

①长恨歌:元和八年(806)十一月在周至县尉任上作。同时,陈鸿撰《长恨歌传》。白居易以前唐玄宗李隆基和贵妃杨玉环的历史事件为基本题材,并选择、提炼和揉进了作者所生活的时代里关于李杨二人的传说和遗事,加以想象与创造,创作出这首具有现实主义与浪漫主义相结合的艺术特色的长篇叙事诗。②汉皇二句:汉皇,指汉武帝刘彻,这里借指唐玄宗,因不便明显地讽刺本朝的皇帝,故借汉皇做比拟。倾国,美女。《汉书·外戚传》载,李延年对汉武帝唱歌,赞美一个女人的美貌:"北方有佳人,绝世而独立。一顾倾人城,再顾倾人国。宁不知倾城与倾国,—佳人难再得。"后来"倾城倾国"就成为对美女的常用词语。御宇,做皇帝统治全国。③杨家二句:杨家,杨贵妃,相传小名玉环,蒲州永乐(今山西芮城)人,幼时养在叔父杨玄珪家。开元二十三年(735)册封为寿王李瑁(唐玄宗儿子)的妃子。开元二十八年(740),玄宗度她为女道士,住太真宫,道号太真,这是一种掩饰性的临时安排,天宝四载(745)册封为玄宗的贵妃,得到唐玄宗极端的宠幸。④天生二句:丽质,美貌。⑤回眸二句:六宫,古代封建帝王后妃的住所。六宫粉黛,指宫内所有的妃嫔;粉黛,妇女的化妆品,这里用做妇女的代称。无颜色,与杨贵妃相比,相形之下,六宫妃嫔显得不美了。⑥春寒二句:华清池,现陕西临潼区骊山华清宫温泉,开元十一年(723)建温泉宫,天宝六载(747)改名华清宫,唐玄宗在冬季和春初都要到这里游乐。凝脂,形容女人皮肤细白柔

滑,如同凝固的脂肪,语本《诗·卫风·硕人》:"肤如凝脂"。⑦侍儿二句:侍儿,侍婢。承恩泽,指得到皇帝的宠遇。⑧云鬓二句:云鬓,形容妇女头发黑而多的样子,语本《诗·鄘风·君子偕老》:"鬓发如云"。金步摇,古代贵族妇女的头饰,用黄金做成"山题",上面有金、银、翡翠做的雀、花、兽等装饰,缀以珠玉,插在发上,随步而摇动。《续汉书·舆服志》下:"皇后假结步摇,步摇以黄金为山题,贯白珠为桂枝相缪,一爵九华六兽,诸爵兽皆翡翠为毛羽,金题白珠珰,绕以翡翠为华云。"《释名》:"步摇上有垂珠,步则摇也。"《杨太真外传》卷上:"上又自执丽水镇库紫磨金琢成步摇,至妆阁亲与插鬓。"⑨春宵二句:早朝,古代皇帝在黎明时接受朝见和处理政事。《墨子·非乐上》:"王公大人早朝晏退,听狱治政,此其分事也。"《礼记·内则》:"昧爽(黎明)而朝。"⑩承欢二句:《新唐书·杨贵妃传》:"……而太真得幸,善歌舞,邃晓音律;且智算警颖,迎意辄悟;帝大悦,遂专房宴。"⑪后宫二句:三千人,泛言其多。古代封建统治者为了淫乐和役使,挑选大量民间女子,强迫入宫。"后庭数千""动有数万",这里说三千,只是泛说,实际上不止此数。⑫金屋二句:金屋,最受宠爱的女人的住屋。《汉武故事》:"帝(指汉武帝)为胶东王数岁,长公主(武帝的姑母)抱置膝上,问曰:儿欲得妇否?欲得。长公主指左右长御(众妃嫔)百余人,皆云不用,指其女阿娇好否?笑对曰:好,若得阿娇作妇,当作金屋贮之。"这里用指杨玉环的寝宫。⑬姊妹二句:姊妹兄弟,指杨氏一家。天宝四载册封杨玉环为贵妃,后又追赠其父杨玄琰为太尉,齐国公,叔杨玄珪为光禄卿,宗兄铦为鸿胪卿,锜为侍御史,杨钊(国忠)为右丞相;三个姐姐封为韩、虢、秦三国夫人。列土,封有爵位和食邑(分封土地),指封建皇帝把部分土地封给贵族享用。可怜,可羡慕。⑭遂令二句:《史记·外戚世家》:"生男无喜,生女无怒;独不见卫子夫,霸天下!"唐玄宗时歌谣:"生女勿悲酸,生男勿喜欢。"又曰:"男不封侯女作妃,看女却为门上楣。"(一作"生男勿喜女勿悲,君今看女作门楣。")楣,门户上的横木,古代贵显之家门楣高大,因以门楣喻门第。此指杨家因生女而宗门崇大显赫。

以上为第一段,写唐玄宗与杨贵妃二人结合过程以及唐玄宗纵情享乐,专宠杨贵妃,以致废弃国政,政治日益腐朽的情况。

骊宫高处入青云,仙乐风飘处处闻⑮。缓歌漫舞凝丝竹,尽日君王看不足⑯。渔阳鼙鼓动地来,惊破《霓裳羽衣曲》⑰。九重城阙烟尘生,千乘(shèng 胜)万骑(jì 计)西南行⑱。翠华摇摇行复止,西出都门百余里⑲;六军不发无奈何,宛转蛾眉马前死⑳。花钿(tián 田)委地无人收,翠翘(qiáo 桥)金雀玉搔头㉑;君王掩面救不得,回看血泪相和流㉒。

❖ 注释 ❖

⑮骊宫二句:骊宫,指华清宫,因在骊山上,又称骊宫。⑯缓歌二句:看不足,诗中点明是以舞蹈为主,所以叫"看不足"。⑰渔阳二句:渔阳,郡名,本幽州地,开元十八年分置蓟州,天宝元年,改为渔阳郡;辖今北京市东南一部分地区,当时属范阳节度使管辖。这里指天宝十四载十一月,平卢、范阳、河东三镇节度使安禄山据范阳郡(即幽州,天宝元年改为范阳郡,辖今北京市大兴、宛平、昌平、房山等大部分地区)叛乱的事。鼙鼓,古代骑兵用的小鼓。破,古乐舞曲中有"入破",这里有破坏的意思。霓裳羽衣曲,舞曲名。据白居易《霓裳羽衣舞歌》自注:"开元中,西凉府节度杨敬述造。"⑱九重二句:九重城阙,指京城。皇帝居住的地方有九道门,叫九重。烟尘生,发生战事。西南行,指逃亡四川。《旧唐书·玄宗纪》:天宝十五载六月,潼关不守,京师大骇。"甲午,将谋幸蜀。……乙未,凌晨,自延秋门出,微雨沾湿,扈从惟宰相杨国忠、韦见素、内侍高力士及太子、亲王、妃主、皇孙已下多从之不及。"《资治通鉴·唐纪》卷三十四:"杨国忠……首唱幸蜀之策,上然之。甲午,……上移仗北内。既夕,命龙武大将军陈玄礼整比六军,厚赐钱帛,选闲厩马九百余匹,外人皆莫之知。乙未,黎明,上独与贵妃姊妹、皇子、妃、主、皇孙、杨国忠、韦见素、魏方进、陈玄礼及亲近宦官、宫人出延秋门,妃、主、皇孙之在外者,皆委之而去。"可知此次逃亡四川是极为仓促匆忙,唐玄宗已被吓得手忙脚乱,不知所措,这个富贵天子只有带着杨贵妃逃跑了;而护卫人员并不多,所以诗中的"千乘万骑"乃是夸大之辞。⑲翠华二句:翠华,皇帝的旗子上用翠羽做装饰,因用为皇帝旗帜的代称。百余里,指马嵬驿,马嵬故城在兴平县西北二十三里,兴平县东至长安九十里,马嵬距长安一百多里。⑳六军二句:六军,周代的制度,天子六军,每军一万二千五百人;后泛称皇帝的军队为六军,此指皇帝的警卫部队。玄宗时,实际有左右龙武、左右羽林四军,以后才增为六军。《旧唐书·肃宗纪》:"(天宝十五载六月)丁酉,至马嵬顿,六军不进,请诛杨氏。"《国史补》卷上:"玄宗幸蜀,至马嵬驿,命高力士缢杨贵妃于佛堂前梨树下。"刘禹锡《马嵬行》:"贵人饮金屑,倏忽舜英暮。"这是认为杨贵妃为吞金而非缢死,二说并存以资参考。宛转,犹辗转。蛾眉,古代美女的代称,这里指杨贵妃。㉑花钿二句:花钿,贵族妇女戴

的镶嵌珠宝的首饰。翠翘、金雀,钗名,玉搔头,玉簪。㉒君王二句:掩面,掩盖着面目,不忍心看杨贵妃之被处死。

  以上为第二段,写由于唐玄宗政治腐败和荒淫腐化的生活,招致了安史之乱,以及在兵乱之中杨贵妃成了牺牲品。

黄埃散漫风萧索,云栈萦纡登剑阁㉓,峨眉山下少人行,旌旗无光日色薄㉔。
蜀江水碧蜀山青,圣主朝朝暮暮情㉕;行宫见月伤心色,夜雨闻铃肠断声㉖。
天旋日转回龙驭,到此踌躇不能去㉗;马嵬坡下泥土中,不见玉颜空死处㉘。
君臣相顾尽沾衣,东望都门信马归㉙。归来池苑皆依旧,太液芙蓉未央柳㉚。
芙蓉如面柳如眉,对此如何不泪垂㉛?春风桃李花开日,秋雨梧桐叶落时㉜。
西宫南内多秋草,落叶满阶红不扫㉝。梨园弟子白发新,椒房阿监青娥老㉞。
夕殿萤飞思悄然,孤灯挑尽未成眠㉟;迟迟钟鼓初长夜,耿耿星河欲曙天㊱。
鸳鸯瓦冷霜华重,翡翠衾寒谁与共㊲?悠悠生死别经年,魂魄不曾来入梦㊳。

❖ 注释 ❖

  ㉓黄埃二句:云栈,高入云霄的栈道。玄宗由陕入川,经过秦岭(北栈道)、巴山(南栈道)剑阁,属南栈道的一部,在今四川剑阁县北,又称剑门山。㉔峨眉二句:峨眉山在今四川峨眉县境,玄宗由长安至成都不经过峨眉山,这里是泛言蜀山蜀道,用以渲染气氛。㉕蜀江二句:碧,青绿颜色。㉖行宫二句:行宫,皇帝出外的临时住所。夜雨闻铃,指《雨霖铃》曲,《明皇杂录》:"明皇既幸蜀,西南行。初入斜谷,属(遇)霖雨(久雨)涉旬,于栈道雨中闻铃音与山相应。上(玄宗)既悼念贵妃,采其声为《雨霖铃曲》以寄恨焉。"这里隐括了这件事。按,栈道最险处,要拉铁索方能通过,索上挂着铃铛,听响声以便前后照应。㉗天旋二句:天旋日转,指时局好转,国家得到恢复。至德二年(757)九月,郭子仪大败安庆绪,收复长安。龙驭,皇帝车驾;回龙驭,指十二月唐玄宗由蜀返回长安。此,指杨贵妃埋葬的地方。㉘马嵬二句:马嵬坡,即第一段"西出都门百余里"之地。空死处,即空见死处。㉙君臣二句:信马归,不去策马,听任马儿自己走。㉚归来二句:太液,池名,在长安城东北大明宫内,池中有蓬莱山,旁有蓬莱殿。未央,汉宫名,在长安西北。这里泛指唐宫殿池苑。㉛芙蓉二句:芙蓉,莲花。㉜春风二句:秋雨梧桐,秋雨打在梧桐叶上。㉝西宫二句:西宫,南内,皇宫之内称大内,唐以大明宫为东内,兴庆宫为南内,太极宫为西内。玄宗从四川归来时住在南内;上元元年

(760)权宦李辅国胁迫玄宗迁往西内甘露殿,并贬谪流放高力士、陈玄礼等,玄宗绝食,忧愤成疾。㉞梨园二句:梨园弟子,《雍录》卷九:"开元二年正月,置教坊于蓬莱宫,上自教法曲,谓之梨园弟子。至天宝中,即东宫置宜春北苑,命宫女数百人为梨园弟子,即是梨园按乐之地,而予教者名为弟子耳。"淑房,古代后妃住的宫殿,以花椒和泥涂墙,取其温暖芳香。阿监,宫中近侍太监。青娥,宫女。㉟夕殿二句:按,古代宫廷中夜间不点灯,只燃烛。这里是极力形容玄宗凄苦悲凉的晚年生活处境。思悄然,孤寂沉闷。㊱迟迟二句:迟迟,形容时间漫长迟缓。耿耿,明亮。河,银河。曙,天将明。㊲鸳鸯二句:鸳鸯瓦,屋顶上一仰一俯合在一起的瓦。霜华,即霜花。翡翠衾,绣有翡翠羽毛的锦绣被子。㊳悠悠二句:经年,周年。魂魄指杨妃的亡魂。

以上为第三段,写唐玄宗对杨妃的思念之情和他晚年的凄凉生活处境。

临邛(qióng穷)道士鸿都客,能以精诚致魂魄㊴。为感君王展转思,遂教方士殷勤觅㊵。排云驭气奔如电,升天入地求之遍㊶。上穷碧落下黄泉,两处茫茫皆不见㊷。忽闻海上有仙山,山在虚无缥缈间㊸。楼阁玲珑五云起,其中绰约多仙子㊹。中有一人字太真,雪肤花貌参差是㊺。金阙西厢叩玉扃(jiōng),转教小玉报双成㊻。闻道汉家天子使,九华帐里梦魂惊㊼。揽衣推枕起徘徊,珠箔(bó泊)银屏迤逦开㊽。云鬓半偏新睡觉,花冠不整下堂来㊾。风吹仙袂飘飘举,犹似《霓裳羽衣舞》㊿。玉容寂寞泪栏干,梨花一枝春带雨[51]。含情凝睇谢君王:"一别音容两渺茫[52],昭阳殿里恩爱绝,蓬莱宫中日月长[53]。回头下望人寰处,不见长安见尘雾[54]。唯将旧物表深情,钿合金钗寄将去[55]。钗留一股合一扇,钗擘(bò簸)黄金合分钿[56]。但令心似金钿坚,天上人间会相见[57]。"临别殷勤重寄词,词中有誓双心知[58];七月七日长生殿,夜半无人私语时:"在天愿作比翼鸟,在地愿为连理枝[59]。"天长地久有时尽,此恨绵绵无尽期[60]。

❖ 注释 ❖

㊴临邛二句:临邛,今四川临邛县。鸿都,汉洛阳北宫门名,汉代藏书和教学的地方,光和元年(178)二月,置鸿都门学,待诸生优于太学,这里借指长安。《杨太真外传下》:"有道士杨通幽自蜀来,知上皇(玄宗)念杨贵妃,自云'有李少君之术(招魂术)。'上皇大喜,命致其神(魂魄)。"致,招致。㊵为感二句:展转,反复缠绵的样子。方士,讲求仙、服药以求长生不老的术

士，即指上面的临邛道士。殷勤，真诚而尽力。觅，寻找（杨贵妃的魂魄）。㊶排云二句：排云驭气，腾云驾雾。求之遍，各地各处都找到了。㊷上穷二句：穷，穷尽，找遍。碧落，道家称天空的名称。黄泉，挖地出水叫黄泉。一般用作地下的称呼。茫茫，模糊不清。㊸忽闻二句：海上仙山，指传说中的蓬莱三岛。㊹楼阁二句：五云，五色彩云。绰约，柔婉美好的样子。《庄子·逍遥游》："藐姑射之山，有神人居焉，肌肤若冰雪，绰约若处子。"㊺中有二句：参差，仿佛；约略。是，像是（她）。㊻金阙二句：金阙，传说中的神仙宫殿。玉扃，玉石门扇。小玉，相传是吴王夫差的女儿。双成，传说是神话中西王母的侍女，《汉武帝内传》："西王母命玉女董双成吹云和之笙。"小玉，双成，借指太真的侍女。转教，辗转传呼。报，通报。㊼闻道二句：九华帐，装饰极华美的帐子。㊽揽衣二句：揽衣，披衣。珠箔，珠帘。银屏，镶嵌银花的屏风。迤逦，逐次。接连不断。㊾云鬓二句：不整，即不正，歪带着。㊿风吹二句：袂，衣袖。(51)玉容二句：阑干，泪水纵横满面的样子。(52)含情二句：含情凝睇，眼光中含着无限的深情。(53)昭阳二句：昭阳殿，汉宫殿名，汉成帝皇后赵飞燕所居的宫殿，这里借指杨妃生前的寝宫。蓬莱宫，传说神山的仙人宫殿。(54)回头二句：人寰，人间。(55)唯将二句：旧物，指杨妃生前玄宗和她定情的礼物。《长恨歌传》："定情之夕，授金钗钿合以固之。"钗、合为他们结婚的纪念物，所以称为旧物。钿合，以黄金珠宝镶成花纹的盒子，有盖有底两扇，下面说的一扇，即指盖或底。一说钿合为首饰名。(56)钗留二句：钿合留下一扇，金钗留下一股，作信物以表情。(57)但令二句：金钿坚，像金钗宝钿一样坚固。(58)临别二句：临别，与临邛道士分别。两心，指杨妃和唐玄宗二人。(59)七月四句：长生殿，《唐会要》卷三十："华清宫，天宝元年十一月造长生殿，名为集灵台，以祀神。"又，唐代称寝殿也叫长生殿。比翼鸟，传说中的鸟，只有一目一翼，雌雄相比而飞，《尔雅·释地》："南方有比翼鸟焉，不比不飞，其名谓之鹣鹣。"比，并列，紧靠。连理枝，两棵树的枝条连生在一起。比喻恩爱的夫妻。(60)天长二句：此恨，指李杨的生离死别的爱情悲剧。绵绵，长远不断的样子。

以上为第四段，通过方士寻仙的浪漫的幻想，描写了唐玄宗、杨贵妃之间坚贞爱情，揭示了他们二人的爱情悲剧的意义，点明主题。

❖ 译诗 ❖

汉武帝好女色想要美人,
做皇帝已多年却找不到理想的,
杨家女儿刚刚长大成人,
生长在深闺里,
还没有看见过外人。
天生的美貌不能弃置不顾,
这一天被选到皇帝的近身。
回头一笑千娇百媚,
顿时六宫妃嫔都失掉了颜色。
初春时节皇帝叫她到华清池沐浴,
温泉清水洗她那细白柔滑的皮肤。
侍女扶起她娇弱无气力,
这才是开始接受皇帝恩宠的时候。
柔黑的头发,美丽的容貌,
头上的首饰伴着金步动摇;
在芙蓉帐里度过快活的春宵。
春宵太短,太阳已升起老高,
从此以后皇帝不再上早朝。
承受恩宠,侍候饮宴,
没有一点闲暇,
日日陪从游乐,
夜夜陪伴君王度过欢乐的良宵。
后宫美女三千多人,
可对三千人的宠爱只集中在贵妃一身。
金屋夜妆显得娇媚可爱;
玉楼宴罢更增醉人风韵。
姊妹兄弟都得了高官领了封地,
可羡慕哟,光宗耀祖的杨氏姐妹们,
这就使得天下父母的心,
不重视生男孩只重视生女人。
骊宫巍峨高耸入云,

美妙动听的音乐随风飘扬,
处处可以听闻;
轻歌曼舞,旋律和谐,
凝成一个美妙的整体,
整日整夜,君王看也看不够。
渔阳叛乱的战鼓惊天动地,
惊破了《霓裳羽衣曲》的节奏。
长安京城里烟尘起战祸生,
汉家皇帝带领千骑,
向那西南方向逃走。
皇帝车驾摇摇摆摆,
走走又停止,
往西才离开都城一百多里,
可六军不前进又有什么办法,
杨贵妃在马前被勒死。
花钿丢弃在地上没人收,
翠翘、金雀还有玉搔头。
君王捂着脸,他也没有办法去援救,
回头看到的是血和泪在一起流。
黄土漫天,山风萧瑟,
攀登盘旋曲折的栈道才到达剑阁。
巍巍的峨眉山下行人稀少,
旌旗失去光彩,阳光惨淡稀薄。
蜀江的水哟碧绿,蜀中的山哟青青,
日日夜夜触动着君主的思情。
夜晚驻在行宫,月儿也显出伤心的颜色;
连天阴雨,栈道上的铃声和空山的雨声,
合奏出令人断肠的悲声。
时局大转,玄宗由四川返回长安城,
来到贵妃死处,徘徊留恋不忍离去。
在这马嵬坡泥土之中,
只见她惨死的地方却寻不到她的踪影。

君臣泪眼相对,
眼泪沾湿了衣裳;
向东对着长安城门,
听任马儿信步由缰。
回到长安皇宫,
看到水池庭苑依然如旧;
太液池中的荷花,
未央宫前的杨柳。
荷花像她的脸庞,
柳叶像她的弯眉;
面对眼前的情景,
怎不叫人感伤落泪?
不论是春天桃李花盛开的日子,
还是秋雨打在梧桐叶上的时候,
西宫南内遍地秋天的枯草,
红、黄树叶落满台阶,又有谁打扫?
教坊乐工满头白发,
近侍宫女都已苍老。
夜晚的宫殿沉闷孤寂,
只有萤火虫飞来飞去;
灯草挑尽,夜已深沉,
人儿还是不能安眠入梦。
钟鼓的更点这样缓慢,夜这么长;
明亮的星斗,闪烁的银河,
我从夜晚一直看到大天亮。
天气寒冷,屋瓦上的霜花多么厚重;
遮寒绣被,谁人能和我一起共用!
生离死别已经过了长长的一年,
她的亡魂却没有进入我的梦中。
四川临邛道士来到长安城,
说是精诚专一能招来死者的魂灵。
受到君王思念之情的感动,

就教方士尽心尽力地寻觅。
腾云驾雾，飞奔像闪电，
升上天空，下入地府，寻找个遍。
向上找遍了天上，
向下找遍了地下，
两处都模模糊糊什么也看不见。
忽然听说大海之上有座仙山，
这座山坐落在虚无缥缈的地点。
玲珑壮丽的楼阁耸立在五色彩云之间，
那里有众多柔媚美丽的天仙。
其中有一仙人名字叫太真，
花朵般的美丽容颜，
仿佛还像她的生前。
在金阙西边轻叩玉石大门，
请求仙女转告杨太真。
听说汉家天子派来了使者，
在九华帐里惊动了她的梦魂。
披上衣服，推开枕头，出了床帐，
在屋中走去走来，
珠帘子银屏风逐次打开。
半偏着云鬓，刚刚睡醒，
歪戴着花冠走下堂来。
清风徐来吹动着仙人的衣袖，
还像那妩媚动人的《霓裳羽衣舞》。
寂寞的面孔上流着晶莹的清泪，
一枝梨花经受着春雨的欺侮。
含着无限深情感谢君王，
一经分别再没有相见的希望。
断绝了昭阳殿里真挚的恩爱，
蓬莱宫中消磨着寂寞的时光。
回过头来下望那遥远的人间，
看不见长安京城只见漫漫尘雾。

唯有拿出当年定情时的礼物,
托你把钿合金钗送到君王的身边。
钿合留下一扇,金钗留下一股,
金钗擘开黄金,钿合分开宝钿;
只希望我们二人的心,
像金钗宝钿一样坚固;
不论是在天上还是在人间,
总会有相见的那一天!
临别时真诚地再把心里话托给他,
这是只有你我二人知道的誓言,
七月七日在华清宫长生殿,
夜深人静,你我立下的秘密誓言:
在天上愿意永作比翼双飞的鸟儿,
在地上希望成为连理并生的枝条。
天那么长,地那么久,
也有穷尽的时候;
这爱情悲剧的绵绵长恨,
却永远没有了结的尽头!

❖ 解析 ❖

　　这首长诗作于宪宗元和元年(806),白居易三十五岁,周至县尉任上。当时他与陈鸿、王质夫游仙游寺,议论唐玄宗、杨贵妃二人之事,白居易写《长恨歌》,"歌既成,使(陈)鸿传(《长恨歌传》)焉。"

　　白居易以前代唐玄宗李隆基和贵妃杨玉环的历史事件为基本题材,并选择、提炼和揉进了作者所生活的时代里关于李杨二人的传说和遗事,借鉴了唐代传奇小说思想艺术创作经验,加以想象与创造,写出这首具有现实主义与浪漫主义相结合的艺术特色的长篇叙事诗。

　　历史事件的复杂性,人物遭遇的复杂性以及历史与传说的融合与艺术化,构成了这首诗主题思想的复杂性。

　　白居易曾说:"一篇《长恨》有风情,十首《秦吟》近正声。"(《编集拙诗成一十五卷,因题卷末,戏赠元九、李二十》)"风情""正声",是说他的诗歌义同"风""雅";值得注意的是说《长恨歌》"有风情",显然点出这首长诗为言情之作。

李隆基和杨玉环在作品中被描写成为具有巨大感染力量的两个艺术形象。作品写了一个完整的爱情悲剧故事，它自始至终贯穿着两重性，贯穿着矛盾冲突。冲突的结果，是悲剧性的人物的长恨。李、杨二人既是爱情悲剧的承担者，又是自己的爱情悲剧的制造者，从而构成一个特殊性质的爱情悲剧。这就是《长恨歌》的爱情悲剧的本质，是区别于其他爱情悲剧的根本所在。与诗中艺术形象的这种冲突，这种两重性相适应，作者的思想倾向也表现为矛盾的两方面，表现为两重性：一方面，对于李杨爱情及其在爱情上的遭遇，寄予深切的同情；一方面，对于李杨纵情误国，因而造成爱情悲剧，则表示出谴责与愤慨。这种同情与谴责对立统一在爱情悲剧的范围之内，但作者偏重于对李杨悲剧的同情与惋惜上，这是作者的创造性所在。

《长恨歌》综合地体现了作者的社会观点、妇女观点和对于唐玄宗、杨贵妃及其爱情悲剧事件的美学态度，也反映了人民群众对李、杨的总评价。在白居易生活的年代里，广大人民不仅痛恨封建统治阶级及其暴政，追溯造成这种社会恶果的根源，对于这种恶果的制造者进行严厉地谴责与批判；而另一方面，在饱尝动乱艰辛之余，必然产生对往昔"盛世"的向往，对"开元之治"及其君主产生怀念与景仰之情，对他们的悲剧性的遭遇产生某种同情之感。这就正是《长恨歌》的复杂的思想内容，具有深刻的社会根源和较大的社会意义的缘故。

卖 炭 翁①

苦宫市也

卖炭翁，伐薪烧炭南山中②。满面尘灰烟火色，两鬓苍苍十指黑③。卖炭得钱何所营？身上衣裳口中食④。可怜身上衣正单，心忧炭贱愿天寒。夜来城外一尺雪，晓驾炭车辗冰辙⑤。牛困人饥日已高，市南门外泥中歇⑥。翩翩两骑来是谁？黄衣使者白衫儿⑦。手把文书口称敕，回车叱牛牵向北⑧。一车炭重千余斤，宫使驱将惜不得⑨。半匹红纱一丈绫，系向牛头充炭直⑩。

❖ 注释 ❖

①卖炭翁：《新乐府》第三十二首。"宫市"，中唐时期，封建皇宫以采购物品为名，派出宦官到市场上公开掠夺人民的财物；德宗时，更设"白望"于

东西两市,口称"官市",随意勒索,并要货主送进皇宫,并向他们要"门户钱"、脚价钱。这正反映了封建统治者的极端贪婪性和极端腐朽性。《卖炭翁》这首叙事诗以典型事例揭露了"官市"的罪恶。②卖炭翁二句:南山,终南山,在陕西长安之南。③满面二句:苍苍,黑白相间的颜色,此,指头发花白。④卖炭二句:何所营,干什么用,营,谋求。⑤夜来二句:辗,碾轧。冰辙,结满冰雪的车辙。⑥牛困二句:市南门,长安市南门。⑦翩翩二句:翩翩,行动迅急的样子。黄衣使者白衫儿,唐代官廷宦官品级高的穿黄衣,没有品级的穿白衣。⑧手把二句:把,拿,持。文书,公文。称,说。敕,封建皇帝的命令。北,唐代长安东、西市在城南,皇宫在城北,这里指把炭车牵向皇宫。⑨一车二句:官使,指黄衣使者白衫儿。驱将,赶走。使不得,不得使,没有办法。⑩半匹二句:唐代市场交易,绢帛一类丝织品可以代替货币使用,当时绢贱钱贵,一匹绢(四丈)只值八百文。半匹纱一丈绫,比一车木炭的价钱相差很远。纱绫,都是很薄的丝织品。系,拴结。直,同值,价格。

❖ 译诗 ❖

　　　　　　卖炭的老翁,
　　　　　　在终南山里砍柴烧木炭,
　　　　　　烟熏火燎,满面灰尘,
　　　　　　十指墨黑,两鬓苍苍。
　　　　　　卖了炭拿到钱干什么用?
　　　　　　用它换取衣裳和粮食。
　　　　　　可怜他的衣服真是单薄又破旧,
　　　　　　可他却担心炭价太贱,希望天气再冷些。
　　　　　　昨夜城里城外下了一尺多厚的大雪,
　　　　　　一清早就赶起炭车走在冰雪的道路上;
　　　　　　老牛困乏,老翁饥饿,太阳已经升在高空,
　　　　　　赶到长安市南门外,炭车停在泥水中。
　　　　　　两个骑马的人翩翩而来,他们是谁呢?
　　　　　　是黄衣白衫的宫廷使者。
　　　　　　他们手里拿着公文,口里传着圣旨,
　　　　　　拉转炭车,大声吆牛,牵向北城。

一车木炭,一千多斤重,
官使赶走,虽然心疼也没有办法。
半匹红纱一丈长的绫,
系在牛角上当作一车炭的价钱。

❖ 解析 ❖

"宫市"是唐代封建统治者一种最无耻的掠夺方式,这种"宫市"引起广大人民的强烈不满与反抗,也引起一些封建士大夫的抗议。王叔文等人的"永贞革新"运动就曾提出废除"宫市"的主张。据韩愈的《顺宗实录》卷二:"旧事:宫中有要市外物,令官吏主之,与人为市,随给其值。贞元末,以宦者为使,抑买人物,稍不如本估(价);末年不复行文书(执照),置'白望'数百人于两市并要闹坊,阅人所卖物,但称'宫市',即敛手付与,真伪不复可辨,无敢问所从来!其论价之高下者,率用百钱买人直数千钱物,仍索进奉'门户'并'脚价'钱;将物诣市,至有空手而归者。名为宫市,而实夺之。尝有农夫以驴负柴至城卖,遇宦者称宫市,取之,才与绢数尺,又就索'门户',仍邀以驴送至内;农夫涕泣,以所得绢付之;不肯受,曰:'须汝驴送柴至内。'农夫曰:'我有父母妻子,待此然后食;今以柴与汝,不取直而归,汝尚不肯!我有死而已!'遂殴宦者。街吏擒以闻,诏黜此宦者而赐农夫绢十匹。然宫市亦不为之改易。谏官御史数奏疏谏,不听。"白居易这首诗显然有生活的原型,他取材于当时的现实生活,做了艺术典型化。

在诗中,诗人通过卖炭翁和官使的矛盾对立的形象,揭示了唐代社会黑暗腐朽的一个重要方面:封建统治集团对下层劳动人民,以官市为手段,进行残酷的掠夺和无情的迫害,从而揭示了当时的尖锐的阶级矛盾和封建统治集团的反动腐朽。

这是一首叙事诗,它通过对事件的描述,对人物外形与内心的刻画,对人物形象之间的冲突来突现诗歌主题,表达作者的政治倾向性。诗歌描述了卖炭老人伐薪烧炭的艰辛,深入细致地刻画了"心忧炭贱愿天寒"的矛盾心理;也描写了黄衣使者白衫儿的骄横气焰,公开掠夺的强盗行径;描述了卖炭老人在"官使驱将使不得"的情况下极端痛苦和极端愤怒的感情。

这首诗叙事简洁,形象鲜明,语言生动而富于形象性和个性化,结构完整,有头有尾。它没有通过"卒彰显其志"的手法来表达作者的主观爱憎,而是通过人物形象本身,通过人物形象之间的矛盾冲突,通过事件本身来显示作品的倾向性,成为白居易《新乐府》中别具特色的作品。

诗中卖炭老人只有血泪的控诉,没有描写他的反抗,这是诗人白居易的阶级局限在创作上的反映。

同李十一醉忆元九[①]

花时同醉破春愁,醉折花枝当酒筹[②]。
忽忆故人天际去,计程今日到梁州[③]。

❖ **注释** ❖

①同李十一醉忆元九:李十一,李建,字构直,陇西人。元九,元稹。按元和四年(809)三月七日,元稹以监察御史去东川节度使幕府所在地(今四川三台)审案,白居易、白行简、李建三人游曲江、慈恩寺饮酒,想念元稹,为他计算行程,写此诗,元稹回诗时谈及梦见和白居易等人一道游曲江事。②花时二句:同,指白居易和白行简、李建一同游览饮酒。筹,记数和计算的用具,这里作行酒令的令签。③忽忆二句:故人,指元稹。程,行程。梁州,今陕西汉中、城固一带。

❖ **译诗** ❖

　　　　繁花开放时节,
　　　　我们几人一同游览饮酒,
　　　　打破春天的愁思,
　　　　酒醉之中折枝花儿,
　　　　当作行酒令的酒筹。
　　　　忽然想起老朋友元稹,
　　　　到西南遥远的地方去,
　　　　计算一下行程,
　　　　今日他应当到达古梁州。

❖ **解析** ❖

这是一首思念友人的诗。

首句写春天时节共同游览赏花饮酒,点出共同出游。二句用折花当酒筹写游览破愁后的欢快之情。三句由共同出游联想到友人远去,转入对友人的思念,"忽忆"透出昔日同醉之故人元稹,而今天却已"天际去",今日同醉者中正因缺少故人元稹而使诗人惆怅。四句计程,通过形象动作写思念之深。前说花枝当酒筹,现在又进一步用作计程筹了。说说"今日到梁州",言其计程之细,极写思情之深,友情之重。元稹有《梁州梦》诗,小序说:"是夜宿汉川驿,梦与杓直、乐天同游曲江,兼入慈恩寺诸院;倏然而寤,则递乘及阶,邮使已传呼报晓矣。"其诗曰:"梦君同逸曲江头,也向慈恩院院游。亭吏呼人排马去,忽惊身在古梁州。"元稹的梦游曲江一事,白行简在《三梦记》中有记载:"元和四年,河南元微之为监察御史,奉使剑外。去逾旬,予与仲兄乐天、陇西李杓直同游曲江。诣慈恩佛舍,遍历僧院,淹留移时。日已晚,同诣杓直修行里第,命酒对酬,甚欢畅。兄停杯久之,曰:'微之当达梁矣。'命题一篇于屋壁。其词曰:'春来无计破春愁,醉折花枝作酒筹。忽忆故人天际去,计程今日到梁州。'实二十一日也。十许日,会梁州史适至,获微之书一函,后寄《记梦诗》一篇,其词曰:'梦君兄弟曲江头,也入慈恩院里游。属吏唤人排马去,觉来身在古梁州。'日月与游寺题诗日月率同。盖所谓此有所为而彼梦之者矣。"

孟棨《本事诗》也保存着这一故事:"元相公稹为御史,鞫狱梓潼。时白尚书在京,与名辈游慈恩寺,小酌花下,为诗寄元,曰:'花时同醉破春愁,……'时元果及襃城,亦寄梦游诗曰:'梦君兄弟曲江头,……'千里神交,合若符契。友朋之道,不期至欤!"

白居易,元稹之间的"千里神交",可算是一桩文坛佳话了。

琵琶引[①] 并序

元和十年,予左迁九江郡司马。明年秋,送客湓(pén 盆)浦口,闻舟中夜弹琵琶者。听其音,铮铮然有京都声。问其人,本长安倡女。尝学琵琶于穆、曹二善才,年长色衰,委身为贾人妇。遂命酒,使快弹数曲,曲罢,悯默。自叙少小时欢乐事,今漂沦憔悴,转徙于江湖间。予出官二年,恬然自安,感斯人言,是夕始觉有迁谪意。因为长句,歌以赠之,凡六百一十六言,命曰《琵琶行》[②]。

浔阳江头夜送客,枫叶荻花秋瑟瑟[③]。主人下马客在船,举酒欲饮无管弦[④]。

醉不成欢惨将别,别时茫茫江浸月⑤。忽闻水上琵琶声,主人忘归客不发⑥。寻声暗问弹者谁?琵琶声停欲语迟⑦。移船相近邀相见,添酒回灯重开宴⑧;千呼万唤始出来,犹抱琵琶半遮面⑨。转轴拨弦三两声,未成曲调先有情⑩。弦弦掩抑声声思,似诉平生不得意⑪;低眉信手续续弹,说尽心中无限事⑫。轻拢慢捻抹复挑,初为霓裳后绿腰⑬。大弦嘈嘈如急雨,小弦切切如私语⑭;嘈嘈切切错杂弹,大珠小珠落玉盘⑮。间关莺语花底滑,幽咽泉流水下难⑯;冰泉冷涩弦疑绝,疑绝不通声暂歇⑰。别有幽情暗恨生,此时无声胜有声⑱。银瓶乍破水浆迸,铁骑突出刀枪鸣⑲。曲终收拨当心画,四弦一声如裂帛⑳;东舟西舫悄无言,唯见江心秋月白㉑。沉吟放拨插弦中,整顿衣裳起敛容㉒。自言本是京城女,家住虾蟆陵下住㉓。十三学得琵琶成,名属教坊第一部㉔。曲罢曾教善才伏,妆成每被秋娘妒㉕。五陵年少争缠头,一曲红绡不知数㉖。钿头云篦击节碎,血色罗裙翻酒污㉗。今年欢笑复明年,秋月春风等闲度㉘。弟走从军阿姨死,暮去朝来颜色故㉙。门前冷落鞍马稀,老大嫁作商人妇。商人重利轻别离,前月浮梁买茶去㉚。去来江口守空船,绕船月明江水寒。夜深忽梦少年事,梦啼妆泪红阑干㉛。我闻琵琶已叹息,又闻此语重唧唧㉜。同是天涯沦落人,相逢何必曾相识㉝。我从去年辞帝京,谪居卧病浔阳城;浔阳小处无音乐,终岁不闻丝竹声㉞。住近湓江地低湿,黄芦苦竹绕宅生;其间旦暮闻何物,杜鹃啼血猿哀鸣。春江花朝秋月夜,往往取酒还独倾㉟。岂无山歌与村笛,呕哑嘲哳难为听㊱。今夜闻君琵琶语,如听仙乐耳暂明㊲。莫辞更坐弹一曲,为君翻作琵琶行㊳。感我此言良久立,却坐促弦弦转急㊴;凄凄不似向前声,满座重闻皆掩泣㊵。就中泣下谁最多,江州司马青衫湿㊶。

❖ 注释 ❖

①琵琶引:又作琵琶行,引、行,都是诗歌体裁名称。②序言的意思是:元和十年,我被贬官为九江郡司马。第二年的秋天,在湓浦口送客人,夜晚听到船上有弹奏琵琶的。听到乐曲,铮铮然有长安都城的琵琶声调。问询这个人,原来是长安都城女艺人。曾向曹、穆两位琵琶大师学弹琵琶,年龄老大容貌衰退,嫁给商人做妻子。我便吩咐摆酒宴,叫她快速演奏几支曲子。曲子弹奏完毕,面容忧伤,含愁不语。她述说自己年轻时期一些快乐的事情,而现在漂泊沉沦,容颜销损,辗转迁徙在江湖之上。我出外做官已经二年,生活安适,内心平静,听到琵琶女这一番话,这天晚上才感觉到了被贬谪的痛苦。因此做了这首长诗,吟诵给她听,一共八十八句六百一十六字,

命题叫《琵琶行》。左迁，古人尊右卑左，降职为左迁，迁，职务变动。元和十年（815），白居易为左赞善大夫，因直言敢谏得罪执政者，受谗遭谤，被贬为江州司马。九江郡，唐代江州浔阳郡，治所在今江西九江市；司马，本是地方州郡掌管军事的副职，到了唐代，只是承旧制，设备员、无实权的闲职，多用以处置迁谪外地的官吏。白居易在元和十三年（818）写的《江州司马厅记》中说："自武德（唐高祖李渊年号618—626）以来，庶官以便宜制事，大摄小，重侵轻。郡守之职，总于诸侯帅，郡佐之职，移于部从事。故自五大都督府至于上中下郡司马之事尽去，惟员与俸在。凡内外文武官左迁右移者递居之；凡执役事与给事于省寺军府者遥署之；凡仕久资高耄昏软弱不任事而时不忍弃者实莅之。莅之者进不课其能，退不殿其不能，才不才一也。若有人畜器贮用，急于兼济者，居之虽一日不乐；若有人养志忘名，安于独善者，处之虽终身无闷；官不官，系乎时也，适不适，在乎人也。江州，左匡庐，右江湖，土高气清，富有佳境。刺史，守土臣，不可远观游；群吏，执事官，不敢自暇佚。惟司马绰绰，可以从容于山水诗酒间。由是郡南楼、山北楼、水滢亭、百花亭、风篁石岩、瀑布庐宫、源潭洞、东西二林寺、泉石松雪，司马尽有之矣。苟有志于吏隐者，舍此官何求焉！案唐典：上州司马秩五品，岁廪数百石，月俸六七万，官足以庇身，食足以给家；州民康，非司马功；郡政坏，非司马罪，无言责，无事忧。噫！为国谋，则尸素之尤蠹者；为身谋，则禄仕之优稳者。予佐是郡行四年矣，其心休休如一日二日何哉？识时识命而已，又安知后之司马不有与吾同志者乎！"这段文字对当时司马职务的性质以及作者的生活与思想现状，做了具体的说明，可作为了解本诗的辅助材料。湓浦口，湓口，湓水入江处。湓水发源于江西瑞昌，东流至九江，北入长江，入江之地即湓浦口。《太平寰宇记》："江南西道江州德化县（今九江县）盆浦水。"《清统志》："江西九江府：湓水在德化县西一里，源出瑞昌县清湓山，亦名湓涧，入德化县界，东经府城下，又名湓浦港，又北入大江，其入江处即右之湓口也。"铮铮然，象声词，形容琵琶弹奏如同金属撞击的声音。京都声，具有京城长安乐曲的韵调流派。倡女，女艺人，倡，倡优，古代以乐舞、歌唱、演奏或戏谑为业的艺人。穆曹二善才，善才，唐代琵琶乐师的专名。穆曹是当时的琵琶名手，据《乐府杂录》："贞元中有王芬、曹保，其子善才，其孙曹纲及裴兴奴善弹琵琶，其曹纲善运拨，声若风雨，不事弹弦，其裴兴奴善于拢捻。时人云曹纲有右手，裴兴奴有左手。"元稹《琵琶歌》："铁山已近曹、穆间"，原注："二善才姓"。贾人，商人。命酒，吩咐设酒宴。悯默，含愁不语。

委身,将自身托付给别人,指嫁人。漂沦,漂泊沉沦。转徙,辗转迁徙。怡然,心情平和的样子。斯人,这个人,指琵琶女。是夕,这个晚上。迁谪降职外调。③浔阴二句:浔阳江,长江流经九江的一段叫浔阳江。荻花,芦荻的花絮。瑟瑟,一作索索,本为宝石名,其色碧,用以形容深秋天空的颜色,一说作风吹草木的声音,或作萧瑟讲。④主人二句:管弦,音乐歌舞,古人宴会多以音乐歌舞助酒。⑤醉不二句:醉不成欢,酒喝了很多,却不痛快,即俗话所谓喝了一顿闷酒。⑥忽闻二句:发,开船动身。⑦寻声二句:暗问,低声询问。迟,迟疑。⑧移船二句:回灯,拨亮灯光。⑨千呼二句:千呼万唤,再三邀请。犹,还。⑩转轴二句:转轴拨弦,弹琵琶之前校正音阶调整丝弦的准备动作,轴,弦乐器上缠绕丝弦的轴,拧动此轴,拨动丝弦,以调整音调高低。⑪弦弦二句:掩抑,低沉,指用掩按抑遏的指法弹出低沉缓慢的调子。思,情思。⑫低眉二句:低眉,低头。信手,随手。续续弹,连续弹奏。无限事,许许多多的伤心事。⑬轻拢二句:拢、捻、抹、挑,都是琵琶弹奏的各种指法。拢,以左手扣弦。捻,以左手揉捻。抹,右手下拨。挑,右手反拨。初,开始。霓裳,霓裳羽衣曲。绿腰,琵琶曲名,又作六幺、录要。《乐府杂录》琵琶条:"曹纲善运拨,若风雨,而不事叩弦;(裴)兴奴长于拢捻,下拨稍软;时人谓:曹纲'有右手',兴奴'有左手'。"《演繁露》:"段安节《琵琶录》云:'贞元中康昆仑善琵琶,弹一曲新翻羽调《绿腰》,注云:《绿腰》即录要也。本自乐工进曲,上令录出要者,乃以为名,误言《绿腰》也。"据《蔡宽夫诗话》:"(宋代)惟大曲……唐起乐皆以丝声,——竹声次之——,乐家所谓'细抹将来'者是也,故王建《宫词》云:琵琶先抹《绿腰》头,小管丁宁侧调愁。'近世以管色起乐,而犹存'细抹'之语。"⑭大弦二句:大弦、小弦,琵琶有四条弦,其排列由粗到细。嘈嘈,沉重轰响,切切,清柔细密。私语,低声细语。⑮嘈嘈二句:大珠,用以形容大弦的乐声。小珠,用以形容小弦的乐声,这是写各种乐音交错在一起,像珍珠泻落在玉盘之中,表现乐曲进入繁音促节的乐段。《史记·田敬仲世家》:"驺忌子曰:'夫大弦浊以春温者,君也;小弦廉折以清者,相也'。"顾况《篆箧歌》:"大弦似秋雁,联联度关陇,小弦似春燕,喃喃向人语。"白居易《秦中吟·五弦》:"大声粗若散,飒飒风和雨;小声细欲绝,切切鬼神语。⑯间关二句:间关,犹展转,宛转,这是承上珠落玉盘,用以形容莺声流滑宛转。水下难与花底滑对文,形容琵琶声音幽咽好似冰下流泉之受阻遏。⑰冰泉二句:弦疑绝,弦好像折断了似的,这是写乐曲发生转折,突然停顿的情景。段玉裁《经韵楼集》《与阮芸台书》说:"白乐天'间关莺语花底滑,幽咽泉流水下滩。'泉流水下滩不成语,且何以与上句属对。昔年曾谓当作泉流水下难,故下文接以冰泉冷涩。难与滑对,难者,滑之反也。莺语花底,泉流冰下,形容涩滑二境,可谓工绝。"可参考。⑱别有二句:别有,另有,又有。幽情暗恨,内心深处的愁恨。胜有声,一本作复有声,沈德潜《唐诗别裁》云:"诸本'此时无声胜有声',既无声矣,下二句如何接出。宋本'无声复有声'谓住而又弹也。古本可贵如此。"按沈说误,这二句诗本承上"弦疑绝""声暂歇",故曰:"无声胜有声"。⑲银瓶二句:乍破,迸裂。铁骑,精锐骑兵。这是形容乐音在"暂歇"之后,突然转入高昂雄壮的曲调。⑳曲终二句:拨,弹琵琶的拨片。当心画,这是琵琶演奏曲终收拨的动作,琵琶女,用拨片在四根弦索的中央用力一画。㉑东舟二句:舫,船。㉒沉吟二句:沉吟,迟疑,犹豫,满腹心事的样子。敛容,正容,矜持而又肃敬的样子。㉓自言二句:虾蟆陵,在长安城南曲江附近。《长安志》卷十一:"万年县,虾蟆陵在县南六里。韦述《两京记》:本董仲舒墓。"李肇《国史辅》:"昔汉帝幸芙蓉园,即秦之宜春苑也。每至此墓下马,时人谓之下马陵。岁月深远,误传虾蟆尔。"㉔十三二句:教坊,唐朝政府管领教习音乐歌舞伎艺的机关,有左右教坊,内教坊,有"内人"(宫内歌舞艺人)和"外供奉"(临时召入宫内演奏的外间艺人)。琵琶女本是长安倡女,当属"外供奉",挂名于教坊,说"名属教坊第一部",当指伎艺高超而言。《教坊记》:"西京右教坊在光宅坊,左教坊在延政坊,右多善歌,左多工舞。"㉕曲罢二句:伏,慑服。秋娘,当时长安名倡多用秋娘的名字。㉖五陵二句:五陵,长安城北有汉代五个皇帝的陵墓:长陵、安陵、阳陵、茂陵、平陵,是豪门贵族集居的地方。五陵年少,指豪门阔少。缠头,用锦罗一类物品赏给歌舞者,叫"缠头彩"。杜甫《即事》诗:"歌罢锦缠头。"九家注:"锦缠头以赏歌舞者。"红绡,红色绢绫,这里泛指绫绸一类丝织品。㉗钿头二句:钿头云篦,两头镶嵌金玉花钿的发篦,一说篦同鎞,金钗。击节,打拍子。翻酒,碰翻了酒杯。㉘今年二句:等闲,随便地,轻易地。㉙弟走二句:颜色故,容貌衰老。㉚商人二句:浮梁,古地名,唐属饶州,今江西景德镇市。据《元和郡图县志》江西观察使饶州浮梁县条:"每岁出茶七百万驮,税十五贯。"李肇《国史辅》卷下:"风俗贵茶,茶之名品益众。……而浮梁之商货不在焉。"可知浮梁之茶虽然不是名品,但它的产量非常丰富,是茶叶一大集散地,这正是商人去浮梁买茶的缘故。㉛夜深二句:妆泪,梳妆打扮的脸上流着眼泪。红阑干,形容脂粉和泪水屡合,纵横流淌的样子。㉜我闻二句:重,又,更加。唧唧,叹息的声音。㉝同是二句:天涯,天涯海角,比喻极边远的地方。沦落,失意流落,遭逢不幸。㉞浔阳二句:丝竹声,指演奏乐曲。丝指琴、筝一类弦乐器;竹指笛第一类管乐器。㉟春江二句;花朝,春天花开季节。㊱岂无二句:呕哑嘲哳,形容声音众杂繁碎。㊲今夜二句:琵琶语,琵琶曲。耳暂明,耳目为之一新。㊳莫辞二句:翻,创作,指配曲写成歌辞。㊴感我二句:良久,许久。却坐,重新入座。促弦,拧紧弦索。弦转急,曲调急促。㊵凄凄二句:向前声,刚才奏过的音调。㊶就中二句:就中,其中。江州司马,白居易于元和十年贬谪为九江郡司马。青衫,唐制:青色是文官最低的(八、九品)品级的服色。《唐六典》:"上州,司马一人,从五品下。"江州为上州。据此,白居易应"服浅绯",为什么却著青衫?按《野客丛书》云:"唐制服色不视职事官而视阶官之品,至朝散大夫方换五品服色,衣银绯。"白居易《祭匡山文》:"维元和十二年岁次丁酉二月辛酉朔二十一日,将仕郎守江州司马白居易。"可知此时白居易之散官为将仕郎。据《旧唐书·职官志》:"从第九品下阶将士郎。"可知将士郎是最低级的文散官,固应着青衫。

◆ 译诗 ◆

夜晚在浔阳渡口送别好友,
红色枫叶,白花芦花,正值深秋。
主人下马送客人上船,
饮酒饯别没有音乐陪伴。
喝过闷酒之后将要悲伤的离别,
分手时候只见茫茫江水映照明月。
忽然听到水面上传来琵琶琴青,
主人忘记回去客人也不想动身。
循着乐声低声询问弹者为谁?
琴声收住她想回答却又迟疑。
靠近船只邀请弹者相见,
拨亮灯光添上酒肴重新开宴,
再三地邀请她才走出船舱。
怀里抱着琵琶还遮住半边脸。
拧轴调弦三两声,
刚刚拨动琴弦就传出了心中深情。

一声声低沉缓慢,一响响扣人心胸,
好像在诉说自己命运的不幸。
低头不语不停地弹奏,
说不尽的伤心事从心底往上涌。
抹呀,挑呀,慢慢地揉捻轻轻地扣拢,
先弹《霓裳》调后奏《绿腰》曲。
粗弦铮铮好像急风暴雨,
细声喃喃好像悄悄私语。
粗声细声交杂成一片,
犹如大小珍珠泻落在玉盘。
宛转流利如花下莺鸣,
低声幽咽如冰底流泉。
冰泉凝结,琴弦好似一下崩断,
乐声停止,一时沉寂。
平静中却流露出藏在心灵深处的怨恨,
此时没有琴声比有琴音更感动人。
猛然间像银瓶破裂水浆溅迸,
又好像铁骑骤出刀枪齐鸣。
乐曲弹完收回拨子从丝弦中着力划过,
四根弦同时鸣响就像撕破绸帛。
东西两边的船上静悄悄没人说话,
只有江心的秋月寒光闪烁。
她迟疑地收起拨子插入弦索之中,
整整衣服站立起来竟是那样矜持肃敬。
她自称本是京城长安的女子,
老家住在虾蟆陵下。
十三岁就学成了弹琵琶的伎艺,
名字排列在教坊的第一部里。
弹奏的曲子曾得名师曹善才的赞美,
梳妆起来常常惹得名倡秋娘的妒忌。
五陵的年轻人争着赠送礼品,
一支曲子换来绫绢绸帛无其数。
按拍击节,敲碎了钿头云篦,
吃酒作乐,打翻酒盏弄脏了红色罗裙。
今年欢笑接着明年欢笑,

随随便便地度过了多少个秋夜和春朝。
兄弟服兵役去守边阿姨病死,
无情的时光催促人容颜衰老。
门前冷落,来访的车马越来越稀少,
年龄老大,只好嫁给一个商人。
商人重视金钱轻视夫妻之间的别离,
上个月到浮梁购买茶叶作生意。
到这浔阳江口,我独守空船,
映照空船的月光和江水一样的凄寒。
深夜里忽然梦到年青时代的欢乐之事,
妆饰美丽的脸上纵横流泪,梦里伤心哭啼。
我听了琵琶乐曲已惊叹不已,
又听了这段话更加感慨叹气。
同样是流落在天涯海角不幸的人,
相逢又何必曾经互相认识。
我自从去年离开长安京城,
贬居在浔阳一直生病;
浔阳这块小地方没有音乐歌舞,
一年到头听不到丝竹管弦的乐声。
住在溢江附近,土地低洼又潮湿,
黄芦苇苦竹子长满了住房周围;
在这里早早晚晚能听到的,
是杜鹃的悲叫和猿猴的哀啼。
春天花开的早上和秋天的月夜之下,
常常摆酒自酌自饮。
难道没有山歌和村笛,
呕哑嘲哳真难听。
今天晚上听到你弹奏的琵琶曲,
好像听到天上神仙乐曲,耳目为之一新。
不要告辞请你坐下再弹一支乐曲,
我替你配制曲词创作琵琶行。
她听了我的话感动得长久站立,
重新入座,弦索拧紧,曲调更急,
凄凄切切,奏的已不是刚才的乐曲,

满座的人听了,都忍不住掩面哭泣。
其中哭泣悲痛最厉害的是哪个?
江州司马的泪水湿透了青衣衫!

❖ 解析 ❖

　　这首叙事性的抒情长诗写于元和十一年(816),白居易四十五岁,在江州司马任上。元和中年六月,因宰相武元衡被刺,上疏请急捕刺客,当政者(张弘靖、韦贯之)恶其非谏官而先言事,又复诬其丧母而作赏花及新井诗,有伤名教,遂贬为州刺史;中书舍人王涯上言:所犯状迹,不宜治郡;追诏改授江州司马:在这种政治打击之下,诗人心情是抑郁不平的。《琵琶引》是他借一个沦落天涯的弹琵琶女子的一生不幸遭遇,抒发了他的不得志的愤慨心情,也表达了他对妇女不幸命运的同情。全诗共分四段。第一段从开头至"犹抱琵琶半遮面",由江边送客写起,点出事件发生的时间、地点、人物、环境,做了典型环境的描写和气氛渲染,为下面人物的出现和情节的展开做了必要的艺术安排。第二段从"转轴拨弦三两声"至"唯见江心秋月白",描写琵琶女的高超技艺和所创造的感人的艺术境界。诗人热情地赞扬了琵琶女的精湛艺术才能和动人的艺术效果,为铺叙人物的身世做了准备。第三段从"沉吟放拨插弦中"到"梦啼妆泪红阑干",写琵琶女自述身世,把乐曲的激愤和人物的不幸统一起来,表达出琵琶女的不幸遭遇和诗人对她的同情。第四段从"我闻琵琶已叹息"到结尾,抒写对琵琶女的不幸的同情和自己不幸遭贬的抑郁和愤慨,揭示出诗歌的主题。

　　《唐摭言》十五杂记条:"白乐天去世,大中皇帝(唐宣宗)以诗吊之曰:'缀玉联珠六十年,谁教冥路作诗仙;浮云不系名居易,造化无为字乐天;童子解吟长恨曲,胡儿能唱琵琶篇;文章已满行人耳,一度思卿一怆然。'"这说明《长恨歌》和《琵琶行》两诗已成为当时脍炙人口的优秀诗篇。

　　诗的开篇,以江头送客,凄怆告别和"枫叶荻花秋瑟瑟"的富有特征性的景物描写,勾画了一幅充满悲剧气氛的典型环境。贬谪的抑郁,离别的悲伤,环境的荒寂,景物的凄凉,这种种环境气氛的渲染,构成了诗歌的基调,也为人物的出场,情节的发展做了准备,接下先闻其声,后见其人,以"千呼万唤始出来,犹抱琵琶半遮面"的细腻笔法,在人物的迟缓犹疑的动作中,形象地描写了琵琶女的出场,一个庄重、矜持,内心充满痛苦的不幸的琵琶艺人鲜明地出现在人们面前。

　　全诗的着力处是对音乐的丰富多彩而又生动形象的描写。这也是这首诗在艺术上最成功的地方。诗人写琵琶弹奏,是融合了诗人和诗中人物的感情变化、环境气氛、弹奏的动作、曲调的变化等多方面情况,构成了一个艺术整体,做了完整的艺术表达。诗人用"未成曲调先有情""似诉平生不得意"等诗句,就把诗中人物的情感和琵琶乐曲联系了起来,这就造成了这样一种艺术效果:琵琶乐声也是人物的心声,人物正是通过乐声表达着她对社会的抗议。接下诗人以复杂多变的极富形象性的比喻,对琵琶乐曲的美妙动人做了极具体的描绘。以"急雨"形容大弦之"嘈嘈",以"私语"比拟小弦之"切切",以"大珠小珠落玉盘"的形容比喻,描摹了五音繁会、清脆错杂的乐曲进行的态势,不仅表明弹者高超的技艺,也表达了她的激越的情绪。然后由激越转入深沉,由五音繁会转入舒缓幽细。音色和音调的变化,表现了弹者在情感上的顿挫跌宕,以"此时无声胜有声"揭示了弹者内心深处的幽恨。最后以刚劲有力的"银瓶乍破""铁骑突出""四弦一声如裂帛",戛然终曲,把这种深沉的幽恨和激越的情绪做了突出的表达,使乐曲在高潮中结束。纵横错杂,抑扬跌宕,情感与乐曲的变化紧密联系,不仅表现了乐曲的优美动人,复杂而多变化,也表现了弹奏者的高超而熟练的技艺,更通过乐曲本身表达了演奏者深沉的痛苦和悲愤的感情。

在这里,诗人不仅创造了听觉形象,而且创造了视觉形象。这为下段琵琶女和诗人叙述共同的不幸遭遇做了准备。诗人在写琵琶女的痛苦身世时,是把它当作自己的痛苦来感受的,同时把他自己的被迫害的痛苦遭遇与感受写进来,并以"同是天涯沦落人,相逢何必曾相识"做了高度的艺术概括,写了他和琵琶女的共同命运、共同感受,从而将他的思想感情、他的现实感受和琵琶女的思想情感和现实感受融合为一,化为一体,深刻地揭示了当时社会的黑暗与腐朽,表达了诗人对人民的深切同情和强烈的批判现实的斗争精神。诗中所表达的愤慨而又感伤的情绪不只是个人的,它具有强烈的社会性,具有普遍意义,使这首诗具有高度的人民性。

全诗在环境气氛的渲染,人物的内心世界和外部环境的和谐统一,浓重的抒情气氛,形象的可感受的音乐形象的比喻描写,高度精确性、音乐性的语言运用等方面都取得很高的成就。

明人贺贻孙《诗筏》:"长庆长篇,如白乐天《长恨歌》《琵琶行》、元微之《连昌宫词》诸作,才调风致,自是才人之冠。其描写情事,如泣如诉,从《焦仲卿》篇得来;所不及《焦仲卿》篇者,正在描写有意耳。拟之于文,则龙门之有褚先生也;盖龙门与《焦仲卿》篇之胜在人略处详、详复略;而此则段段求详耳。然其必不可朽者,神气生动,字字从肺肠中流出也。"这一评论可供参考。

竹 枝 词①

四首选一

瞿塘峡口水烟低,白帝城头月向西②。
唱到竹枝声咽处,寒猿暗鸟一时啼③。

❖ 注释 ❖

①竹枝词:原是四川一带地方民歌。白居易于元和十四年(819)由江州去忠州(四川忠县),曾路经三峡,此诗当在忠州所作。②瞿塘峡二句:瞿塘峡,长江三峡之一,又名夔峡。白帝城,在今四川奉节县白帝山上,已废。《太平寰宇记》:"后汉初,公孙述据蜀,自以承汉土运,故号曰白帝城。"③唱到二句:声咽,歌曲声情悲苦凄凉,令人哽咽。寒、暗,形容愁苦凄凉的样子。《水经注·江水》。引渔歌"巴东三峡巫峡长,猿鸣三声泪沾裳。"诗用此意。

❖ 译诗 ❖

瞿塘峡口水深流急,
水气弥漫烟雾低低。
高高的白帝城头,
月儿已经沉落偏西。
唱起一支《竹枝词》来,
语调哽咽,声情悲凄。
感动得寒猿暗鸟一齐啼叫,
一时间四下里悲声响起。

❖ 解析 ❖

中唐时期,四川一带的民歌以其刚健清新的内容为一些进步文人所注意,不少人向它学习、拟作,其中以顾况、刘禹锡、白居易为最有成绩。白居易曾写下《竹枝词》四首,这是其中的第一首。

元和十三年冬十二月,白居易由江州司马迁忠州刺史,对这次升迁,诗人的心情是矛盾的,离开贬地,"生还应有分,西笑问长安""忠州好恶何须问,鸟得辞笼不择林",解除了对他的政治迫害,心情是高兴的,快乐的;但他内心深处并不感谢封建王朝,"假著绯袍君莫笑,恩深始得向忠州""银印可怜将底用,只堪归舍吓妻儿";长期的贬谪与政治迫害已使诗人看透了最高统治者的欺骗把戏。对于忠州,他是憎恶的,"君还秦地辞炎徼,我向忠州入瘴烟""唯有绿樽红烛下,暂时不似在忠州"。诗人这一段生活虽然清闲,但心情是不愉快的。这首诗借景物描写,曲折地反映了诗人的愁苦心情。

诗人在《听竹枝赠李侍御》中说:"巴童巫女竹枝歌,懊恼何人怨咽多;暂听遣君犹怅望,长闻教我复如何?"据此可知,在忠州,诗人可能常常听到当地民歌《竹枝词》,这种民歌声情"怨咽"悲苦,动人肺腑。

这首诗全是描写景物,勾画画面,构成一种艺术境界。险要的瞿塘峡口"连崖千丈,奔流电激",江面水雾蒸腾,轻烟低浮;高高的白帝城头,月儿西斜;在这凄凉的深夜时分,还传来巴童巫女的"怨咽"的《竹枝词》歌声。这幽怨的歌声使猿啼鸟鸣,一时四处悲鸣,物犹如此,人何以堪,动人心弦,令人泪下。冷烟斜月,竹枝悲咽,景物凄清暗淡,歌声悲哀动人,景物的凄清正是诗人心情的物化,悲哀的歌声正与诗人的心情吻合,景中有情,情与景合,对诗人悲伤而愤慨的心情做了艺术的表达。

全诗情景交融,辞情凄苦,语言朴实自然,有较强的艺术感染力。

夜入瞿塘峡①

瞿塘天下险,夜上信难哉②!岸似双屏合,天如匹练开。③
逆风惊浪起,拨篸(niǎn 捻)暗船来④。欲识愁多少,高于滟滪(yàn yù)堆⑤。

❖ 注释 ❖

①瞿塘峡:长江三峡之一,在四川奉节县,《太平寰宇记·夔州》:"峡在州东一里,古西陵峡也。连崖千丈,奔流电激,舟人为之恐惧。"②瞿塘二句:信,实在,确实。元和十四年(819)春,白居易由江州去忠州(四川忠县)赴任,夜经三峡,所以称"夜上"。③岸似二句:瞿塘峡一名江关,处于两山之间,荆门山在江南,虎牙山在江北,两山相对,中贯一江,滟滪堆正当其口,为大江极险处。匹练,一条白练,练,绢。《水经注·江水》:"江水历峡东迳新崩滩,其间首尾百六十里,谓之巫峡,盖因山为名也。自三峡七百里中,两岸连山,略无阙处。重岩迭嶂,隐天蔽日,自非停午夜分,不见曦月。"这两句诗正形象地描写了瞿塘峡的"重岩叠嶂,隐天蔽日,自非停午夜分,不见曦月"的独特景色。④逆风二句:逆风,逆风行船。暗船来,小船从山峡的暗处钻

出来。篆,纤绳。⑤欲识二句:滟滪堆,瞿塘峡口江中的巨石,一名淫预堆,又名犹豫堆。郦道元《水经注·江水》:"白帝城西,江中有孤石,为淫预石,冬,出水二十余丈,夏则没。"李肇《国史补》:"蜀之三峡,河之三门,南越之恶溪,南康之赣石,皆险绝之所,……大抵峡路险急,故曰:'朝发白帝,暮彻江陵。'四月五月为尤险时,故曰:'滟滪大如马,瞿塘不可下。滟预大如牛,瞿塘不可留。滟滪大如襆(包袱),瞿塘不可触。'"

❖ 译诗 ❖

长江的瞿塘峡哟,
天下著名的奇险之处;
黑夜里逆水过峡,
确实难以顺利过渡。
两岸峭壁有如两扇屏风,
在激流中挺拔高矗;
抬头望天,
天空竟像一条白绢在空中飘舞,
逆风中行船,
风急谷狭涛惊浪骇;
只见纤绳晃动,
小船从山峡暗处钻出来。
你要知道我有多少愁思,
它高过滟滪堆像江水汹涌澎湃。

❖ 解析 ❖

这是一首写景抒情诗,作于元和十四年(819)。

这年春,白居易由江州启程赴忠州刺史任,途经三峡。瞿塘峡是三峡之首,江岸两崖对峙,中贯长江,滟滪堆正当其口,地当全蜀江路之门户,为长江最险要处。诗人这次赴任途经瞿塘峡,又正值夜间,行舟更为艰难,这首五律就描写了夜入瞿塘峡的情景和感受。

首联以"天下险"指出瞿塘峡的特殊处,劈头一唱,先声夺人。而"夜上"却把这险中险充分突出出来,用"夜上信难哉"这一感叹句式把江势的险要,夜上的困难,人物的沉重心情都概括进来了。二联以形象的比喻,描写了瞿塘峡的独特景色:两岸如同两扇屏风折合在一起,高耸的峭壁极为接近,江面狭窄,上视天穹,好像一条白练展开在峭壁之上,这里都暗扣夜字,因为是在夜间经过峡口,江面本就狭窄,加上朦胧的夜色,就更加感到如同两崖相接一样,头顶上的天也就更窄了。三联以"逆风"写峡口惊涛骇浪,"奔流电激",逆水行船,船从山峰的阴影中钻将出来。这既写出峡口行船的艰险,也点诗人入川赴任一事。结联以愁高滟滪堆,把夜入瞿塘峡的艰险、人们心情的沉重紧张做了形象化的描写。

景情融合,形象,凝练,入情。

暮 江 吟①

一道残阳铺水中,半江瑟瑟半江红②。
可怜九月初三夜,露似真珠月似弓③。

❖ 注释 ❖

①暮江吟:江上晚霞的歌诗。②一道二句:铺,铺陈。瑟瑟,宝石名,碧色,这里用作形容词,形容江水背阴处,有如青玉。明人杨慎《升庵外集》:"白乐天《琵琶行》:'枫叶荻花秋瑟瑟',今详者多以为萧瑟,非也。瑟瑟,本是宝(石)名,其色碧。此句言枫叶赤,荻花白,秋色碧也。或者咸怪今说之异。余曰:曷不以乐天他诗证之。其《出府归吾庐》诗曰,'嵩碧伊瑟瑟',《重修香山寺》排律云:'两面苍苍岸,中心瑟瑟流';《蔷薇》云,'猩猩凝血点,瑟瑟燃全匦';《闲游即事》云:'寒食青青草,春风瑟瑟一波';《太湖石》云,'未秋已瑟瑟,欲雨先沉沉';又云,'隐起磷磷状,凝成瑟瑟胚',亦状太湖石也;《早春怀微之》云,'沙头雨染斑斑草,水面风驱瑟瑟波';《暮江曲》云,'一道残阳照水中,半江瑟瑟半江红'。诸诗以'瑟瑟'对'斑斑',对'苍苍',对'猩猩',岂是萧瑟乎?"明人何良俊《四友斋丛说》:"杨升庵云:白乐天《琵琶行》:'枫叶荻花秋瑟瑟',此瑟瑟是珍宝名,其色碧,故以影指'碧'字,最为赏音!而陈晦伯以'瑟瑟谷中风'正之。夫诗人吟讽,用意不同:白自言色,刘自言声,又岂相妨?而必泥以萧瑟之'瑟'字耶!杨又引白'一道残阳照水中,半江瑟瑟半江红'证之,尤为妙绝。"一说瑟瑟为阴暗的样子。③可怜二句:可怜,可爱。一作谁怜,谁能欣赏。九月初三夜,夏历初三晚上,月牙刚露出来。真珠,即珍珠。弓,弯弓。

❖ 译诗 ❖

一道斜阳，
铺映在江水中，
照得江水，
一半碧绿一半金红。
真可爱呵，
这九月初三的夜晚，
景色秀美，
露水似珍珠月牙像弯弓。

❖ 解析 ❖

  这是一首写景诗。大约作于长庆二年(822)。这年七月，白居易自中书舍人除杭州刺史，因封建军阀叛乱，汴路不通，取襄汉路赴任，十月一日至杭州，此诗当作于赴杭途中。

  夕阳斜映，铺展江面，一半鲜明，一半阴暗，一半是红光闪耀，金波粼粼；一半是瑟瑟碧绿，有如青玉，诗人极形象地描绘了黄昏时分江面上特有的绚丽风光。后二句转入夜色，诗用"可怜"一转，把入夜后的美妙的江天景色揭示出来，是赞美，是惊叹。在九月初三的晚上，月牙儿开始出现，月儿弯弯，像是小巧的弯弓斜挂在天上，露重成珠，在明净的江天之下，像珍珠一样闪闪发光。这美妙的夜色，这明净无尘的江天，叫人陶醉，令人"可怜"，诗人完全陶醉在这暮江秋夜的美景中了。

  色彩绚丽，比喻贴切形象，格调明朗欢快，舒展自然，是诗人写景诗的上品。

  明人杨慎《升菴诗话》评此诗说："诗有丰韵，言残阳铺水，半江之碧如瑟瑟之色，半江红日所映也。可谓工致入画。"指出了此诗在景物描写上的成就。

寄刘梦得[①]

杨子津头月下，临都驿里灯前[②]；
昨日老于前日，去年春似今年。

❖ 注释 ❖

  ①寄刘梦得：刘梦得，即刘禹锡，中唐时著名诗人，白居易的好友，因参

加永贞革新而遭贬谪。②杨子津二句:杨子津,古津渡名,在今江苏邗(hán寒)江南,有杨子桥。古时在长江北岸,由此南渡京口(今江苏镇江),为江滨要津。临都驿,即山东临城,古代驿站,在今山东枣庄市薛城区,为南北陆路所经的重要驿站之一。

❖ 译诗 ❖

我们曾
相逢在杨子津头,
一同在渡口月下漫游。
我们曾
欢饮临都驿里,
在灯前吟诗诵赋唱酬。
而今却
宦海风波催人老迈,
病体一日衰似一日。
唯独有
今年的春色,
恰似去年春色仍旧。

❖ 解析 ❖

这是一首怀友抒情诗。

宝历二年(826)秋,白居易以眼病免苏州刺史,这年冬,与刘禹锡相遇于杨子津,并结伴北上归洛阳,一路上二人唱和赠答。这首诗当是白居易以太子宾客,分司东都,编《刘白唱和集》之前写给刘禹锡的。

杨子津头是二人相遇之地,相游之处,长期仰慕,月下相游,邂逅相逢,有说不尽的话头;临都驿里乃北上驿站,共同北上,在驿站的灯光下,饮酒论诗,令人永记不忘。刘禹锡已从贬地迁除,并由和州刺史回京述职,诗人因疾病缠身免除苏州刺史,回归洛阳。二人都历经了宦海风波,现今年已老迈,身体多病。老于前日,春似去年,感叹年华之逝去,感慨于风景之依旧,所以倍觉当年月下、灯前谈诗论世之尤足珍惜,极愿这种情景再次出现。

诗短情长,缠绵委婉,极富情致。

杜 牧

杜牧(803—853),字牧之,京兆万年(陕西长安)人。京兆杜氏是魏、晋以来的高门世族。杜牧虽出身高门,但仕途并不得意。二十六岁进士及第又制策登科之后,曾在江西、宣歙,淮南诸使府做幕僚。后任黄州、池州、睦州、湖州刺史,中间也曾做过监察御史、左补阙以及膳部、比部、司勋、吏部诸员外郎等官职,最后官至中书舍人。

杜牧少读经史,受儒家思想熏陶,注重研究"治乱兴亡之迹,财赋兵甲之事,地形之险易远近,古人之长短得失"(杜牧《上李中丞书》),论政谈兵,忧国忧民,经邦济世,关心国家命运。在地方官任上,他关心民生疾苦,革除弊政,鞭笞腐败的朝政。但是当这些政治抱负不得实现时,他悲愤消极,直至在纵情声色中消磨时光。

杜牧擅长诗歌、古文与辞赋,而在诗歌创作上更有杰出成就。他写了一些政治性很强的诗歌,写了些同情农民疾苦、同情妇女的不幸遭遇和赞扬高尚气节的诗。而成就最高的是他的一些抒情短诗。

杜牧善于运用绝句诗体,在短短的两句或四句中,写出一个完整而优美的形象,通过景物描写,使用高度精练的语言,表达深曲而蕴藉的情思,情景交融,余意不尽。他善于叙事、抒情、议论,气韵遒健,造句瘦劲,风格俊爽,在峭健之中,有风华流美之致,气势豪宕而又情韵缠绵。

赠 别①

多情却似总无情,惟觉尊前笑不成②。
蜡烛有心还惜别,替人垂泪到天明③。

❖ 注释 ❖

①这是大和九年(835)杜牧离扬州,赴长安,与妓女赠别的诗,诗共二首,这是第二首。杜牧当时三十三岁,由淮南节度府掌书记迁监察御史。②

多情二句：尊，酒杯，这里指酒宴。③蜡烛二句：此二句借烛泪喻写离情。

❖ 译诗 ❖

　　　　　　　那像海一样的深情哟，
　　　　　　　在这匆忙分别的时刻却又像无情；
　　　　　　　在这饯别酒宴上强颜为笑哟，
　　　　　　　忍着心中的苦痛却又笑不成。
　　　　　　　大红蜡烛也像懂得人心哟，
　　　　　　　它也露出依依惜别之情，
　　　　　　　为离人流着痛苦的泪水哟，
　　　　　　　它默默地滴泪一直到东方天明。

❖ 解析 ❖

　　这是一首写情人离别的诗。
　　诗人以浓重而真挚的感情描写了一对情人分别在即难舍难分的细微心理和典型情景。说"却似"，说"惟觉"，把本是多情，但又分别，又似无情的细微心理变化形象地描绘出来；在饯别宴会上，本来无情无绪，却又需打起精神，强颜为笑，可却又"笑不成"，这时才觉得分别之令人难以忍受。接以从情人推开，不写人惜别，反写蜡烛伤心惜别，垂泪到天明，由烛心拟人心，由烛之垂泪拟人之悲痛，无心之物尚且如此，人何以堪。在拟人化的艺术描写中把离别悲伤的感情写得含蓄不尽，余味无穷。
　　前二句以无情衬有情，从侧面写心理，有无回环，转折跌宕；后二句巧妙设喻，写物拟人，新奇而贴切。
　　缠绵艳丽，委曲跌宕，含蓄凝练，深挚感人，构成这首诗的艺术特色。

题宣州开元寺水阁①

六朝文物草连空，天淡云闲今古同②。鸟去鸟来山色里，人歌人哭水声中③。深秋帘幕千家雨，落日楼台一笛风。惆怅无因见范蠡，参差烟树五湖东④。

❖ 注释 ❖

①这首诗题全文是:《题宣州开元寺水阁,阁下宛溪,夹溪居人》。杜牧于开成二年(837)自监察御史分司东都,请假到扬州探视弟弟杜凯的眼病。这年秋为宣州(安徽省宣城市)团练判官。开成三年冬,迁左补阙、史馆修撰,四年春离开宣州,这首诗当在开城三年作。宣州开元寺建于东晋,初名永安,唐开元中改为开元寺。宛溪,发源于宣城东南峄山,流绕城东,为宛溪,至县东北与句溪合。夹溪,溪水两岸。②六朝二句:六朝,吴、东晋、宋、齐、梁、陈六个朝代,均建都建康(南京)。文物,历史文化遗物。草连空,芳草连接天空。③鸟去二句:人歌人哭,《礼记·檀弓下》:"晋献文子成室,张老曰:'美哉轮焉!美哉奂焉!歌于斯,哭于斯,聚国族于斯。'"(春秋晋国大夫献文子建筑一座新屋,大家都来祝贺,其中张老唱道:'美呀,高大呀!美呀,众多呀!在这里歌唱,在这里悲哭,在这里集聚繁殖家族呀。')从歌到哭,标志人的从生到死的一生过程。④惆怅二句:范蠡,《吴越春秋》:"范蠡乘扁舟,出三江,入五湖,人莫知其所适。"《史记·越世家》:"范蠡事越王勾践,既苦身戮力,与勾践深谋二十余年,竟灭吴,报会稽之耻。……还反国,范蠡以为大名之下,难以久居,且勾践为人可与同患,难与处安。……乃装其轻宝珠玉,自与其私徒属乘舟浮海以行,终不返。"这里用范蠡功成身退,泛舟五湖的故事表明他厌倦仕途、向往范蠡隐退的道路。五湖,江苏太湖及其附近的四个小湖,又以为是太湖的别名。

❖ 译诗 ❖

六朝文物全都泯灭,
只有芳草连接天空;
天色清淡浮云悠闲,
古往今来都是相同。
山色缤纷风景秀美,
鸟去雀来依恋旧峰;
生生死死世世代代,
永远住在云水乡中。
深秋岁暮秋雨潇潇,
家家户户放下帘栊,
登楼远眺吹笛抒怀,

落日晚霞迎面秋风。
泛舟五湖令人追慕,
不见范蠡惆怅心中。
东望五湖烟树参差,
令人向往一代遗踪。

❖ 解析 ❖

这是一首借古抒怀的诗。

首联开篇即提六朝文物湮灭,但见芳草寸接天涯,山川风物秀美依旧,天色云容,今古相同。起得突兀,真所谓俯仰悲怀,寄慨甚深。二联承上写眼前景物,鸟雀依恋山色,人们世代夹溪居住,富贵荣华只是过眼云烟,而人们却是世代相传,永远生活下去。在这里诗人不提六朝,而六朝遗迹的湮灭自在意中。三联进一步写眼前景物,诗人以工整精炼的对句极写宣州景物的明丽秀美:秋雨潇潇,家家放下帘幕;楼头落日,迎风一声长笛。"千家雨""一笛风",在这景物描写的凄凉气氛中,寄寓深沉的悲伤和愤慨。尾联承上,江山依旧,风景不殊,而人事已非,使诗人由宣州、宛溪而联想到功成身退泛舟五湖的范蠡,并以"参差烟树五湖东",把他的追慕范蠡的遗风,厌倦仕途,幻想功成身退、隐退山林的思想做了委婉而含蓄的表达,收结得余意不尽。

诗全从大处着色,景物的开阔,心绪的宛转,寄慨的深远,使这首诗具有含蓄而又俊爽、遒健的风格。

题木兰庙[①]

弯弓征战作男儿,梦里曾经与画眉[②]。
几度思乡还把酒,拂云堆上祝明妃[③]。

❖ 注释 ❖

①木兰,北朝乐府《木兰诗》中代父从军的女英雄。木兰庙,在今湖北省黄冈市木兰山上。《太平寰宇记》:"黄州黄冈县木兰山,在县西一百五十里,旧废县取此为名,今有庙在木兰乡。"②弯弓二句:作男儿,木兰女扮男装代

父从军。与画眉,给自己描画眉毛。③几度二句:拂云堆,在今内蒙古自治区五原县境内,是祭祀祈福的地方。祝,祈祷祝愿。明妃,王昭君。

❖ 译诗 ❖

拉弓射箭驰骋在战场,
女扮男装她是个威武的儿郎。
睡梦中竟做起姑娘家事,
对照铜镜描眉贴花黄。
多少次啊把家乡的亲人思念,
一次次举起满杯的酒浆。
在那拂云堆上设酒把王昭君祭奠,
求她保佑早日胜利归乡。

❖ 解析 ❖

　　这首诗歌赞古代民间女英雄木兰,极形象又极深细地描绘了木兰的内心活动,既描写了木兰的英武气概,又刻画了她的儿女柔情,形象鲜明突出。

　　木兰女扮男装,出兵征战,威武英俊,但她并没有失掉女儿气质,不会忘记自己的女儿身份,在激烈战斗中她威风烈烈,而在睡梦里,她的儿女柔情,她往日做姑娘的生活琐事不能不浮上心头,"梦里曾经与画眉",极精细而深曲地描绘了木兰的内心世界。代父出征,十年征战,而家乡的亲人又无时无刻不挂在心头;出征万里,这和昭君出塞一样,她们远离家乡,祭奠明妃,祝愿早日回归家乡,委婉而明确地表达她强烈的思念家乡的感情。从而突出了木兰的个性特征,显示了木兰内心世界的丰富性,表现了她热爱生活的真挚感情。

　　全诗深细委婉,感情真挚深沉,突出描画内心活动,笔触深入到人物的灵魂深处,真实动人。

江南春绝句

千里莺啼绿映红,水村山郭酒旗风①。
南朝四百八十寺,多少楼台烟雨中②。

❖ 注释 ❖

①千里二句:水村,水乡。酒旗,酒望。山郭,山城。②南朝二句:南朝四百八十寺,南朝历代君主及贵族好佛,广造佛寺,南京尤多,四百八十,极言其多。杜牧在《念昔游》中有"倚偏江南寺寺楼"句。楼台,楼台亭阁,这里指金碧辉煌的寺院建筑。烟雨中,在烟雨笼罩之中。

❖ 译诗 ❖

千里江南,
黄莺啼叫柳绿花红,
水村山郭,
酒旗在春风中摆动;
南朝历代,
曾修建四百八十座寺院,
今已荒废,
大都笼罩在烟雨苍茫之中。

❖ 解析 ❖

这是一首写江南春色的诗。

诗的前两句以千里江南,莺鸟啼鸣,花红柳绿,水村山郭,酒旗招风,做大笔勾勒,做高度概括,展开丰富的艺术想象,对江南美丽动人的春色做概括性的总的描绘,千里江南的鸟鸣花开,碧水绿树,尤以莺啼景美,声色相间之笔,柳绿花红,色彩相衬之状,更衬出江南春光绚丽的景色;二句以山清水秀,水村山郭的秀美做进一层渲染。流水碧碧,苍山青青,傍水小村,依山小郭,更显出江南风景的秀丽多姿,尤以酒旗迎风摆动在水村山郭之上,更增添了生气与活力。三四句由大处写景转入,就江南特有的景物做细致描写,南朝历代君主所精心营建的金碧而庄严的寺院建筑,为江南增添了新的特色,尤其在春天烟雨迷蒙之中,使江南春色更为妩媚多姿;同时,诗人也别有寄意,构成另一种意境。说"多少",说"烟雨中",不直说寺院楼台已毁,而是以烟雨苍茫笼罩,点出寺院遗迹之湮灭,楼台已毁,而南朝也成为历史陈迹,从而表达出诗人凭吊之情,历史兴亡之感和以古讽今之意。

全诗语言明丽,手法含蓄浑成而自然。

明清时曾对这首诗发生过争论:

杨慎说:"千里莺啼,谁人听得?千里绿映红,谁人见得?若作十里,则莺啼绿红之景,村郭、楼台、僧寺、酒旗,皆在其中矣。"(《升庵诗话》)

清人何文焕反驳上述意见,他说:"即作十里,亦未必尽听得着看得见。题云江南春。江南方广千里,千里之中莺啼而绿映焉,水村山郭无处无酒旗,四百八十寺楼台多在烟雨中也。此诗之意,意既广不得专指一处,故总而命曰江南春,诗家善立题者也。"(《历代诗话考索》)

这个争论的实质涉及文学创作的想象与概括的问题,涉及文学创作的典型化问题。杜牧这首诗是对整个江南春色做总的概括,做典型化的描写,杨慎不懂得这个问题,所以才引出这场争论。同时这里也涉及一般和个别的问题,又涉及艺术想象这个大问题,没有想象就没有文艺创作,而想象又来源于现实生活,所谓"寂然凝虑,思接千载;悄焉。动容,'视通万里';'登山则情满于山,观海则意溢于海'",就是这个道理。杜牧笔下的江南春色就是他眼中所见的实景的艺术升华和高度概括。这个经过艺术想象而概括出来的江南春色,既包括杨慎所说的"十里江南",但又不只是这"十里",而是千里江南,整个江南的集中概括,这就是文学创作的典型化原则。杜牧这首诗所以流传千古,其秘密也在这里。

赤　　壁①

折戟沉沙铁未销,自将磨洗认前朝②。
东风不与周郎便,铜雀春深锁二乔。

❖ 注释 ❖

①赤壁:赤壁山,在今湖北省蒲圻县赤壁公社。北临长江,汉末建安十三年(208),曹操与孙权、刘备在此地决战,曹操大败,形成鼎足三分的割据局面。此为吊古抒怀之作。②折戟二句:戟,古代一种长兵器。沉沙,沉没在江水泥沙之中。销,销毁。将,持,拿。认,辨识。前朝,前一朝代,指汉朝。③东风二句:东风,指火攻曹兵事,周瑜用其部将黄盖计策,诈降曹操,并纵火焚烧曹军战船,时正值东南风大起,烧毁曹操船队,曹兵大败。不与,不给。便,方便。铜雀,台名,曹操建此台供其晚年享乐。二乔,东吴乔家二女,大乔是孙策的妻子,二乔是周瑜的妻子。

❖ 译诗 ❖

　　一支折断了的铁戟，
　　沉埋在泥沙里，
　　上面带着尚未销蚀掉的斑斑锈迹。
　　拿来磨掉铁锈，
　　认出是前朝的兵器。
　　回想起当年赤壁对垒，
　　倘若东风不给周郎方便，
　　二乔就早被幽禁在曹操的铜雀台里。

❖ 解析 ❖

　　这是一首借古咏怀诗。
　　它只就前代历史中某一点做生发，以小见大，抒写其抑郁不平之气。
　　诗从赤壁之战的遗物上产生无限联想，从古代历史事件中作假想，认为周瑜是侥幸成功，借以抒写政治失意之情。
　　在这里，诗人不是就赤壁之战做历史评价，而是就一点进行艺术联想，借题发挥，借凭吊古迹以抒写怀抱。
　　诗从一支折断的铁戟上生发立意，它与战争有关，从而引起怀古，它之"未销"，物虽在而人已非，怀古之中又透伤今。首二句借物以怀古；后二句由怀古转入议论，在议论时，不正面议论，而是从反面立意，假想周郎失败的结果以反衬周郎之偶然成功，既紧扣怀古，又借以抒发自己的抑郁心怀。
　　含蓄，凝练，概括，小中见大，是这首诗的主要特点。
　　薛雪在《一瓢诗话》中评此诗："樊川'东风不与周郎便，铜雀春深锁二乔。'妙绝千古，言公瑾军功止藉东风之力，苟非乘风力之便以破曹兵，则二乔亦将被虏，贮之铜雀台上。'春深'二字，下得无赖，正是诗人调笑妙语。许彦周谓：'孙氏霸业，系此一战，社稷存亡，生灵涂炭都不问，只恐捉了二乔，可见措大不识好恶。'此老专一说梦，不禁齿冷。"
　　何久焕《历代诗话考索》："夫诗人之词微以婉，不同论言直遂也，牧之意，正谓幸而成功，几乎国家不保。彦周未免错会。"录以备考。

泊秦淮^①

烟笼寒水月笼沙，夜泊秦淮近酒家^②。
商女不知亡国恨，隔江犹唱后庭花^③。

❖ 注释 ❖

①泊秦淮：行船停泊在秦淮河上。秦淮水源出江苏，西北流经南京城，入长江，因是秦时开凿，故曰秦淮。《通鉴晋纪注》："秦淮，在今建康上元县南三里，秦始皇时，望气者言，金陵有天子气，使凿山为渎，以断地脉，故曰秦淮。"②烟笼二句：烟、月互文见义。笼，笼罩。沙，水边沙地，这里指河的两岸。③商女二句：商女，歌妓。江，秦淮河。后庭花，指南唐陈后主陈叔宝所作的《玉树后庭花》歌曲《乐志》："陈后主于清乐中造《黄骊留》及《玉树后庭花》《金钗两鬓垂》等曲。"《隋书·五行志》："后主作新歌辞，甚哀怨，令后富美人习而歌之。其辞曰：'玉树后庭花，花开不复久。'时人以歌谶不久兆也。"《旧唐书·音乐志》引杜淹对唐太宗语："前代兴亡，实由于乐。陈将亡也，为《玉树后庭花》；齐将亡也，而为《伴侣曲》；行路闻之，莫不悲泣，所谓亡国之音也。"隔江，在船中听到歌声，故曰隔江。

❖ 译诗 ❖

朦胧的月色笼罩着
清冷的河水和岸边的黄沙，
夜晚停船在秦淮江上
靠近岸上的繁华酒家，
歌女们只尽情欢唱，
他们并不知曲中的亡国之恨，
隔着这滔滔的江水
还能听到正唱《玉树后庭花》。

❖ 解析 ❖

这是一首抒写夜泊秦淮所触发的历史兴亡的感受的诗。

客游江浙，夜泊秦淮，秋风萧萧，月色暗淡，秦淮河上。片烟雾笼罩，凄清衰飒。诗连用两个"笼"的叠字，把烟、水、月、沙四者交融在一起，勾画出一幅夜色迷茫，烟月轻微浮动的秦淮河的特有景色和气氛。在这种令人感伤的环境气氛中传来江岸酒楼之上歌妓们的哀婉歌声，歌女只知唱歌侑酒，却不知道她所唱的竟是亡国之音《玉树后庭花》。说"夜泊"，说"近酒家"，正是写诗人隔江相对，从诗人眼中看到，耳中听到。唱者无心，听者有意，这歌声触动了夜泊秦淮的游子，引起他无限的感慨。表面上写商女之不知亡国恨,实是指酒座中的豪绅不知亡国恨,实是指唐代统治者不知亡国恨。说"隔江",说"犹唱",正以曲笔写深意。后二句的议论正是在暗淡凄清的环境气氛中所引出的历史兴亡之感,以古讽今,借批判南朝陈后主的荒淫亡国曲折地谴责唐代统治者,表现了作者鲜明的政治态度。

含蓄凝练的语言,特定的环境气氛的勾勒,写景、叙事与议论结合,使这首诗具有言近旨远,含蓄深婉的艺术特色。

过 华 清 宫①

三首选二

一

长安回望绣成堆,山顶千门次第开②。
一骑红尘妃子笑,无人知是荔枝来③。

❖ 注释 ❖

①华清宫:唐朝行宫,故址在今陕西临潼区南骊山上,唐玄宗与杨贵妃游乐之地。②长安二句:绣成堆,指骊山的东绣岭和西绣岭,唐玄宗曾在岭上种植树木,郁郁葱葱。千门,指山上的众多宫殿。次第,一个接一个,相继。③一骑二句:红尘,快马奔驰掀起的尘土。妃子,指杨贵妃,她喜吃荔枝。《国史补》:"杨贵妃生于蜀,好食荔枝,南海所生,尤胜蜀者,故每岁飞驰以进,然方暑而熟,经宿则败,后人皆不知之。"(杨贵妃出生在四川,喜欢吃鲜荔枝,岭南所产的比四川的还好,所以每年都飞马传递贡献,然而荔枝在夏季暑天才成熟,过一夜就坏了,一般后来人都不了解这一点。)

❖ 译诗 ❖

在去长安的路上回头遥望骊山,
但只见林木葱茏锦绣一团;
山顶上一个个打开的千门万户,
那是华清宫巍峨时宝殿。
烈日下一匹快马扬起红尘,
为的是讨贵妃喜笑心欢;
可是又有谁人知道,
这是为保持运来的荔枝新鲜。

❖ 解析 ❖

《过华清宫》是杜牧写的一组政治讽喻诗。

这组诗以唐玄宗李隆基和杨贵妃在骊山华清宫荒淫享乐为内容,揭露和批判封建统治者腐朽生活及其给国家和人民带来的灾祸,以古讽今,表达他对现实的态度。

这是组诗的第一首。

诗的一二句总写华清宫的环境和景色。"回望"照应"过",并点明骊山美丽诱人"绣成堆",落实"回望",极写骊山花木葱茏,一团锦绣。望了再望,既因其美,又因其引人感触,令人思索。

"千门次第开",千门开放,纵游享乐,写了骊山华清宫的雄伟壮丽,也写出统治者的奢侈享乐。诗人在浓墨重彩的总体勾勒中,描绘了华清宫的环境与景色,写得形象而又概括。

三四句就杨玉环"嗜荔枝"的典型事物做生发,以想象之笔,说"红尘",说"妃子笑",对统治者的奢侈享乐做了形象的动态描写。接下结句说"无人知"一句兜转,人民不知道、更无法了解统治者如此奢侈腐朽,语带讥讽,收结得含蓄而有力,有较高的艺术感染力。

选择特定的景物和典型事物做形象地概括,即使诗具有鲜明的政治倾向,达到以古喻今的目的,又由于它具有较高的艺术概括力,构成了这首诗遒健的艺术风格。

二

新丰绿树起黄埃,数骑渔阳探使回①。
霓裳一曲千峰上,舞破中原始下来②。

❖ 注释 ❖

①新丰二句:新丰,地名,故城在陕西临潼区东新丰镇。数骑探使,此句下原注:"帝使中使辅璆琳探禄山反否?璆琳受禄山金,言禄山不反。"《旧唐书·安禄山传》:"杨国忠屡奏禄山必反。(天宝)十二载(753),玄宗使中官辅璆琳觇之,得其贿赂,盛言其忠。"渔阳,唐郡,在今河北蓟县。唐天宝年间属范阳节度管辖,天宝十四载(755)十一月,平卢、范阳、河东三镇节度使安禄山据范阳郡叛乱。②霓裳二句:霓裳一曲,指霓裳羽衣曲。千峰,指骊山

群峰。舞破,古乐舞曲有"入破",这里语意双关,用以指唐玄宗杨贵妃荒淫享乐,招致安禄山的叛乱,造成中原残破,国势衰颓。

❖ 译诗 ❖

两行绿树遮蔽的新丰大道上,
扬起一股又一股的黄色烟尘;
从渔阳返回数起打探的特使,
都说安禄山对朝廷一片"忠心"。
霓裳羽衣曲是那样悠扬和谐,
优美的旋律在群山之中低吟。
不停地狂欢舞破了大好河山,
安史乱起他们才从骊山逃奔。

❖ 解析 ❖

这是《过华清宫》组诗第二首。

这首诗抓住两个典型事物做集中统一概括,一方面是数骑探使来往于骊山和渔阳之间,说"起黄埃",说"探使回",以动态的形象笔调,有声有色地煞有介事地描绘了探听军情的中使回朝的情景;殊不知他们已经接受了安禄山的贿赂,被安禄山所收买。他们隐瞒真情,"盛言其忠"。在这里,诗愈是写探使的煞有介事,愈是写他们虚张声势,愈起了反衬嘲讽的作用,既辛辣地讽刺了唐玄宗这个太平天子的昏聩腐朽,也揭露了这些探使的卑鄙丑恶。另一方面是唐玄宗、杨贵妃更加荒淫奢侈,"霓裳一曲千峰上",以高度形象概括的诗句描写了他们二人轻歌曼舞,沉迷在"太平盛世"的享乐生活之中;直至"舞破中原始下来",这就把"霓裳一曲千峰上"与"舞破中原始下来"做了内在的联结,正是由于"霓裳一曲",由于唐玄宗的奢侈荒淫,才导致"舞破中原"的后果。只有在"舞破中原"的情况下,唐玄宗才从"千峰上""始下来"。诗正是在"一曲""舞破"的巧妙构思和内在联结中,表达了诗人对唐玄宗、杨贵妃的无情谴责,反映了他在惨痛的历史教训中的清醒认识,以古喻今,用以鉴戒现实。

诗以精警、深沉、凝练的语言,高度形象而概括的艺术描写,豪宕的气势和峭健的风格,突出地显示了诗歌主题,使诗歌具有较强的艺术批判力量。

山 行①

远上寒山石径斜,白云生处有人家②。
停车坐爱枫林晚,霜叶红于二月花。

❖ 注释 ❖

①山行:山行途中所见所感。②远上二句:寒山,秋季的山。石径,山上石路。白云生处,一作白云深处,指山的高深之处,白云层生。③停车二句:坐,因为。枫林晚,枫叶经秋变成红色的景致,晚,晚景,即指深秋枫叶变红的景致。霜叶,经霜的枫叶。

❖ 译诗 ❖

一条弯曲的山间小路,
蜿蜒伸向高山顶上;
在层层白云飘浮的深处,
隐隐约约有几户人家。
停下车来观看这满山风光,
我喜爱这枫林红叶似那天边晚霞;
经霜的枫叶如火娇艳,
胜过春天二月里的鲜花。

❖ 解析 ❖

这首诗描写了秋天特有的美景。

诗人一反传统的悲秋情调,以极大的热情发现秋天特有的美,歌颂大自然所显示的所具有的一种热烈的充满生机的景象和磅礴的气势。

诗以极形象、明快而洗练的语言,捕捉寒山、白云、枫林、霜叶、二月花等具有鲜明特色的景物,进行艺术组合和艺术勾勒,特别是以经霜的枫叶与二月鲜做鲜明对比,在色彩鲜明的画面中,层林尽染,枫叶流丹,满山锦绣,遍地彩霞,它比二月的鲜花更红,更艳丽,这个枫林晚景比明媚春光更吸引人,更感动人;何况这枫林是经霜之后,它的红火、艳丽是经过抗严寒、傲霜雪的结果。满山红叶,像是满山大火,它显示了豪迈精神和磅礴的气概,这正是诗人杜牧所以"停车坐爱枫林晚"的秘密所在吧。诗人不仅刻画了枫林的外在的美,而且也刻画了它的内在的美,他在枫林上看到了秋天特有的美,在一般人以为萧森的景象之中,有着自己独特的发现,在一片衰颓之中看到了一种生机和力量。全诗景色明丽而幽邃,气势豪荡而俊爽,意境开朗而遒健。

许　浑

许浑（生卒年不详），字用晦，润州丹阳（江苏丹阳）人，文宗大和六年（832）进士，任当涂、太平县令、睦州司马、监察御史、虞部员外郎、睦、郢二州刺史等职。

他的诗较广泛地反映了晚唐社会现实，揭示了当时各种复杂尖锐的社会矛盾。他的诗皆为近体律绝诗，艺术上达到纯熟的地步，是晚唐诗人中具有代表性的作家。著有《丁卯集》二卷。

金陵怀古

玉树歌残王气终，景阳兵合戍楼空①。楸（qiū丘）梧远近千官冢，禾黍高低六代宫②。石燕拂云晴亦雨，江豚吹浪夜还风③。英雄一去豪华尽，唯有青山似洛中④。

❖ 注释 ❖

①玉树二句：《南史·陈本纪》："后主愈骄，不虞外难，荒于酒色，不恤政事，左右嬖佞珥貂者五十人，妇人美貌丽服巧态以从者千余人。常使张贵妃、孔贵人等八人夹坐，江总、孔范等十人预宴，号曰'狎客'。先令八妇人襞采笺，制五言诗，十客一时继和，迟则罚酒。君臣酣饮，从夕达旦，以此为常。而盛修宫室，无时休止。税江税市，征取百端。刑罚酷滥，牢狱常满。"又《南史·后妃传》："后主每引宾客，对贵妃等游宴，则使诸贵人及女学士与狎客共赋新诗，互相赠答。采其尤艳丽者，以为曲调，被以新声。……其曲有《玉树后庭花》《临春乐》等。"王气，古人所说的帝王气象。《南史·陈本纪》："及闻隋军临江，后主曰：'王气在此，齐兵三度来，周兵再度至，无不摧没。虏今来者必自败。'"景阳，陈后主的景阳宫。《六朝事迹》："景阳宫中有井，隋克台城，陈后主与张丽华、孔贵妃俱入井，隋军出之。"戍楼，保卫边疆的岗楼。戍楼空，军队逃散。《南史·陈本纪》："隋将贺若弼自北道广陵济，韩擒趋横江济，分兵晨袭采石，取之。进拔姑熟，次子新林。时弼攻下京口，缘江诸戍望风尽走，弼分兵断曲阿之冲而入。"②楸梧二句：千官冢，形容古冢之

多。禾黍,《诗·王风·黍离》:"彼黍离离,彼稷之苗。"《诗序》:"《黍离》,闵宗周也。周大夫行役至于宗周,过故宗庙宫室,尽为禾黍。闵宗室之颠覆,彷徨不忍去而作是诗。"后人遂以"禾黍""黍离",表示国家的败亡。六代,即指六朝。隋文帝《平陈诏》:"建康(今南京,六朝的都城)城邑宫室,并平荡耕垦。"③石燕二句:石燕,《湘中记》:"零陵有石燕,得风雨则飞翔,风雨止还为石。"《一统志》:"常州府有白鹤洞,岁旱,石燕飞出即雨。"拂云,排云飞翔。江豚,《南越志》:"江豚似猪,居于水,每于浪间跳跃,风辄起。"④英雄二句:洛中,洛阳在四山之中,《三礼注》:"洛阳四山围伊洛涯涧在中,建康亦四山围秦淮直渎在中。"故说"似洛中"。

❖ 译诗 ❖

　　《玉树后庭花》曲已残缺,
　　帝王的气象也已尽终。
　　景阳宫中两路隋兵会师,
　　陈朝的守兵全都逃空。
　　远远近近的千官古坟上。
　　楸木梧桐挺拔高耸;
　　六朝宫殿的废墟上,
　　尽是高高低低的蒿蓬。
　　石燕排云翱翔,
　　天一会儿下雨一会儿又晴;
　　江豚翻涛吹浪,
　　掀起一阵又一阵的狂风。
　　英雄人物一去不再回返;
　　豪华失尽权势也无影无踪。
　　只有金陵这四面的青山,
　　像似洛阳被群山围在当中。

❖ 解析 ❖

　　这是借六朝的兴废而表达历史兴亡感慨的诗。
　　不说六朝而说陈后主,因六朝最后一个国君是陈后主,故开篇即写陈后主的淫佚亡国,玉树歌残,王气终尽,隋兵会师景阳,陈叔宝就擒,陈兵全部溃灭,几笔勾勒,极精炼概括地描写了陈的覆灭。二联写陈亡之后的景象,举目所见,千官之冢树尚存,而六代的宫殿早已荡然无存,只是满目荆棘,遍地蒿蓬,这是在荒凉残破的景物描写中,涂抹上一层更为凄楚的暗淡色彩。三联承上,继续写景物,六朝宫殿已成废墟,只有石燕拂云飞翔,时晴时雨,江豚在江间吹浪,鼓动狂风。石燕作雨,江豚兴风,用这种风云变幻比喻时代的变化多端,并在景色勾画上,极力渲染荒寂凄凉。结联以"英雄一去豪华尽"总束对六朝的怀古之情,用豪华转瞬即逝,只有青山常在,把怀古之情写足。

以陈的奢侈荒淫而覆亡为典型事例,以六朝之成为历史陈迹为内容,多方面渲染和抒写了诗人的历史兴亡之感。诗以批判而微讽的笔调开始,接以凭吊盛衰兴亡之感,转入正面,并以自然风云的变幻曲折地喻写时代、历史的变化,最后以青山永在,豪华消失的深沉感慨做收,从历史发展的高度上抒发了作者借古伤今的思想。

全诗景事杂糅,情景交融,古今交织,寄慨深沉。在历史陈迹的凭吊中渗透着现实感受,在景物描写中有人事的感慨。

咸阳城西楼晚眺①

一上高城万里愁,蒹葭杨柳似汀州②。溪云初起日沉阁,山雨欲来风满楼③。鸟下绿芜秦苑夕,蝉鸣黄叶汉宫秋④。行人莫问当年事,故国东来渭水流。

❖ 注释 ❖

①咸阳城,秦时京城,陕西咸阳市。②一上二句:蒹葭,没有长穗的芦苇。《诗·秦风·蒹葭》:"蒹葭苍苍,白露为霜。"汀州,沙洲。③溪云二句:此句作者自注:"南近磻(pán 盘)溪(今陕西宝鸡市东南),西对慈福寺。"阁,即慈福寺之阁。溪,即潘溪。④鸟下二句:秦苑,秦始皇修建的打猎享乐的园林,内养禽兽,种植树木。绿芜,绿草地。⑤行人二句:故国。指秦都咸阳。

❖ 译诗 ❖

登上城楼向远处眺望,
茂密的芦苇青青的柳杨,
多么像江南的汀州,
眼前景物引起我万里愁肠。

磻溪上暮色苍茫升起浓云,
狂风吹满楼头,
山间大雨即将临降。
夕阳下的秦苑,
鸟雀落在草地上,
深秋里的汉宫,
寒蝉悲鸣,遍地叶黄。
行人自管去吧,
莫问当年的事情,
渭水照旧流过故都奔向更远的东方。

❖ 解析 ❖

这是一首借古抒怀诗。

诗就登城所见,由景及情,由现实而及往古秦汉,最后又归到目前。首言登城观景,咸阳有似江南家乡,故说愁思万里;杨柳蒹葭,云起雨来,景物的荒寂,更增感情的凄切。超越时空,情思万里,一起深沉。"溪云初起日沉阁,山雨欲来风满楼"一联,以形象的笔调描绘了自然形势的变化,具有深刻的象征意义,借用自然形势的变化暗示政治形势,照应"万里愁"情,这就把诗人登城抒怀的内容由个人扩大到社会,使诗人所抒发的万里愁情具有深刻的社会内容。这一联描写生动形象,自然朴实,语意双关,含蓄深沉,内容丰富,概括性强,富有哲理性,所以为人们所传诵。三联就登城晚眺的景物,表达诗人历史兴亡之感:秦苑夕阳,"鸟下绿芜",汉宫暮秋,"蝉鸣黄叶",荒凉残破,何堪回首,在这具体地场景描绘中表达了诗人吊古伤今的深沉感情。最后以"行人莫问"的反诘句式,写秦汉已逝,往事难复,只有渭水日夜东流,把作者这种吊古伤今、借古抒怀的叹惋之情做了淋漓尽致的表达。

全诗景情结合,古今结合,借古抒怀,含蓄深沉。

温庭筠

温庭筠(约812—约866),字飞卿,旧名岐,太原祁(山西省祁县)人。少敏悟,善辞章,精通音乐,善鼓琴吹笛,尝游狭邪间,接受市民阶层思想影响,为当时封建统治者所鄙弃,直到晚年,为方城尉,国子助教。最后竟流落而死。有《温飞卿诗集》。

温庭筠是晚唐著名诗人、词人,他的诗辞采浓丽,艺术风格和李商隐相近,时号"温李",才情绮丽,构思精巧,遣词华艳,描写细腻深微。

商山早行①

晨起动征铎,客行悲故乡②。鸡声茅店月,人迹板桥霜③。槲(hú 狐)叶落山路,枳(zhǐ 只)花明驿墙④。因思杜陵梦,凫(fú 弗)雁满回塘⑤。

❖ **注释** ❖

①商山早行:清晨行走在商山路上。商山,山名,在陕西商县东南,是诗人离长安赴襄阳途经商山时作。②晨起二句:征,出行。铎,铃铎,指挂在马颈下的响铃。③鸡声二句:茅店,简陋的山村客店。④槲叶二句:槲,落叶乔木。枳,常绿灌木,枝多刺,白花,又叫枳壳花,多生商州川谷。朱庆余《王中丞留吃枳壳》:"若教尽乞人人与,采尽商山枳壳花。"明,鲜艳美丽,这里用作动词。驿,驿站,古代官府传递信息的中途旅站,这里指客店。⑤因思二句:杜陵,地名,在今陕西西安市南,此指长安。凫雁,水鸟,俗名野鸭。

❖ **译诗** ❖

清晨早起,上马出行;
客子远游,心中悲伤。
铃铎响动,想念故乡,
天边一弯斜月,茅屋店里,

五更阵阵鸡鸣；
一行行人的足迹，
清晰地印在铺满白霜的板桥上。
商山路上，
落满了槲叶；
驿站墙头，
鲜艳美丽的枳壳花香。
一路上想起，
昨夜梦中回到长安，
还清楚地记得，
凫雁落满回曲的池塘。

◆ **解析** ◆

　　这是一首在商山旅途中怀念故乡的诗。

　　这首诗着重景物的描写和环境气氛的渲染，诗人善于选择富有特征性的多种景物，做艺术组合，如"征铎""鸡鸣""茅店""人迹""板桥"以及"月"与"霜"等多种具有特色的事物组合成旅途深秋荒凉凄楚的典型环境，并以"槲叶满山路，枳花明驿墙"做点染，把客子孤苦寂寥，内心悲伤，怀念故乡之情给形象地描绘出来，最后以昨夜梦回长安做反衬，把这种想念故乡之情更加强了。

　　这首诗的第二联为人们所传诵，这一联的两个诗句都用三个富有特色的事物组合成一幅深秋清晨出行的特定场景，深刻而形象地表达了客子的孤独凄凉的内心世界，情景结合，形象鲜明，具有很强的艺术感染力量。

　　明胡应麟说："盛唐句如'海日生残夜，江春入旧年'；中唐句如'风兼残雪起，河带断冰流'；晚唐句如'鸡声茅店月，人迹板桥霜'；皆形容景物，妙绝千古，而盛、中、晚界限斩然。故知文章关气运，非人力。"(《诗薮》)胡应麟是从诗的意境上区分诗的时代及其艺术风格，但他并未解决这个问题，只好归之于"气运"，他还不可能认识到这个社会时代的生活变化能给予诗人决定性的影响。虽然他已从诗的内容上看到了时代不同而诗的意境也因之不同这个历史现象。

经五丈原①

铁马云雕久绝尘,柳阴高压汉宫春②。天清杀气屯关右,夜半妖星照渭滨③。下国卧龙空寤主,中原得鹿不由人④。象林宝帐无言语,从此谯(qiáo乔)周是老臣⑤。

❖ 注释 ❖

①五丈原:在今陕西郿县南,是三国时期诸葛亮与司马懿对峙之地,也是诸葛亮病死的地方。这首诗就是凭吊诸葛亮的。②铁马二句:铁马,铁甲骑兵。云雕,云旗,雕旗,泛指战旗。久,一作共。柳阴,细柳营,汉文帝时将军周亚夫屯兵的地方,这里借指诸葛亮屯兵的五丈原。汉宫,借指长安。汉宫,一作汉营。③天清二句:天清,一作天晴。杀气,争战的气氛。关右,函谷关以西之地。妖星,灾星,传说诸葛亮死前,有赤色大星自东北流向西南,落入蜀汉的军营中,当夜诸葛亮逝世。《晋阳秋》:"有星赤而芒角,自东北西南流,投于亮营,三投再还,往大还小。俄而亮卒。"渭滨,五丈原在渭水南岸。④下国二句:下国,指蜀国。古称中原诸国为上国,蜀处西南,故称下国。卧龙,诸葛亮的美称,《三国志·蜀书·诸葛亮传》:"徐庶见先主(刘备),先主器之,谓先主曰:'诸葛孔明者,卧龙也。'"《襄阳记》:"刘备访世事于司马德操。德操曰:'儒生俗士,岂识时务?识时务者在乎俊杰。此间自有伏龙、凤雏。'备问为谁,曰:'诸葛孔明、庞士元也。'"寤,醒,做使动词用。一作误。主,指后主刘禅。刘禅昏庸,诸葛亮竭诚辅佐,鞠躬尽瘁,但诸葛亮死后不久,刘禅更加昏庸荒淫,不久亡国。得鹿,即逐鹿,比喻争夺政权。一作逐鹿。《史记·淮阴侯列传》:"蒯通曰:'秦失其鹿,天下共逐之。于是高材疾足者先得焉。'"由,一作因。⑤象床二句:象床宝帐,指五丈原诸葛亮祠庙里神龛中的陈设,这里借指诸葛亮的偶像。宝帐,一作锦帐。谯周,蜀汉旧臣,受刘禅宠信,魏伐蜀时,他力主降魏。

❖ 译诗 ❖

  当年蜀军铁骑曾驰骋在这古战场,
  云雕战旗在空中迎风飘扬;
  当年诸葛孔明大军驻此,

军营雄踞在春日的长安城前。
战争的杀气凝聚在关右,
当时的天气却是十分晴朗,
谁曾料想在夜半时分?
赤色灾星降临到渭水之滨的蜀军大帐。
西蜀的卧龙先生啊,
白白开导他的君主枉费一片衷肠,
争夺中原的大业,
成败并非由个人愿望。
西蜀朝廷再也听不到忠臣的话语,
没有谁再把建国大计来宣讲。
从此只有那个执政的老臣谯周,
劝说后主快快向司马氏投降。

❖ 解析 ❖

这是凭吊诸葛亮的诗。

开头两联写蜀军兵势强大,威胁中原曹魏,决战在即,诸葛亮病逝军中,说"久绝尘",说"高压汉宫春",形象地描写了蜀军的逼人气势。"杀气屯关右",渲染了决战气氛,而"夜半妖星照渭滨",则以悲痛惋惜的口吻抒写了对诸葛亮的病逝的深切痛悼之情。三联以"空瘠主""不由人"的惋惜句意写出诸葛亮死后蜀国形势的逆转,慨叹诸葛亮呕心沥血,事业未成,而前功尽弃。说"空",写出白费了心血,事业付之东流,用谴责的口吻评说刘禅的昏庸,赞叹诸葛亮竭诚尽忠,忠贞不贰;说"不由人",正写出诸葛亮的"尽人事而听天命",知其不可而为之的顽强斗争的精神和鞠躬尽瘁的品质。尾联直写蜀国的结局,"无言语"总述对诸葛亮的逝世的哀悼;"从此",把诸葛亮与谯周做对比描写,写出诸葛亮死后以谯周为代表的投降派当政,蜀国投降覆亡的可悲结局。语带沉痛与讥讽。全诗含蓄委婉,感情深沉,内容丰富,语言凝练。

陈 陶

陈陶(生卒年不详),字嵩伯,鄱阳剑浦(江西鄱阳附近)人。尝举进士不第,"颇负壮怀,志远心旷,遂高居不求进达,恣游名山,自称'三教布衣'。大中(847—860)中,避乱入洪州西山,……后不知所终,陶工赋诗,无一点尘气。于晚唐诸人中,最得平淡,要非时流所能企及者。"(《唐才子传》)《全唐诗》录存诗二卷。

陇西行①

四首选一

誓扫匈奴不顾身,五千貂锦丧胡尘②。
可怜无定河边骨,犹是春闺梦里人③。

❖ **注释** ❖

①陇西行,乐府《相和歌辞·瑟调曲》。《通典》:"秦置陇西郡,以居陇坻之西为名。"陇西郡,战国秦置,治所在狄道(今甘肃临洮南)。西汉时辖境相当今甘肃东乡以东的洮河中游、武山以西的渭河上游、礼县以北的西汉水上游及天水市东部地区。东汉以后屡有增缩。②誓扫二句:貂锦,汉代身穿貂裘、锦衣的羽林军,这里借指战士。③可怜二句:无定河,源出内蒙古自治区鄂尔多斯境,东南流经陕西榆林、米脂诸县,经清涧县入黄河。因溃沙急流,深浅无定,故名无定河。

❖ **译诗** ❖

发出大誓言,立下大志愿,
扫平匈奴寇,不顾生命身;
五千羽林军,身穿貂锦衣,
奋战边塞上,命丧在胡尘。
可怜又可叹,无定河岸边,

千千万万人,变成骷髅魂;
明媚春天里,闺中思亲人,
日里夜里想,犹是梦中人。

❖ 解析 ❖

这是一首反对战争、同情人民苦难的诗。

人民为了保卫祖国,付出重大牺牲,担负着极大的苦难。说"誓扫",说"不顾身",说"丧胡尘",正形象地描写了人民的高度爱国主义、英雄主义精神;人民在战争中所付出的重大代价,给人民生活带来极大的灾难与不幸。三四句一笔写双方,说"可怜",说"犹是",以极婉转而又极悲惨的句意,描写了人民的不幸与痛苦,表现了诗人深切的同情心。边地与家乡在长期战乱中,阻隔不通,所通的只有梦境,而梦中之人早已成了战地白骨,岂不真真可叹而又可悲吗!

李商隐

李商隐(813—858),字义山,号玉谿生,怀州河内(河南沁阳)人。二十五岁举进士,得令狐绹的奖誉。次年泾原节度使王茂元爱其才,辟为书记,并招为女婿。牛、李两党争权,相互倾轧;李商隐在党争的夹缝中讨生活,在各藩镇幕府中过着失意苦闷的生活,穷困潦倒至死。

李商隐的诗歌具有鲜明而独特的艺术特色。他以谨严锤炼的语言,顿挫跌宕的章法,浓艳华丽的色彩,奇特瑰丽的想象和幻想、象征的手法,构成了他的缠绵委婉,一往情深,精练浓郁,绮丽精工的独特的艺术风格,对后代诗歌的发展产生重要影响。

东　南

东南一望日中乌,欲逐羲和去得无①?
且向秦楼棠树下,每朝先觅照罗敷②。

❖ 注释 ❖

①东南:东南方太阳升起的地方。日中乌,太阳。古代传说太阳中有三足乌。(一说凤凰,一说为乌鸦)。羲和,古代神话中驾日车的神。②且向二句:秦楼、罗敷,借用汉乐府诗《陌上桑》:"日出东南隅,照我秦氏楼。秦氏有好女,自名为罗敷。"罗敷,泛指古代美女。棠树,甘棠树此用《诗·召南·何彼秾矣》诗意,诗中有"何彼秾矣,唐棣之华",以棠棣花比喻美丽的女人。

❖ 译诗 ❖

看到东南方升起了太阳,
想要追赶太阳神,
不知能否去得成?
暂且走向秦楼甘棠树下,
每天早晨,
阳光最先照耀到美女罗敷身上。

❖ 解析 ❖

这是一首追求光明,渴望阳光的诗。

诗人怀着痛苦抑郁的心情追逐太阳,渴望阳光,说"东南一望";说"欲逐羲和",把渴望阳光、追逐光明的愿望揭示出来,他不是要学夸父逐日,与日竞走,而是渴望光明,厌恶黑暗。"去得无",一个忐忑不安的设问,把他要追逐光明,又惧怕得不到光明的复杂心情做了细致的表现。三句"且向",由自己的追逐宕开,转入理想的追求和寻觅:他希望东南方的太阳刚一升起就最先照到美丽的罗敷身上,希望美丽的罗敷永远生活在明媚的阳光之中。说"每朝",是说天天早晨照;说"先觅",是说最先照到。这正表现了诗人的关切之处,从而形象地表达了诗人的生活理想:热爱光明,幻想热烈而光辉的太阳永远照耀人间,给人们带来光明和幸福。

由自己的渴望与追逐,到希望人民获得光明和幸福,由个人的愿望,到人民的理想,层层深转,感情强烈。

即　　日

小苑试春衣,高楼倚暮晖①。夭桃惟是笑,舞蝶不空飞②。
赤岭久无耗,鸿门犹合围③。几家缘锦字,含泪坐鸳机④。

❖ 注释 ❖

①小苑二句:小苑,小花园。春衣,春天的新装。暮晖,晚霞。②夭桃二句:夭桃,《诗·周南·桃夭》:"桃之夭夭,灼灼其华。"夭夭,即笑,形容桃花怒放。夭桃,在这里比喻贵族女儿年少貌美。空飞,徒然飞舞,即单飞、孤飞;不空飞即双飞。这两句写小苑中的美景,并借夭桃含笑(开放)、舞蝶双飞暗喻贵族女儿夫妻欢聚,生活幸福,春风得意。③赤岭二句:赤岭,唐玄宗开元二十二年(734)与吐蕃立界碑于此,《新唐书·吐蕃下》:"(鄯州鄯城县西南)过西堡城(今青海西宁市西南)崖壁峭竖,道回屈,虏曰铁刀城。右行数十里,土石皆赤,虏曰赤岭……赤岭距长安三千里而赢,盖陇右故地也。"耗,音信。鸿门,《汉书·地理志》:武帝元朔四年(前125),置河西郡,统三十六县;有鸿门县,又有离石县,其地与雁门、马邑相接。到了唐代,这一代是河东道的边缘地区,会昌二年(842)春,回纥乌介可汗占据侵扰天德、振武军与云朔地区。这两句转下写时事。④几家二句:锦字,锦书,晋窦滔妻苏

若兰,善属文,滔被贬流沙,苏氏思念,织锦为回文旋图诗以赠滔,宛转循环,词甚凄婉,凡八百四十字。鸳机,织机。

❖ 译诗 ❖

小苑楼上试穿春装,
斜倚栏杆观赏晚霞。
花园里桃花怒放,
花丛中彩蝶双双。
远戍赤岭久无音信。
鸿门一带仍被围困。
几家思妇织成锦字,
机旁含泪思念亲人。

❖ 解析 ❖

这首诗以贵族女子与战士之妻的不同生活处境,不同心情感受,在鲜明的艺术对比描写中,表达了对时局的忧虑和对征人思妇的深切同情。

诗的上半以"春衣""暮晖""夭桃"之笑、"舞蝶"之飞构成一幅色彩斑斓春风得意的画面,写出贵族女儿的欢乐与幸福。诗的下半突然转入时局之危机:征人远戍赤岭,久无音信,鸿门一带战事激烈,仍被包围,这既与上半的艳丽、得意的气氛极不协调,且又为写战士妻子的悲凄处境构成环境背景,把个人的悲苦与时局的艰危联结起来,最后以锦书难寄,含泪忍痛思亲做结,说"几家",则不是一人一家,从而深刻地表达诗人对国家命运的关切、对人民痛苦命运的同情。

全诗注意遣词设色,造句造意,绮丽与危苦相统一,构成一种独特的艺术特色。

冯浩说:"上半咏女郎春憨欢聚之态,下半以思妇对映。言外见世路干戈,离情不少,人愁我亦愁矣!"(《玉谿生诗集笺注》)此评语可参考。

正月十五夜闻京有灯恨不得观[①]

月色灯光满帝都,香车宝辇隘通衢[②]。
身闲不睹中兴盛,羞逐乡人赛紫姑[③]。

❖ 注释 ❖

①这首诗作于武宗会昌五年(845),当时李商隐因母病故在家乡守丧,朝廷刚刚平定昭义节度使刘稹的叛乱,李商隐因居丧不能入京朝贺,写诗抒怀。正月十五夜闻京有灯,按:睿宗先天二年,玄宗开元二十八年皆有上元观灯事。《资治通鉴》载,宪宗元和五年望夜,"命张灯,不禁行人,不闭里门,三夜如平日,……"胡三省注:"唐制:两京及诸州、县街巷率置逻卒,'晓暝传呼,以禁夜行,惟元夕张灯,弛禁前后各一日。"会昌初武功平定,故有上元张灯庆贺活动。②月色二句:宝辇,古代皇帝坐的车子,这里用以泛指贵族车辆。隘,阻塞。衢,街道,通衢,道路四通八达。③身闲二句:身闲,指守丧家居。中兴盛,指武宗讨平昭义节度使刘稹的叛乱和击退回纥的侵扰而出现的"中兴"景况。赛紫姑,举行拜迎紫姑神的祭神赛会。古代民间以鼓乐、杂戏迎神,叫赛会。紫姑,相传为大妇所妒,于正月十五死,上帝命为厕神,民间每于元夕于厕间、猪栏迎祭,谓之赛紫姑。

❖ 译诗 ❖

月光灯光照耀着京都,
香车宝辇堵塞着大路。
身闲看不到中兴盛况,
又不愿和乡人赛紫姑。

❖ 解析 ❖

此诗全从"闻京有灯恨不得观"上做浪漫想象,着力描写京城上元之夜的月光照耀,花灯竞放,车多人挤,街道堵塞的繁闹场面,极力渲染时局好转,政治中兴的盛况。诗人因"恨不得观"这种盛况,又心向往之,故全从想象中来,想象本虚,但诗人却写得很实:天上明月,地上灯光,照亮了整个京城,到处闪耀着明亮的光彩;京城一派喜庆气氛,家家户户出来观灯,都来参加庆贺中兴的活动,豪门贵族乘宝辇驾香车纷纷前来观灯,前来庆贺。大小车辆堵塞了京都的大街小巷,人来人往,拥拥挤挤,好一派热闹景象,好一片欢腾气氛。想得真而写得切,虚中有实,实中有虚,诗人的欢乐心情流露于字里行间。三句以"身闲不睹"由想象回到现实,转入自身,写他不得参与庆贺的惋惜之情,四句以"羞逐"写其又不愿与乡人为伍在迎紫姑的赛会上表达他的欢快心情。在这种矛盾心理的描写中,把他不得赴京庆贺中兴而又抑制不住的欢快心情做了极充分的表达,从而表现了他对国家中兴的由衷喜悦以及不甘寂寞,渴望为国立功的振奋心情。

"羞逐乡人",反映了李商隐不愿与人民为伍的封建士大夫的狭隘阶级偏见。

瑶 池①

瑶池阿母绮窗开,黄竹歌声动地哀②。
八骏日行三万里,穆王何事不重来③?

❖ 注释 ❖

①瑶池:据《穆天子传》:周穆王西至昆仑山遇西王母,西王母在瑶池上摆酒宴迎接。西王母作歌:"白云在天,山陵自出。道里悠远,山川间之。将子母死,尚能复来。"穆王答之曰:"予归东土,和治诸夏。万民平均,吾顾见汝。比及三年,将复而野。"约定三年后再来。这首诗就是在这历史传说基础上借穆王见西王母事以讽刺统治者求仙求长生的虚妄。②瑶池二句:阿母,西王母,又叫玄都阿母,神话人物。绮窗,雕刻花纹的窗户。③八骏二句:八骏,传说穆王所乘的八匹骏马。三万里,《穆天子传》:"朝于宗周之庙,乃里西土之数,各行兼数三万有五千里。"《列子》:"穆王乃观日之所入,一日行万里。"

❖ 译诗 ❖

瑶池王母开窗户把人等待,
只听得黄竹哀歌不见人来;
八匹神骏一日行走三万里,
因何事周穆王却不再重来。

❖ 解析 ❖

求神仙、乞求长生不死是一切剥削阶级的痼疾,历史上多少所谓英明的君主,雄才大略,文治武功,但却在这个问题上陷得很深很深,而晚唐的封建皇帝尤甚。

这首诗以周穆王见西王母的传说故事为题材,虚事实写,以浪漫的笔调描写了西王母等待穆王重来的情节:"绮窗开",从西王母处写起,写其盼之切;"动地哀",从西王母处听得,只留歌声,不见人事,上瑶池,见王母,以求长生,而大地之上人民饥寒。

哀声动地,两两对比,何其鲜明!而"动地哀"又针对长生,用暗示手法写穆王已死。哀其虚妄,讽其愚蠢。一个"哀"字既渲染了气氛,也构成讽刺。三句"八骏日行三万里",从西王母处想得,写八骏,并详细交代"日行三万里",言其神速之极,遥应首句,为其"不来"做铺垫,明确指出其所以不来应约,不是坐骑迟误,而是另有原因,故结句用反问"何事不重来"做收,从西王母处问得,问"何事",不必回答,答案自在其中。最后诗就在这不必回答的反问中揭示了求神仙、乞求长生的虚妄荒诞,表达了作者鲜明的态度。而诗也正是在西王母的迷惘的疑问中表达了对所谓神仙的嘲笑,是对求神仙,求长生的行为的无情讽刺。

浪漫的想象,精巧的构思,尖锐的对照,激烈的反问,构成全诗激越的声情和强烈的艺术感染力。

晚　　晴

深居俯夹城,春去夏犹清①。天意怜幽草,人间重晚晴②。
并添高阁迥,微注小窗明③。越鸟巢干后,归飞体更轻④。

❖ 注释 ❖

①深居二句:深居,幽居僻处。夹城,古代城门外层的曲城。②天意二句:幽草,墙阴下的小草,这里当是诗人用以自喻。晚晴,久雨之后日落之前天气放晴。③并添二句:并,更、又。添,增加。迥,远。微,微弱,这里指夕阳的余晖。注,流注,照射。④越鸟二句:越,指古代百越之地,今两广一带。巢干,久雨天晴,鸟巢由阴湿而干燥。归飞,傍晚鸟飞归巢。

❖ 译诗 ❖

幽居登楼眺望全城,
初夏雨后气象清新。
上天有意爱怜幽草,
人间特别珍重晚晴。

晴后凭高视野辽远,
夕阳照射小窗光明。
雨后天晴巢干羽燥,
傍晚归巢迅捷体轻。

❖ 解析 ❖

这首诗描绘久雨初晴的清新而充满活力的景象,表现诗人乐观振奋的精神和开阔自信的胸怀。

晚晴,久雨之后日落之前的晴朗天气,天晴的虽晚,但雨散云开,清朗新鲜的空气,草木葱茏,生气勃勃,夕阳返照,余晖耀眼,格外显得光明,登高远眺,视野辽阔,一望无际,使人心旷神怡,精神为之一振,心神为之开阔疏朗,人世之间怎能不特别珍贵这个晚晴天气呢?

诗人抓住晚晴这个特定的典型自然景象,做了多方面的细致的描绘。融情入景,景情结合,把诗人的身世之感与对自然景象的感受结合起来做统一的表达。"天意怜幽草,人间重晚晴",是写景,也是自喻,但妙处在于将诗人的身世之感与对景物感受做了和谐统一的描绘,并将由自然景物的美所由产生的人生哲理和所由产生的诗情做了和谐统一的表达,从中形象地表现了诗人开朗乐观的胸怀和对美好生活追求不息的精神。

细腻、自然、形象,于细微处见神情偏于闲处用大笔,是这首诗。也是李商隐诗的鲜明的艺术特色。

夜 雨 寄 北[①]

君问归期未有期,巴山夜雨涨秋池[②]。
何当共剪西窗烛,却话巴山夜雨时[③]?

❖ 注释 ❖

①题一作《夜雨寄内》,秋天雨夜,写诗寄给河内的妻子。②君问二句:君,指妻子王氏。巴山,四川大巴山的简称,这里指四川一带。李商隐于大中元年(847)"随郑亚赴桂管幕辟,奏掌书记。冬,奉使如南郡。"大中二年(848)"自南郡归,摄守昭平郡事。二月府贬,留滞荆巴。"(引自张采田《玉豀生年谱会笺》)③何当二句:何当,何时,剪烛,蜡烛点久了,需剪掉蜡线

灯花。

❖ 译诗 ❖

你询问我的归家日期，
现还没有确定下主张；
今夜的巴山正降大雨，
秋雨已经涨满了池塘。
什么时候我能回家乡，
西窗下共同对着灯光；
面对面畅叙今日今夜，
巴山夜雨你我的情肠。

❖ 解析 ❖

这首七绝写于大中二年（848），时李商隐正留滞巴蜀，写诗寄给河内的妻子王氏，以抒写其思念之情。

开篇用"君问"提起，不说自己思念亲人急于归家，反说"君问归期"，用这种翻进一层的写法，抒写诗人急不可耐而又不得不忍耐的心情。"未有期"，以这种不肯定的语气，表达留滞巴蜀，不得归家的无可奈何的心情，流露出无限抑郁怅惘之情。二句承上转入写自己的处境，"巴山"交代留滞之地，"夜雨涨秋池。"秋雨绵绵，长夜难耐，使诗人增加更浓重的愁思，至于像那涨满池塘的雨水一样，流溢全身，这就把他滞留巴山，又当秋雨，满怀无限的愁情表达得极为充分。前说"归期"之"未有"，此说。"夜雨""涨池"，似乎是说归期之未得乃由秋雨所致，实则是诗人托雨以叙其留滞他乡的孤寂凄凉心情。这是写景，景中透情。三句又转对方，做他年之想象。说"何当"，为希望想象之词。"共剪西窗烛"，说"共"是说两个人，这是诗人虚想归乡之词。什么时候我能回得家来，和你对坐在西窗之下，共剪烛花？虚想得美丽，写来极逼真，极亲切。这又是翻进一层的写法，不说当前，而望将来，正见目前相见之不可能，从而揭出诗人对亲人的深挚的思念之情。结句以"却话"做收，仍旧虚想。"却话"乃追忆从前。"巴山夜雨时"是由"却话"而生的谈心资料，仍为虚写。此处的"巴山夜雨"，不是今日的"巴山夜雨"，而是"何当""却话"之时的"巴山夜雨"；前者是诗人目前的实际处境，后者是诗人虚想的他年的假象。诗人一再重复使用，正见巴山夜雨之景，思念亲人之情,在诗人心情上的强烈印象。并坐西窗,共剪烛花,将此夜之愁情细细诉说,这是对幸福生活的热烈向往,而一加上"何当"二字,则这些皆成虚幻,都成假象。设想的越逼真,越亲切,诗人的心情就越痛苦,更觉愁思缠绵,感情也更加浓厚深挚。

全诗用白描手法写思情,层层深转;巴山夜雨,重复使用,前后意境迥然不同,增强了缠绵深婉的情致。由于诗的概括性强,从而使它超出一般"寄内"的范围而获得了更广泛的意义。

无 题

相见时难别亦难,东风无力百花残②。春蚕到死丝方尽,蜡炬成灰泪始干②。晓镜但愁云鬓改,夜吟应觉月光寒③。蓬山此去无多路,青鸟殷勤为探看(kàn 堪)④。

❖ 注释 ❖

①相见二句:东风,春风。百花残,百花凋零。②春蚕二句:蚕丝谐情思。烛泪,象征相思别恨。烛泪,蜡烛燃烧时流淌的蜡油如泪。③晓镜二句:云鬓改,黑发变成白发,指青春易逝,年华老大。④蓬山二句:蓬山,蓬莱山,神话传说中的海外三仙山之一。这里用来指女方的住处。青鸟,神话传说西王母饲养的仙鸟,传递信息的使者。

❖ 译诗 ❖

两个人会面很困难,
两人分别令人难堪。
暮春和风轻轻吹拂,
百花凋落倍增伤感。
春蚕到死丝才吐尽,
蜡炬成灰烛泪才干。
怕只怕你晨起照镜,
忽然看到容貌改变;
中夜不睡月下长吟,

月光寒冷心境凄惨。
好在蓬山离这虽远,
青鸟传书殷勤探看。

❖ 解析 ❖

这是一首爱情诗。

李义山多用"无题"来抒写他心中难以直说的情思,故以"无题"名篇;无题,即无所命题,待要申诉而又难于明言,故以"无题"寄意。

开篇即提"见难""别亦难",会面困难,而分别更令人难以忍受;一句概括万千内容,把二人的爱情生活的重重曲折与痛苦完全点出。而别后又值暮春时节,百花凋零,满地落花,这怎不令人倍增感伤之情。这是融情入景,借景物以渲染感伤心情的笔法。接下"春蚕到死丝方尽,蜡炬成灰泪始干"的形象比喻,用蚕丝象征爱情的情思,用烛泪象征相思感伤之泪,说"到死"说"成灰",表明坚贞不渝至死方休的深情,比喻贴切,语意双关,形象鲜明,感人至深。以上两联写相思之切,爱情之深。三联转入对方,为对方设想,做转进一层描写,"云鬟改"说容颜,"月光寒"写心境,从设想中见其相思之深切。结联由相思而到殷勤传信,在相思自慰中借神话传说写出无限相思之情。

比喻象征的艺术手法,委婉深致的笔调,巧妙新颖的结构,缠绵往复的抒情方式,极充分地表达了一个地主阶级知识分子独具特色的爱情生活,反映了李商隐的失意的痛苦心情和生活态度,创作出一往情深的抒情诗,具有较强的艺术感染力量。

无 题

来是空言去绝踪,月斜楼上五更钟①。梦为远别啼难唤,书被催成墨未浓②。蜡照半笼金翡翠,麝熏微度绣芙蓉③。刘郎已恨蓬山远,更隔蓬山一万重④。

❖ 注释 ❖

①来是二句:空言,虚幻无事实。②梦为二句:墨未浓,墨尚未磨浓。③蜡照二句:蜡照,烛光。半笼,灯光不及全屋,指灯光暗淡。金翡翠,指用金线绣有翡翠鸟的锦被。麝熏,女人衣服上熏有麝香香气。微度,轻微飘散。

绣芙蓉,古人称华丽的帷帐叫芙蓉帐。这两句极力渲染醒后的凄凉气氛。
④刘郎二句:刘郎,民间传说东汉时刘晨和阮肇在汉明帝永平(58—75)中入天台山采药,遇二仙女,结成眷属,居半年方回家,后复寻仙女,终不可再得。这里借刘晨故事写自己爱情招致破坏的悲伤心情。

❖ 译诗 ❖

睡梦中梦到了你,
你来也飘忽,去也无踪,
全是虚幻,一片迷蒙。
眼前只见一弯斜月,
耳中听到五更钟声。
平日相思,
梦中也因为长久离别,
使我悲伤不停。
相思情切,
墨还没有磨浓,
我就急忙写好情书一封。
你从我的梦中消逝了啊,
在暗淡的烛光下,
你的淡淡衣香,
还在芙蓉帐中轻轻飘动。
我多么怨恨蓬山遥远,道路阻隔,
又怎能忍受,
远隔蓬山一万重!

❖ 解析 ❖

这是描写爱情受阻之后的悲伤、相思的诗。

诗的前二联以梦与醒的反复对照,相互映衬的手法描写其刻骨浓重的相思之情。诗一开头就从梦写起,并由梦写到醒。来也飘忽,去也渺茫,极写梦的虚幻,而醒后却极为凄凉,眼前只见一钩斜月,耳中只听得五更钟鸣。日日萦绕,夜夜相思,积想成梦,魂梦相见,本是乐事,但梦里来去飘忽,没来得及倾诉衷肠,却已梦醒,醒后又极凄凉,令人断肠。梦中难得相会,悲啼倾诉,故说"啼难唤";醒后更增情思,相思情切,情催意使,在墨尚未磨浓时,就急急忙忙写好一封情书,好像"书被催成"一样。这极形象地刻画了人物的细微心理变化与情绪波动。诗的后二联,以"蜡照""麝熏"渲染凄凉而孤独的处境。"蜡照半笼",写灯光之暗淡,环境之凄凉,长夜之难耐;"麝熏微度",在金翡翠的被褥上,在绣芙蓉的帷帐上,还残留着梦中人的淡淡衣香,在室内轻轻浮动。人虽远去,衣香仍存,更增思念,也反衬出孤独寂寥之情境。最后以"已恨""更隔"表现了他爱情遭受阻隔的怨恨之情,也反映出他不因阻隔而执意追求的顽强精神。诗用刘晨阮肇遇仙女的故事,恨道路之远,更恨人为的阻隔,蓬山虽远,尚可达到,而人为的阻隔破坏,比蓬山更远"一万重",但困难虽大,阻力虽大,只要情坚意切,终究可以冲破阻力,实现自己的愿望,诗正是在这含蓄不尽之中收结。

　　相思弥切,受阻弥坚,在一般的封建士大夫的爱情生活中掺杂进去了一点新的因素,即加进了一些带有市民色彩的思想因素。

　　现实与幻想相结合,相映衬,写得缠绵、执着、一往情深。

初　起①

想象咸池日欲光,五更钟后更回肠②。
三年苦雾巴江水,不为离人照屋梁③。

❖ 注释 ❖

　　①初起:太阳刚刚从地面上升起。②想象二句:咸池,神话中的太阳沐浴的地方。《淮南子·天文训》:"日出于旸谷,浴于咸池"。③三年二句:巴江,四川嘉陵江。

❖ 译诗 ❖

想象之中,
在传说的咸池,
太阳沐浴后正要放出光芒;
敲过了五更钟之后,
盼着它快快出来,

更加使人荡气回肠。
三年以来，
痛苦地生活在巴江，
恶山恶水，
风绕雾障；
明朗的阳光，
总也照不到，
作客他乡的游子离人的屋梁上。

❖ 解析 ❖

　　这是一首希望结束流离生活，渴望阳光照耀的诗。据张采田《玉谿生年谱会笺》，系在大中七年(853)，李商隐四十二岁，在梓州幕府中。

　　诗开篇直写，"想象"，想象太阳"浴于咸池"的情景，瑰丽奇崛。太阳"浴于咸池"，即将放出它的光辉，这是主观想象，正见诗人希望见到太阳的渴望之情。二句承上并顿挫跌宕，"五更钟后"是写诗人从想象之中回到现实中来，好容易熬到五更天亮，但他又担心见不到太阳，故以"更回肠"写他急切渴望阳光而又担心见不到的愁苦心情，进一步加强了他的渴望阳光的感情。三句转入他目前的处境，"三年"言其时间之长。"苦雾巴江水"，环境恶劣，雾障重重，使人痛苦不堪。重重的雾障遮挡着太阳，好像太阳也不想把它的光亮照耀到离人的屋梁上，结得幽惋凄楚，忧郁悲慨。

　　长年的颠沛流离，险恶的仕宦生涯，官场中的排挤和压抑，终究不能灭绝他对于光明的期待和渴望。他想象太阳之出浴，希望有一天明媚的阳光能冲破重重雾障，照耀在他这个"离人"的身上，照耀在天下所有"离人"的屋梁上。

　　在中国文学史上只有李商隐这位诗人，以忧郁愤慨之情呼唤朝阳。

听　　鼓

城头迭鼓声，城下暮江清①。
欲问渔阳掺，时无祢正平②。

❖ 注释 ❖

①城头二句：迭鼓，小击鼓。又《李卫公兵法》："鼓三百三十槌为一通，鼓止角吹，吹十二声为一迭。"②欲问二句：渔阳掺，即渔阳参挝，古鼓曲名。《后汉书·祢衡传》："祢衡字正平。曹操欲见之，而衡称狂病不肯往。操怀忿，闻衡善击鼓，乃召为鼓史，因大会宾客，阅试音节。诸史过者，皆令脱其故衣，更著岑牟（鼓角士的胄）单绞之服。次至衡，衡方为渔阳参挝，蹀䑠而前，容态有异，声节悲壮，听者莫不慷慨。进至操前，先解裩衣，次释余服，裸身而立，徐取岑牟单绞著之，毕，复参挝而去。操笑曰：'本欲辱衡，衡反辱孤。'"李贤注曰：挝及抌，并击鼓杖也。参挝是击鼓之法。

❖ 译诗 ❖

　　　　　　夕阳下
　　　　　　城头鼓声震荡，
　　　　　　城下江水清清。
　　　　　　想要渔阳参挝，
　　　　　　如今没有祢衡。

❖ 解析 ❖

　　这首诗描写日暮听城头鼓声而引起的感受。城头鼓声振振，城下江水清清，江水清则显得鼓声更震，这是从听觉写到视觉。

　　三四句承上由城头鼓声联想到三国时的著名狂士祢衡，借祢衡击鼓抒写自己胸中的悲愤。

　　狂士祢衡，蔑视权贵，轻慢当时炙手可热的曹操，他奏出《渔阳参挝》的鼓曲，声节悲壮，有金石之声，通过鼓声既显示了他卓越的才华，也表现了他悲愤抗争的精神。诗人以极景仰又极惋惜的笔调，在对古今的交错描写中，表现了他希望出现当代的祢衡，重新奏出悲壮慷慨的《渔阳参挝》，体现了他对现实的强烈愤慨。

　　他景仰，他羡慕，他更希望自己能成为当代的祢衡，击打出心中不平的鼓曲，演奏出当代的《渔阳参挝》。

　　全诗上半写景，下半抒情；写景从听觉写到视觉；抒情是从鼓声联想到《渔阳参挝》，联想到祢衡，从古代的祢衡想到今日世界也正缺少这样一个"狂人"，傲视权贵，佝傥不羁，满腔悲愤不平。这既表现了诗人的愿望，也表现了他抑郁不平、傲岸不驯的性格特点。

全诗于含蓄、深沉之中隐寓着一股郁勃悲慨之气。

嫦　　娥①

云母屏风烛影深,长河渐落晓星沉②。
嫦娥应悔偷灵药,碧海青天夜夜心③。

❖ 注释 ❖

①嫦娥:神话传说的月中仙子。《淮南子·览冥训》:"羿请不死之药于西王母,姮娥窃以奔月。"高诱注:"姮娥,羿妻,羿请不死之药于西王母,未及服之,姮娥盗食之,得仙,奔入月中,为月精。"姮娥,即嫦娥。②云母二句:云母屏风,用云母石片镶嵌的华贵屏风。烛影深,指夜长。长河,银河。渐落,逐渐隐没。③嫦娥二句:灵药,指神话中的长生不死之药。

❖ 译诗 ❖

清冷、晶亮的云母屏风,
映照出孤独而深深的烛影;
秋夜的天空里,银河西移,
星辰渐落,一派冷清。
月里嫦娥应该悔恨啊,
当初为何偷吃了不死的灵药?
孤独寂寞,独自一个人空守月宫,
夜夜面对着碧海一样的青天叹气唉声!

❖ 解析 ❖

这首诗借嫦娥之孤独凄凉写深沉的离别相思之情。

云母屏风本就清冷,屏风上又映出孤独的烛影,反衬出孤独的身影。烛影深,是说烛燃之久,写深夜不寐,孤灯自守。银河西没,天色渐明,写长夜不寐,日夜相思。景中融情,在凄冷孤寂的环境刻画中带进了心理描写。三句直写悔恨的心理,是翻进一层,今日之悔恨正由前日之"偷灵药"的行为;悔恨目前的处境,悔恨离别痛苦的人生,这人生正如"碧海青天",清冷而孤独,纯洁却凄凉。这是写景,也是写情。

不写人间,全写天上,天上正是人间的反射,现实的苦闷做了非现实的表现,神仙的"悔恨"正是人间悔恨的曲折反映。

全诗设想奇丽,景与情会,虚中有实,曲折深婉,空灵而又沉实。

对这首诗,旧说较多,最有影响的有:"此悼亡之诗""托意遇合之作""或为入道而不耐孤子者致慨""自此有才反致流落不遇",等等。不从诗的形象出发,只做主观猜测,或外加比附,对古诗的学习不会带来益处,只会走上邪路。

乐　游　原[①]

向晚意不适,驱车登古原[②]。
夕阳无限好,只是近黄昏。

❖ 注释 ❖

①乐游原:长安城南的游览区,西汉宣帝立乐游庙,又名乐游苑,地势高旷,原上可俯瞰长安全城。②向晚二句:向晚,到了黄昏傍晚。不适,不舒畅、不愉快。

❖ 译诗 ❖

到了这傍晚时候,
心情很不舒畅,
驾车登上乐游古原。
西边的太阳就要落山,
看这太阳美丽无限,
游人对她多么留恋!
可惜美丽的时光只是太短,
已经到了黄昏时间。

❖ 解析 ❖

这是一首歌颂阳光,追求光明的诗。

"向晚"使诗人心情不愉快,促使诗人驾车急驱,登上高原,以便能见到太阳。这就把他心情"不适"的原因揭示出来,诗人所以"不适",正是由于"向晚",正是由于见不到阳光,看不到光明,他才"驱车登古原"。"驱车",正以特定的动态描写,形象地写出他的急切心情。当他登上高原,见到太阳,既或是即将西落的太阳,他也感到"无限好",发现"无限好"。"无限好"三字,把他喜爱之心,崇拜之情完美地表达出来。结句"只是近黄昏",用"只是",用"近",把他的因夕阳西下的惋惜之情做了极细致的描写,这又与首句照应,点出他对黄昏黑夜的厌恶,对阳光的热爱与崇拜,对光明的追求与向往。

  这首诗以低沉忧郁的情调描写了特定环境的景色特征,在一般人以为萧森衰飒对象面前,有着自己独特的发现;在这发现中,极深刻地反映了诗人热爱阳光,追求光明的精神世界。

  旧评以为此诗"忧唐之衰""迟暮之感,沉沦之痛,触绪纷来",等等,这些评论者看出诗中的忧郁之情,并从这里出发做一般的评说,却没有把诗人这种感情放在特定的环境中结合诗人的身世做具体分析,因此不可能接触这类诗歌内容的美学特质。

赵 嘏

赵嘏(gǔ 古),字承祐,山阳(江苏淮安县)人。大中(847—860)中,仕为渭南尉。诗才较高,"一时名士大夫极称道之,卑官颇不如意"(《唐才子传》)。嘏尝早秋赋诗曰:"残星数点雁横塞,长笛一声人倚楼。"杜牧之呼为"赵倚楼",赏叹备至。有《渭南集》。

江楼感旧①

独上江楼思渺然,月光如水水如天②。
同来望月人何处?风景依稀似去年③。

❖ 注释 ❖

①江楼感旧,《全唐诗》作江楼旧感。旧,故旧,老友。②独上二句:思渺然,思绪渺远茫然。水如天,江水深沉像深蓝深蓝的天空。③同来二句:依稀,仿佛。

❖ 译诗 ❖

独自登上江楼望远,
悠悠思绪渺远茫然,
月光像江水一样轻柔,
江水像蓝天一样湛蓝。
往日和我同登江楼望月的人儿,
而今却不知在谁边?
眼前这秀美的江天明月,
仿佛如同过去一般。

❖ 解析 ❖

这是一首感叹人生流逝的诗。

因独上江楼而引起无限思情和感慨。眼前月光像江水那样轻柔,深沉的江水像湛蓝的天空那样幽深无限,水天江月合而为一,水流天上,月在江中,诗人的心情如同轻柔的月光,又像深沉的江水,又像湛蓝的高天,浓重而深沉,含蓄而缠绵。首二句写景,景中寓情。三句以"同来望月人何处"一个感叹性的反问句,由今日而思往日,由独上而想同游,风景依旧,物是人非,造物无情,人事沧桑。"风景依稀似去年",诗在这无限哀思之中,表达了对人生流逝的无限感叹,含蓄婉转,缠绵深沉。

江天月色,辽阔而深远,月色永存,江天依旧,无限的自然宇宙与短暂的人生构成矛盾,引起触发与思考,从感性引入理性的升发,接触到了宇宙的秘密与人生的哲理,引发人们去追求,去探索。

韦 庄

韦庄(836—910),字端己,京兆杜陵(陕西西安市)人。少孤贫力学,才敏过人。早年正值黄巢农民起义军攻入唐都长安,目睹唐王朝的崩溃,写下著名的叙事诗《秦妇吟》,人称"秦妇吟秀才",唐昭宗李晔乾宁元年(894)进士,授校书郎。李询宣谕西川,举庄为判官,后王建辟为掌书记,王氏建立前蜀,官至宰相。"庄早尝寇乱,间关顿踬,携家来越中,弟妹散居诸郡。西江湖南,所在曾游,举目有河山之异,故于流离漂泛,寓目缘情,子期怀旧之辞,王粲伤时之制,或离群轸虑,或反袂兴悲,四愁、九怨之文,一咏一觞之作,俱能感动人也。庄自来成都,寻得杜少陵所居浣花溪故址,虽芜没已久,而柱砥犹存,遂诛茅重作草堂而居焉。性俭,评薪而爨(cuàn 窜),数米而炊,达人鄙之。"(《唐才子传》)

韦庄的诗与词皆有名,而以词成就最高。他的诗思绪清婉,语言秀冶,与他的词风相同。

有《浣花集》六卷,又集唐人诗为《又玄集》。

古 离 别[①]

晴烟漠漠柳毵毵(cān 餐),不那离情酒半酣[②]。
更把玉鞭云外指,断肠春色在江南。

❖ 注释 ❖

①诗题一作多情,属乐府旧题。②晴烟二句:晴烟,晴空浮云。漠漠,浮云寂寞飘荡的样子。毵毵,密致下垂的样子。不那,无奈。③更把二句:玉鞭,镶着珠宝的马鞭。云外指,指向云外,云外,天边。

❖ 译诗 ❖

寂寞的浮云,
在晴朗的天空中飘荡,

柳枝浓密又绵长。
饯别酒宴饮得半醉,
无可奈何的离情别绪,
令人心伤。
临别上马,
遥指天边把马鞭打响;
江南春色,
定会使人断肠。

❖ 解析 ❖

　　这首诗以两种令人心伤的不同春色的感受,写离别情绪。上二句写送行者眼中的春色:天空中云烟漠漠,江岸柳条依依,送别酒宴已进行了一半,离别在即,此情此景,令人不堪,故说"不那"。下二句承上转入写行者心中的离情。上二句突出写送行者不奈离情,虽没写行者,但行者的心情已隐概其中;这二句以"更把"转进,直写行者。"更把"承"不那离情酒半酣",饮酒送别,临别上马,扬鞭远指天际,说"云外",指此行之远,也暗示此行之久。"断肠春色在江南"一句,写出行者意想中的江南春色当更令人断肠,久别知己,孤身只影,远处江南的春色将使离情更浓,令人心碎。

　　两种春色在离人的不同处境中的感受是不同的,诗人在一首绝句中做了极含蓄又极细微的描画,诗情如画,体物入微,表现了高超的艺术技巧。

　　一句景,二句情,三句情,四句景,景情回环交融,"不那""更把"构成跌宕转折,细腻深曲,情真意切。

台　　城①

江雨霏霏江草齐,六朝如梦鸟空啼②。
无情最是台城柳,依旧烟笼十里堤③。

❖ 注释 ❖

　　①台城:六朝时的蔡城,在今南京市玄武湖附近。《六朝事迹》卷三:"《建康实录》:晋成帝咸和七年(332),新宫成,名建康宫。注:即今之所谓台城也。在县东北五里,周回八里。"《舆地纪胜》:"江南东路建康府,台城一日

苑城,即古建康宫城也,本吴后苑城。晋成帝咸和五年作新宫于此,其城唐末尚存。"《清一统志》:"江苏江宁府:故台城在上元县治北玄武湖侧。"②江雨二句:霏霏,纷纷。齐,茂盛整齐。③无情二句:隄,堤岸。

❖ 译诗 ❖

      长江上霏霏细雨,
      两岸上绿草长齐;
      六朝如同一场梦,
      只有鸟雀空叫啼。
      最无情是台城柳,
      年年岁岁发新丝;
      绿色依旧如烟雾,
      茫茫笼罩十里堤。

❖ 解析 ❖

  这是一首吊古伤怀的诗。

  吊古伤今,多以古事引出感慨,这首诗却以"台城"柳树作为主要描写对象,把台城柳拟人化,借以从侧面抒写诗人的历史兴亡的感慨。

  全诗从景着手,以景驭情。首句写诗人站在六朝遗迹的台城上,俯瞰长江,江面上细雨霏霏,岸边春草茂密生长,江山如旧,万古常新,而六朝如过眼云烟,像一场幻梦,如今只剩一片遗迹,只有鸟儿在空中鸣啼,六代豪华已无处寻觅,只有想象而已。人且如此,飞鸟又何以知晓呢?一个"空"字寄托了无限感慨。历史无情,遗迹空存;而最无情的怕要是台城上的垂柳了。春风杨柳,生机盎然,它像过去一样"依旧"成为十里长堤上的美丽景色,但这再已不是对往日那种繁华的点缀,而它今日所衬托的则是荒败的景象。虽然这台城柳甚至比过去更加郁郁葱葱,远远望去,像烟雾一样笼罩着长堤。但历史变迁,人事已非,景物无情,"依旧"繁茂,它非但不理解人的心情,正是因它的"依旧"才引发出人们更深的感慨。诗人的凭吊之情正是在对台城景物历史和现实的对比之间,做了深沉的充分的表达。

  诗以"如梦""最是""依旧"构成多层转折,以景物描写烘托感慨,构成一种烟云变幻的境界,形成一种极浓重的感伤情调。

  吊古是为了伤今,感叹六朝如幻梦,又正是悲叹唐王朝不可避免的没落,从而曲折地表现了诗人的现实态度。

韩偓

韩偓(841—914),字致尧,京兆万年(陕西西安市附近)人,任翰林学士,中书舍人,从昭宗逃奔凤翔,进兵部侍郎,翰林承旨。极得昭宗宠信。为朱温排挤,贬濮州(山东濮县)司马,再贬荣懿尉,徙邓州(河南邓州市)司马。天祐二年(905)复原官,偓不奉召,入闽避难。依王审知而卒。有《翰林集》一卷,《香奁集》三卷。

韩偓生当唐、梁交替时代,社会极为动荡,各种矛盾斗争复杂激烈,他的诗反映了一定的历史真实。

他的诗继承学习李商隐,词彩繁丽,委婉缠绵,时有慷慨哀怨的情调,有较高的艺术水平。其"香奁诗"多写艳情,时称"香奁体",对后代产生不良影响。

惜 花

皱白离情高处切,腻红愁态静中深①。眼随片片沿流去,恨满枝枝被雨淋。总得苔遮犹慰意,若教泥污更伤心②。临轩一盏悲春酒,明日池塘是绿阴③。

❖ 注释 ❖

①皱白二句:皱,皱纹,指花瓣萎谢。腻,丰盛,指红花盛开。②总得二句:遮,遮护。污,污染。③临轩二句:临,临近。轩,窗户。

❖ 译诗 ❖

　　　　白色花瓣开始萎谢,
　　　　高高枝头上的花朵,将落未落,
　　　　离情迫切;
　　　　盛开的红花开始凋落;
　　　　静静的,静静的,

愁态愈来愈深。
眼光随着片片落花,
顺着流水流去;
愁恨充满枝头,
被雨淋湿的花朵洒落遍地。
倘若落花得到青苔的遮护,
不被泥水玷污,
还算得到一点小小的安慰;
若让泥水玷污,
就更叫人增添忧伤的心意。
站在窗前对着满地落花,
喝上两杯送走春天的酒,
这酒是悲伤的,苦涩的;
明天,池塘里倒映出来的
不是红花,只有一片浓绿。

❖ 解析 ❖

这是一首咏物抒怀诗。

全诗以缠绵悱恻之笔写惜花之情。首联说"皱白"、说"腻红",写花在盛开之后的态势,白色花瓣已"皱",红花已"腻",一个"皱"字,一个"腻"字,把盛开之后开始衰落的花朵的情态做了具体的描画,可称体物之细。接以"离情""愁态"把无知之物拟人化,因"高处切"而生离情,这愁态越来越深。惜花之情从中透出。二联承上从花之将落未落转入写落花,"眼随""恨满",接上从客观转入主观,直写惜花之情。"片片沿流去""枝枝被雨淋",诗用叠字,加强惋惜之情的表达。三联以"总得""若教""犹""更"构成跌宕,表达其退一步的希望,花虽落,只要落在干净的苔藓上也总算差强人意了,如被污泥沾染,那就更令人伤心了。这是转进一层的写出惜花之情,在曲折委婉的抒写中,反映出诗人在逆境中保持高尚情操的良苦用心。最后以明媚的春光归去而只有"绿阴"一片引起诗人的深沉悲伤做结,把惜花而又惜春之情做了深入的表达。

诗是借惜花寄托诗人的哀思。春是美丽的,花朵是春天的象征,它又象征光明、美好,花落春归,象征美好事物的逝去,理想之破灭,希望之消失。

但诗人并不消极,他还期望——尽管是退一步的期望有一块干净的土地,期望保持高尚的品格与情操,不去同流合污,虽然春天已去,前途只有"绿阴",但只要保持住这一点,诗人就感到安心了。这显然是一首以象征手法写的借物咏怀诗。

全诗写的含蓄,缠绵,沉痛,深切。

半　　醉

水向东流竟不回,红颜白发递相催①。壮心暗逐高歌尽,往事空因半醉来②。云护雁霜笼淡月,雨连莺晓落残梅③。西楼怅望芳菲节,处处斜阳草似苔④。

❖ 注释 ❖

①水向二句:递,互相接递。②壮心二句:半醉,又醉又醒的状态。③云护二句:护,护卫。④西楼二句:芳菲,花儿芳香美丽,芳菲节,指百花盛开的春天。

❖ 译诗 ❖

　　　　　　　江水向东流;
　　　　　　　一去不回头,
　　　　　　　红颜和白发,
　　　　　　　接递催春秋。
　　　　　　　雄心壮志,
　　　　　　　偷偷地随着歌声消失,
　　　　　　　伤心的往事,
　　　　　　　在半醉半醒中涌起。
　　　　　　　秋云护着雁群南飞,
　　　　　　　秋霜笼罩在淡淡的月光里。
　　　　　　　春雨下个不停,
　　　　　　　黄莺在清晨鸣啼,
　　　　　　　梅花落尽只有绿叶满枝。

登上西楼眺望,
这即将过去的芳菲时节令人叹惜;
夕阳的余光洒满大地,
青草像绿苔一样,
带着一点点生机。

❖ 解析 ❖

  题为半醉,一切都从半醉的眼中看,心中想。说半醉,是又醉又醒,只不过是借酒浇愁,并非大醉,心中是清醒的。

  首联写时光流逝,以比体开篇,表达时不我待的感受。二联以"壮心暗逐""往事空因"做回忆之笔,表壮心销蚀,往事不堪回首之情,这也正是诗人借酒浇愁以至半醉的原因。写得激烈而沉痛。三联写景,景中透情。上句写秋景,下句写春景,淡月残梅,秋霜春雨,景物惨淡,正显其心情痛苦,生活愁苦;所谓愁情满怀,高歌难遣,半醉萦怀,对景伤情。结联以登楼怅望,春天归去,在斜阳余晖下,青草像苔藓一样绿接天涯,把诗人的伤时感事的思想感情做了含蓄而深沉的表达。

  全诗因景生情,抚今追昔,感慨万端,凝练含蓄,委婉曲折。

李 煜

李煜(937—978),初名从嘉,字重光,南唐后主,是中主李璟的儿子。公元975年,宋灭南唐,他投降,封为"违命侯",过了三年屈辱的囚徒生活,终被杀害。

李煜以词名家,他的诗很少为人注意。他的诗也如同他的词,表现了较广泛的社会现实,风格清丽含蓄,艺术概括力很强。

九月十日偶书

晚雨秋阴洒乍醒,感时心绪杳难平①。黄花冷落不成艳,红叶飕飗(sōu liú 搜刘)竞鼓声②。背世返能厌俗态,偶缘犹未忘多情③。自从双鬓斑斑白,不学安仁却自惊④。

❖ 注释 ❖

①晚雨二句:杳,渺茫、深广。②黄花二句:黄花,菊花。艳,娇艳美丽。飕飗,象声字,形容秋风的声音。竞,争竞。③背世二句:背世,与世相背,指命运不好。俗态,世俗的作风。偶缘,与缘为偶,指偶然的缘分。④自从二句:安仁,潘安仁,名潘岳(247—300),晋代诗人,潘岳《秋兴赋》序:"晋十有四年,余春秋三十有二,始见二毛。"赋文中说:"斑鬓髟(biāo 标)以承弁兮,素发飒以垂领"(斑白的鬓发承接帽子,白发飘飘下垂到衣领。)

❖ 译诗 ❖

深秋黄昏阴雨,
饮酒酒后刚醒。
感时感事伤景,
心情激动难平。
菊花满地凋零,
娇艳零落香冷;

秋风红叶飒飒,
城头暮鼓相争。
背世时运不济,
反能厌倦俗情;
偶然缘分虽有,
仍然不忘多情。
自从投降被囚,
双鬓白发加增;
不学晋人潘岳,
白发垂领心惊。

❖ 解析 ❖

这首诗写诗人当了阶下囚之后的心绪难平的复杂情怀。

首联写在特定环境下的心情。深秋黄昏,阴雨绵绵,在这阴沉的景色环境气氛中,内心痛苦,只能以酒消愁。然而,酒醉只能使人麻木一时,酒醒之后,内心更为痛苦,感时伤事,触景伤情,使他"心绪杳难平"。以下全就心绪难平做多方面抒写。二联以黄花冷落、红叶飕飕,秋景衰飒萧索,写感物触景而心情难平。三联以背世而能厌俗态,偶缘而未忘多情,写诗人悲叹身世不幸而心绪难平。诗人悲自身之背世,但又不甘心,反能厌倦俗态,当然也包括不去谄媚宋主;诗人也庆幸自身之有偶然缘分,但愿分享,不忘多情,当然包括深深想念故国。背世、偶缘相反相成,正见出诗人在艰难境遇中形成的个性。四联以极悲慨的诗句,叹双鬓之斑白,感时光之流逝,悲囚徒之屈辱,内心悲愤难平。

触景伤情,感时世之不平,叹身世之戮辱,深沉而激越,含蓄而委婉,在心绪难平的悲愤抒发中刻画了一个不甘屈辱的囚徒形象。